DER DIENSTMÄDCHENMÖRDER

Walter Christian Kärger, aufgewachsen im Allgäu, absolvierte die Hochschule für Fernsehen und Film und arbeitete dreißig Jahre als Drehbuchautor in München. Über hundert seiner Drehbücher wurden für Kino oder TV verfilmt. Er lebt als Romanautor in Memmingen.

Dieses Buch ist ein Roman. Handlungen und Personen sind frei erfunden. Ähnlichkeiten mit lebenden oder toten Personen sind nicht gewollt und rein zufällig.

Walter Christian Kärger

DER DIENSTMÄDCHENMÖRDER

HISTORISCHER KRIMINALROMAN

emons:

Bibliografische Information der Deutschen Nationalbibliothek
Die Deutsche Nationalbibliothek verzeichnet diese Publikation in der Deutschen Nationalbibliografie; detaillierte bibliografische Daten sind im Internet über http://dnb.d-nb.de abrufbar.

Umschlaggestaltung: Leonardo Magrelli
Gestaltung Innenteil: DÜDE Satz und Grafik, Odenthal
Lektorat: Lothar Strüh
Druck und Bindung: CPI – Clausen & Bosse, Leck
Printed in Germany 2024
ISBN 978-3-7408-1877-7
Historischer Kriminalroman
Originalausgabe

Adel liegt einzig und allein in der Tugend.

Juvenal, Satiren

Als Adam grub und Eva spann,
wo war denn da der Edelmann?

Flugblatt aus der Zeit des Bauernkrieges 1526

Blaues Blut ist auch nur rot.

Hajo von Zündt

Unter den Wegen, die wir beschreiten,
lauern die Dämonen.

Mycroft Holmes, Bruder von Sherlock Holmes

1

»Wann?«, fragte er.

»Sechs Uhr.«

»Morgens?«

»Ja, was glauben Sie denn? Duelle finden nun mal am Morgen statt.«

»Wer sagt das?«

»Die Tradition.«

Hajo von Zündt stöhnte demonstrativ. Menschen gegenüber, die er nicht leiden konnte, konnte er unglaublich arrogant sein. Er verzog sein Gesicht, als hätte er auf etwas Ekelhaftes gebissen. »Ich bin einfach kein Frühaufsteher. Ich bin ein Nachtmensch.«

»Was soll ich sagen? Ihr Herausforderer besteht darauf. Ich bin nur der Sekundant. Außerdem: Sie haben es nicht weit. Es ist nur ein Steinwurf von hier. Am Monopteros.«

Hajo drehte sich um. Sein Adoptivbruder und bester Freund, er hatte nur den einen, Adam, schenkte sich und Hajo einen Drink ein. Es war später Nachmittag im Salon des Familienpalais von Zündt, das in Bogenhausen, dem Ostrand des Englischen Gartens, lag, Zeit für einen Brandy.

Adam hatte dem Sekundanten selbstverständlich auch einen angeboten, aber der hatte brüsk abgelehnt. Was Hajo erst recht dazu angestachelt hatte, ihn so richtig zu derblecken, wie man in München zu sagen pflegte.

»Adam, was sagst du dazu?«, fragte er jetzt seinen Bruder.

»Wenn die Gegenseite darauf besteht …«, antwortete Adam achselzuckend. »Vielleicht solltest du dir etwas darauf einbilden, dass du überhaupt satisfaktionsfähig bist.«

Hajo hatte nichts anderes von ihm erwartet. So war Adam nun mal: Er bewahrte immer die Contenance, von Natur aus kaltblütig, selbst wenn es hitzig zuging. Vor anderen jedenfalls. Aber immer leicht sarkastisch, das hatten sie beide gemeinsam.

»Na gut – sonst noch was?«, fragte Hajo den Sekundanten von Baron Schellenberg, der ihm den Fehdehandschuh hingeworfen hatte.

Ferdinand zu Waldsassen war in seiner Uniform der Archetyp eines Offiziers, der sich ganz dem trügerischen Glanz der Vergangenheit verschrieben hatte. Eine Einstellung, die auf tönernen Füßen stand, davon war Hajo überzeugt. Die Welt befand sich seiner Meinung nach vor einem großen Umbruch. Einem Paradigmenwechsel. Hin zu einer gerechteren Gesellschaft, hin zu einem Zeitalter der Vernunft.

Per aspera ad astra.

Das war sein Wahlspruch, den er sich auf sein imaginäres Wappen geschrieben hatte, seine Familie hatte keines. Er war durch und durch Idealist.

Durch Mühsal gelangt man zu den Sternen.

Das hoffte er jedenfalls. Und er würde seinen Beitrag dazu leisten, so gut er es vermochte.

Dieser Waldsassen war ehrversessen, dünkelhaft, verknöchert, hatte militaristische Manieren, ein Mann, der es gewohnt war, dass seine Befehle ohne Widerspruch und ohne sie zu hinterfragen, befolgt wurden. Damit war er bei Hajo an den Falschen geraten. Alles Verhaltensweisen, die er zutiefst verabscheute und die er mit entsprechendem Zynismus konterkarierte. Er konnte nicht aus seiner Haut, er musste die Manieriertheit des Offiziers bis an die Grenze zur Unverschämtheit lächerlich machen, indem er sich, was die Usancen eines Duells anging, dumm stellte.

Auch sein Freund Adam machte dieses Spielchen nur allzu gerne mit.

In seinem Gedächtnis hatte Hajo nach dem Namen des Sekundanten gekramt, er hatte ein außerordentlich gutes, aber ein zu Waldsassen war ihm noch nie untergekommen. Diese Aristokraten waren alle gleich. Er verachtete die meisten, auch wenn er selbst einer war. Er hasste es, wenn sie sich für etwas Besseres hielten und von sich selbst immer wieder behaupteten, »von edlem Geblüt« zu sein.

Was für ein Hochmut!

Hajo hatte mit solchen Selbstein- und -überschätzungen nichts am Hut und hatte sich mit Leib und Seele der Wissenschaft verschrieben. Er war wohlhabend, scharfsinnig und weltläufig. Eine allseits respektierte Koryphäe auf seinem Gebiet, die allerdings mit ihren neumodischen Methoden und frevlerischen, in gewissen Kreisen sogar als häretisch angeprangerten Theorien auf heftigsten Widerstand getroffen war. Was ihm jedoch nichts ausmachte – er lebte nach dem Frundsberg'schen Motto: »Viel Feind, viel Ehr!« Georg von Frundsberg aus Mindelheim war im Mittelalter Landsknechtsführer gewesen, ein gewiefter Taktiker, der musste es wissen.

Hajos Vater war Diplomat und ein weit gereister und fortschrittlich denkender Mann gewesen. Schon in seiner Kindheit und Jugend war Hajo auf diese Weise mit anderen Ideen und Sprachen, Kulturen und Denkweisen in Berührung gekommen. Vor allem die unbegrenzten Möglichkeiten der aufstrebenden Naturwissenschaften hatten ihn von Kindesbeinen an fasziniert. Die Chancen der Medizin, der Chemie, der aufkommenden Fotografie und der Bertillonage, eines ersten Identifizierungssystems anhand von dokumentierten Körpermaßen, begannen ihn mehr und mehr zu interessieren. Vor allem im Zusammenhang mit der Aufklärung von Verbrechen.

Anlass für seinen ersten »Fall« war der Tod seines Vaters gewesen. Hajo war damals zweiundzwanzig Jahre alt. Ein gewaltsamer Tod, der zunächst aussah wie eine unglückliche Havarie: Ein Fährschiff auf der Elbe war bei stürmischem Wetter mit Mann und Maus untergegangen, unter den Passagieren war auch von Zündts Vater gewesen. Hajo hatte sich nicht damit abfinden können, dass die Behörden achselzuckend von einem Unfall sprachen und es dabei bewenden ließen. Er stellte eigene Nachforschungen an und konnte schließlich nachweisen, dass das Fährboot durch einen Sprengsatz versenkt worden war, der gegen den Betreiber der Fähre gerichtet war. Der Täter wurde festgenommen und fand seine gerechte Strafe durch das Beil des Henkers.

Hajo von Zündt kümmerte sich nicht weiter darum, dass er durch die Aufklärung eines monströsen Verbrechens – achtzehn Menschen waren durch den Untergang der Fähre in den Tod gerissen worden – auf einen Schlag im ganzen Deutschen Reich berühmt geworden war, und stürzte sich wieder in sein Studium der Chemie und Medizin. Nebenher begann er, seiner heimlichen Leidenschaft nachzugehen: bei schwierigen Kriminalfällen mit seinen Kenntnissen auszuhelfen, wenn er, was zuweilen vorkam, von Manteuffel, einem Münchner Kriminalkommissar, der schon etliche Male von Hajos Methoden profitiert hatte, um Unterstützung gebeten worden war.

Nun, mit siebenunddreißig Jahren, im Jahr 1886, mit Doktor- und Professorentitel, hatte er einen Lehrstuhl für Pathologie an der Ludwig-Maximilians-Universität, und er wusste nur zu genau, dass es kein blaues Blut gab. Auch wenn die willfährige Hofberichterstattung bestimmter Gazetten das immer wieder behauptete. Stattdessen gab es seiner Vermutung nach unterschiedliche und nicht kompatible Blutsorten. Warum sonst traten bei Bluttransfusionen oft plötzliche Todesfälle auf, die sich niemand erklären konnte? Doch mit dieser Theorie war er in der erzkonservativen Medizinwelt wohl der einsamste Rufer in der Wüste.

Ein Nestbeschmutzer, wie seine Feinde sagten, und davon gab es, wie bereits erwähnt, zahlreiche. Auch und insbesondere bei der Kriminalpolizei, die er schon des Öfteren blamiert hatte, wenn er mit seinen unkonventionellen Methoden zur Aufklärung eines Verbrechens beitragen konnte.

»Werden Sie also pünktlich sein?«, fragte Ferdinand zu Waldsassen und brachte Hajo von seinen gedanklichen Abschweifungen wieder in die Realität zurück.

»So pünktlich wie der Alte Peter«, antwortete er.

Der Alte Peter, im Volksmund liebevoll so genannt, war die Kirche St. Peter am Viktualienmarkt im Herzen von München, die älteste Pfarrkirche in der Residenzstadt des Königs, nach deren Geläut alle ihre Uhren richteten.

Waldsassen verneigte sich kurz, er bewegte sich wie alle seines Standes, als hätte er einen Spazierstock verschluckt und Schmisse von irgendeiner Studentenverbindung im Gesicht, und nahm schon die Türklinke in die Hand, als Adam ihn fragte: »Die Waffen – womit soll das Ganze vonstattengehen?«

»Das Übliche – Duellpistolen.«

»Ich habe keine Duellpistolen«, sagte Hajo.

»Keine Sorge. Wir stellen sie.«

»Ich hätte eigentlich an was anderes gedacht …«

»Woran?«

»Na ja – Säbel, Boxen, Pfeil und Bogen – was auch immer.« Hajo lächelte, weil er merkte, dass er Waldsassen mit seinen flapsigen Bemerkungen bis zur Weißglut reizen konnte, was ihm in diesem Fall ein Herzensanliegen war.

Waldsassen lief wunschgemäß rot an und ballte die Fäuste. Hajo konnte beinahe das Zähneknirschen des Sekundanten hören, er sah es an den Ossa jugalia, den Wangenknochen. Er kannte seine eigene Schwäche dafür, sein Gegenüber allein mit Worten aus der Fassung zu bringen. Und bei diesem eingebildeten Sekundanten konnte er nicht widerstehen.

Aber bevor Waldsassen vor lauter Wut noch platzte, beschloss Hajo, wieder auf Konzilianz umzuschalten. »Also gut«, sagte er. »Dann eben Duellpistolen. Ich dachte immer, der Herausgeforderte hat die Wahl der Waffen. Wenn ich schon nicht die Wahl des Zeitpunkts habe.«

»Da befinden Sie sich im Irrtum«, erwiderte der Sekundant schmallippig. »Der Beleidigte bestimmt Waffen, Ort und Zeitpunkt.«

»Wenn Sie es sagen«, erwiderte Hajo. »Ich will ganz ehrlich sein – wir haben uns mit dieser Thematik noch nicht näher beschäftigt.«

»Vielleicht, weil wir grundsätzlich etwas gegen Duelle haben«, wandte Adam ein.

Ferdinand zu Waldsassen – jetzt fiel Hajo wieder ein, woher er ihn kannte: Er war einer der führenden Köpfe der erzkatholischen Bayerischen Patriotenpartei – blieb in der Tür stehen und räusperte sich. Sein Gesicht hatte einen Ausdruck von Verachtung angenommen. »Was soll das? Wollen Sie sich davor drücken?«

»Wovor?«, stellte sich Hajo absichtlich dumm.

»Davor, sich für Ihre Beleidigungen zu verantworten. Ist es das, was Sie damit sagen wollen? Sie verweigern Ihrem Herausforderer ein Duell, nachdem Sie ihn auf das Gröbste beleidigt haben? Sind Sie etwa ein Mann ohne Ehrgefühl?«

»Nein, ganz und gar nicht. *Wat mutt, dat mutt*, wie mein Vater – er war Hamburger – immer zu sagen pflegte«, erwiderte Hajo mit einem maliziösen Lächeln, war er doch darauf aus, Ferdinand zu Waldsassen aufs Neue zu provozieren.

Er hatte tatsächlich Erfolg damit, Waldsassen plusterte sich auf wie ein Gockel, der den Hühnerstall beeindrucken wollte. »Meine Herren – ich darf doch bitten! Ich habe den Eindruck, Sie nehmen das Ganze nicht ernst genug. Es handelt sich schließlich um eine Angelegenheit auf Leben und Tod.«

»Und um Festungshaft, wenn wir dabei erwischt werden, bevor oder nachdem wir uns gegenseitig massakriert haben«, fügte Hajo nonchalant hinzu. »Duelle sind strengstens untersagt, das dürfte auch Ihrer Seite nicht ganz unbekannt sein.«

»Von unserer Seite erfährt niemand etwas. Das ist eine Ehrensache.«

»Sie sagen es – mit der Ehre ist das so eine Sache …«

»Was wollen Sie damit andeuten?«

Hajo winkte ab. »Lassen wir das. Wenn nach dem Schusswechsel die Ehre wiederhergestellt wurde, auf welcher Seite auch immer, dann sollte der Satisfaktion Genüge getan sein.«

Ferdinand zu Waldsassen schien über den Sinn dieser Aussage nachzudenken, offenbar erfolglos. Irgendwie war ihm dieser Pathologieprofessor nicht ganz geheuer, dieser Akademiker hatte etwas Doppelbödiges und Spöttisches an sich, und das ärgerte ihn über alle Maßen. Also beschloss er im Gegenzug, dem arroganten Lümmel wenigstens eine schlaflose Nacht zu bescheren. Er schüttelte verärgert den Kopf und machte dann ein bedrohliches Gesicht, bevor er sagte: »Ich sollte das eigentlich nicht tun, aber ich warne Sie – mein Vorgesetzter, Oberst Schellenberg, der Sie gefordert hat, ist der zweitbeste Schütze in unserem Gebirgsschützenregiment. Ich erwähne das nur, damit Sie darüber nachdenken, was morgen früh auf Sie zukommt.«

»Danke für die Warnung«, sagte Hajo und nahm das Glas Brandy, das Adam ihm reichte. »Richten Sie Ihrem Kameraden aus, dass ich mir Gedanken machen würde, wenn er der Beste wäre.«

Ferdinand zu Waldsassen kniff die Lippen zusammen, machte Anstalten, noch etwas zu entgegnen, verabsentierte sich dann jedoch ohne ein weiteres Wort, wobei er immerhin zuerst die Hacken zusammenschlug und zackig salutierte.

»Weißt du was?«, sagte Hajo und wandte sich seinem Freund zu. »Ich hasse dieses militärische und ehrpusselige Getue.«

»Schon klar«, antwortete Adam. »Darum bist du auch der erste Pazifist in Bayern. Aber pass bloß auf, dass du morgen früh nicht der letzte bist!«

2

Adam Bittencourt, Dozent und Experte für Völkerkunde und Geschichte an der Universität München, war seit jeher Hajos Freund. Er entstammte der Verbindung eines hanseatischen

Kaufmanns mit einer brasilianischen Schönheit und hatte einen Großteil seiner Kindheit in Manaus im brasilianischen Urwald verbracht. Weshalb er über Kenntnisse und Eigenschaften verfügte, die über das damalige Verständnis weit hinausgingen. Außerdem beherrschte er exotische Kampfsportarten, kannte alle Gifte dieser Welt und deren Wirkung und war überaus gewandt im Umgang mit Waffen aller Art, was ihn neben seiner absoluten Loyalität für seinen Freund und Adoptivbruder Hajo unverzichtbar machte.

Als Adams Eltern in Brasilien an der Cholera gestorben waren, hatte Hajos Vater den Jungen adoptiert, sein Vater war ein Geschäftsfreund gewesen.

Wenn Adam nicht als Dozent auftrat, hielten ihn viele für einen Diener Hajos. Ihm machte es Spaß, in diese Rolle zu schlüpfen, er hatte schauspielerisches Talent und eine diebische Schadenfreude, wenn er gewisse Herrschaften, die ihren Status und ihre eingebildete Wichtigkeit vor sich hertrugen, an der Nase herumführen konnte. Außerdem gelangte er auf diese Weise oft an wertvolle Hintergrundinformationen seitens des tatsächlichen Dienstpersonals, das eher bereit war, klandestines Wissen herauszurücken, wenn es annahm, dass er ihresgleichen war. Und wenn er ehrlich war: Bei einem verzwickten Kriminalfall das Zünglein an der Waage zu sein reizte ihn genauso wie seinen Freund.

Adams Schwäche war sein Leichtsinn, bei ihm überwog die spielerische Komponente, die ein gesundes Angstgefühl oft ausschloss. Aber dieses Mal machte er sich doch Sorgen um Hajo, der seiner Meinung nach zu leichtfertig auf etwas zusteuerte, das ihn Kopf und Kragen kosten konnte – im wahrsten Sinne des Wortes.

»Du solltest das nicht auf die leichte Schulter nehmen«, meinte er deshalb und sah zu, wie Hajo seinen Drink genoss. »Was hast du diesem Schellenberg nur getan, dass er danach trachtet, dein Leben zu beenden?«

»Ich habe ihn beleidigt.«

»Womit?«

»Indem ich ihn einen widerwärtigen Hundsfott genannt habe. Ist mir so herausgerutscht.«

Adam zog die Augenbrauen hoch. »Ja – das ist schon so etwas wie eine Beleidigung, könnte man sagen. War sie gerechtfertigt?«

»Ich finde schon.«

»Was hat er getan?«

»Er hat auf offener Straße eine Frau geschlagen. Das konnte ich nicht zulassen.«

»Das heißt – du hast ihn im Gegenzug ebenfalls geschlagen?«

»Könnte man so sagen, ja.«

»Willst du mir nicht erzählen, was sich wie zugetragen hat?«

Hajo machte es sich in seinem Lieblingssessel bequem und seufzte, dann nahm er noch einen Schluck von seinem Drink. »Um es kurz zu machen, ich war in Haidhausen unterwegs. Nachts. In einer Mietdroschke. Im Arbeiterviertel.«

»Um deine Aussage zu konkretisieren – du warst also dort, wo spezielle Damen ihrer speziellen Arbeit nachgehen?«

Hajo verdrehte die Augen und antwortete nicht. Dass Adam ihn durchschaute und damit aufzog, war er gewohnt. Aber dann sagte er doch: »Willst du jetzt die ganze Geschichte hören oder nicht?«

Adam machte eine einladende Geste.

Hajo betrachtete eingehend seinen Drink und drehte das Glas in seiner Hand. »Ich hatte eine Verabredung mit Manteuffel. In seinem Stammlokal.«

»Dem Polizeikommissar?«

»Kennst du sonst noch einen Manteuffel?«, fragte Hajo.

»Nein.«

»Also. Ich traf ihn in der ›Deutschen Eiche‹. Er wollte meine Meinung zu einem anderen Fall hören.«

»Und? Konntest du ihm weiterhelfen?«

»Ich habe ihm versprochen, die Leiche morgen zu untersuchen. Es handelt sich um eine Ertrunkene. Ein Mädchen, das angeblich in seiner Verzweiflung ins Wasser gegangen ist. So sah es jedenfalls aus, als man ihre Leiche gefunden hat. Manteuffel hat den Verdacht, dass sie sich nicht selbst das Leben genommen hat, wie es auf den ersten Blick aussah, sondern ermordet wurde. Sein Vorgesetzter will den Fall so schnell wie möglich vom Tisch haben, aber Manteuffel hat so seine Zweifel.«

»Und die hat er dir mitgeteilt«, konstatierte Adam.

»So ist es.« Hajo seufzte. »Manteuffel ist der Einzige im gesamten Polizeiapparat, der seinen Beruf ernst nimmt und einen Fall nicht für abgeschlossen erklärt, nur weil das Opfer aus einfachen Verhältnissen stammt und kein Hahn danach kräht. Da ich das respektiere und unterstütze, bin ich ihm in dieser Angelegenheit gerne behilflich.«

»Das weiß ich. Warum zieht er einen Suizid in Zweifel?«

»Weil der Leichnam im Oberstjägermeisterbach im Englischen Garten aufgefunden wurde. Gehst du in einen Bach, der zum größten Teil nur knietief ist, wenn du ersaufen willst?«

»Wohl kaum.«

»Manteuffel sieht das genauso. Ich werde den Leichnam morgen unter die Lupe nehmen.«

»Wenn du da noch unter den Lebenden weilst«, sagte Adam.

Hajo zuckte mit den Schultern. »Mit Schellenberg werde ich schon fertig.«

Jetzt war Adam erst recht alarmiert. »Woher willst du das wissen?«

»Weil er kurzsichtig ist. Ich habe ihm seine Brille zertreten. Er stand über der Frau, sie lag auf der Straße. Er zerrte sie an den Haaren. Sie schrie, er schlug auf sie ein. Da habe ich ihn von ihr weggestoßen, und in dem Handgemenge habe ich ihm einen Hieb auf die Nase verabreicht. Und die Brille.«

»Bravo. Wie hat er reagiert?«

»Er hat geschrien: ›Das wird Sie teuer zu stehen kommen!‹«

»Und dann?«, fragte Adam.

»Die Frau ist weggerannt, er stand auf, hielt sein Taschentuch an die blutige Nase, fuchtelte mit der freien Hand herum und brüllte: ›Ich kenne Sie! Sie sind dieser von Zündt!‹«

Adam schüttelte den Kopf. »Das kommt davon, wenn man im Licht der Öffentlichkeit steht.«

»Nicht unbedingt. Ich habe ihm meine Karte vor die Füße geworfen und gesagt, dass ich ihm jederzeit für eine Revanche zur Verfügung stehe. Und dass ich es nun einmal nicht dulden kann, wenn man eine Frau schlägt. Dann bin ich in die Droschke gestiegen und weggefahren. Er hat mir noch nachgeschrien: ›Das war keine Frau! Das war eine Hure, die mich bestohlen hat!‹«

»Ein wahrer Gentleman.«

»Kann man so sagen.« Hajo schwieg einen Moment, dann sah er Adam an. »Ich muss dich was fragen. Hast du Zeit morgen früh?«

»Um sechs?«

»Lässt sich anscheinend nicht ändern«, sagte Hajo mit schiefem Grinsen.

»Hättest du eine Alternative?«

»Nein.«

Jetzt war es Adam, der seufzte. »Was bleibt mir also anderes übrig?«

Hajo klopfte Adam auf die Schulter. »Danke.«

»Keine Ursache. Was soll ich machen, wenn er dich erschießt?«

»Wird er nicht.«

»Bist du dir da so sicher? Ich frage mich, ob du ein Held bist oder nur ein verfluchter Narr, der für eine Sache, die ihn eigentlich nichts angeht, sein Leben riskiert.«

»Was erwartest du?«, fragte Hajo. »Soll ich heulen und mit den Zähnen klappern?«

»Nein.«

»Na also. Bleibst du zum Abendessen?«

Adam zeigte ein versöhnliches Lächeln. »Gerne.«

»Sehr schön. Und noch etwas …«

»Ich weiß schon – kein Wort von dieser Affäre zu unserer Mutter«, sagte Adam, der manchmal dachte, dass er seinen Freund besser kannte als der sich selbst.

»Oder zu Charlotte.«

»Ach, sie kommt auch?«

»Ja. Was dagegen?«

»Warum sollte ich?«

»Eifersüchtig?«, fragte Hajo.

Sie sahen sich an und mussten beide grinsen.

3

Berta von Zündt führte ein herrschaftliches Haus mit zahlreichem Dienst- und Küchenpersonal als Witwe eines wohlhabenden und angesehenen Diplomaten, der in der ganzen Welt herumgekommen war, was man dem Inneren des Hauses ansah: Alles war mit exotischen und zum Teil seltsamen Artefakten und Möbeln, ausgestopften Tieren aus fernen Kolonialgebieten, Gobelins und Gemälden ganz im Stil der Gründerzeit ausgestattet, die Wände pompejanisch rot, dazu schwere Teppiche auf Eichenholzparkett.

Hajos und Adams Geschmack war das nicht unbedingt, aber wenn ihre Mutter sich wohlfühlte, weil sie fand, dass sie ihrer gesellschaftlich exponierten Stellung eine gewisse Art von Repräsentation schuldig war, sollte es ihnen recht sein. Schließlich pflegte sie regelmäßigen Umgang mit allem, was Rang und Namen hatte. Ihre Soireen waren begehrt, sie war eine äußerst beliebte und großzügige Gastgeberin und machte ganz im Sinne ihres verstorbenen Gatten weiter, der auf so tragische Weise ums Leben gekommen war. Auch nach dessen Tod war sie eine lebenslustige, aufgeschlossene Frau geblieben, deren Ziel es war, eine richtige und angemessene Partie für ihren leiblichen Sohn zu finden. Dessen war sich Hajo durchaus bewusst, er spielte dieses Spiel mit, aber das war es für ihn auch: ein Spiel.

Berta von Zündt war stolz auf ihre Söhne und ihre wissenschaftlichen Laufbahnen, auch wenn sie ihre gelegentlichen Verstrickungen in die niederen Gefilde der Kriminalität nicht unbedingt verstand und goutierte. Das Einzige, was ihr Kummer bereitete, war, dass ihr älterer Sohn immer noch keinerlei Anstalten machte, eine standesgemäße Verbindung einzugehen. Dabei tat sie ihr Möglichstes, um Hajo mit entsprechenden Kandidatinnen zu verkuppeln, aber Hajo hatte bisher bei keiner so recht angebissen.

Was ihren Adoptivsohn Adam anging – den sie nicht weniger liebte –, war sie in dieser Hinsicht neutral. Adam ging seinen eigenen Weg. Berta von Zündt hatte im Laufe der Jahre beschlossen, sich da nicht einzumischen.

Um Schlag acht Uhr war es so weit. Die Zufahrt zum Palais war festlich mit Fackeln erleuchtet. Droschken fuhren vor, die Damen und Herren der gehobenen Gesellschaft gaben sich die Ehre. Zwölf handverlesene Personen waren gekommen, Berta von Zündt war abergläubisch – wie im Märchen von Dornröschen wollte sie keine dreizehnte Person zum Abendessen einladen. Aber wie immer hatte sich ihr Sohn nicht daran gehalten und Charlotte Brauchitsch dazugebeten, seine siebenundzwanzigjährige Assistentin von der Universität.

Berta schätzte Charlotte, sie war hübsch, beherrschte die Kunst der Konversation, weil sie eloquent war und kein Blatt vor den Mund nahm, auch wenn sie nach einem Glas Champagner dazu neigte, allzu unverblümt Missstände zu kritisieren, die ihrer Meinung nach dringend beseitigt werden mussten. Und wenn sie erst damit anfing, konnte sie nicht mehr aufhören. Als der liebe Gott das Temperament vergab, hatte Charlotte wohl gleich zweimal aufgezeigt und »Hier!« gerufen, dachte Berta.

Charlotte entstammte der Familie eines Arztes, der sich auf seelische Krankheiten spezialisiert hatte, rege Korrespondenz mit einem Kollegen in Wien namens Sigmund Freud führte und außerdem ein Freund Hajos war. Vor ein paar Jahren war Charlottes Vater unter mysteriösen Umständen verstorben. Charlotte vermutete immer, dass ihr Vater Opfer eines Giftanschlages geworden war, doch den Beweis für diesen Verdacht konnte sie nie antreten, auch wenn sie darüber spekulierte, dass er einem mächtigen und einflussreichen Mann in die Quere gekommen war, dessen Frau er behandelt hatte. Der Tod ihres Vaters hatte ihr Interesse für Chemie geweckt.

Sie hätte dieses Fachgebiet für ihr Leben gerne studiert, aber Frauen waren zum Studium nicht zugelassen, eine Ungerechtigkeit, die Charlotte immer wieder zur Weißglut brachte und sie folgerichtig zur entschlossenen Kämpferin für Gleichberechtigung machte. Schließlich hatte sie zugesagt, als Assistentin für Hajo zu arbeiten, der ihr eine Anstellung in seinem Fachbereich gegen große Widerstände besorgt hatte. Hajo war grundsätzlich der Meinung, dass jede Frau und jeder Mann nicht nach dem Geschlecht, sondern nach Talent und Können beurteilt werden sollte – und so war es gekommen, dass Charlotte ihm dabei half, sein chemisches Labor auf- und auszubauen. Sie war davon besessen, Gifte im Körper nachweisen zu können, woran auch Hajo forschte, und arbeitete ständig daran.

Charlotte war ein Freigeist in jeder Beziehung. Sie und Hajo hatten seit einem Jahr ein heimliches Verhältnis, von dem niemand auch nur etwas ahnte. Außer Adam. Denn zu ihm fühlte sie sich genauso hingezogen wie zu Hajo.

Sollte sie sich für einen von ihnen entscheiden? Warum?

Nein, das kam ihr nicht in den Sinn. Sie hatte ein wildes Herz, das groß genug war für beide. Hajo und Adam verstanden das. Und akzeptierten es. Jeder für sich war etwas Besonderes. Und sie war es ebenso, im Allgemeinen sowieso und erst recht für Hajo und Adam: etwas Einmaliges. Sie sahen es als

Privileg an, private und intime Momente mit ihr teilen zu dürfen, ohne dass einer dem anderen deswegen in die Parade fuhr.

Der eine war auf seine Art ein Genie, intelligent, unabhängig, großzügig, tolerant, und er ließ ihr sämtliche Freiheiten. Der andere war ungestüm, fordernd und leidenschaftlich, sobald sie unter sich waren. Aber wenn sie mit Hajo zusammen war, neidete Adam es ihm nicht, umgekehrt war es genauso. Es war das ideale Arrangement für alle Beteiligten.

Was Charlotte auf keinen Fall wollte: sich binden. So hatten sie stillschweigend eine für alle Seiten gültige Abmachung getroffen, die ohne Eifersucht auskam und gegenseitiges Vertrauen beinhaltete. Eine waschechte Ménage-à-trois. Und damit ein absolutes Unding im Jahr 1886. Aber solange es ihr Geheimnis blieb, lief es wunderbar. Mehr noch: Sie waren glücklich damit. War der eine nicht da, gab es den anderen. Und umgekehrt. Hajo und Adam liebten Charlotte, jeder auf seine Art, und sie liebte alle beide. Auf ihre Art.

Vor Kurzem war Charlotte dem »Allgemeinen Deutschen Frauenverein« beigetreten, und sie sah sich als Vorkämpferin für die Emanzipation der Frau. So gab sie sich auch – sie rauchte leidenschaftlich gerne, spielte Billard und Karten. Außerdem war sie ungewöhnlicherweise eine genauso trainingsfleißige wie überragende Sportlerin. Sie beherrschte sogar die Kunst der Selbstverteidigung, die Adam ihr beigebracht hatte.

Charlottes Eintreten für die Gleichstellung der Frau hatte zuweilen etwas Nervtötendes, aber Berta von Zündt ließ sich gelegentlich gerne auf eine Grundsatzdiskussion bei Tisch mit ihr ein, weil sie temperamentvoll und hitzig ihre Thesen verteidigte und Leben in die Bude brachte, wie Berta von Zündt mit Gelassenheit konstatierte, schließlich war sie stolz auf ihre Liberalität. In ihrem Hause brauchte niemand mit seiner Meinung hinter dem Berg zu halten – solange man sich an gewisse Grenzen der Etikette hielt.

Nur als zukünftige Ehepartnerin ihres Sohnes konnte sie sich Charlotte nicht vorstellen, da schwebte ihr schon jemand aus besseren Kreisen vor. Das behielt sie aber für sich, weil sie wusste, wie Hajo reagieren würde – das Gegenteil von dem tun, was sie sich vorstellte. Das wollte sie um Gottes willen nicht riskieren.

Charlotte genoss bei Hajos Mutter eine besondere Narrenfreiheit, zumal sie etwas konnte, womit sie die feinen Herrschaften als eine Art geistiger Digestif nach dem Dinner aufs Beste unterhielt: Sie spielte hervorragend Klavier. An diesem Abend wusste sie die Anwesenden mit Klavierstücken von Schubert und Mozart glänzend zu unterhalten.

Hajo schützte Müdigkeit vor und verließ die Gesellschaft Punkt Mitternacht, obwohl seine Mutter noch extra zwei unverheiratete adlige Damen, altersmäßig passend zu ihm, eingeladen hatte, die ihm beide schöne Augen machten. Er sah blendend aus, war aus bestem Hause, charmant, wenn er wollte, hatte zwei Berufe, die ihm eine gewisse geheimnisvolle Aura verliehen, von der sich frustrierte gelangweilte Witwen und unverheiratete Frauen der besseren Gesellschaft unwiderstehlich angezogen fühlten. Dass er keinerlei Spekulationen anheizte, die eine oder andere zumindest in Erwägung zu ziehen, schien ihn nur umso interessanter zu machen. Manchmal kam Hajo sich vor wie der begehrteste Junggeselle der Stadt München. Was ihn manchmal schier in den Wahnsinn trieb.

Dass er in sechs Stunden zu einem Duell auf Leben und Tod antreten musste, sagte er niemandem. Wenn seine Mutter davon erfuhr, würde sie Himmel und Hölle in Bewegung setzen, um das zu verhindern – egal wie. Erst recht Charlotte. Sie würde ihn fesseln und knebeln, damit er erst gar nicht aus dem Haus kam. Aber er wollte dieser Auseinandersetzung auf gar keinen Fall aus dem Weg gehen. Dieser Oberst von Schellenberg verdiente einen Denkzettel, und Hajo war gewillt, ihm einen zu verpassen.

4

Die Glocke vom Alten Peter war deutlich zu hören, als Hajo und sein Sekundant und Adoptivbruder Adam aufbrachen. Halb sechs. Es dämmerte, und Nieselregen hatte eingesetzt. Sie machten sich zu Fuß auf den Weg, denn Hajo hatte gemeint, ein kleiner, stramm geführter Spaziergang durch den Englischen Garten wäre genau das Richtige, um wach zu werden.

Adam hatte nicht widersprochen. Er hatte, was er nicht sagte, nach dem festlichen Abend kein Auge zugetan. Im Gegensatz zu Hajo, der einen inneren Wecker sein Eigen nannte, nach Mitternacht tief geschlafen hatte und wie geplant pünktlich um fünf Uhr aufgewacht war.

Er hatte sich rasiert und sich einen starken Kaffee in der weiträumigen, zu dieser frühen Stunde noch menschenleeren Küche gemacht, Adam war rechtzeitig dazugestoßen. Beide hatten sie wortlos am großen Tisch gesessen, an dem normalerweise die Speisen zubereitet wurden. Das Personal war noch in den Federn, sie wollten aufbrechen, bevor die häusliche Routine losging.

Es hätte ein schweigsamer Spaziergang unter Freunden durch den frühmorgendlichen Park sein können. Wenn man sich so lange und so gut kannte wie die beiden, dann verstand man sich auch ohne Worte. Aber angesichts dessen, was Hajo bevorstand, spielte jeder im Kopf durch, was alles passieren konnte. Und das war erschreckend genug.

Der Kies auf dem Weg knirschte, ab und zu fielen ein paar dicke Tropfen von den Bäumen auf sie, aber sie waren dem Anlass und dem Wetter entsprechend mit Paletot und Zylinder ausgerüstet, und Hajo ging, raschen Schrittes, ganz in Gedanken versunken vor sich hin. Er schwang seinen Spazierstock, den er immer bei sich hatte, als wären sie unterwegs zu einem Picknick im Freien, das für sie vorbereitet war und auf dem eine fröhliche Gesellschaft auf sie wartete.

5

Die Gesellschaft wartete, aber sie war alles andere als fröhlich.

Am Fuße des Monopteros, des klassizistisch-griechischen Tempels, der unter König Ludwig I. errichtet worden war und der im aufziehenden Morgenlicht auf dem exponierten Hügel in strahlendem Weiß leuchtete, standen drei Männer und sahen ihnen mit ernsten Mienen entgegen. Im Hintergrund war eine Kutsche mit zwei Pferden, der Kutscher hatte es sich abseits unter einem Baum im Trockenen gemütlich gemacht und stopfte sich eine Pfeife.

Er wartete auf das, was unweigerlich kommen musste, und insgeheim freute er sich darauf, dass die Hochwohlgeborenen dabei waren, sich gegenseitig abzumurksen. Er war im Grunde seines Herzens heimlicher Anarchist, seit er Bakunin gelesen hatte, aber nur theoretisch, nicht praktizierend, und wünschte all diesen Blaublütigen die Pest an den Hals. Nach außen hin gab er sich brav und königstreu, etwas anderes konnte er sich gar nicht leisten als Vater von fünf Kindern, die er zu ernähren hatte. Aber die Gedanken waren Gott sei Dank frei, auch wenn er es nur so weit gebracht hatte, sich den Sozialdemokraten anzuschließen. Heimlich, seine Frau durfte nichts davon wissen. Denn sie war der festen Überzeugung, dass man sich, wenn man nicht mit einem goldenen Löffel im Mund geboren war, am besten unauffällig durchs Leben schlug und nur das tat, was in den Augen der Obrigkeit angebracht und im Sinne der katholischen Kirche gottgefällig war.

Hajo und Adam verließen den Weg und gingen durch das nasse Gras auf die wartenden Männer zu. Waldsassen und Schellenberg trugen Uniform, der dritte Mann einen schwarzen Trenchcoat.

In angemessener Entfernung, auf seinen Stock gestützt, blieb Hajo stehen und sah zu, wie Adam auf die Kontrahenten zutrat, sich vorstellte und seinen Zylinder lüpfte, wie es die anderen ebenfalls taten und wie es ein Mindestmaß an Höflichkeit erforderte. Waldsassen hatte einen schmalen Koffer dabei, den er auf einem bereitgestellten Tischchen aufklappte. Darin lagen die Duellpistolen, die Adam inspizierte, bevor er Waldsassen zunickte. Die beiden führten ein kurzes Gespräch, während Schellenberg abseitsstand und Hajo einen gehässigen Blick zuwarf, den Hajo betont neutral erwiderte.

Er konnte nicht verstehen, was die beiden Sekundanten besprachen, aber es betraf wohl den detaillierten und korrekten Ablauf des Duells. Ihre Atemwolken zeigten an, wie kalt es in aller Früh noch war.

Schließlich kam Adam zu Hajo zurück und sagte: »Es ist alles so, wie es sein sollte. Die Pistolen sind nagelneu und unbeschossen. Du suchst dir eine heraus, und ich werde ein Auge darauf haben, dass beide ordnungsgemäß geladen werden. Ich habe von Schellenberg, wie es bei Duellen üblich ist, gefragt, ob er wirklich einen Schusswechsel will oder ob die Sache mit unserem Zusammentreffen abgetan ist. Er hat ausdrücklich betont, dass er auf Satisfaktion besteht.«

»Wer ist der dritte Mann?«

»Dr. Severing. Ein Arzt.«

»Na – die haben ja an alles gedacht.«

»Kann man so sagen. Bist du bereit?«

»Bereit, wenn die es sind«, antwortete Hajo und ging gemessenen Schrittes auf die drei Männer zu, lüftete wortlos seinen Zylinder und wurde von ihnen auf die gleiche Art begrüßt.

Es war zunehmend windig geworden, und die Wolkendecke riss allmählich auf. Der Regen hatte inzwischen aufgehört.

Hajo sah, dass Baron von Schellenberg schwitzte, zudem hatte er rote Flecken im Gesicht – und keine neue Brille auf der Nase.

Ferdinand zu Waldsassen lud die Pistolen unter der Aufsicht von Adam, bevor er sie beide ausstreckte und sagte: »Herr von Zündt – Sie haben die Wahl.«

Hajo schnappte sich ohne viel Federlesens eine der Waffen, sah sie kurz an und fragte: »Wie ist das Prozedere?«

Waldsassen räusperte sich und erklärte den weiteren Ablauf. »Sie stellen sich Rücken an Rücken, gehen auf mein Kommando fünfundzwanzig Schritte und drehen sich um. Ich stehe in gebührender Entfernung und halte ein Tuch in meiner ausgestreckten Hand. Sobald das Tuch fällt, schießen Sie. Das wäre alles.«

»Womit sind die Pistolen geladen?«

»Kaliber 17 Millimeter«, antwortete Adam.

Hajo warf seinem Freund einen kurzen, aber bedeutungsvollen Blick zu. Er war ein Experte, was Schusswaffen anging, und er wusste, dass eine Kugel dieses Kalibers schreckliche Wunden verursachte. Wunden, die bisweilen erst nach Tagen zum Tod des Verletzten führten.

»Nun denn«, sagte er, »ein großes Kaliber. Angemessen für eine große Beleidigung. Dann wollen wir diese Angelegenheit mal hinter uns bringen.«

»Sind Sie so weit, Oberst?«, fragte Waldsassen.

Schellenberg nickte und stellte sich in Positur. Der Arzt und Waldsassen nahmen entsprechend Abstand. Adam gesellte sich zum Arzt.

Hajo ging auf Schellenberg zu, kehrte ihm wie verlangt den Rücken und spürte seinen Gegner körperlich, bevor er auf das Kommando von Waldsassen hin losmarschierte und seine fünfundzwanzig Schritte machte. Baron von Schellenberg tat das Gleiche. Sie drehten sich um und sahen sich an. Hajo merkte, dass sein Gegner zitterte, als er seinen Blick erwiderte. Kein Zweifel, Schellenberg hatte Angst.

Ferdinand zu Waldsassen meldete sich noch einmal zu Wort. »Da sich die beiden Parteien bereit erklärt haben, sich einem Duell zu stellen, und damit ihre eindeutige Absicht kundgetan haben, einen Schusswechsel tatsächlich durchzuführen, wäre der Satisfaktion Genüge getan, wenn sich Herr von Zündt entschuldigen würde.« Er sah Schellenberg demonstrativ an.

»Ich wäre damit einverstanden«, sagte der Oberst. »Wenn sich Herr von Zündt der Schwere seiner Beleidigung angemessen entschuldigt.«

Waldsassen nickte und wandte sich erneut an Hajo. »Ich frage Sie, Herr von Zündt – sind Sie dazu bereit?«

»Wozu?«

»Sich zu entschuldigen.«

Adam nickte seinem Freund auffordernd zu. Dies war die letzte Chance, aus einem selbst initiierten Dilemma herauszukommen, ohne dass einem ein Zacken aus der Krone fiel. Oder einer der Kontrahenten sein Gesicht verlor. Gewissermaßen die goldene Brücke über den Hades.

Doch Hajo schüttelte verneinend den Kopf. »Ich habe mich für nichts zu entschuldigen. Jetzt, wo wir schon mal hier sind, tragen wir das auch aus.« Er nahm seine Schussposition ein und richtete seine Waffe auf den Gegner.

»Dann sei es so«, sagte Waldsassen. »Auf mein Zeichen hin …«

Er streckte seinen rechten Arm mit einem roten Tuch aus und wartete darauf, dass auch Schellenberg seine Schussposition einnahm.

Schellenberg drehte sich seitlich, sodass er seinem Gegner möglichst wenig Angriffsfläche bot, und hob seine Pistole.

Sie hörten, wie der Alte Peter anfing, sechs Uhr zu schlagen.

Beim fünften Glockenschlag, Waldsassen hielt das Tuch noch immer ausgestreckt in seiner Hand, drückte Schellenberg ab.

Ein dumpfer Knall durchbrach die Stille zwischen den Glockenschlägen, und Hajo spürte, wie etwas glühend Heißes seine linke Wange streifte. Er geriet leicht ins Wanken.

Waldsassen ließ das Tuch fallen, wohl eher im Schreck, weil der Oberst zu früh geschossen hatte. Adam zuckte zusammen. Er sah, dass Hajo an der Wange blutete.

Hajo schoss noch immer nicht, hielt seine Waffe jedoch weiter auf Schellenberg gerichtet. Für einen Augenblick schien es, als würde die Welt stillstehen. Nur Schellenbergs Pistole rauchte, und der sechste Glockenschlag ertönte.

Schließlich ließ der Oberst seine Waffe fallen und sank auf die Knie, den Arm hielt er schützend vor das Gesicht. Aber das würde nicht viel nützen, wenn die Kugel mit dem Monsterkaliber 17 Millimeter traf.

Alles wartete auf Hajo, der mit der freien Hand seine Wunde abtastete und seine blutigen Finger betrachtete, seine rechte mit der Waffe hielt er immer noch ausgestreckt. Er konnte nun in aller Ruhe Schellenberg anvisieren und ihn mit einem Volltreffer ins Jenseits schicken. Der Zeigefinger seiner rechten Hand war am Abzug seiner schweren Duellpistole. Die Hand zitterte kein bisschen.

Adam spürte sein Herz bis zum Hals schlagen. Er fragte sich, ob Hajo seinen Gegner jetzt töten würde. Grund genug dafür hätte er. Schellenberg hatte geschossen, bevor das Zeichen zum Schusswechsel gegeben worden war. Damit hatte er vor Zeugen einen fundamentalen Regelbruch begangen. Jetzt wusste er, dass er Hajo von Zündt auf Gedeih und Verderb ausgeliefert war. Sein Tod war nur noch eine Frage von ein paar letzten Atemzügen, die ihm sein Gegner zugestand.

Hajo wartete schier endlos lange.

Schellenberg fing an zu wimmern. »Jetzt schießen Sie doch endlich!«, sagte er jammernd.

Und das tat Hajo schließlich.

Allerdings richtete er seine Pistole gen Himmel, als er abdrückte. Dann warf er die rauchende Waffe verächtlich beiseite und ging zu Adam, der ihm seinen Stock hinhielt. Zusammen traten sie ohne ein weiteres Wort den Rückzug an und verließen den Ort des Duells.

Waldsassen und der Arzt kümmerten sich um Schellenberg, während der Kutscher aufstand, seine Pfeife ausklopfte und sich ein Grinsen verkneifen musste. Dem eitlen Oberst Baron von und zu Schellenberg hatte dieser seltsame von Zündt wirklich gezeigt, wo der Hammer hing. Er gönnte es dem eitlen Pinsel von Herzen, gab er doch nie ein ordentliches Trinkgeld.

Aber dieses Mal würde es wohl üppiger ausfallen. Als Schweigegeld, damit er das schändliche Verhalten des Obersts nicht in alle Welt hinausposaunte.

Seine Frau würde sich über ein wenig mehr Haushaltsgeld freuen. Schließlich hatten sie fünf hungrige Mäuler zu stopfen.

6

Ein Dutzend Medizinstudenten, allesamt Erstsemester, wartete im Sektionssaal der Universität auf ihren Professor. Es war die erste Leichenschau für sie, deshalb waren sie im Gegensatz zu sonst nervös und harrten schweigend der Dinge, die da auf sie zukommen würden. Der Geruch nach Chemie und Tod war unverkennbar. Außerdem hatten ihre erfahreneren Kommilitonen es nicht unterlassen, ihnen reichlich Schauergeschichten über den Verlauf einer Sektion aufzutischen. Es war gewissermaßen die Initiation in die blutigen Gefilde ihres zukünftigen Gewerbes, da gehörte es zum guten Ton, die Einführung in die Welt des menschlichen Körpers mit ein wenig Schaudern zu garnieren.

Der Leichnam, der für die Obduktion schon auf dem dafür vorgesehenen Porzellantisch lag, war noch unter einem weißen Leintuch verborgen.

Einer der Studenten, der selbst berufene Scherzkeks der Truppe, versuchte, die angespannte Stimmung durch einen kleinen Witz aufzulockern. »Wisst ihr, was der Unterschied zwischen einem Internisten, einem Chirurgen, einem Irrenarzt und einem Pathologen ist?«

Da keiner etwas sagte, gab er selbst die Antwort. »Der Internist hat Ahnung, kann aber nichts. Der Chirurg hat keine Ahnung, kann aber alles. Der Irrenarzt weiß nichts und kann nichts, hat aber für alles Verständnis. Und der Pathologe weiß alles, kann alles, kommt aber immer zu spät.«

Doch außer ihm selbst lachte niemand. Im Gegenteil, einige der Anwesenden hatten bereits kalkweiße Gesichter angesichts dessen, was sie erwartete.

Als endlich die Tür aufging, zuckten einige von ihnen schon zusammen. Eine Frau im weißen Laborkittel betrat den Saal, sagte keinen Ton und ordnete mit viel Geklirr die diversen Schnitt-, Bohr- und Sägeinstrumente für die Leichenschau auf einem Stahltablett an.

Charlotte Brauchitsch.

Dass eine weibliche Person anwesend war, sorgte für zusätzliche Unruhe und Unbehagen unter den Studenten. Das waren sie nicht gewohnt, und es ließ sie noch verkrampfter werden, als sie es ohnehin schon waren.

Es war allgemein bekannt, dass Hajo von Zündt ein Unikum war, der als Einziger eine weibliche Hilfskraft und außerdem ein Faible für unorthodoxe Methoden und Vorgehensweisen hatte. Gleichwohl galt sein Unterricht als äußerst kompetent, auch wenn er den Ruf hatte, alles, was seit Jahrzehnten ungeschriebenes Gesetz war, in Frage zu stellen. Es hieß, er neige dazu, festgefügte Lehrmeinungen grundsätzlich anzuzweifeln und gegebenenfalls kurzerhand umzukrempeln.

Was nicht nur seine Gegner auf die sprichwörtliche Palme brachte, sondern auch die Fraktion der Studentenschaft spaltete: in glühende Anhänger, die in der Minderheit waren, und entschiedene Befürworter des Althergebrachten, die nur darauf warteten, dass Hajo von Zündt ein fachlicher Fehler nachzuweisen war, damit sie ihn anschwärzen konnten. Dies wäre auch der Mehrheit des Professorenkollegiums zupassgekommen, da sie diesen Protestanten gern in Schimpf und Schande vom Hof jagen wollten. Aber den Gefallen tat er ihnen allen nicht. Bisher jedenfalls.

Als die Ersten schon vor Anspannung im kühlen Sektionssaal zu schwitzen anfingen, betrat der allseits umstrittene Mann den Sektionssaal. Er hatte ein schneeweißes Hemd und Hosenträger an, grüßte Charlotte und die Studenten mit einem angedeuteten Kopfnicken und trat an den Tisch mit dem Leichnam.

Charlotte hielt seinen weißen Kittel bereit, half ihm hinein und band ihn in seinem Rücken zu. Hajo hatte ein dickes Pflaster auf der linken Wange. Charlotte fragte ihn leise, sodass nur er es hören konnte: »Was ist denn mit deinem Gesicht passiert?«

»Habe mich beim Rasieren geschnitten«, antwortete er kurz angebunden und ebenso leise.

Sie widmete ihm einen skeptischen Blick, untermalt von einer hochgezogenen Augenbraue.

Aber Hajo ging nicht weiter darauf ein, sondern wandte sich an die Studenten. »Morgen.«

»Guten Morgen, Herr Professor!«, antworteten die Studenten im Chor.

Egal, was für Gerüchte über Hajo von Zündt die Runde machten – ein Professor war eine Autoritätsperson, ihm gebührte entsprechender Respekt. Der Untertanengeist und der Gehorsam gegenüber Höhergestellten waren nicht nur in Bayern, sondern auch im gesamten Deutschen Reich bis auf ganz wenige Ausnahmen quasi Staatsreligion.

Hajo fragte Charlotte: »Fräulein Brauchitsch – hat Kommissar Manteuffel die Identität des Opfers inzwischen herausgefunden?«

»Nein, leider nicht, Herr Professor«, antwortete sie.

Vor den Studenten und in der Öffentlichkeit siezten sie sich, um Spekulationen über eine mögliche Beziehung zwischen ihnen nicht auch noch anzuheizen.

Charlotte zückte Notizblock und Stift, um die Kommentare des Professors aufzuschreiben. Dann wandte sich Hajo an die Studenten, die sich in einem Halbkreis um den Seziertisch aufgereiht hatten. »Meine Herren, bevor ich mit meiner Arbeit beginne, darf ich Sie darauf hinweisen, dass eine Obduktion nichts für schwache Gemüter ist. Sollte also der eine oder andere von Ihnen ein plötzliches Übelkeitsgefühl verspüren, dann darf ich doch bitten, dass er rechtzeitig den Sektionssaal verlässt, bevor er hier noch eine größere Schweinerei anrichtet als ich.«

Ein paar Studenten gackerten verhalten, weil sie die Worte des Professors für einen Scherz hielten, aber Hajo meinte es durchaus ernst. Er wusste aus Erfahrung, dass bei einer Leichenschau immer einer, der sich besonders abgebrüht gab, plötzlich aschfahl im Gesicht wurde, die Fassung verlor und umkippte.

Charlotte, die in diesen Dingen dickfellig war, freute sich schon klammheimlich darauf, dass eines der hochnäsigen Jüngelchen, die sich bereits einbildeten, der Weißkittelelite anzugehören, beim Ausweiden der Leiche im urplötzlich einsetzenden Bewusstsein der eigenen Sterblichkeit zusammenklappte oder die bereitstehende Nierenschale benutzen musste, die sie extra für solche Gelegenheiten bereitgestellt hatte. Solches geschah nahezu unweigerlich in der ersten Pathologiestunde. »Also, Herrschaften – letzte Gelegenheit, den Raum zu verlassen«, sagte sie.

Alle tauschten Blicke, aber niemand reagierte. Vor dieser jungen und ausnehmend hübschen Frau, eine absolute Ausnahmeerscheinung an der Universität, die offensichtlich wusste, wovon sie sprach, wollte sich keiner eine Blöße geben.

Bevor er *in medias res* ging, erläuterte Hajo noch einmal, um was es ging. »Was wir hier vor uns haben, ist ein weiblicher Leichnam. Unsere Aufgabe als Pathologen ist es nun, mit wissenschaftlichen Methoden festzustellen, wie die Tote ums Leben gekommen ist. Der Leichnam wurde uns von der Kriminalpolizei anvertraut, die wissen möchte, ob hier ein Suizid vorliegt oder ob es sich um ein Mordopfer handelt. Die Leiche wurde in einem fließenden Gewässer aufgefunden. Der zuständige Kommissar hat mich beauftragt, die Todesursache festzustellen. Wie gehen wir in diesem Fall vor?«

Ein Student, der vorlaute Witzbold, meldete sich mit Handzeichen.

»Sie heißen?«, fragte Hajo.

»Franz Tobler, Herr Professor.«

»Also?«

»Wir untersuchen den Leichnam gründlich und erstellen ein Protokoll zur möglichen Todesursache. Die Frage, die wir zu klären haben, lautet: Hat die Frau den Freitod im Wasser gesucht, oder wurde sie ertränkt?«

»Richtig, Herr Tobler. Aber es gibt theoretisch noch eine dritte Möglichkeit: dass sie gewaltsam getötet und erst dann ins Wasser geworfen wurde. Wie können wir das ausschließen?«

»Nun«, sagte Tobler. »Wir untersuchen den Leichnam zunächst auf äußerlich sichtbare Verletzungen. Stichwunden, Schussverletzungen, Würgemale und dergleichen. Und dann prüfen wir, ob Wasser in der Lunge ist. Wenn man sie vorher getötet hat, dürfte das nicht der Fall sein.«

»Korrekt. Alle Auffälligkeiten, die wir finden und die von der Norm abweichen, halten wir fest, damit sie der Polizei und später vor Gericht als Beweis vorgelegt werden können. Wissenschaftlich belegbare Fakten sind eine der grundsätzlichen Voraussetzungen für ein gerechtes Urteil in einem Gerichtsverfahren, wenn eine Straftat vorliegt. Zuweilen können wir mit unserer Arbeit auch dazu beitragen, dass ein Verdächtiger entlastet wird. Wir leisten also alles in allem einen fundamentalen Beitrag zur Gerechtigkeitsfindung. Diesen Gesichtspunkt dürfen wir nie aus den Augen verlieren, meine Herren.«

Hajo räusperte sich und fuhr dann fort: »Wir müssen dem durch besondere Sorgfalt und akribisches Vorgehen Rechnung tragen. Das sind wir den Opfern schuldig, die vor uns nackt und leblos auf dem Sektionstisch liegen und nichts mehr sagen können. Und dennoch sprechen sie zu uns. Nämlich durch die Art und Weise, wie sie zu Tode gekommen sind. Das herauszufinden ist unsere Aufgabe. Ich sage das ausdrücklich, um unsere Arbeit, die im Bereich der Medizin zuweilen ein Schattendasein fristet, als das hervorzuheben, was sie ist: ein notwendiges und unabdingbares Instrumentarium zur Diagnose von Todesfällen, die auf den ersten Blick nicht eindeutig zu verifizieren sind. So viel zur Bedeutung unserer Arbeit und zur Theorie. Noch Fragen?«

Hajo sah, dass alle ihm ihre ungeteilte Aufmerksamkeit schenkten. »Also gut, dann lassen Sie uns jetzt zur Praxis übergehen. Nämlich der Rekonstruktion des Sterbevorganges. Wir unterscheiden dabei zwischen äußerer und innerer Leichenschau. Ich beginne mit der äußeren.«

Auf sein Zunicken hin schlug Charlotte das Leintuch, das über den Leichnam ausgebreitet war, langsam und mit offenkundigem Respekt zurück, woraufhin ein Frauenkopf mit lockigen Haaren zum Vorschein kam. Das Gesicht war verquollen und schmerzverzerrt, die Augen glasig.

Charlotte merkte, dass Hajo auf den Anblick mit einem kurzen Zögern reagierte. Das fiel niemandem außer ihr auf, aber sie kannte ihn gut genug, um festzustellen, dass er persönlich berührt war, etwas, das sie noch bei keiner Leichenschau erlebt hatte. Schließlich lautete die oberste Maxime eines jeden Pathologen, dass Gefühle bei einer Obduktion nichts zu suchen hatten.

Hajo fasste sich jedoch schnell, atmete einmal tief durch und fing an, zunächst den Schädel der Toten zu untersuchen, für Mund und Nase nahm er dazu ein Holzstäbchen, das Charlotte ihm reichte.

»Unbekannter weiblicher Leichnam, gestern Vormittag aufgefunden, Ort, Datum und Uhrzeit«, diktierte er Charlotte und zog das Tuch weiter nach unten. »Dem ersten Anschein nach ertrunken, darauf lässt der schaumige Rückstand in Nase und Mund schließen. Zustand des Leichnams weist darauf hin, dass der Körper höchstens zwei Tage, jedoch mindestens einen Tag im Wasser lag. Schätzungsweise zwanzig bis fünfundzwanzig Jahre alt, wie groß?«

»Einen Meter fünfundfünfzig«, sagte Charlotte, die das vorher schon festgestellt hatte. »Gewicht sechsundfünfzig Kilogramm.«

Hajo machte weiter. »Schulterlange, gelockte brünette Haare ... die Kleidung wurde untersucht?«

Charlotte nickte. »Ich habe sie getrocknet und aufbewahrt.«

»Irgendwelche Auffälligkeiten?«

»Ja. Ich hatte den Eindruck, dass die Kleidung dem Opfer nach dem Tod angezogen wurde.«

»Woraus schließen Sie das?«

»Das Mieder war nicht richtig zugebunden. Ebenso die Schnürung der Stiefeletten. Und ein Strumpf war auf links gedreht.«

»Haben Sie das notiert?«, fragte Hajo.

»Selbstverständlich.«

»Gut. Dann sehen wir mal, ob sich diese Beobachtung mit der Obduktion deckt. Sonst noch etwas?«

»Normale Frauenkleidung und Unterwäsche. Nichts Extravagantes, einfache Stoffe, einfache Ausführung, mehrfach geflickt. Schuhe billig und abgetragen. Persönliche Gegenstände – eine Tasche, Schlüssel, Papiere oder Ähnliches – waren nicht vorhanden.«

»Kein Schmuck?« Hajo sah Charlotte fragend an.

Sie schüttelte den Kopf. »Weder Ringe noch Ohrringe, Ohrläppchen nicht durchstochen.«

Hajo zog das Leintuch ganz weg und reichte es einem Studenten, um den nackten Körper des Opfers näher in Augenschein zu nehmen. Charlotte gab ihm dazu eine Lupe, mit der er Zentimeter für Zentimeter der Haut absuchte. »Insgesamt gepflegte Erscheinung, Fingernägel intakt, keine Abwehrspuren sichtbar. Auf den ersten Blick keine äußeren Verletzungen festzustellen. Bringen wir sie bitte in Bauchlage.«

Zwei Studenten traten heran, aber Hajo hob die Hand.

»Warten Sie ...« Er ging vor dem Fußende des Opfers in die Hocke und untersuchte die unteren Extremitäten mit der Lupe. »Druckstellen an beiden Fußknöcheln, kaum erkennbar«, diktierte er. Dann nickte er den zwei Studenten zu, die den Körper behutsam umdrehten.

»Auch von der Rückseite aus weder am Torso noch an den Extremitäten oder den Genitalien Verletzungen sichtbar«, sagte Hajo, nachdem er alles gründlich inspiziert hatte. »Sie können den Leichnam wieder auf den Rücken legen. Wir kommen jetzt zur Nekropsie.«

Er gab die Lupe an Charlotte, die ihm daraufhin ein großes Skalpell reichte. Hajo nahm es in die Hand und wandte sich noch einmal an die Studenten. »Bevor ich damit beginne, die Organe des Leichnams freizulegen, insbesondere Pulmo sinister und Pulmo dexter, habe ich noch eine Frage an Sie. Was ist der häufigste Grund dafür, dass sich eine gesunde, junge weibliche Person in ihrer Verzweiflung dafür entscheidet, im Wasser den Freitod zu suchen?« Er sah die Studenten auffordernd an.

Wieder war es Franz Tobler, der sich als Erster meldete. »Eine ungewollte Schwangerschaft?«

»So ist es. Leider. Eine tragische Tatsache. Ob das hier auch der Fall ist, werden wir gleich feststellen. Aber zuerst zur eigentlichen Todesursache. Dazu müssen wir die Lunge untersuchen. Ich mache jetzt den sogenannten Y-Schnitt am Oberkörper«, erläuterte er. »Dann entferne ich das Sternum und die Costae, um im Thorax an die inneren Organe zu gelangen. Danach nehme ich mir das Abdomen vor.«

Er setzte das Instrument an und führte die angekündigten Schnitte aus, als der erste Student taumelte, noch von zwei

Kommilitonen gestützt wurde, bevor er umkippte und auf den gefliesten Boden fiel.

Es war Franz Tobler.

7

Nachdem Hajo das blutige Pflaster auf seiner Wange vorsichtig entfernt hatte, wusch er sich am Waschbecken in der Herrentoilette der Pathologie gründlich Hände und Gesicht und betrachtete dann im Spiegel eingehend die Wunde vom Streifschuss. Er hatte noch einmal Glück gehabt. Ein paar Zentimeter weiter rechts, und das Geschoss hätte ihm den Wangenknochen zerschmettert. Der Streifschuss war marginal, aber eine Narbe würde wohl bleiben, obwohl er die Wunde zu Hause mit Hilfe von Adam gleich desinfiziert und verpflastert hatte.

Danach war er in die Universität geeilt, um seiner Mutter aus dem Weg zu gehen, die ihn ansonsten mit ihren Fragen so lange gelöchert hätte, bis ihm nichts anderes übrig geblieben wäre, als die Wahrheit über die Ursache der Verletzung zu beichten.

Es klopfte, und Charlotte kam herein, ohne sich darum zu scheren, dass sie eine Herrentoilette betrat. Falsche Rücksichtnahme aus Gründen des Anstands hatte noch nie zu ihrem Repertoire gehört, wenn sie etwas Wichtiges auf dem Herzen hatte. Und das, was sie ihn jetzt fragen wollte, war ihr wichtig. Ohne Vorwarnung nahm sie seinen Kopf und besah sich die Wunde an seiner Wange. »Beim Rasieren geschnitten, was?«, merkte sie spöttisch an. »Muss ein großes Missgeschick gewesen sein. Und ein sehr scharfes Rasiermesser.«

Charlotte hatte, praktisch veranlagt, wie sie war, ein Handtuch mitgebracht, in dem Tupfer, Jodtinktur und Pflaster eingewickelt waren. Vorsichtig tupfte sie den Schnitt mit der

Tinktur ab, und Hajo ließ es nolens volens über sich ergehen. Wenn Charlotte sich etwas vorgenommen hatte, war es zwecklos, Widerstand zu leisten. Während sie seine Wunde versorgte, fragte sie nebenher: »Jetzt sag schon – was ist passiert? Hast du dich mit jemandem geprügelt?« Sie blickte genauer hin, bevor er antworten konnte. »Obwohl – es sieht eher nach einem Streifschuss aus …« Sie hielt ihn auf Armlänge von sich und fixierte seine Augen. »Hajo – was hast du getan?«

Er seufzte demonstrativ und sagte: »Weißt du was? Du bist schlimmer als meine Mutter. Ja, ich gebe zu: Ich hatte eine kleine Auseinandersetzung … aber das ist Schnee von gestern. Ich mag nicht mehr darüber reden.«

Sie kümmerte sich wieder um seine Wunde, konnte es aber nicht lassen, erneut nachzuhaken. »Ging es um eine Frau?«

»Kann man so sagen.«

»War sie es wenigstens wert?«

Charlotte war, wie in allem, was sie tat, also auch beim Abtupfen mit der Jodtinktur, nicht gerade zimperlich. Hajo zuckte zusammen.

»Halt still!«, sagte sie energisch, und er tat es, obwohl es höllisch brannte. »Apropos Frau – du kennst die Tote?«, fragte sie, während sie ein neues Pflaster an Hajos Verletzung anbrachte.

»Ja«, gab er zu. »Sie heißt Marianne Angerer. Lass nach Manteuffel schicken, damit er weiß, dass das Mädchen aus dem Bach im Englischen Garten einen Namen hat, allem Anschein nach ermordet wurde und in der zwölften Woche schwanger war.«

»Woher kennst du sie?«

Hajo atmete erst einmal tief durch und überprüfte das Pflaster im Spiegel, bevor er antwortete: »Sie war ein Dienstmädchen im Haushalt meiner Mutter. Hat uns vor ungefähr einem Jahr verlassen. ›Verlassen *müssen*‹ ist der richtige Ausdruck. Meine Mutter hat sie dabei erwischt, wie sie Geld unterschlagen hat. Sie hat zugegeben, dass sie schon mehrfach lange

Finger gemacht hatte, und Rotz und Wasser geheult. Meiner Mutter blieb nichts anderes übrig, als sie fristlos zu entlassen.«

»Hat sie sie angezeigt?«

»Nein. Sie hatte trotz allem Mitleid. Das Mädchen war ein armes Ding, wenn du mich fragst. Ich weiß nicht, wo sie danach untergekommen ist. Meine Mutter sagte, dass sie im Grunde genommen kein schlechter Mensch war. Aber sie befürchtete, dass sie falschen Umgang hatte, wie sie sich ausdrückte. Ich habe Marianne Angerer zwar nicht oft gesehen, aber gleich auf den ersten Blick erkannt.«

»Was willst du in dieser Angelegenheit unternehmen? Du wirst das doch nicht auf sich beruhen lassen, oder?«

»Ich sorge dafür, dass Manteuffel sich der Sache annimmt.«

»Soll das heißen, wir geben uns damit zufrieden, dass sich die Polizei darum kümmert?«

Bevor Hajo dazu Stellung nehmen konnte, wurde die Tür aufgerissen. Zwei Studenten kamen herein und blieben erstaunt stehen, als sie erkannten, dass eine Frau in der Herrentoilette stand. Die ihnen allseits bekannte nassforsche Assistentin Charlotte Brauchitsch. Zusammen mit ihrem Professor. Auf Tuchfühlung, so wie es ihnen vorkam.

»Ja, ich weiß – ich habe mich in der Tür geirrt. Ich gehe ja schon«, sagte Charlotte in ihrer gewohnt schnoddrigen Art, packte ihre Verbandsutensilien zusammen und schlüpfte an den zwei immer noch perplexen Studenten vorbei nach draußen.

Hajo nickte den Studenten zu, die nicht so recht wussten, wie sie reagieren sollten, und verließ ebenfalls die Herrentoilette. In vollem Bewusstsein darüber, dass ab sofort wieder eine neue Klatschgeschichte über ihn und seine Assistentin in Umlauf kam. Das würde seinem sowieso schon ramponierten Ruf nicht gerade förderlich sein.

Aber das war seine geringste Sorge.

Immer wenn er konzentriert nachdachte, legte er beim Gehen die Hände auf den Rücken und sah durch die Menschen hindurch, so auch durch die paar Studenten, die ihn grüßten, als sie ihm entgegenkamen. Dieses Verhalten seinerseits war allgemein bekannt. Wenn Hajo von Zündt nicht ansprechbar war, dann befand er sich geistig in anderen Sphären.

Er hatte mit Marianne Angerer unter einem Dach gelebt. Er versuchte, sich ihr lebendiges Gesicht zu vergegenwärtigen. Sich zu erinnern, wie sie mit ihm gesprochen hatte, was selten genug der Fall gewesen war. Hatte er sie nie so beachtet, wie sie es wert gewesen wäre, weil sie nur ein Dienstmädchen gewesen war?

Das machte ihm ein schlechtes Gewissen. Sie war schwanger gewesen. Und verzweifelt, davon war auszugehen. Und dann war sie ermordet worden.

Das nahm er ab sofort persönlich. Diese Angelegenheit wollte und konnte er nicht einfach nur abhaken und allein der größtenteils unfähigen Polizei überlassen. Augenblicklich leistete er einen Schwur. Er wollte dem Mörder von Marianne Angerer gegenüberstehen. Auge in Auge. Ihn zur Rechenschaft ziehen und seiner gerechten Strafe zuführen.

Er hatte das Gefühl, ihr dies schuldig zu sein.

Nach seinem Entschluss war Hajo so vertieft in seine Gedanken, dass er beinahe den Rektor ignorierte, als der ihm auf den Gängen der Universität entgegenkam und freundlich grüßte. Der Rektor war mit Berta von Zündt befreundet und sah Hajo manches nach, was andere nicht unbedingt hätten durchgehen lassen.

Jetzt nickte Hajo ihm gedankenverloren zu, bevor er sich energischen Schrittes in der Aula entfernte.

8

Es war Nacht und regnete in Strömen, als Charlotte mit vier gleichgesinnten Frauen ihres Vereins in der Maxvorstadt unterwegs war, deren Straßen seit Neuestem von Gaslaternen erleuchtet wurden, während die Außenbezirke bei Nacht noch in düsterer Finsternis versunken waren.

Der Frühsommer des Jahres 1886 hatte sich bisher nur von seiner schmuddeligen und unwirtlichen Seite gezeigt, unangenehm böiger Wind fauchte durch die städtischen Gassen und Straßenschluchten. Wegen des anhaltend schlechten Wetters war außer ihnen niemand zu Fuß unterwegs, nur das Pferdegetrappel einer Kutsche auf dem Kopfsteinpflaster hallte von den Häuserfronten wider.

Was den fünf Frauen, die sich trotzig der Unbill des Wetters entgegenstemmten und zügig unter Regenschirmen auf ihr Ziel zumarschierten, nur recht sein konnte. Sie waren bestrebt, nicht aufzufallen, denn das, was sie in dieser nasskalten Nacht vorhatten, war nicht unbedingt mit der vorherrschenden Gesetzeslage in Einklang zu bringen.

Sie sprachen nicht miteinander, ihr geplantes Vorgehen war bereits in den Räumlichkeiten des »Allgemeinen Deutschen Frauenvereins« minutiös ausgearbeitet worden. Jede wusste, was sie tun sollte. Heimlich, damit die überwiegende Mehrheit in ihrer Gruppe, die auf friedliche Proteste setzte, nicht mitbekam, dass Charlotte mit ihren militanten Mitverschwörerinnen eine spektakuläre Aktion durchführen wollte, die es in sich hatte. Sie bildeten eine Fraktion, die sich auf die Fahnen geschrieben hatte, sich nicht länger mit endlosen Diskussionen über die Gleichstellung der Frauen bei Wahlen, in Beruf und Gesellschaft zufriedenzugeben. Sie fanden, dass es an der Zeit war, von der verbalen zur kämpferischen Auseinandersetzung überzugehen.

Durch gezielte Provokationen sollte mit allem Nachdruck auf die Benachteiligung der Frauen und ihre berechtigten Forderungen im Hier und Jetzt aufmerksam gemacht werden, immerhin repräsentierten sie fünfzig Prozent der Bevölkerung. Charlotte und ihre Freundinnen wollten nicht bis zum Sankt-Nimmerleins-Tag warten, bis es gnädigerweise vom Patriarchat zu wachsweichen Zugeständnissen kam. Sie waren sich darin einig, ihre Rechte, wenn es sein musste, auch mit Gewalt zu erstreiten, und fühlten sich als weibliche Rebellen, die grundlegende Reformen im verkrusteten, von Männern dominierten System erzwingen wollten. Mit einem zahnlosen Debattierclub, den niemand ernst nahm, war den Frauen nicht geholfen. Es einte sie der unbedingte Wille und der Mut, eine baldige Veränderung im Reich in Richtung Gleichberechtigung herbeizuführen, auch wenn die Mehrheit in ihrem Verein auf friedlichen Umschwung der herrschenden Machtverhältnisse setzte.

Notfalls würden Charlotte und ihre vier Mitstreiterinnen auf eigene Faust in die Offensive gehen.

Die fünf Aktivistinnen mit ihren Taschen und Regenschirmen wussten, dass sie etwas Illegales in Angriff nahmen, aber das schreckte sie nicht. Die Wahrscheinlichkeit, dass sie von der Polizei aufgegriffen und festgenommen wurden, hatten sie auf ein Minimum begrenzt, denn ihre Devise lautete: Zuschlagen und sich so schnell wie möglich wieder verziehen.

Sollte man sie bei ihrer Aktion doch erwischen, war das auch nicht der Weltuntergang, ganz im Gegenteil, dann erzielte man wenigstens Aufmerksamkeit. Für ihre Mission waren sie bereit, das in Kauf zu nehmen. Es ging ihnen um eine möglichst große Wirkung in der Öffentlichkeit. Und die konnte man ihrer Meinung nach nur erzielen, wenn man einen gehörigen Skandal verursachte.

Als sie ihr Ziel erreichten, nämlich die Parteizentrale der Bayerischen Patriotenpartei, eine besonders gestrige und frauenfeindliche Vereinigung, versammelten sie sich unter ihren Regenschirmen neben dem Eingang. Zunächst einmal peilten sie die Lage, die Straßen waren nach wie vor ausgestorben, der Regen plätscherte ohne Unterlass, die Gaslaternen verbreiteten ein schummriges Licht, alles war ruhig.

Bis auf den Lärm, der aus dem erleuchteten Versammlungssaal im Erdgeschoss des mehrstöckigen Altstadthauses kam, vor dem sie standen. Ein Parteifunktionär hielt dort eine Rede, die anscheinend auf begeisterten Zuspruch traf, sie wurde fast nach jedem Satz durch lautstarken Beifall und Bravorufe unterbrochen.

Durch die Fenster konnten sie hinter einem Pult den Offizier in Uniform sehen, der offenbar gegen alles wetterte, was im Königreich Bayern den Status quo in Frage stellte. Zu verstehen waren nur Bruchstücke, obwohl er brüllte wie in einem voll besetzten Bierkeller und sich ein ums andere Mal auf die ordengeschmückte Brust schlug. Insbesondere sein mehrfach intoniertes »Ich, Oberst von Schellenberg, verspreche bei meiner Ehre als Offizier …« drang durch die Fenster nach draußen.

Die Empörung des Uniformierten musste groß sein, so wie er sie mit theatralischen Gesten unterstrich. Was er konkret ansprach und was durch die geschlossenen Fenster nicht zu verstehen war, konnten die Frauen draußen im Regen sich auch so denken, das Parteiprogramm war allgemein bekannt: Es ging wie üblich gegen Frauenrechte, Franzosen, Protestanten, Sozialdemokraten und andere Vaterlandsverräter und die aufgezwungene preußische Vorherrschaft im bayerischen Königreich, das für die Bayerische Patriotenpartei sakrosankt war.

Eine der Frauen stand Schmiere, während die anderen Plakate und Zettel aus ihren Taschen holten. Die älteste, sie war über sechzig, dreimal verwitwet, aber nicht weniger draufgängerisch als ihre wesentlich jüngeren Begleiterinnen, hatte einen Eimer mit weißer Farbe und einen dicken Pinsel dabei. Charlotte bereitete ihre ganz speziellen Utensilien vor, die sie im Labor an der Universität heimlich und auch ohne Hajos Wissen hergestellt hatte.

Während die Frauen ihre Plakate an Hauswand und Fenster klebten und die dreifache Witwe mit ihrer weißen Farbe die Wand neben der Eingangstür beschriftete – es waren Parolen darunter wie: »Wir Frauen wollen das Recht, das uns zusteht!«,

»Frauenwahlrecht jetzt!«, »Frauenwahlrecht ist Menschenrecht« und »Immatrikulationsrecht für Frauen!« –, öffnete Charlotte die Eingangstür und gelangte ins Vestibül. Eine weitere Tür führte in den Versammlungssaal, in dem die Veranstaltung stattfand.

Es war eine schwere Doppelschwingtür mit einem senkrechten Metallgriff an jeder Seite, ideal für das, was sie vorhatte.

Sie öffnete eine der Schwingtüren einen Spaltbreit und äugte in den verräucherten und biergeschwängerten Saal. Dort waren etwa fünfzig Parteimitglieder und Sympathisanten, die ihr den Rücken zuwandten, alles Männer, deren Aufmerksamkeit ganz auf den Redner am entgegengesetzten Ende gerichtet war. Der steigerte sich gerade immer mehr in eine Art religiöse Ekstase hinein und offenbarte damit einen Fanatismus, den Charlotte gleichermaßen furchteinflößend und lächerlich fand.

Niemand achtete auf sie, denn Oberst Schellenberg kam inzwischen zum Höhepunkt seiner Rede, jedenfalls erhob sich das Publikum, johlte, klatschte frenetisch Beifall, pfiff und schrie, es war wohl wie ein Erweckungserlebnis für alle.

Genau der richtige Zeitpunkt für Charlotte, um das durchzuführen, was sie sorgfältig vorbereitet hatte.

Sie entzündete eine Rauchbombe, die sie selbst gefertigt hatte, schleuderte sie in den Raum und dann ein großes Gefäß aus Glas mit Schwefelwasserstoff hinterher. Das Gefäß zersplitterte, als es auf dem Boden aufschlug, und augenblicklich machte die gewaltige Stinkbombe ihrem Namen alle Ehre.

Bevor die Menschenansammlung im Saal überhaupt begriff, was da vor sich ging, schloss Charlotte die Schwingtür wieder und klemmte ihren Schirm so zwischen die Griffe, dass erst einmal niemand herauskonnte.

Dann hastete sie nach draußen, wo sich die anderen Frauen schon daranmachten, in alle Richtungen durch den Regen in die Dunkelheit wegzulaufen, wie es abgesprochen war. Auch Charlotte raffte mit beiden Händen ihren Rock und eilte, so schnell sie konnte, davon. Die Absätze ihrer Stiefeletten klapperten auf dem Straßenpflaster.

Sie hörte noch einen scharfen Pfiff und die gebrüllten Worte: »He! Sie da! Halt, stehen bleiben!«, und drehte sich um, während sie weiterrannte.

Ein Wachtmeister kam aus einer Seitengasse und auf sie zu. Aber er war ziemlich korpulent und stellte nach einer sinnlosen Verfolgung seine fruchtlosen Bemühungen keuchend ein. Die vielen Maß Bier, die Schweinshaxen und die Zigaretten forderten ihren Tribut.

Im völlig vernebelten Saal der Parteizentrale ließen Stühle die Fenster zersplittern, dann stürzten die Männer hustend, fluchend und schreiend übereinander und kopfüber auf die Straße.

Charlotte blieb in gebührender Entfernung stehen und genoss für einen kurzen, aber äußerst befriedigenden Moment das Chaos, das sie in dieser misogynen Männerwelt angerichtet hatten, bevor sie im nächtlichen Regen endgültig in die Dunkelheit verschwand.

9

Zwei Tage später war Berta von Zündt bei einer Soiree des französischen Botschafters anderweitig eingeladen, und die Hausangestellten im Palais am Englischen Garten hatten alle freibekommen. Hajo und Adam nutzten die Gelegenheit, ihrerseits Einladungen auszusprechen.

Sie gingen an Charlotte und Lothar Manteuffel, den Kommissar. Sie waren unter sich, genau das hatte Hajo im Sinn, weil er ihnen nämlich nach dem Essen und dem Digestif ein Experiment vorführen wollte, das nicht unbedingt die Zustimmung seiner Mutter gefunden und sie nur unnötig schockiert hätte.

Die Köchin hatte Schweinsbraten mit Knödeln gekocht, den sie noch auftischte, bevor sie ging, und alle griffen herzhaft zu.

Beim Dinner entbrannte eine von allen Seiten leidenschaftlich geführte Debatte darüber, wie die Kriminalistik allgemein auf ein höheres Niveau gehoben werden könnte.

Manteuffel gab sich große Mühe, seine Kollegen und den allgemeinen Polizeiapparat zu verteidigen. Er hatte einen Vollbart und trug einen Zwicker, war unverheiratet und lebte allein in einer kleinen Wohnung in Haidhausen. Das und nicht viel mehr wusste Hajo über den Kommissar, aber im Laufe der Zeit hatte er ihn besser kennengelernt. Nicht unbedingt die private Seite des Lothar Manteuffel, aber was dessen Arbeitsethos betraf und seinen Ehrgeiz, keinen eines Verbrechens Schuldigen ohne gerechte Strafe davonkommen zu lassen.

Manteuffel war ehrlich bemüht, seinem Beruf nach bestem Wissen und Gewissen nachzukommen. Mit dem Wissen war es nicht so weit her, aber dieses Defizit glich Manteuffel damit aus, dass er Hajo zurate zog, wenn er bei seinen Ermittlungen in eine Sackgasse geraten war und nicht mehr weiterwusste.

Ein ehrlicher und verantwortungsbewusster Kriminalbeamter zu sein war nicht einfach, wenn man es aus Prinzip ablehnte, die Grenzen des Gesetzes zu überschreiten und, wie es nicht selten der Fall war, ein Geständnis mit Gewalt aus einem Verdächtigen herauszuprügeln. Oder bei der Lösung eines Verbrechens auf die Aussage eines zwielichtigen Zeugen zu vertrauen, der bei der Tat zwar zugegen, aber auch betrunken war, jedoch Stein und Bein schwor, alles gesehen zu haben. Das war für die Polizei bequem, der Fall konnte damit rasch abgeschlossen werden, der Verdächtige galt als überführt und landete im Zuchthaus. Egal wie oft und wie sehr er sich bemühte, jede Schuld abzustreiten und zu beteuern, dass ein anderer der Täter sein musste. Nach entlastenden Beweisen oder Alibis wurde nicht länger gesucht. So etwas wie eine gewissenhafte und gründliche Rekonstruktion des Tatverlaufs fand nicht statt.

Ganz abgesehen davon, dass es noch immer nicht, wie von Hajo angeregt, allgemeingültige Regularien einer Tat- oder Fundortuntersuchung gab.

Außer Manteuffel kannte er keinen Polizisten, der die Sinnhaftigkeit eines festgelegten Regelwerks für solch eine Analyse einsah, damit jeder wusste, was in einem Verbrechensfall zu tun war. Stattdessen wurstelte jeder nach eigenem Ermessen vor sich hin. Kaum einer hielt die Tatortsituation auf Skizzen fest, niemand war bestrebt, dafür zu sorgen, dass das Spurenbild nicht zerstört wurde, indem alle möglichen Leute nach Belieben am Tat- oder Fundort herumtrampelten. Niemand hinderte einen Polizisten daran, eine Leiche herumzudrehen, um beispielsweise eine unschickliche Position zu kaschieren. Zudem wurden oft Spuren übersehen oder nicht gesichert. Kurz: An einem Tatort herrschte pures Chaos, das von Ignoranten in Uniform verursacht wurde und ganz und gar nicht hilfreich war, einen vertrackten Tatablauf, der nicht eindeutig war, aufzulösen und somit einem Täter auf die Spur zu kommen.

Hajo war ein glühender Vertreter der These, dass an einem Tatort nichts verändert werden sollte, dass er abgesperrt und nur von speziell auf Spuren- und Beweissicherung geschultem Personal betreten werden durfte und dass außerdem jedes Detail schriftlich und mit Skizzen festzuhalten war. Aber mit dieser Anregung stieß er bei der Kriminalpolizei noch immer auf taube Ohren, obwohl er sich mehrfach in die Löwengrube begeben und mehrfach beim Polizeipräsidenten vorstellig geworden war. Von Außenstehenden wollte man sich nicht vorschreiben lassen, wie man in polizeilichen Angelegenheiten zu verfahren hatte. Man ging so vor, wie man es immer schon getan hatte. Und damit basta.

Manteuffel war der Einzige, der sich Hajos Vorschlägen gegenüber aufgeschlossen zeigte, und die beiden lieferten sich beim Dinner eine leidenschaftlich geführte Redeschlacht darüber, welche Vorgehensweise die Wissenschaft der Kriminalistik vorantreiben und die Aufklärungsquote von Verbrechen verbessern könnte.

In dem Zusammenhang brachte Hajo einen ganz neuen

Aspekt zur Sprache. Er hatte in einer englischen Zeitung davon gelesen, dass im fernen Indien ein Buchhalter namens Sir William James Herschel vor der schwierigen Aufgabe stand, den wöchentlichen Sold für die Soldaten Ihrer Majestät in der Kronkolonie Bengalen gerecht auszubezahlen. Denn es kam immer wieder vor, dass sich raffinierte Betrüger mehrfach in der Schlange der Berechtigten anstellten, um doppelt und dreifach abzukassieren. Für Herschel sahen die Einheimischen, die rekrutiert worden waren, alle gleich aus. Er kam schließlich auf die Idee, die Söldner anhand ihrer Fingerabdrücke eindeutig zu identifizieren. Durch Zufall hatte er herausgefunden, dass jeder Mensch individuelle und somit unterscheidbare Fingerabdrücke hatte, die sich auch nicht veränderten, wenn man älter wurde. Also ließ er bei der Soldauszahlung fortan den Daumenabdruck jedes Soldaten registrieren, um so unberechtigte Auszahlungen durch den Vergleich eines Abdrucks ausschließen zu können. Das System war umständlich und zeitaufwendig, aber es funktionierte.

Hajo von Zündt war ganz fasziniert von dieser Idee und ihren Möglichkeiten in der Verbrechensbekämpfung – vielleicht konnte man in Zukunft mit Hilfe eines Fingerabdrucks einen Verdächtigen eindeutig identifizieren. Aber wie so oft war er mit seinen Ausführungen so ins Schwärmen geraten, dass ihm keiner, nicht einmal Charlotte, mehr folgen konnte, obwohl alle ihre Fingerkuppen betrachteten, als würden sie sie zum ersten Mal sehen.

Hajo merkte, dass er durch seine Begeisterung für bahnbrechende Entdeckungen, die seiner Meinung nach für die Kriminalistik einen Quantensprung bedeuten konnten, wenn sie nur richtig angewandt wurden, alle Anwesenden in eine Richtung geschoben hatte, die von dem wegführte, was ihm eigentlich auf den Nägeln brannte: wie und durch wen Marianne Angerer ums Leben gekommen war.

Er sah ein, dass er wieder auf den eigentlichen Grund ihrer Zusammenkunft zurückkommen musste, und bat seine

Freunde in den Salon, um ihr weiteres Vorgehen im Fall des ermordeten Dienstmädchens zu besprechen.

10

»Was habt ihr inzwischen über das Opfer aus dem Oberstjägermeisterbach herausgefunden?«, fragte Hajo Manteuffel, nachdem sie es sich schließlich im Salon gemütlich gemacht hatten, jeder mit einem Drink in der Hand.

Der Kommissar räusperte sich. »Eine ganze Menge, Herr von Zündt. Marianne Angerer ist sechsundzwanzig Jahre alt gewesen, als sie Ihrem Obduktionsbefund nach umgebracht wurde. Sie war unverheiratet, keine Angehörigen, von denen wir wissen. Sie hatte seit einem Jahr eine Anstellung als Hausmädchen bei einer Studentenverbindung. Nennt sich Bavaria, das Anwesen ist in Schwabing. Die wenigen Habseligkeiten in ihrer Kammer hatten nichts Verwertbares ergeben, ich habe sie selbst durchgesehen. Sie hatte sie sich mit einem anderen Dienstmädchen geteilt, die beiden waren befreundet, ich habe sie bereits vernommen. Auf meine Nachfrage hin, ob sie etwas darüber wisse, ob und mit wem Marianne Umgang hatte, erzählte sie mir, dass ihre ehemalige Zimmergenossin einen Verlobten habe, jedenfalls hat Marianne ihn so bezeichnet. Sie nannte mir seinen Namen und seine Unterkunft, er ist von Beruf Küfer und wohnt in einem Männerwohnheim. Ich habe ihn aufgesucht, vernommen und schließlich verhaftet. Sein Name ist Josef Pschierer.«

»Warum verhaftet?«, fragte Hajo.

»Sicherheitshalber. Damit er sich nicht aus dem Staub machen kann. Außerdem hat er sich verdächtig verhalten und sich bei seinen Aussagen in Widersprüche verwickelt. Er konnte mir nicht in die Augen sehen. Zudem passt er genau in das Raster, das ich mir in diesem Fall hinsichtlich des Schuldigen erstellt habe.«

»Inwiefern?«

»In neunzig Prozent aller Gewaltdelikte ist es ein Angehöriger oder ein Partner, der als Täter in Frage kommt. Das ist meine Erfahrung. Insbesondere, wenn es sich um häusliche Gewalt oder Liebeshändel handelt.«

»Da gebe ich Ihnen recht«, sagte Hajo. »Wie hat dieser Pschierer reagiert, als er vom Tod seiner Verlobten erfuhr?«

»Gefasst. So, als hätte er es schon geahnt. Er hat nur verzweifelt – ob gespielt oder nicht – aufgestöhnt, als ich ihm davon berichtet habe. Dabei hat mir die ehemalige Zimmergenossin von Marianne Angerer noch erzählt, dass er für seine Freundin angeblich die große Liebe gewesen war. Scheint seinerseits nicht so gewesen zu sein.«

»Hat er nach den Umständen ihres Todes gefragt?«

»Ja. Als ich ihm geschildert habe, wie und wo sie aufgefunden wurde, hat er ein Ave-Maria gemurmelt. Mit geschlossenen Augen.«

»Haben Sie ihn auch damit konfrontiert, dass seine Verlobte schwanger gewesen ist?«

»Ja.«

»Und wie hat er das aufgenommen?«

»Er ist vollkommen aus dem Sattel gegangen. Hat geschrien: ›Das Kind ist nicht von mir! Das kann nicht sein!‹ Und dann ist er endgültig zusammengebrochen.«

»Hat er gestanden?«

»Nein. Er hat nur ständig wiederholt, dass er unschuldig sei. Mehr war nicht aus ihm herauszubekommen.«

»Hat er gesagt, wo er zur möglichen Tatzeit war? Obwohl sie natürlich nur sehr vage einzugrenzen ist.«

»Er hat nur behauptet, seine Verlobte seit einer Woche nicht mehr getroffen zu haben. Sie waren zwar verabredet, aber zum Treffpunkt sei sie nicht gekommen. Für ihn hätte es seither nur Arbeit gegeben, vielleicht einen abendlichen Umtrunk mit seinen Arbeitskollegen und dann das Bett.«

»Glauben Sie ihm das?«

»Ich habe mich in der Brauerei, für die er arbeitet, erkundigt. Alle, mit denen ich gesprochen habe, bestätigen im Großen und Ganzen seine Angaben.«

»Ein Motiv hätte er«, wandte Charlotte ein. »Wenn er der Kindsvater ist.«

»Es gibt aber auch noch ein stärkeres Motiv«, meinte Adam. »Gerade wenn er *nicht* der Kindsvater ist. Eifersucht ist ein sehr starkes Motiv. Er könnte die Beherrschung verloren haben, als er davon erfuhr, dass seine Verlobte schwanger ist. Vielleicht wollte er sie mit Gewalt zwingen, ihren Liebhaber preiszugeben, und hat sie dabei umgebracht.«

»Möglich, aber nicht sehr wahrscheinlich«, wandte Charlotte ein. »Sie hatte keine Würgemale oder Verletzungen durch äußere Gewalteinwirkung.«

»Was geschieht jetzt mit ihm?«, wollte Adam wissen.

Manteuffel zuckte mit den Schultern. »Beim gegenwärtigen Stand der Ermittlungen – wenn nichts Entlastendes mehr auftaucht – wird er wohl zum Tode verurteilt und hingerichtet werden.«

Hajo schüttelte resigniert den Kopf. »Ohne stichhaltige Beweise?«

»Sie wissen, wie das abläuft«, antwortete Manteuffel. »Pschierer hat sie gekannt, sie hatten ein Verhältnis, er ein Motiv, die Gelegenheit, kein hieb- und stichfestes Alibi – da braucht das Gericht kein Geständnis und keine fünf Minuten für eine Urteilsfindung.«

»Finden Sie das gerechtfertigt?«

»Sobald er vor Gericht steht, ist das nicht mehr meine Angelegenheit.«

»Es geht immerhin um ein Menschenleben.«

Manteuffel fühlte sich unbehaglich, das konnte man ihm ansehen. »Nicht dass Sie glauben, ich wäre in der Sache untätig geblieben. Es kommt nämlich noch eine schwerwiegende Tatsache hinzu. Die zwar nicht konkret mit dem vorliegenden Fall zu tun hat, aber es besteht doch ein gewisser Zusammenhang.«

»Sie sprechen in Rätseln, mein Freund«, sagte Hajo.

»Nun, es ist nicht das erste Mal, dass ein Dienstmädchen auf rätselhafte Weise ums Leben gekommen ist.«

»Was meinen Sie damit?«, fragte Charlotte.

»In den letzten zwölf Monaten sind zwei Stubenmädchen in der Isar aufgefunden worden. Ertrunken. Nicht in meinem Zuständigkeitsbereich, aber ich habe mich auch bei anderen Dienststellen umgehört. Zwei tote Mädchen, jung, ledig, keine Angehörigen. Beide Fälle wurden als Suizid abgetan. Keine weiteren Nachforschungen durch die Behörden. Aber das ist noch nicht alles.« Er seufzte vernehmlich.

Hajo, Charlotte und Adam waren mucksmäuschenstill und warteten darauf, dass Manteuffel mit der ganzen Wahrheit herausrückte.

»Ich habe nicht lockergelassen und mir alte Vermisstenfälle noch mal angesehen. Nur für den Raum München …«

»Und was festgestellt?«, fragte Hajo.

»Drei weitere Mädchen, die als Bedienungen, Stubenmädchen oder Küchenhilfen gearbeitet haben, sind als vermisst gemeldet. Alle um die zwanzig. Und das sind nur die, die von Verwandten gesucht werden. Sie sind von einem Tag auf den anderen verschwunden und nie mehr aufgetaucht.«

»Was unternimmt die Polizei in dieser Angelegenheit?«, wollte Charlotte wissen.

»Was sie immer tut: nichts«, beantwortete Adam ihre Frage.

»Das stimmt so nicht«, versuchte Manteuffel zu widersprechen. »Immerhin liegen Anzeigen vor. Aber natürlich wartet man mehr oder weniger darauf, dass die Vermissten wiederauftauchen und sich irgendwann von selbst zurückmelden.«

»Ich sagte doch: nichts!«, wiederholte Adam.

»Vielleicht gibt es da einen Zusammenhang, vielleicht auch nicht«, sagte Hajo. »Wie dem auch sei, fangen wir mit dem an, was wir haben. Marianne Angerer. Womit wir an dem Punkt angelangt sind, den ich euch allen demonstrieren wollte. Nämlich die wahre Todesursache.«

Alle sahen ihn überrascht an.

Hajo stand auf und wandte sich an Charlotte. »Charlotte – bist du bereit und willens, das Mordopfer zu spielen?«

Charlotte zuckte mit den Schultern. »Wenn es der Wahrheitsfindung dient …«, antwortete sie.

»Ja, das tut es unbedingt.«

»Worauf warten wir dann noch?«

Hajo nickte und wies mit der Hand in Richtung Treppe. Im ersten Stock des Palais waren die Privaträume, Gäste-, Schreib- und Badezimmer. »Wenn ihr mir dann bitte nach oben ins Bad folgen wollt …«

11

Die kupferne Badewanne, die auf einem Podest mitten im Raum stand, war fast bis zum Rand mit dampfendem Wasser gefüllt. Das Palais war mit den neuesten technischen Errungenschaften ausgestattet, darum hatte sich Hajo gekümmert. Ein beheizbarer Kessel im Erdgeschoss sorgte in Küche und Bad für warmes Wasser.

Hajo testete die Temperatur mit der Hand. »Körperwarm, würde ich sagen«, meinte er und sah Charlotte an, die neben Manteuffel und Adam stand und ihn skeptisch anblickte.

»Was soll ich tun?«, fragte sie mit einem Gesichtsausdruck, der erhebliches Unbehagen signalisierte. Hajo kratzte sich verlegen am Kopf.

»Ich weiß, es ist viel, was ich von dir verlange. Aber nur so kann ich den Nachweis führen, was mit Marianne Angerer passiert ist. Wenn du dich jetzt bitte in die Wanne begeben würdest …«

»Wie meinst du das?«, sagte sie und errötete.

»Ich weiß, das Wasser ist nur lauwarm, und da stehen drei Männer um dich herum. Aber der Versuch muss vor Zeugen stattfinden und nachvollziehbar sein. Damit die Praxis bestätigt, was ich in der Theorie vermute.«

»Verlangst du etwa auch noch, dass ich mich ausziehe?«

»Nein. Das nicht. Aber du könntest deine Oberbekleidung ablegen, damit sie nicht nass wird.«

Charlotte warf Hajo einen Blick zu, der nicht gerade freundlich gemeint war, dann begann sie, ihr Kleid auszuziehen, bis sie nur noch im Unterkleid und in Strümpfen dastand.

Adam und Manteuffel war die Szene sichtlich peinlich, sie wussten überhaupt nicht, wo sie hinschauen sollten.

»Genügt das?«, fragte Charlotte.

»Ja«, antwortete Hajo. »Jetzt solltest du dich in die Wanne legen, wenn es dir nichts ausmacht.«

»Doch, es macht mir was aus. Warum soll ich das tun?«

»Weil es um Marianne Angerer geht. Die meiner Meinung nach auf heimtückische Art und Weise ermordet worden ist. Dies ist ein wissenschaftlicher Versuch, und ich möchte ihn so realistisch wie möglich durchführen, verstehst du?«

Charlotte überlegte kurz, schließlich nickte sie. »Was tut man nicht alles, um der Gerechtigkeit zum Durchbruch zu verhelfen …«

Während sie noch ihre geschnürten Stiefeletten und schwarzen Strümpfe auszog, schauten Adam und Manteuffel weg. Die Strümpfe drückte sie Hajo in die Hand, dann stieg sie – Hajo stützte sie dabei – zuerst mit einem Fuß in die volle Wanne, den anderen Fuß zog sie nach.

»Und jetzt?«, fragte sie.

»Setz dich so hin, als würdest du ein Bad nehmen«, wies Hajo sie an. »Ich nehme an, dass es das Letzte war, was Marianne Angerer in ihrem Leben getan hat.«

Er half Charlotte dabei, damit sie nicht ausrutschte, und sie ließ sich langsam ins Wasser gleiten, bis nur noch der Kopf und die Hände herausragten.

»Gut so?«, fragte sie. »Ist irgendwie unangenehm, mit dem Unterkleid im Wasser. Darf ich fragen, was du jetzt vorhast?«

»Fragen darfst du, aber ich sage es dir nicht. Sonst ist die Überraschung dahin. Das Opfer wusste auch nicht, wie ihm geschah.«

»Das verstehe ich ja«, sagte Charlotte. »Aber wie lange soll ich noch hier aushalten?«

»Keine Sorge, dauert nicht lang«, sagte Hajo. »Jetzt schließ die Augen. Du nimmst ein Bad und bist vollkommen entspannt.«

Charlotte tat, was Hajo gesagt hatte, legte den Kopf zurück und machte die Augen zu, mit den Händen hielt sie sich am Wannenrand fest.

»Jetzt nimmst du noch beide Hände unter Wasser und stellst dir vor, du bist kurz davor, im warmen Wasser einzuschlafen«, sagte Hajo in einem Ton, der Adam und Manteuffel an einen Hypnotiseur bei einer Séance erinnerte.

Dabei schlich er auf leisen Sohlen um die Wanne herum bis ans Fußende, schlüpfte aus seinem Jackett, das er Adam reichte, und krempelte die Ärmel seines Oberhemds bis zu den Ellbogen hoch.

»Ist gar nicht so einfach«, meckerte Charlotte, »weil das Wasser nicht gerade heiß ist. Im Gegenteil, es ist sogar ziemlich kalt –«

»Scht!«, machte Hajo. »Plappern einstellen, Augen geschlossen halten, denk an was Schönes. Du hast es gleich überstanden, dann kannst du dich abtrocknen und dich an den Kamin setzen, ich habe Feuer gemacht, und etwas Trockenes zum Anziehen für dich liegt auch schon bereit.«

»Hajo«, sagte Adam, dem das Ganze allmählich spanisch vorkam, »was hast du vor?«

Aber Hajo legte den Zeigefinger auf seine Lippen zum Zeichen, dass er bei seiner Demonstration nicht unterbrochen werden durfte.

Er holte einmal tief Luft, dann tauchte er urplötzlich mit den Händen ins Wasser ein, packte Charlotte an den Knöcheln und zog ihren Oberkörper ruckartig unter Wasser.

Adam und Manteuffel sahen mit Entsetzen, dass Charlotte von der Attacke vollkommen überrumpelt wurde, im ersten Schock Wasser einatmete und auf der Stelle das Bewusstsein verlor.

Selbst Hajo hatte nicht erwartet, dass Charlotte so blitzartig ohnmächtig werden könnte. Er war vom Ergebnis seines Versuchs selbst wie gelähmt. Sie bewegte sich nicht mehr und lag da wie eine ikonische Wasserleiche.

Erst nach einigen Schrecksekunden hievten die drei Männer Charlotte endlich in aller gebotenen Hast aus der Badewanne und legten sie auf den Boden.

Hajo, inzwischen regelrecht panisch wegen dem, was er angerichtet hatte, wollte sie so schnell wie möglich wiederbeleben. Dazu hob er sie mit Adams Hilfe in die Senkrechte, umfasste von hinten ihr Brustbein mit beiden Armen, drückte dagegen und schrie: »Charlotte, das wollte ich nicht! Charlotte!«

Adam gab ihr gleichzeitig ein paar Backpfeifen, während Manteuffel nur wie erstarrt dastand und ungläubig zuschaute.

Schließlich, nach einer gefühlten Ewigkeit, kam Charlotte wieder zu sich und rang hustend nach Luft. Die Erleichterung bei allen war groß, als sie, über die Wanne gebeugt, die letzten Reste des Wassers, das sie im Reflex eingeatmet hatte, nach und nach ausspuckte.

Hajo hielt sie fest, und Adam klopfte ihr auf den Rücken, als eine weibliche Stimme von der Badezimmertür aus laut sagte: »Um Gottes willen – was ist denn hier los?«

Es war Berta von Zündt, die von ihrem Besuch nach Hause gekommen war, im ersten Stock Lärm gehört hatte, hochgeeilt war und nun konsterniert zusah, wie drei Männer über ein klatschnasses Mädchen in Unterkleidung gebeugt waren, und einer von ihnen war ihr leiblicher Sohn.

12

Es dauerte eine ganze Weile, bis sich die Situation wieder einigermaßen beruhigt hatte. Hajo entschuldigte sich zum tausendsten Mal bei Charlotte und erklärte seiner Mutter, was es mit seiner Rekonstruktion eines Mordes auf sich hatte. Sie konnte seine Argumentation schließlich nachvollziehen, ersparte ihm aber nicht den Vorwurf, dass er sein Experiment nicht an Charlotte hätte ausführen dürfen, weil das viel zu gefährlich gewesen sei.

»*Mea culpa*«, sagte er ehrlich geknickt, »*mea maxima culpa!* Ich verspreche hoch und heilig, dass ich Charlotte nie mehr als Versuchskaninchen missbrauchen werde.«

Er wandte sich noch einmal an sie. »Es tut mir wirklich von Herzen leid, Charlotte. Aber damit wissen wir, dass unser Opfer auf diese Weise umgebracht worden ist, das steht für mich fest.«

Charlotte war schon wieder kämpferisch eingestellt. Das war glücklicherweise ihre Natur. »Vergiss es! Für die Wahrheit müssen eben Opfer gebracht werden. Und wenn wir der Wahrheit ein kleines bisschen näher gekommen sind, soll's mir recht sein.«

Sie saßen – Charlotte in eine dicke Decke eingewickelt und mit einem Glas heißem Grog in der Hand, zubereitet von Hajos Mutter höchstpersönlich – vor dem wärmespendenden Kaminfeuer.

Hajo erläuterte noch einmal den Grund für sein radikales Vorgehen, das schlechte Gewissen darüber stand ihm ins Gesicht geschrieben. »Ehrlich gesagt, ich hätte wirklich nicht gedacht, dass man jemanden so schnell ertränken kann.« Es klang wie eine Beichte. »Aber der Versuch hat mir das Gegenteil bewiesen. Anscheinend atmet man vor Schreck tief ein, wenn der Kopf ohne Vorwarnung plötzlich unter Wasser gezogen wird. Dadurch gerät so viel Wasser in die Lunge, dass es zum sofortigen Atemstillstand führt.«

»*Quod erat demonstrandum*«, kommentierte Adam trocken.

»Ja, was zu beweisen war«, stimmte Hajo zerknirscht zu.

Berta von Zündt, die erst jetzt erfahren hatte, dass es um ihr früheres Dienstmädchen ging, zeigte Verständnis dafür, dass ihr Sohn alles dafür tun wollte, um den Mörder zu finden. Sie bestärkte ihn sogar darin, nur seine Methoden fanden nicht unbedingt ihre Zustimmung. Damit ließ sie die drei Männer und Charlotte allein und zog sich zurück. Sie wusste genau, dass Hajo, wenn er sich erst einmal in einen Fall verbissen hatte, nicht aufgab, bis er die Wahrheit herausgefunden hatte. Jeder Einspruch von ihrer Seite wäre also zwecklos, damit hatte sie sich inzwischen abgefunden.

»Da wäre allerdings ein Haken an deiner ganzen schönen Theorie«, merkte Adam an, der es liebte, den Advocatus Diaboli zu geben. »Marianne Angerer war ein einfaches Dienstmädchen und wohnte in einem Ledigenheim, ihr angeblicher Verlobter in einem Männerwohnheim. Und was es da garantiert nicht gibt, ist eine Badewanne.«

»Du sagst es«, sagte Hajo. »Und genau damit fangen wir an. Wo ist die Badewanne, in der sie ertränkt wurde? Eines scheint mir doch klar: Der Tod des Mädchens wurde als Suizid inszeniert, um vom Täter abzulenken.«

Manteuffel verabschiedete sich. Er hatte vor, den Verlobten des Opfers noch einmal zu vernehmen, über eventuelle neue Erkenntnisse wollte er sie auf dem Laufenden halten.

Als er gegangen war, starrten sie alle erst einmal ins Kaminfeuer, um ihre Gedanken zu sammeln.

Bis Charlotte fragte: »Wie gehen wir weiter vor?«

Adam antwortete: »Ich hätte da einen Vorschlag zu machen …«

»Und der wäre?«

»Stammt nicht von mir, stammt von Moltke. ›Getrennt marschieren, vereint schlagen.‹«

13

»Eva und Emil Niemann … Sie beide sind Geschwister?«, fragte Wilhelm Hasse hinter seinem imposanten Schreibtisch, während er mit seiner Brille die Papiere studierte, die Adam und Charlotte ihm vorgelegt hatten.

»Ja, von Geburt an«, versuchte Adam einen kleinen Scherz, der jedoch bei Hasse, für den Ironie ein Fremdwort war, nicht ankam.

Es irritierte ihn nur und sorgte dafür, dass der Leiter des Burschenschaftsinstituts und Studentenwohnheims Bavaria mit gerunzelter Stirn von den Unterlagen aufblickte und die zwei Besucher nochmals musterte, die sich bei ihm um offene Stellen beworben hatten. Eigentlich sahen sich die beiden überhaupt nicht ähnlich. Diese Eva Niemann war blond und blauäugig, während ihr Bruder etwas Exotisches an sich hatte und zudem einen olivfarbenen Teint. Aber die Unterlagen, die sie ihm überreicht hatten, waren hieb- und stichfest.

Hasse seufzte, lehnte sich in seinem Sessel zurück und faltete die Hände über seinem stattlichen Bauch zusammen. »Die Papiere, die Sie vorzuweisen haben, sind, soweit ich das sehen kann, in Ordnung. Mehr als das, ich habe fast den Eindruck, dass Sie beide ein wenig … nun: überqualifiziert sind für das, was wir suchen.«

Adam lächelte bescheiden. Charlotte war der personifizierte Inbegriff des zurückhaltenden Dienstboten, wie sie, die behandschuhten Hände um ihre Tasche geklammert, in einem dezenten grauen Kleid mit passendem Hut dasaß, beides nicht neu, aber der Arbeit und der Einstellung dazu durchaus angemessen.

Die Papiere, die sie dem Vorstand des Hauses – einer Gründerzeitvilla samt Sporthalle und Anbau für Studenten, Gäste und Angestellte – präsentiert hatten, waren von vorn bis hinten gefälscht – von den Ausweisen, den Lebensläufen, den bisherigen Angestelltenverhältnissen bis zu den Empfehlungsschreiben angeblicher Arbeitgeber. Es war eine Heidenarbeit gewesen, die erforderlichen Unterlagen für eine Bewerbung herzustellen, aber Adam und Charlotte hatten weder Mühen noch Zeitaufwand gescheut, um alles so wirklichkeitsgetreu wie möglich erscheinen zu lassen. Außerdem war Adam ein Meister darin, unterschiedliche Handschriften zu produzieren.

Der Nachname Niemann war eine typische Adam-Kreation. Er hatte einen Hang zu schrägem Humor und war sicher, dass keiner im Stillen das zweite »n« durch ein »d« ersetzen würde und ihnen so vielleicht auf die Schliche käme.

»Sie waren immer zu zweit bei diesen ganzen Herrschaften angestellt, die Sie beide ausnahmslos loben. Wie kommt das?«, fragte Wilhelm Hasse.

»Wissen Sie«, sagte Adam, »wir haben unsere Eltern schon vor langer Zeit verloren und uns gegenseitig versprochen, solange es geht, füreinander da zu sein und zusammen durchs Leben zu gehen.«

»Und was hat Sie dazu bewogen, von …«, er sah auf dem Lebenslauf nach, »… von Berlin ausgerechnet nach München zu ziehen?«

Adam und Charlotte hatten sich mit Bedacht dafür entschieden, eine Herkunft aus der Reichshauptstadt vorzugaukeln, damit erst gar nicht jemand auf die Idee kam, ihren wahren Hintergrund auszuforschen.

»Wir wollten eigentlich weiter nach Wien, weil wir dort entfernte Verwandte haben«, antwortete Charlotte. »Aber dann hat es uns hier so gut gefallen, dass wir beschlossen, in München unser Glück zu versuchen und uns hier nach einer passenden Stellung umzusehen.«

Sie machte das gut, dachte Adam, wie sie ihren zunächst sittsam auf den Boden gerichteten Blick mit gespielt treuherzigem Augenaufschlag auf Hasse richtete, der sich davon endgültig überzeugen ließ und entschlossen aufstand.

»Nun gut – Sie können beide bei uns anfangen. Erst einmal zur Probe, bis wir uns ein genaueres Bild von Ihnen gemacht haben. Unsere Hausdame wird Sie einweisen und Ihnen Ihre Unterkünfte zeigen. Sie wird auch alles Weitere mit Ihnen besprechen. Willkommen im Haus Bavaria!«

Er gab Adam und Charlotte die Hand, und damit waren sie beide fürs Erste entlassen.

14

Hajo von Zündt sah sich in der großen Bierhalle des »Augustiner-Bräus« um, als er hereinkam. Das verräucherte Lokal war gut besucht, und es ging laut zu. Das »Augustiner-Bräu« war ein Treffpunkt für einfache Leute, die sich nach Feierabend noch ein Bier oder auch mehrere gönnten.

Er hatte sich dem Publikum angepasst, um nicht unnötig aufzufallen, und trug abgetragene Kleidung. Das Mädchen, nach dem er Ausschau hielt, arbeitete hier als Bedienung, wenn seine Information stimmte. Die Hausdame seiner Mutter hatte sie ihm beschrieben, er hatte sie über Marianne Angerer ausgefragt, und sie hatte ihm alles über das ehemalige Dienstmädchen erzählt, was sie wusste. Es war nicht viel, aber sie konnte sich noch an eine Freundin von Marianne erinnern. Sie war ihr ein paarmal begegnet, als Marianne von ihr an ihrem freien Tag abgeholt worden war. Sie wusste sogar noch ihren Vornamen, eine gewisse Lena.

Hajo setzte sich an einen freien Tisch und beobachtete das rege Treiben um sich herum.

Bei einer schwarz gelockten und resoluten Kellnerin, die von einigen Gästen als Lena angesprochen wurde, bestellte er sein Bier und fragte sie sicherheitshalber: »Entschuldigen Sie – sind Sie Lena?«

Sie stemmte ihre Arme in die Hüften, das schien ihre übliche Geste zu sein, wenn sie das Gefühl hatte, angemacht zu werden, und stellte die Gegenfrage: »Wer will das wissen?«

»Mein Name ist Hajo von Zündt. Ich stelle Nachforschungen an, was den Tod von Marianne Angerer betrifft. Man hat mir gesagt, dass Sie mit ihr befreundet gewesen sind. Vielleicht können Sie mir weiterhelfen.«

In den Augen der Kellnerin blitzte Misstrauen auf. »Sie sind ein Gendarm?«

»Nein.«

»Was interessiert Sie dann der Tod eines Dienstmädchens?«

»Marianne war im Haushalt meiner Mutter angestellt. Und ich möchte herausfinden, wer für ihren Tod verantwortlich ist.«

»Warum?«

»Weil ich der Meinung bin, dass es nicht sein darf, wenn irgendjemand, der ihren Tod auf dem Gewissen hat, damit durchkommt.«

Sie studierte sein Gesicht, fand wohl, dass er es ehrlich meinte, winkte, ohne sich umzudrehen, ab, als sie von mehreren Gästen mit leeren Keferlohern gerufen wurde, und sagte nur, während sie seine Tischplatte mit einem Tuch abwischte, leise: »Falls ich dazu beitragen kann, dann tue ich das. Aber nicht jetzt. Warten Sie, bis wir Feierabend machen.« Damit drehte sie sich um und kümmerte sich um die größten Schreihälse im Lokal.

Hajo musste eine Menge Geduld aufbringen, bis endlich die letzten schwankenden Gestalten vom Wirt hinauskomplimentiert worden waren und die Kellnerin namens Lena Zeit fand, sich an seinen Tisch zu setzen, während der Wirt schon begann, die Stühle für den morgendlichen Putz umgekehrt auf die Tische zu stellen.

»Woher wussten Sie, dass ich mit Marianne befreundet war?«, fragte Lena.

»Von der Hausdame meiner Mutter. Sie haben Marianne ein paarmal bei uns abgeholt.«

»Ja, ich erinnere mich. Schönes Haus. Was sage ich: der reinste Palast! Marianne hat nur in den höchsten Tönen von Ihrer Frau Mutter gesprochen.«

»Wie eng waren Sie?«

»Marianne und ich? Wie Schwestern.«

Sie überkreuzte Zeige- und Mittelfinger, und zum ersten Mal sah Hajo so etwas wie Schmerz in ihren Augen. Hinter ihrer berufsbedingt resoluten Fassade schien es doch eine mitfühlende Schicht zu geben.

»Sie war im letzten Jahr im Haus Bavaria angestellt, diesem Studentenwohnheim für gehobene Ansprüche«, sagte Hajo. »Was wissen Sie darüber?«

»Sie hat sich nicht darüber beklagt. War froh, dass sie da untergekommen war. Gab viel zu tun, aber Unterkunft und Bezahlung waren anständig. Höchstens, dass sie sich die Studenten vom Hals halten musste. Alles junge Burschen aus bestem Hause und voll im Saft, wenn Sie wissen, was ich meine.«

»Hat sie davon erzählt, dass es jemand Bestimmten gab, der ihr vielleicht nachgestellt hat?«

»Nicht dass ich wüsste.«

Hajo nickte und fragte: »Mit wem hat sie sich getroffen, verabredet, hatte sie so etwas wie eine feste Beziehung? Was wissen Sie darüber?«

»Kommt darauf an ...«

Hajo merkte, wie ihre Miene einen abwägenden Zug annahm. »Worauf?«, fragte er.

»Was es Ihnen wert ist. Sie sind ein feiner Herr. Etwas Besseres. Machen Sie mir ein entsprechendes Angebot.«

»Was bekomme ich dafür?«

»Ich würde sagen: Hinweise, die Ihnen weiterhelfen.«

»He, Lena – komm jetzt zum Schluss. Feierabend für heute!«, kommandierte der Wirt aus dem Hintergrund und drehte vehement die letzten Stühle um.

»Einen Moment noch«, rief Lena in seine Richtung. »Mach schon mal die Abrechnung. Gib mir noch fünf Minuten.«

»Wofür? Das verhandelst du doch für gewöhnlich in einer.«

Lena atmete einmal tief durch, bevor sie laut antwortete:

»Hier geht es um höhere Dinge, Karl. Nicht um das, was du jetzt denkst.«

»Schon gut. Solange du meinen Anteil im Auge behältst.«

Lena ignorierte seinen Einwand und verdrehte demonstrativ die Augen. »Also, Herr von Zündt«, wandte sie sich wieder Hajo zu und blickte ihn direkt an. »Ich habe da was, das Sie interessieren könnte. Und das womöglich ein wenig Licht in Ihre Nachforschungen bringt. Was ist es Ihnen wert?«

»Hängt davon ab, wie es mir in diesem Fall weiterhilft. Um was handelt es sich?«

»Marianne hat Tagebuch geschrieben. Und ich habe es.«

»Wie das?«

»Sie wollte nicht, dass es in falsche Hände gerät.«

»Hatte sie Angst?«

Lena zögerte. »Kann man so sagen. Ja«, sagte sie schließlich.

»Wurde sie bedroht?«

»Das weiß ich nicht.«

»Wovor hatte sie Angst?«

»Dass sie in etwas Schlimmes hineingeraten war.«

»Was sollte das gewesen sein?«

»Keine Ahnung. Sie hat nur so Andeutungen gemacht.«

»Welcher Art?«

Lena zuckte mit den Schultern und sah ihn weiter auffordernd an.

Hajo verstand. Wortlos nahm er seine Brieftasche heraus und zählte dreißig Gulden ab.

Lena machte keine Anstalten, das Geld zu nehmen, aber sie klopfte mit dem Finger auf den Tisch. Hajo gab nach und legte zwanzig Gulden dazu.

Lena raffte die Scheine zusammen, steckte sie in ihren Ausschnitt und stand auf. »Warten Sie«, sagte sie. »Ich bringe Ihnen das Buch. Es ist auf meinem Zimmer.«

»Sie wohnen hier?«

Sie wies mit ihren Augen nach oben. »Im Dachgeschoss.«

Bevor sie gehen konnte, griff Hajo nach ihrem Handgelenk. »Wer garantiert mir, dass Sie nicht durch einen Hinterausgang verschwinden?«

»Sie müssen mir schon vertrauen. Außerdem gebe ich doch nicht so einfach meine Stelle auf.«

Aber Hajo hielt ihr Handgelenk weiter fest. »Kann ich das?«, fragte er. »Ihnen vertrauen?«

»Es ist nicht nur das Geld«, sagte sie schließlich. »Wissen Sie, mir ist auch daran gelegen, dass sich jemand darum kümmert, was mit meiner Freundin passiert ist ...«

»Dann haben Sie nie an Selbstmord geglaubt?«

Lenas Gesicht versteinerte, als sie mit Überzeugung sagte: »Nicht in tausend Jahren.«

Hajo nickte, ließ sie los und erhob sich ebenfalls. »Ich warte«, sagte er und sah zu, wie sie im Treppenhaus nach oben verschwand.

Der Wirt stand vor dem Ausgang und spielte demonstrativ mit seinem großen Schlüsselbund. Hajo erwiderte seinen Blick nicht und setzte sich umständlich seinen Hut auf, bis die Schritte von Lena wieder auf der Treppe zu hören waren. Sie kam zurück und drückte Hajo ein schmales, mit einer Schnur zusammengebundenes Büchlein in die Hand.

Er steckte es ungesehen ein und verließ das Lokal. Im nächsten Moment hörte er, wie der Wirt die Tür laut hinter ihm zuschlug.

Hajo beschleunigte seine Schritte in Richtung Marienplatz, wo er sich eine Mietdroschke nahm.

15

Kaum war Hajo zu Hause angekommen, ging er in sein Studierzimmer, um sich das Tagebuch von Marianne vorzunehmen. Als er die mehrfach herumgeschlungene Schnur aufknüpfte, konnte er es zunächst nicht fassen – egal, welche Seite er aufschlug: Sie waren alle leer.

Hatte er sich von dieser raffinierten Kellnerin so einfach an der Nase herumführen lassen? Er ärgerte sich, dass er sich nicht gleich davon überzeugt hatte, ein aussagekräftiges Beweisstück mit entsprechenden Hinweisen für seine fünfzig Gulden erhalten zu haben.

Hundemüde und frustriert, wie er war, pfefferte er das Büchlein mit den leeren Seiten auf den Boden und legte sich schlafen.

Er konnte nur hoffen, dass Charlotte und Adam bei ihren Nachforschungen im Haus Bavaria mehr Erfolg hatten als er.

16

Adam und Charlotte hatten ihr Möglichstes getan, um sich gemäß ihren vorgetäuschten Aufgabenbereichen ins Gefüge des Burschenschaftsinstituts und Wohnheims für Studenten aus besseren Kreisen zu integrieren.

Charlotte fügte sich, obwohl das ihrem Naturell und ihrer Denkweise diametral entgegengesetzt war, den Anweisungen der Hausdame, die so streng und unnahbar war, wie sie aussah – sie hieß Hermine und war die Frau des Vorstands –, und achtete akribisch darauf, in der Küche und beim Saubermachen der einzelnen Zimmer nur ja alles richtig zu machen. Und nebenbei hatte sie so Gelegenheit, das ganze Anwesen genauer in Augenschein zu nehmen.

Die oberste Regel hatte die Hausdame ihr gleich zu Beginn eingebläut: »Du musst immer so tun, als wärst du unsichtbar. Du bist Luft in den Augen der Studenten und machst deinen Mund nur auf, wenn du direkt angesprochen wirst. Hast du das verstanden?«

»Ja, gnädige Frau«, hatte Charlotte mit entsprechend unterwürfigem Ton geantwortet, obwohl sie sich fast daran verschluckt hätte. Dass Hermine Hasse so angesprochen werden wollte, hatte sie schon vor ihrem langen Vortrag über das Verhalten im Haus Bavaria unmissverständlich klargemacht.

Charlotte hatte eine gute Beobachtungsgabe und spürte instinktiv, dass sie bei ihrer Arbeit nicht aus den Augen gelassen wurde. Beim Saubermachen der einzelnen Zimmer war vorgeschrieben, dass die Tür immer offen zu stehen hatte, weswegen sie besonders auf der Hut war, wenn sie in den persönlichen Sachen der Studenten herumkramte.

Wonach sie eigentlich suchte, wusste sie selbst nicht so recht. Marianne Angerer war hier fast ein Jahr als Dienstmädchen angestellt gewesen, aber sie konnte die Hausdame nicht danach fragen, ohne sich verdächtig zu machen. Schon am ersten Tag hatte sie aber festgestellt, dass es auf jedem Stockwerk des Wohngebäudes ein Bad mit einer großen Wanne gab, das allen Studenten zur Verfügung stand. Ohne Zweifel hätte es hier die Gelegenheit gegeben, sie auf diese Art und Weise umzubringen, wie es Hajo an ihr demonstriert hatte. Und zum Bach im Englischen Garten war es auch nicht weit – aber wie ließ sich das bewiesen?

Mit ihren zwei gleichaltrigen Kolleginnen wurde Charlotte zunächst nicht sonderlich warm. Sie waren schweigsam und hielten sich mit persönlichen Bewertungen zurück. Charlotte wollte nicht gleich mit der Tür ins Haus fallen und als neugierige Fragestellerin auffallen. Trotzdem erkundigte sie sich nach Marianne, indem sie vorgab, sie vor ein paar Wochen zufällig getroffen und von ihr gehört zu haben, dass sie im Haus Bavaria eine anständig bezahlte Stellung gefunden habe.

Agnes, ein junges, naives Mädchen, hatte ihr unter dem Siegel der Verschwiegenheit verraten, dass man lieber diesen Namen im Haus nicht erwähnen sollte, denn Marianne habe Selbstmord begangen und werde deshalb auch kein christliches Begräbnis bekommen. Agnes hatte mit ihr eine Kammer geteilt, ihre wenigen Habseligkeiten seien von der Hausdame zusammengepackt und der Gendarmerie übergeben worden. Es sei kaum der Rede wert gewesen, ein paar Kleidungsstücke, eine Schatulle mit Briefen, eine Bibel, mehr habe es da nicht gegeben. Soviel sie wusste, hatte Marianne keine Angehörigen, jedenfalls habe sie nie davon erzählt. Sie sei sowieso nicht sehr mitteilsam gewesen. Nur letztes Mal hätte sie sich anders verhalten als sonst.

»Wie ... anders?«, hatte Charlotte gefragt.

»Als wir uns schlafen gelegt hatten. Ich wollte gerade die Kerze ausblasen, da hat sie gelächelt und gesagt, dass von nun an alles besser wird.«

»Wie, besser?«

»Ich glaube, sie war verliebt.«

»Hat sie das gesagt?«

»Nein, aber ich hab das gespürt.«

Gelegenheiten, sich mit Adam über irgendwelche Erkenntnisse im Zusammenhang mit der wahren Natur ihres Aufenthalts im Haus Bavaria auszutauschen, gab es zunächst so gut wie keine. Charlotte hoffte, irgendwie ungesehen ins Büro der Hausdame zu gelangen, um die Unterlagen des Hauses zu durchsuchen, aber die »gnädige Frau« war sorgfältig darauf bedacht, die Tür zu ihren Räumlichkeiten abzusperren, und trug den Schlüssel dazu immer bei sich.

Wie Adam Charlotte auf dem Gang nach unten zuflüsterte – alle Angestellten trafen sich zum gemeinsamen Essen in der Küche im Untergeschoss, die Studenten und ihre Besucher im Speisesaal im Erdgeschoss –, hatten die Wände Ohren. Auch er hatte noch nichts Relevantes entdecken können.

Beim späten Abendessen für die Hausangestellten und das Dienstpersonal, nachdem die Studenten im Speisesaal ihr Dinner eingenommen hatten, setzten sie sich unter der Oberaufsicht von Hermine Hasse um den großen Tisch in der Küche.

Aber das vermeintliche Geschwisterpaar war nie allein. Und

wenn Adam und Charlotte über Belangloses redeten, weil sie aufpassen mussten, sich strikt an ihre Rollen zu halten, konnten sie sich sicher sein, dass alle zuhörten, schließlich waren sie beide neu, und alles Auffällige wäre ein gefundenes Fressen für Spekulationen und Tratsch. Um Gerüchten über ihre Herkunft und ihr Verhältnis so schnell wie möglich den Wind aus den Segeln zu nehmen, nahm Adam sich gleich am ersten Abend ein Herz, stellte sich nach dem Essen vor dem gesamten Hauspersonal hin und hielt eine kleine Ansprache. Er schilderte kurz ihren fiktiven Werdegang und den Grund ihres Aufenthalts in München und ließ dabei seinen ganzen Charme spielen. Er konnte das so gut, dass Charlotte beinahe selbst an all das glaubte, was er da an Lügengeschichten auftischte.

An Adam war wirklich ein Schauspieler verloren gegangen. Das beherrschte er mindestens genauso gut wie sein zweites Fach: das Degenfechten.

Innerhalb kürzester Zeit hatte er sich bei seinen ersten Fechtstunden in der Sporthalle einen gewissen Respekt verschafft. Er wusste alles über Geschichte, Theorie und Praxis der Fechtkunst und war in der Lage, seine Kenntnisse und Fähigkeiten seinen Schülern so anschaulich zu vermitteln, dass der Funke der Begeisterung auch auf sie übersprang. Darüber hinaus beherrschte er die Sprache, die in dieser Kampfsportart angesagt war, nämlich Französisch.

Der Ehrgeiz, mit ihrem neuen Fechtmeister wenigstens halbwegs mithalten zu können, war bei allen Studenten riesengroß.

Degenfechten war das Privileg der höheren Stände, etwas wie ein Relikt aus alten Zeiten, Mann gegen Mann mit gleichen Waffen, festen Regeln und entsprechender Schutzkleidung. Es kam auf Gewandtheit, ein gutes Auge, Kondition und Flinkheit an. Und über allem stand Eleganz. Jedenfalls war das Adams Maxime, die er von Anfang an bei seinem Unterricht in der Sporthalle predigte.

Er erläuterte und führte die verschiedenen Klingenlagen perfekt vor – Prim, Sekond, Terz, Quart, Sixt, Septim, Oktav –, zeigte, wie man eine makellose Parade, Riposte oder Finte ausführte, und gab Hilfestellung und Ratschläge, wann immer er dies für angebracht hielt. Die Studenten hätten sich keinen besseren Lehrmeister wünschen können.

Adam und Charlotte hatten sich so bereits in den ersten zwei Tagen in den Ablauf des Hauses Bavaria eingefügt und sich einen ersten Überblick verschafft, wer dort aus und ein ging und wer dort wohnte und arbeitete.

Das war schön und gut, nur: Es brachte sie in der Causa Marianne Angerer keinen Schritt weiter …

17

Charlotte und Adam waren schon kurz davor einzusehen, dass ihre Spionagetätigkeit für die Katz war, aber die Tage vergeblicher Liebesmüh zahlten sich schließlich doch noch aus, als Charlotte auf Geheiß der gnädigen Frau den gefliesten Boden des Bades und die Wanne im ersten Stock gründlich schrubben sollte. Denn dabei fiel ihr Blick auf eine Kladde, die ihr bisher noch nicht aufgefallen war. In diese Kladde musste sich eintragen, wer das Bad benutzen wollte.

Charlotte blätterte die Listen durch und suchte nach dem Datum, an dem Marianne Angerer wahrscheinlich zu Tode gekommen war. Zum fraglichen Zeitraum hatten nur drei Männer mit Namen und Uhrzeit das Badezimmer für sich reserviert.

Ein gewisser Berthold Waiblinger.

Vinzenz von Rothenbach.

Und Graf Arno von Valley.

Sie riss das Blatt ab und steckte es hastig ein, weil Schritte auf dem Flur zu hören waren. Schnell ging sie in die Knie und begann damit, den Boden mit einer Bürste zu bearbeiten, den Putzeimer mit der Lauge hatte sie vorher schon dort abgestellt.

Als sie den Putzeimer weiterschob, spürte sie intuitiv, dass sie beobachtet wurde. Sie drehte sich um, strich sich eine widerspenstige Haarsträhne aus der Stirn und sah sich einem spöttisch lächelnden Mann Mitte zwanzig mit sorgfältig gestutztem Oberlippen- und Backenbart gegenüber. An der Stirn hatte er eine gezackte Narbe, offensichtlich war das ein sogenannter Schmiss. Das war immer noch Mode bei vielen Studentenverbindungen und Burschenschaften. Er lehnte mit verschränkten Armen lässig am Türrahmen und schien sie zu seinem großen Pläsier anscheinend schon seit einiger Zeit von hinten betrachtet zu haben.

Er benahm sich wie der typische Snob, der sich einbildete, ob seiner angeborenen gesellschaftlichen Stellung etwas Besonderes zu sein und nicht der Spezies der Normalsterblichen anzugehören. Sein anzüglicher Gesichtsausdruck verhieß nichts Gutes, er zog Charlotte mit seinen Augen förmlich aus.

Sie stand auf und wandte sich ihm zu. »Was?«, blaffte sie.

Er musterte sie unverhohlen von oben bis unten, bevor er meinte: »Schau, schau, schau! Was haben wir denn da für eine Schönheit in unseren heiligen Hallen! Seit wann bist du hier? Und wie heißt du?«

Er erwartete wohl, dass sie errötete, einen Knicks machte und ihm unterwürfig Rede und Antwort stand. Aber da war er an die Falsche geraten. Charlotte hatte nicht vor, sich von seinem Gehabe beeindrucken und verunsichern zu lassen. Ganz im Gegenteil. »Männer mit Manieren pflegen zuerst einmal, sich vorzustellen, wenn sie solche Fragen stellen«, entgegnete sie, wischte ihre nassen Hände an ihrer Schürze ab und blickte ihn kampfeslustig an.

Ein süffisantes Grinsen erschien auf seinem Gesicht, und er zog die Augenbrauen hoch. »Ist das so? In deinen Kreisen?«

»Das ist allgemein so. Weil es ein Gebot der Höflichkeit ist.«

»Du bist neu in der Stadt, nehme ich an – vielleicht könnte ich dich mal ausführen und dir so einiges zeigen ...«

»Kein Bedarf. Außerdem mag ich es nicht, wenn ich von Unbekannten geduzt werde. Also – wer sind Sie?«

»Warum gleich so kratzbürstig?«

Er machte ein paar Schritte auf sie zu und fixierte ihre Augen aus nächster Nähe. Aber Charlotte wich keinen Zentimeter zurück und ließ sich nicht auf seine offensichtlichen Avancen ein.

»Ich warte«, sagte sie und verschränkte die Arme. Sie wusste, dass sie sich mit ihrem Verhalten nicht unbedingt wie ein herkömmliches Dienstmädchen benahm, aber Unterwürfigkeit lag nun einmal nicht in ihrer Natur. Egal, wer sie so ansprach – sie hatte nicht vor, sich Unangebrachtes gefallen zu lassen.

Ihr Gegenüber schien sich über ihre Reaktion sogar zu amüsieren. Er sagte in einem Ton, der seine Überzeugung verriet, dass sein Name allgemein bekannt war und man ihm deshalb den zustehenden Respekt zu zollen hatte: »Mein Name ist Graf Arno von Valley.« Dabei wandte er sich wie nebenbei ab und strich über den Rand der kupfernen Badewanne, bevor er seine Hand vor die Augen hielt und prüfend Zeigefinger und Daumen aneinanderrieb. »Da müsste noch etwas nachgebessert werden ...«

»So weit war ich noch nicht. Die Wanne ist als Nächstes dran. Wenn ich jetzt vielleicht wieder meine Arbeit machen könnte ...«

»Da steckst du!« Ein Mann kam herein, er sah Graf Arno ziemlich ähnlich, gleiche Statur, ebenso elegant und teuer gekleidet, nur hatte er aschblondes, schütteres Haar und war glatt rasiert. »Ich suche dich schon die ganze Zeit ...«

Er lächelte Charlotte an, aber auf eine freundliche Art, und fragte Arno: »Willst du mich nicht bekannt machen?«

»Würde ich ja gerne«, antwortete Graf Arno. »Aber dieses widerspenstige Fräulein weigert sich, mir ihren Namen zu nennen.«

Der Blonde breitete die Arme vor Charlotte aus. »Sie müssen sich nichts denken – aber mein Bruder ist bisweilen ein wenig ungehobelt. Gestatten …« Er schlug tatsächlich die Hacken leicht zusammen und deutete einen Diener an. Ganz alte Schule. »Gregor von Valley. Zu Besuch bei meinem jüngeren Bruder Arno.« Er streckte ihr die Hand hin.

Charlotte ging auf seine charmante Art ein und schüttelte sie. »Angenehm. Eva Niemann.«

Gregor runzelte die Stirn. »Niemann … wie dieser neue Fechtlehrer? Ist er etwa Ihr Gatte?«

»Nein. Mein Bruder.«

»Kompliment. Ihr Bruder versteht etwas vom Fechten.«

Er wandte sich an Arno. »Den solltest du dir anschauen! Er könnte sogar dir noch was beibringen.«

»Tatsächlich?«

»Allerdings. Ich habe ihm gerade eine Weile zugesehen.«

»Er ist also noch in der Sporthalle?«

»Ja.«

»Das macht mich neugierig«, sagte Arno und warf Charlotte einen bedeutungsvollen Blick zu. »Wenn das so ist, dann werde ich diesen Bruder von Fräulein Niemann zu einem Fechtgang herausfordern.«

»Jetzt?«

»Aber ja. Ich werde ihm eine Lektion erteilen, die er nicht so schnell vergessen wird. Damit sich die Niemanns immer an meinen Namen erinnern. Oder wie dieses Fräulein hier sagen würde: Ich werde ihm Manieren beibringen.« Er verbeugte sich übertrieben spöttisch vor Charlotte, sagte: »Habe die Ehre!«, und verschwand.

Gregor von Valley seufzte demonstrativ und wandte sich ebenfalls wieder Charlotte zu. »Verzeihung, Fräulein Niemann, aber mein Herr Bruder bildet sich etwas auf seine Fechtkünste ein.«

»Offensichtlich nicht nur darauf«, antwortete sie.

Gregor zuckte mit den Schultern, als wollte er damit andeuten, dass er für das Benehmen seines Bruders nicht verantwortlich war, nickte ihr noch grüßend zu und eilte dann Arno hinterher.

Charlotte atmete erst einmal tief durch. Sie brauchte eine Weile, bis sie den Auftritt der beiden Grafen geistig verarbeitet hatte.

Diesem Graf Arno musste sie unbedingt auf den Zahn fühlen. Nur zu gern würde sie ihm etwas anhängen. Sie konnte Männer nicht ausstehen, die sich für unwiderstehlich hielten. Ganz besonders, wenn sie auch noch glaubten, damit das weibliche Geschlecht beeindrucken zu können, wenn sie ihren Titel wie eine Fahne hissten. Das zog vielleicht bei einem naiven Mädchen vom Land.

Wie Marianne Angerer.

Aber nicht bei ihr.

Eigentlich wollte sie zusehen, wie Adam mit diesem eingebildeten Lackaffen bei einem Waffengang zurechtkam, aber das konnte sie sich als Dienstmädchen nicht erlauben. Also packte sie wieder ihre Bürste, tauchte sie in die Lauge im Eimer und begann, die Wanne heftig zu schrubben. So konnte sie am besten nachdenken.

Doch dann warf sie die Bürste entschlossen in den Eimer zurück, trocknete ihre Hände an der Schürze ab und holte einen Stift und einen Notizzettel aus der Tasche, beides hatte sie immer bei sich. Sie schrieb ein paar Worte auf den Zettel und faltete ihn so klein wie möglich zusammen. Damit ging sie auf den Gang hinaus und suchte nach Hans, einem knapp vierzehnjährigen Hausdiener, der auf sie einen aufgeweckten Eindruck gemacht hatte.

Sie fand ihn wie vermutet in der Küche, wo er gerade mit Gläserpolieren beschäftigt war. »Hans«, sagte sie und setzte ihr schönstes Lächeln ein, mit dem sie, wie sie aus Erfahrung wusste, jedes Exemplar des männlichen Geschlechts um den Finger wickeln konnte. »Kannst du mir einen Gefallen tun?«

»Kommt darauf an …«, erwiderte er zögernd.

»Darauf?«, sagte sie, zückte eine Münze und hielt sie ihm vor die Nase.

Blitzschnell grapschte ihr der Junge das Geldstück aus der Hand. »Was soll ich tun?«

»Geh schnell in die Sporthalle und gib das meinem Bruder.« Sie reichte ihm den gefalteten Zettel. »Aber so, dass es niemand sieht!«

»Ist schon so gut wie erledigt«, sagte Hans, steckte die Münze weg und eilte mit dem Zettel davon.

18

Die Sporthalle war rappelvoll, als Graf Arno von Valley in Fechtmontur den neuen Fechtmeister zu einem Waffengang aufforderte. Er hatte sich Adam formvollendet vorgestellt, wohl auch, weil er sich vor zahlreichem Publikum als ein Vertreter des Hochadels präsentieren wollte, der wusste, was er seiner edlen Herkunft schuldig war.

Adam war vorgewarnt, weil er feststellen musste, dass die nun folgende Auseinandersetzung wohl schon im ganzen Haus publik gemacht worden war. Denn wie durch Zauberhand hatte sich die Sporthalle mit Studenten und alten Herren gefüllt. Es waren ausschließlich Männer anwesend. Sie alle wollten mit ansehen, was der neue Fechtlehrer zu bieten hatte. Keiner von ihnen gab Adam eine Chance. Jeder wusste, dass der Graf ein Experte im Umgang mit der Klinge war. Schließlich hatte er mehrere hochkarätige Titel von Studentenmeisterschaften im Portfolio.

Dass sich so viele Zuschauer die Ehre gaben, war auch der Tatsache geschuldet, dass an diesem Abend noch etwas ganz Besonderes stattfinden sollte: eine Mensur zwischen den Burschenschaften Bavaria und Suebia.

Graf Arno, der sich inzwischen in Schutzkleidung mit ein

paar Scheinattacken warm machte, hatte Adam gegenüber extra *coram publico* eine Einladung dafür ausgesprochen – damit der neue Fechtmeister Zeuge eines martialischen Rituals werden konnte, das wirklich durch und durch deutsch war – stolz, unbarmherzig, geradlinig und tapfer, wie er sagte. Nur noch in Österreich und der deutschsprachigen Schweiz fochten sie das aus. Nicht so eine französisch verweichlichte Art der Spiegelfechterei, wie er sich ausdrückte, wofür er vom schon zahlreich erschienenen Publikum lautstarken Beifall erntete. Alle waren gespannt darauf, wie ernst der Graf den nun folgenden Zweikampf nahm.

Er war offensichtlich auf Konfrontationskurs aus, und Adam nahm sehr wohl wahr, dass Arno alle Anwesenden mit seiner Großtuerei auf seine Seite zog und sie bewusst gegen ihn aufwiegelte. Innerlich hielt Adam fest, dass der Graf ein Mann war, der Menschen manipulieren konnte und darauf aus war, in jeder Situation die Kontrolle zu behalten.

Von einem typischen Burschenschaftsritual wie der Mensur hatte Adam zuvor nie etwas gehalten. Da schlugen zwei Paukanten aus verschiedenen Studentenverbindungen mit Lederschutzkleidung und Paukbrille nach genau festgelegten Regeln und mit blanken Hiebwaffen so lange aufeinander ein, bis sich einer im Gesicht eine Wunde zuzog. Das war der sogenannte »Schmiss«, den man fortan mit Stolz trug wie einen Orden. Die vernarbte Wunde war ein Zeichen der Zugehörigkeit. So erkannte man sich ohne Worte als Gleichgesinnte. Ein Initiationsritus der Mannbarkeit. Wer das durchgemacht hatte, gehörte zu einem elitären und geschlossenen Zirkel wie der Adel.

Adam sah die Männer reihum an. Sie alle warteten nur darauf, dass der Graf diesem Emporkömmling niederen Ranges ordentlich seine Grenzen aufzeigte. Die Stimmung war eindeutig gegen ihn, denn Graf Arno war einer der Ihren.

Der Obmann, der als Schiedsrichter fungierte, überprüfte Waffen, Schutzkleidung und Maske, und Adam spürte plötzlich etwas in seiner freien Hand. Jemand hatte ihm heimlich einen Zettel zugesteckt.

Hans war wirklich ein flinker und geschickter Bursche.

Adam sah dem Jungen nach, der sich unauffällig wieder durch das Publikum davonschlängelte. Danach konnte er einen kurzen Blick auf den Zettel werfen.

Der Text war kurz: »Mach ihn fertig! Deine Schwester«.

Adam zerknüllte den Zettel und ließ ihn unauffällig zu Boden fallen, weil Graf Arno zweikampfbereit auf ihn zukam.

Sie gaben sich die Hand und kreuzten zum Zeichen der Fairness ihre Klingen. Allerdings vermutete Adam in Anbetracht des Gesichtsausdrucks, den sein Gegner vor dem Überziehen der Schutzmaske zur Schau stellte, dass Fairness in der nun folgenden Auseinandersetzung nicht unbedingt an oberster Stelle auf der Agenda des Grafen stand.

Adam zog ebenfalls seine Schutzmaske über, dann ging es auch schon los.

Der Graf drang so ungestüm und vehement auf ihn ein, als wollte er ihn in kürzester Zeit um Gnade winseln hören. Adam musste sein ganzes Können aufbieten, um nicht schon beim ersten Angriff über den Haufen gerannt zu werden. Er wich nach und nach zurück, soweit es die Halle zuließ, und parierte die Hiebe und Schläge, so gut er konnte. Im Rückwärtsausweichen wurde ihm immer bewusster, dass sein offensiver Gegner vor allem darauf aus war, ihn der Lächerlichkeit preiszugeben.

Aber mehr, als Adam in die Defensive zu zwingen und ihn quer durch die Halle zu jagen, gelang Graf Arno nicht. Das konsequent draufgängerische Vorgehen des Grafen war ganz zum Gaudium des Publikums, das Mühe hatte, den beiden Degenfechtern auszuweichen und ihnen Platz zu machen, denn die beiden schenkten sich nichts.

Das hieß: Der Graf schenkte dem Fechtlehrer nichts.

Es hatte tatsächlich den Anschein, als würde Adam sich den anhaltend ungestüm und rücksichtslos angreifenden Grafen nicht mehr lange vom Leib halten können.

Der Obmann ließ Graf Arno alles durchgehen, auch Aktionen, die eine Unterbrechung des Kampfes erfordert hätten. Die üblichen Regeln waren anscheinend außer Kraft gesetzt. Es schien nur noch eine Frage der Zeit, bis Adam aufgeben und damit zugeben musste, dass der Graf ihm haushoch überlegen war.

Schließlich gelang es dem zügellos aggressiven Grafen, Adam mit dem Rücken zur Wand zu stellen. Er wollte ihn mit seinem Degen regelrecht aufspießen als Höhepunkt seiner unwiderstehlichen und rabiaten Angriffstaktik. Doch als er Adams Degen mit der lederbehandschuhten Hand wegdrückte und gleichzeitig zustach, wandte sich Adam blitzschnell zur Seite und zwang Arno mit einem Dreher seinerseits an die Wand. Einen Lidschlag später setzte er einen so rasch ausgeführten Hieb gegen dessen Degen, dass er kaum zu sehen war, und entwaffnete den Grafen.

Arnos Degen flog hoch, und Adam fing ihn artistisch auf, während er gleichzeitig die Spitze seines Degens gegen die ungeschützte Kehle unter dem Maskenrand des Grafen drückte, der nun mit ausgebreiteten Armen hilflos an der Wand stand.

In diesem Augenblick war es in der menschengefüllten Halle still wie in einem Mausoleum. Alle Zuschauer waren gleichsam paralysiert und hielten den Atem an.

Adam ließ den Grafen zwei Herzschläge lang schmoren, als wäre er ein Schmetterling, der mit einer Nadel der Sammlung eines Lepidopterologen einverleibt werden sollte. Arno keuchte, die Spitze von Adams Degen kitzelte seinen Kehlkopf, ein kleiner Blutstropfen quoll heraus.

»Genug?«, fragte Adam schließlich.

»Genug«, sagte Graf Arno krächzend und nahm seine Maske ab.

Adam nickte, zog seine Waffe zurück, warf Arno dessen Degen vor die Füße, nahm seine Maske ebenfalls ab, kehrte seinem Kontrahenten den Rücken zu und marschierte durch das sich öffnende Spalier der immer noch sprachlosen Zuschauer davon.

Kaum hatte er ein paar Schritte gemacht, da beugte sich der Graf zu seinem Degen herunter, hob ihn auf und stürmte mit einem Wutschrei auf Adams Rücken zu. Im letzten Moment drehte sich Adam um, parierte mit seiner Waffe den Degenstoß des Angreifers und schlug ihn mit der bloßen Faust nieder.

Graf Arno von Valley blieb mit blutiger Nase auf der Walstatt liegen.

»Das war nicht fair, Herr Graf«, sagte Adam verächtlich, sodass es alle hören konnten, und ging zum Ausgang der Sporthalle.

Gregor von Valley kniete sich neben seinen Bruder und kümmerte sich um den stöhnenden Arno.

Ungläubige Blicke folgten Adam, bevor ein allgemeines Raunen einsetzte und Bewegung ins Publikum kam. So etwas hatten sie noch nie gesehen. Was war das für eine Niederlage – und schlimmer noch: eine Schmach – für den Grafen! Stellvertretend für sie alle. Er hatte vollständig seine Contenance verloren und gegen alle Standesregeln verstoßen. Sein Verhalten würde sich wie ein Lauffeuer in der Stadt verbreiten und auf sie alle zurückfallen. Damit hatte er sich und seinesgleichen keinen Gefallen getan.

Gregor wollte seinem sichtlich angeschlagenen Bruder wieder auf die Beine helfen, aber der stieß ihn unwirsch beiseite und stand mühsam von selbst auf. Er blickte Adam hinterher, und Gregor konnte förmlich den Hass aus seinen Augen sprühen sehen.

Als Arno nach seiner Nase tastete und das Blut an seinen Fingern betrachtete, wusste Gregor: Sein Bruder war noch nicht fertig mit diesem Fechtmeister namens Niemann. Er kannte Arno gut genug, um zu wissen, dass er diese Demütigung nicht auf sich sitzen lassen konnte.

Am Ausgang der Halle stand Wilhelm Hasse, der Leiter des Hauses Bavaria. Er hatte alles mit eigenen Augen verfolgt und war angesichts des Eklats völlig aus dem Häuschen. »Was haben Sie bloß getan?«, fragte er konsterniert seinen Fechtlehrer, als dieser auf ihn zukam. »Wissen Sie nicht, wer das ist?«

»Doch, jetzt weiß ich es«, antwortete Adam. »Nichts anderes als ein hinterhältiger Feigling.« Er drückte Hasse den Degen und die Maske in die Hand. »Hiermit kündige ich.«

Hasse starrte die Waffe und die Maske in seinen Händen an und bekam den Mund nicht mehr zu.

Adam hatte schon die Türklinke in der Hand, als er sich noch einmal zu ihm umdrehte. »Ach, übrigens – meine Schwester kündigt auch. Fristlos.«

Er öffnete die Tür, ging hinaus und warf sie hinter sich ins Schloss, dass es nur so schepperte.

19

»Was wir haben, ist nicht gerade viel«, resümierte Hajo in seinem Studierzimmer, wo er am selben Abend mit Charlotte und Adam zusammensaß und über der von Charlotte abgerissenen Seite aus dem Reservierungsbuch des Badezimmers im Haus Bavaria brütete.

Er legte die Seite weg und nahm die zweite Liste zur Hand, die Charlotte ebenfalls noch kurz vor ihrem Abgang ergattert hatte, aus dem Büro von Hasse, als alle in der Sporthalle gewesen waren, um den Zweikampf von Adam und dem Grafen nicht zu versäumen. Ganz nach dem Motto von Adam beziehungsweise Moltke: »Getrennt marschieren, vereint schlagen.« Diese Liste war wesentlich länger und bestand aus mehreren Seiten. Sie beinhaltete sämtliche Namen und Daten der Mitarbeiter und Studenten des Hauses Bavaria.

Es dauerte eine Weile, bis er sie überflogen hatte. Dann starrte er gedankenverloren ins flackernde Kaminfeuer, das er mitten im Frühling angefacht hatte, weil es so klamm war im Zimmer. Die Temperatur zu dieser Jahreszeit – es war kurz nach Ostern – ließ immer noch zu wünschen übrig. Er legte zwei Holzscheite nach, bevor er mit einer schlechten Nachricht herausrückte. »Ich muss euch etwas sagen. Etwas Schlimmes ist passiert …«

Adam und Charlotte sahen ihn fragend an.

Er nahm einen Schluck von seinem Drink, bevor er fortfuhr. »Manteuffel wollte Pschierer aus der Haft entlassen. Weil ich ihn davon überzeugt hatte, dass er nicht der Mörder von Marianne Angerer sein konnte …« Er zögerte.

»Aber?«, fragte Charlotte.

»Als er die Zelle aufsuchte, hatte sich Pschierer mit seinem Gürtel erhängt.«

»Oh Gott!«, sagte Charlotte und schlug vor Entsetzen die Hand vor den Mund. »Der arme Kerl.«

»Ist das nicht eine Art Schuldeingeständnis?«, fragte Adam nach einer Weile, in der sie alle schweigend in das Kaminfeuer gestarrt hatten.

»Wohl kaum«, antwortete Hajo. »Er hat eine Nachricht hinterlassen. Sie lautet, ich zitiere: ›Ich habe Marianne geliebt. Aber sie hatte einen anderen. Wer das war, weiß ich nicht. War aber anscheinend ein hohes Tier. Der hat ihr das Kind gemacht. Und der hat sie auch auf dem Gewissen. Ich bin unschuldig.‹ Glaubt ihr, dass man, wenn man dem Tod ins Auge sieht und nichts mehr zu verlieren hat, noch so eine Lüge in die Welt setzt?«

Keiner sagte ein Wort. Bis Adam schließlich die Frage stellte: »Und jetzt?«

»Jetzt konzentrieren wir uns auf die Verdächtigen aus dem Haus Bavaria.«

»Ich weiß nicht so recht«, widersprach Charlotte. »Was haben wir denn schon herausgefunden? Außer dass wir zwei Tage in der Gesellschaft von eingebildeten Wichtigtuern verbracht haben …«

»… und feststellen mussten«, setzte Adam ihren Einwand

fort, »dass dieser Graf Arno von Valley ein … nun, sagen wir mal, ein höchst unangenehmer Zeitgenosse ist.«

»Haben wir andere Optionen?«, fragte Hajo.

»Nein.«

»Also, Charlotte: Wie schätzt du den Grafen ein?«

»Er ist ein Mistkerl«, antwortete sie.

»Sein Name steht auf deiner Badezimmerliste«, konstatierte Hajo. »Doch was heißt das schon? Es beweist gar nichts.«

»Natürlich nicht.«

»Um ihn zu überführen, bräuchten wir als ersten Schritt einen Nachweis, dass er näheren Umgang mit Marianne Angerer gehabt hat.«

»Den haben wir nicht. Obwohl es sehr wahrscheinlich ist, wenn sie fast ein Jahr lang im Haus Bavaria gearbeitet hat«, meinte Charlotte.

»Aber die Frage ist doch: Ist er wirklich der einzig Verdächtige?«

»Sieht so aus«, antwortete sie. »Mit dem wenigen, was wir über ihn in Erfahrung gebracht haben.«

»Inwiefern?«

»Weil er offensichtlich einen Hang dazu hat, dem weiblichen Dienstpersonal nachzustellen. Was ich jedenfalls ganz bestimmt weiß: Ich erkenne einen potenziell gewalttätigen Menschen, wenn er vor mir steht.«

»Hat er dich angefasst?«

»Nein. Er hätte es gern, ich habe es in seinen Augen gesehen. Das wäre ihm allerdings nicht besonders gut bekommen. Aber er hat die gleiche Masche schon bei anderen versucht. Ich hab mich ein wenig umgehört.«

»Ist er da handgreiflich geworden?«

»Kann man so sagen, ja. Aber so wie er benimmt man sich in seinen Kreisen wohl immer gegenüber Dienstboten. Herablassend, als könnte er über alle dienstbaren Geister nach Lust und Laune verfügen. Von seiner Sicht aus ist das wahrscheinlich normal.« Sie zuckte mit den Schultern.

»Ich nehme an, so denken Männer mit seiner Herkunft eben. Aber das ist eine grundsätzliche Einstellung. Ich würde das nicht unbedingt überbewerten.«

»Und die Art und Weise, wie er auf mich losgegangen ist?«, fügte Adam hinzu. »Ist das auch normal?«

»Lässt sich unter dem hohlen Begriff Ehre zusammenfassen«, meinte Hajo lakonisch. »Er wollte beweisen, wozu ein Mann seines Standes fähig ist. Stattdessen hast du ihn der Lächerlichkeit preisgegeben. Übrigens: Das wird er dir nicht vergessen.«

Adam hob die Hände. »Und wennschon. Er hat es herausgefordert. Ich habe mich an die Regeln gehalten. Er nicht.«

»Eben.«

Adam seufzte. »Es ist alles so vertrackt und verlogen«, sagte er.

Hajo nickte. »Das ist es. Deshalb bin ich mir sicher: Wenn wir diesen Fall wirklich aufklären wollen, müssen wir gegen alle Standesregeln verstoßen, die uns in unserer Gesellschaft als unumstößlich und von Gott gegeben eingebläut worden sind. Das geht nicht von heute auf morgen. Wir arbeiten daran, und ich habe das Gefühl, je mehr Dreck wir aufwühlen, desto mehr zeigt sich, was da wirklich dahintersteckt.«

»Und?«, fragte Adam. »Was ist deine Schlussfolgerung daraus?«

»Dass wir einer größeren Sache auf der Spur sind, einer ganz furchtbaren …«

Charlotte und Adam sahen Hajo erstaunt an.

Hajo war aufgestanden und ging hin und her, was er immer dann machte, wenn er seine Gedanken in Schwung bringen wollte.

»Ich habe mir von Manteuffel alle Protokolle geben lassen, die es gibt über verschwundene oder tot aufgefundene Stubenmädchen, Dienstboten, Haushaltshilfen et cetera der letzten drei Jahre«, berichtete er. »Da sind zu viele Gemeinsamkeiten, die in mir den Verdacht aufkommen lassen, dass dahinter mehr verborgen ist. Alter der Opfer, Todesumstände, Aussehen, Herkunft. Da gibt es mehr als einen gemeinsamen Nenner. Alle Todesfälle geschahen in München oder im nahen Umland. Alle Opfer wurden als jung beschrieben, attraktiv, hatten meist keine Angehörigen ... wenn sie sterben, kräht kein Hahn danach ...«

»Was willst du damit sagen?«

»Meine ganz persönliche Schlussfolgerung lautet: Hinter all den unaufgeklärten Fällen steckt ein einziges Motiv – reine Mordlust. Und hinter dem Motiv ein einziger Mörder.«

»Wie kommst du darauf?«

»Jemand hat es auf diesen Mädchentypus im Besonderen abgesehen. Die tote Marianne ist nur ein Opfer in einer ganzen Kette.« Hajo hob die Hand, weil Adam etwas einwenden wollte. »Ich weiß, meine Theorie dazu ist gewagt und noch nicht wirklich untermauert. Aber wir sind unter uns. Jeder darf seine Meinung äußern, auch wenn sie auf den ersten Blick noch so weit hergeholt erscheint ...«

»Wir hören«, munterte Charlotte ihn auf.

Hajo atmete einmal tief durch, bevor er loslegte mit dem Gedanken, der ihn offensichtlich seit geraumer Zeit beschäftigte. »Ich habe die Vermutung, dass da ein Mörder unterwegs ist, der es gezielt auf Dienstmädchen abgesehen hat. Weil sie für ihn eine leichte Beute sind. Ein Mörder, der planmäßig vorgeht, seine Taten zu vertuschen weiß und den Drang, der ihn regelmäßig überkommt, wenn ihn die Mordlust packt, nicht mehr kontrollieren kann. Er geriert sich als Herr über Leben und Tod. Weil es im Grunde genommen niemanden interessiert, wann und wie so ein Mädchen verschwindet, das im öffentlichen Ansehen normalerweise gar nicht wahrgenommen wird. Weshalb er auch davon ausgeht, dass ihm niemals jemand auf die Schliche kommt. Er wird unter Garantie wieder zuschlagen. Und wenn wir ihm nicht schleunigst das Handwerk legen, wird er schon bald das nächste Opfer finden. Ich habe lange über eine Definition für das, was er tut, nachgedacht. Er ist ein Mehrfachmörder. Aber ich habe nach einer passenderen Bezeichnung gesucht. Und ich denke, ich habe sie gefunden. Ich will ihn ›Kettenmörder‹ nennen.«

Charlotte und Adam sahen sich verwundert an, als hätte er soeben erklärt, dass nicht die Sonne, sondern der Mond im Zentrum des Universums stand.

Hajo setzte sich wieder. Eine solche Reaktion auf seine Ausführungen hatte er erwartet. »Mir ist klar, dass ich mich soeben mit meiner Theorie sehr weit aus dem Fenster gelehnt habe. Das alles ist natürlich noch reine Spekulation, aber ich glaube trotzdem, dass ich recht habe. Jetzt könnt ihr anfangen, meinen Geisteszustand zu bezweifeln.«

Nach einer langen Pause sagte Adam in die Stille hinein: »Wenn es so einen Mann gibt, wäre er ein Monster.«

»Oh nein«, widersprach Hajo. »Er ist ein Mann, der seine dunklen Triebe hinter der Fassade eines anständigen Bürgers versteckt. Der seine wahre Natur perfekt verschleiern kann. Ist das ein Monster? Ich bevorzuge den Ausdruck ›ein Mann mit zwei Gesichtern‹.«

»Was bringt dich zu dieser Einschätzung?«

Hajo war sich der Unfassbarkeit seiner Theorie bewusst, gleichzeitig war er sich noch niemals seiner Sache so sicher gewesen. Umso wichtiger, dass er alles daransetzte, seine zwei Mitstreiter von seiner Hypothese zu überzeugen.

»Wisst ihr, was ich kürzlich gelesen habe? Einen interessanten neuen Roman aus England. Hat mir ein befreundeter Kollege aus London geschickt. Von einem gewissen Stevenson. Er heißt ›Strange Case of Dr Jekyll and Mr Hyde‹. Er hat mich darauf gebracht.«

»Worauf?«

»Dass es Menschen gibt, die zwei Seiten haben. Man nennt es Persönlichkeitsspaltung. Über dieses Phänomen hat auch der ehemalige Brieffreund deines Vaters geschrieben, Charlotte. In einer seiner Veröffentlichungen. Dieser Professor Freud aus Wien, der sich mit dem Innenleben und den Trieben des Menschen auseinandersetzt. Wisst ihr, was er gesagt hat? ›Der Mensch ist nicht Herr im eigenen Haus.‹«

»Ja, ich kenne einige Arbeiten von ihm«, sagte Charlotte. »Er beschäftigt sich mit den letzten weißen Flecken auf der Landkarte. Der des menschlichen Wesens. Und seinem Unterbewusstsein.«

»Richtig. Die Persönlichkeitsspaltung, über die Stevenson schreibt, geht von einer ganz normalen und einer zweiten, fürchterlichen Seite aus, die bei manchen Menschen im Verborgenen ausgelebt wird. So wie bei Dr. Jekyll und Mr. Hyde. Das ist ein und dieselbe Person, aber sie hat zwei Seelen in ihrer Brust. Eine Tag- und eine Nachtseite. Als Dr. Jekyll ist er ein normales Mitglied der Oberklasse, ein Arzt. Er ist einfühlsam, steht kurz vor der Heirat mit einer standesgemäßen Frau. Aber er hat eben auch eine heimliche, eine dunkle Seite. Eine unheimliche, wenn ihr so wollt. Wenn sie die Oberhand gewinnt, wird er zum Mörder, weil er gar nicht anders kann.«

»Aber das ist ein Roman!«, warf Adam ein. »Ein Schauerroman!«

»Schon. Aber ein Roman, der zeigt, dass nicht alles so ist, wie es den Anschein hat. Dass es bei manchen Menschen zwei Seiten einer Medaille gibt. Das ist ein neuer, ein ganz radikaler Ansatz. Den ich in unserem Fall zutreffend finde. Also – ich spekuliere wieder. Unser Mann, den wir suchen, ist mittleren Alters, wahrscheinlich vermögend, raffiniert, intelligent … und doch gibt es diesen unstillbaren Drang in ihm zu töten.«

»Worauf stützt sich deine Personenbeschreibung?«, fragte Adam mit gehöriger Skepsis in der Stimme.

Hajo schoss von seinem Sessel auf und fuchtelte aufgebracht herum. »Ja, versteht ihr denn nicht? Ich versuche, mich in den Kopf des Täters zu versetzen. Mir vorzustellen, wie er denkt, wie er vorgeht, wie er handelt. Was für Möglichkeiten er haben muss, damit er nicht entdeckt wird. Ja seht ihr denn nicht, dass da ein klares Muster dahintersteckt? Das ist simple Deduktion, Herrgott noch mal!«

Hajo war richtig laut geworden – was normalerweise gar nicht seine Art war.

Charlotte merkte, dass er allmählich die Geduld verlor. Er neigte dazu, wütend zu werden, wenn er das Gefühl hatte, dass man ihn nicht verstand. Weil er dann gleich dachte, dass man ihn nicht verstehen *wollte*.

Charlotte nahm seine zitternden Hände, um ihn aus diesem ungesunden Erregungszustand herauszuholen. »Hajo«, sagte sie beschwörend, »wir glauben dir ja!«

Ihre Berührung und ihr beruhigender Tonfall vertrieben ganz allmählich den inneren Furor, der ihn so plötzlich gepackt hatte. »Entschuldigt bitte«, sagte er, »aber mir ist wohl der Gaul ein wenig durchgegangen.«

»Alles in Ordnung«, sagte Charlotte, und Hajo setzte sich wieder.

»Hast du das Manteuffel gesagt?«, fragte sie. »Ihm deine Theorie über den … den Kettenmörder unterbreitet?«

Hajo atmete einmal tief durch und schien sich wieder im Griff zu haben. »Nein. Natürlich nicht. Das ist mir viel zu abgehoben für einen korrekten Bürokraten wie ihn. Das bleibt vorerst unter uns, ist mir nur so durch den Kopf gegangen, als ich den Roman gelesen habe. Wie Schuppen ist es mir von den Augen gefallen. Genau das ist unser Mann, dachte ich mir, der tickt so. Warum lässt sich ein Mädchen wie Marianne auf so jemanden ein? Und das hat sie, wie wir annehmen und wie das Pschierer in seinem Abschiedsbrief bestätigt hat. Sie war schließlich schwanger. Ich will meine Frage gleich selbst beantworten: Sie lässt sich auf ihn ein, weil sie von einem anderen, einem besseren Leben träumt. Und das verspricht er ihr. Sie hat es satt, immer nur das Dienstmädchen zu sein und herumgeschubst zu werden. Er gaukelt ihr eine andere Zukunft vor. Wahrscheinlich gibt er sich auch charmant, ist nicht so ein einfacher, grober Kerl wie dieser Pschierer, hat Manieren, Hintergrund, Geld, ist eloquent. Er blendet sie gleichsam mit seinen wohlgesetzten Worten und seinem Status, und sie fällt auf ihn herein. Schließlich kommt sie aus ärmlichen Verhältnissen und ist über die Maßen beeindruckt von den Möglichkeiten, die sich auf einmal vor ihr auftun.«

Hajo hielt einen Moment inne und sah seine beiden Mitstreiter an, bevor er weitersprach. »Als ich das alles aus ihrer Sicht durchdekliniert habe, war ich mir mit einem Mal sicher, dass ich mit meinen Vermutungen zumindest auf der richtigen Spur bin. Als fügten sich die Teile eines Puzzles zusammen und ergäben plötzlich ein Bild. Was wir jetzt brauchen, sind Verdächtige und Beweise. Aber eines muss euch klar sein …«

»Was?«

»Dass wir höllisch aufpassen müssen.«

»Worauf?«

»Auf uns. Wenn wir einen Skandal verursachen – und das werden wir unweigerlich, wenn wir den Mörder von Marianne in den sogenannten besseren Kreisen suchen –, dann wird die andere Seite, wer immer das auch ist, versuchen, uns mit allen Mitteln mundtot zu machen.«

»Wie meinst du das – ›mit allen Mitteln‹?«, fragte Charlotte.

»Könnt ihr euch das nicht vorstellen? Ein Mörder aus höchsten Kreisen? Der Dienstmädchen umbringt? Aus reiner Mordlust? Wir sind es schließlich, die ihn überführen wollen. Nicht auszudenken, wenn das an die Öffentlichkeit gerät! Wenn er erfährt, dass wir ihm auf den Fersen sind, wird er alles tun, um das zu verhindern. Er wird uns ausschalten wollen.«

»Aber bisher haben wir doch nichts außer einem vagen Verdacht.«

»Zugegeben. Aber wir haben eine Theorie. Sie fußt auf Tatsachen. Wir können uns vorstellen, was er für ein Mann ist. Wie er denkt. Wie er handelt. Wir sehen ihn praktisch schon vor uns. Nur sein Gesicht kennen wir noch nicht. Ich habe sämtliche Protokolle, die Manteuffel mir gegeben hat, genau durchgelesen. Die Umstände gleichen sich wie ein Ei dem anderen.«

»Das soll heißen, dass du da konkrete Zusammenhänge siehst?«

»Allerdings.«
»Welcher Art?«
»In der Art des Vorgehens. Des Modus Operandi. Und in der Auswahl der Opfer.«
»Du meinst also, wir sind da einer größeren Sache auf der Spur ...«, stellte Adam fest. »Dass der fingierte Selbstmord von Marianne Angerer nur einer von mehreren war.«
»Genau das meine ich.«
»Das ist quasi die Büchse der Pandora.«
»Ja. Und wie wir wissen: Wenn man die öffnet, kommt eine Menge Übel in die Welt. Obwohl ich glaube, dass diese Übel schon längst unter uns sind. Es hat sie nur bisher niemand als solche wahrgenommen.«
»Und wir gelten dann, wenn wir das alles so aufdecken, wie du es vermutest, als die Überbringer der schlechten Nachrichten. Und die sind in der Antike bekanntlich dafür hingerichtet worden«, führte Adam, der Advocatus Diaboli, Hajos Gedankengang weiter.
»Ganz genau. Als die Nestbeschmutzer, die den Status quo unserer Gesellschaftsordnung in Frage stellen. Aber damit kann ich leben. Es ist unsere Pflicht, die Wahrheit ans Licht zu bringen. Das sind wir Marianne Angerer und den anderen mutmaßlichen Opfern schuldig.«
»Also, wenn ich mal zusammenfassen darf«, sagte Charlotte. »Falls wir weiterhin unseren Fokus auf einen Täter aus dem Haus Bavaria richten, stechen wir damit mitten hinein in ein Wespennest.«
»Ja, das wird einen ganz schönen Sturm auslösen«, stimmte Adam nachdenklich zu.
»Einen Sturm? Es wird ein Erdbeben ungeahnten Ausmaßes geben!«, prophezeite Hajo. »Einen Skandal, wie er noch nie da war. Aber das ist mir egal. Ich will nur, dass wir den Täter zur Strecke bringen.«
»Und wie? Wir treten immer noch auf der Stelle. Wir haben nichts Konkretes in der Hand.«

»Wir müssen den Täter aus der Reserve locken. Ihn provozieren, damit er einen Fehler begeht und wir ihn festnageln können.«

Charlotte ging das alles zu schnell. Sie wollte das Gespräch wieder auf den Boden der Tatsachen zurückholen. »Unser Grundproblem ist doch, dass uns ohne stichhaltige Beweise kein Mensch glauben wird«, sagte sie so nüchtern wie möglich.

Hajo wandte sich ihr zu. »Hat dich jemand gesehen, wie du die Liste aus dem Bad an dich gebracht hast?«

»Nein, ich glaube nicht.«

»Auch Graf Valley nicht?«

»Nein.«

»Und die Namensliste vom Haus Bavaria?«, fragte Hajo.

»Ich habe die Gelegenheit genutzt, als alle in der Sporthalle waren. Da hat mich auch keiner gesehen.«

»Was denkst du über diesen Grafen Valley?«

»Ich wünschte, er wäre es und wir könnten es ihm nachweisen«, erwiderte Charlotte. »Aber eine Neigung zu weiblichem Dienstpersonal macht ihn noch lange nicht zum Mörder. Wisst ihr, wie er meiner Meinung nach vorgeht? Die Mädchen sind für ihn leichte Beute. Er nutzt sie aus und lässt sie dann fallen. Ende der Geschichte. Warum sollte er sie umbringen?«

Hajo schüttelte den Kopf und starrte ins Kaminfeuer. »Ich will es euch sagen: So furchtbar es ist, aber unser Mann tötet sie, weil er die Gelegenheit hat und es ihm Spaß macht. Es erregt ihn.«

»Und du meinst, er macht immer weiter?«, fragte Charlotte.

»Ja. So lange, bis er aufgehalten wird. Und genau das ist unsere Aufgabe. Wir müssen ihm Einhalt gebieten. Um jeden Preis.«

»Wie hat er damit angefangen?«, fragte Adam.

»Ich kann es mir vorstellen. Ein Mädchen will mehr von ihm. Hat ihn vielleicht unter Druck gesetzt, ihn erpresst. Das konnte er nicht zulassen. Er hat sie umgebracht. Und Gefallen daran gefunden. Das war der Auftakt. Dann hat er so weitergemacht. Er hat seine Methoden im Lauf der Zeit verfeinert und professionalisiert. Er ist zu einem passionierten Mörder geworden und glaubt, nichts und niemand kann ihn aufhalten. Er weiß ja, wie Polizei und Gericht arbeiten. Aber er hat nicht mit uns gerechnet!«

Hajo stand wieder auf, tigerte unruhig vor dem Kamin hin und her, sah Adam und Charlotte an und hob die Arme. »Es liegt in seiner Natur. Das liegt doch glasklar auf der Hand. Aber wir haben nichts, was wir gegen ihn verwenden können. Nichts. Nein – wir sind wirklich in einer Sackgasse gelandet«, stöhnte er und ließ sich in seinen Sessel fallen.

Charlotte beugte sich ihm entgegen, die Frustration stand ihm ins Gesicht geschrieben. »Ich dachte, du hast das Tagebuch von Marianne Angerer – hilft uns das nicht weiter? Wenn wir einen Hinweis auf Graf Valley finden, dann hätten wir doch etwas, mit dem wir ihn unter Druck setzen könnten …«

Hajo brummte vor sich hin, bis er sagte: »Ja, ich habe das Tagebuch. Aber es ist sozusagen Makulatur.«

»Makulatur? Warum das?«, fragte Adam.

Hajo griff neben sich und warf Adam das Büchlein zu, das er von der Kellnerin im »Augustiner-Bräu« erhalten hatte. »Hier. Leider können wir nichts damit anfangen.«

Adam schlug es auf und blätterte durch die leeren Seiten. »Was soll das sein? Da steht ja nichts drin!«

»Du sagst es«, erwiderte Hajo resigniert. »Diese Freundin von Marianne hat mich reingelegt. Und ich war blöd genug, darauf hereinzufallen.« Er nahm einen großen Schluck von seinem Drink. Dass ihn jemand so übel gelinkt hatte, schien sein sonst so ausgeprägtes Selbstbewusstsein schwer in Mitleidenschaft gezogen zu haben.

»Zeig mal her«, sagte Charlotte, und Adam reichte ihr das Buch. Sie blätterte es durch, dann hielt sie eine Seite gegen das Licht des Kaminfeuers und sah sie sich genauer an.

»Du irrst dich, Hajo«, meinte sie auf einmal. »Diese Freundin hat dich nicht ausgetrickst.«

»Was sagst du da?«, fragte er müde und rieb sich die Stirn.
»Das ist wirklich Mariannes Tagebuch. Offenbar hatte sie Angst davor, dass es in falsche Hände gerät. Große Angst. Darum hat sie es in Geheimschrift geschrieben.«

Hajo rutschte auf seinem Sessel nach vorne, auf einmal schien seine Energie wieder erwacht zu sein. »Ein Dienstmädchen? In Geheimschrift?«

»Warum nicht? Ich frage euch – was ist die einfachste Art einer Geheimschrift?«

Hajo und Adam warfen sich einen irritierten Blick zu und zuckten synchron mit den Schultern.

Charlotte lächelte, weil sie die beiden diesmal übertrumpfen konnte. »Das weiß sogar ich«, sagte sie. »Haben wir in der Schule schon gemacht. Ist ganz simpel. Du schreibst mit Zitronensaft. Wenn er trocknet, wird die Schrift unsichtbar. Und wenn du das Papier dann erwärmst … Hokuspokus, wird sie wieder lesbar!«

Sie demonstrierte es, indem sie die erste Seite des Büchleins vorsichtig über eine Kerzenflamme hielt. Ein paar bräunliche Buchstaben kamen nach und nach zum Vorschein.

Sie las laut vor:

»Gestern habe ich Graf Valley kennengelernt.
Was für ein Mann!«

Schnell zog Charlotte das Buch wieder von der Kerze weg.
»Wir wollen doch nicht, dass wir wichtige Informationen der Flamme preisgeben. Ich glaube, es ist besser, wir machen das mit einem Bügeleisen …«

Hajo schüttelte den Kopf. »Das ist nicht zu fassen!« Er schlug sich gegen die Stirn. »Charlotte, du bist ein Genie!«

»Nein. Das ist einfache Chemie …«

20

Sie standen in der Küche, und Charlotte bearbeitete die Seiten des Tagebuchs vorsichtig mit einem Bügeleisen, das Hajo aus dem Wäscheschrank der Haushälterin geholt und heiß gemacht hatte.

Die nächste Seite, die so sichtbar wurde, lautete:

Endlich weiß ich, was wahre Liebe ist.
Und Leidenschaft.
Er ist genau der Mann, von dem ich immer geträumt habe!
Oh Gott – ich hätte nicht gedacht, dass mir mal so etwas begegnet!
Liebes Tagebuch – er hat mir angeboten, auf seinem Familiensitz zu arbeiten. Auf Schloss Kronsberg.
Herz, was willst du mehr?!

»Das Datum ist von vor drei Monaten«, stellte Charlotte fest. »Soll ich weitermachen?«

»Nur zu.«

Charlotte bearbeitete eine weitere Seite, aber da kam nichts mehr.

Auch die folgenden Seiten gaben nichts mehr preis.

Charlotte gab schließlich auf und fragte Hajo: »Wie viel hast du dafür bezahlt? Für zwei Seiten?«

»Eine ganze Menge. Aber es hat sich gelohnt. Jetzt haben wir eine deutliche Spur.«

»Marianne Angerer hatte ihrem Tagebuch zufolge ein Verhältnis mit einem der Grafen von Valley. Aber wir wissen nicht, mit welchem«, meinte Adam.

»Es gibt mindestens zwei davon«, sagte Charlotte. »Ich habe im Haus Bavaria auch den zweiten kennengelernt. Gregor von Valley, den älteren Bruder. Er war genau das Gegenteil von Arno. Nett, höflich, charmant. Und ganz und gar nicht überheblich.«

»Dann haben wir also schlussendlich zwei Verdächtige«, stellte Adam fest. »Wenigstens fischen wir nicht mehr im Trüben.«

»So ist es«, bestätigte Hajo. Er schüttelte mit einem Lächeln den Kopf. »Mein Gott, ich kann es nicht fassen! Wisst ihr, was in diesem Fall eine Koinzidenz der Ereignisse ist?«

Charlotte und Adam sahen Hajo fragend an. »Wie immer sprichst du in Rätseln«, sagte Adam dann.

»Ich will euch auf die Sprünge helfen. Wie euch bekannt sein dürfte, ist meine Mutter mit dem halben Adel hier in unserem schönen Bayern verwandt, verschwägert oder sonst wie verbandelt.«

»Gott sei's geklagt«, stimmte Adam ihm zu. Er hatte trotz allem seinen Humor noch nicht verloren, wenn es um Hajos Mutter und ihre Vernetzung in Adelskreisen ging.

»Sie hat eine Einladung zu einem großen gesellschaftlichen Ereignis erhalten. Normalerweise ist das allein ihre Angelegenheit. Ich pflege solchen Veranstaltungen nicht beizuwohnen. Aber in diesem Fall hat mich meine Mutter unmissverständlich gebeten, sie zu begleiten. Es kommt alles, was Rang und Namen hat. Da werde ich ihr den Wunsch wohl erfüllen.«

»Obwohl sie garantiert wieder hofft, dass du bei dieser Gelegenheit vielleicht endlich eine vielversprechende Partie machen kannst?«, stichelte Adam.

»In diesen sauren Apfel werde ich wohl beißen müssen«, stöhnte Hajo und verdrehte die Augen.

»Aber was hat das mit unserem Fall zu tun?«, fragte Charlotte. »Um was geht es da überhaupt?«

»Um ein epochales Familienfest. So hat sie es genannt. Auf Schloss Kronsberg. Dort findet nichts Geringeres als die Hochzeit der österreichischen Komtess Verena von Scarlatti-Savoyen mit einem Spross derer von Valley statt.« Hajo genoss es sichtlich, dass er jetzt ihre ganze Aufmerksamkeit hatte, und fuhr mit gespielter Blasiertheit fort, indem er so tat, als würde er seine Fingernägel begutachten: »Scarlatti-Savoyen ist eine italienisch-französische Seitenlinie der Habsburger, die irgendwie mit dem Prinzen von Savoyen verwandt ist.«

»Prinz Eugen?«, fragte Charlotte. »Dem edlen Ritter?«

»Genau mit dem«, bestätigte Hajo und musste grinsen.

»Prinz Eugen, der edle Ritter, hat im Arsch 'nen Eisensplitter. Zieht ihn raus, und du bist draus«, zitierte Adam den Abzählreim, der bei Kindern auf der Straße immer noch en vogue war. Wie in seinen früheren Zeiten.

Auch Charlotte konnte sich ein Lächeln nicht verkneifen. »*Irgendwie verwandt?* So wie ich dich kenne, Hajo, weißt du das ganz genau«, merkte sie spöttisch an.

»Schon, aber ich will euch ja nicht unnötig mit verwandtschaftlichen Verhältnissen der aristokratischen Genealogie langweilen. Jedenfalls – wir gehen alle zu dieser Hochzeit«, sagte er entschlossen. »Nach Kronsberg. Da können wir der ganzen Sippschaft so richtig auf den Zahn fühlen.«

Adam schien seinem Gesichtsausdruck nach von dieser Idee nicht gerade begeistert zu sein. »Und wie stellst du dir das vor? Graf Arno wird uns wiedererkennen.«

»Und sein Bruder ebenfalls«, fügte Charlotte hinzu.

»Sicher. Aber das wird ihm auch gleichzeitig merkwürdig vorkommen. Weil er dann ahnt, dass wir nicht aufgeben, mit allen Mitteln den Mord an Marianne aufzuklären. Wir werden etwas mehr Tuchfühlung mit unserem Hauptverdächtigen aufnehmen. Vielleicht lässt er sich provozieren und macht einen Fehler. Ein Bräutigam ist bekanntermaßen vor seiner Hochzeit … nun ja: etwas angespannt und nervös.«

»Willst du damit etwa sagen, diese Komtess von sowieso heiratet Graf Arno von Valley?«, fragte Charlotte ungläubig.

»Genauso ist es.«

Hajo genoss Charlottes und Adams verblüffte Gesichter. Er hatte ihnen eine Menge an abstrusen Theorien und Folgerungen davon zugemutet. Aber die Nachricht von der Heirat Graf Arnos mit einer hochrangigen Komtess hatte dem Ganzen doch die Krone aufgesetzt.

Er musste sich innerlich eingestehen, dass es ihm immer ein besonderes Vergnügen bereitete, seinen Freunden etwas zu präsentieren, womit sie überhaupt nicht gerechnet hatten. Was ihm in diesem Zusammenhang – auch wenn der Anlass ein ernster war – durchaus gelungen war.

21

Kriminalrat Scheel blickte von seinen Unterlagen auf, die sich in seinem Büro auf dem Schreibtisch im Polizeipräsidium in der Löwengrube stapelten, nahm sein Monokel ab und fixierte seinen Untergebenen, der vor ihm stand und darauf wartete, dass er zusammengestaucht wurde.

Manteuffel kannte seinen Chef gut genug, um zu wissen, was jetzt auf ihn zukam. Aber er hatte sich noch einmal alles durch den Kopf gehen lassen, was Hajo von Zündt ihm dargelegt hatte, und er war inzwischen überzeugt, dass von Zündt recht hatte mit seiner Vermutung, dass hinter dem Fall Marianne Angerer mehr steckte, als es den Anschein hatte. Und dass es eventuell Zusammenhänge gab mit einer ganzen Reihe von ähnlichen Vorkommnissen.

Genau das hatte er Kriminalrat Scheel vorgetragen.

Schlüssig, wie er fand.

Die dazugehörigen Akten von den ähnlich gelagerten Fällen hatte der Kriminalrat soeben oberflächlich durchgeblättert. Aber an der Art, wie sein Vorgesetzter das getan hatte, konnte Manteuffel schon antizipieren, dass er sich mit seinem Anliegen, nämlich alle diesbezüglichen Fälle noch einmal aufzurollen, auf der Verliererseite befand.

Scheel war ein erfahrener Polizeibeamter und hatte für das, was er tat, wie er es tat und wofür er verantwortlich war, volle Rückendeckung von ganz oben. Von den Leuten, die in Bayern das Sagen hatten, nämlich der Staatsregierung. Und nicht

König Ludwig II. Den interessierten nur noch seine Schlösser und seine Traumwelten und nicht irgendeine schnöde Kriminalstatistik. Zudem scheute er seine Residenzstadt wie der Teufel das Weihwasser.

Bayern als Teil des Deutschen Reichs hatte, was Kriminalität anging, ein Vorbild an Zucht und Ordnung zu sein. München war schließlich nicht wie das Sündenbabel Berlin, die Reichshauptstadt. Das war Scheels eherner Grundsatz, und er tat alles dafür, dass es auch so blieb. Er war erzkonservativ, gab sich streng und voller Entschlusskraft. Sollte im Klartext heißen: Jeder Fall musste so schnell wie möglich und ohne viel Aufheben in der Öffentlichkeit zu einem Abschluss gebracht werden.

Scheel war stolz auf seine nahezu makellose Bilanz, was die Aufklärungsquote schwerer Verbrechen anging, und dies sollte unter allen Umständen so bleiben. Ungeklärte Fälle von Mord und Totschlag hatte es bei ihm nicht zu geben, dessen war sich Manteuffel sehr wohl bewusst. Aber immerhin hatte er es versucht und seine Bedenken vorgebracht, auch wenn seine Bemühungen von vornherein zum Scheitern verurteilt waren.

»Manteuffel«, sagte Scheel endlich, »Manteuffel – was soll ich nur mit Ihnen anstellen?«

Der Angesprochene wusste nicht, was er entgegnen sollte. Es war wohl auch eine rhetorische Frage, deshalb schwieg er lieber.

»Wissen Sie, ich schätze Sie sehr. Ihr akribisches Vorgehen, Ihre Beharrlichkeit, Ihre Integrität. Aber …«

Scheel stand auf, zündete sich umständlich eine seiner dünnen Zigarren an und ließ Manteuffel schmoren. Das schien er durchaus zu genießen. Sein Verhalten hatte fast schon sadistische Züge.

Manteuffel blieb nichts anderes übrig, als stoisch dazustehen, bis Kriminalrat Scheel endlich zur Sache kam.

»Aber …«, begann der noch einmal von Neuem, nachdem

er seine Zigarre durch heftiges Paffen schließlich zum Glühen gebracht hatte, »... aber Ihnen fehlt etwas Entscheidendes.«

Manteuffel holte bereits Luft und wollte einen Einwand vorbringen, doch Scheel hob die Hand.

»Ich will Ihnen sagen, was das ist. Sie wissen nicht, wie und wann eine Ermittlung zu Ende gebracht werden muss. Wann Sie sagen müssen: Das war es. *Finito la musica.* Verstehen Sie?«

»Ja, aber –«

Scheel schnitt ihm wieder das Wort mit einer gebieterischen Geste ab. »Kein Aber. Der Fall Marianne Angerer ist kein ungelöster Fall mehr. Es war nie ein Fall, der genauer untersucht werden muss. Dieser Verlobte war es. Und damit hat es sich.«

»Aber sein Abschiedsbrief ...«, wandte Manteuffel ein. »Darin bestreitet er, Marianne Angerer umgebracht zu haben.«

Scheel winkte ab und sah zum Fenster hinaus. »Muss ich Ihnen denn wirklich sagen, dass das keinerlei Beweiskraft hat? Ganz im Gegenteil. Das liegt doch auf der Hand. Er hat seine übergroße Schuld mit ins Grab genommen und will der Nachwelt als Unschuldsengel im Gedächtnis bleiben.« Er drehte sich wieder zu Manteuffel um. »Verstehen Sie denn nicht? Wenn sein Suizid kein Schuldeingeständnis ist, dann weiß ich nicht mehr, was das Wort Schuld für eine Bedeutung hat. Marianne Angerer ist laut Obduktionsbefund ertränkt worden. Gut, das sind die Fakten. Aber dieser ... dieser ...«

»Pschierer«, half Manteuffel aus.

»Wie auch immer – dieser Pschierer hat sie offensichtlich aus Eifersucht in diesem Bach im Englischen Garten unter Wasser gezogen. Und sich schließlich aufgrund seiner Schuldgefühle selbst gerichtet. Ende der – zugegeben – tragischen Geschichte. Aus. Basta. Amen. Täter tot, Akte somit geschlossen, Fall gelöst. Sind wir uns da einig?«

»Ja, aber –«

»Herrgott, Manteuffel – verstehen Sie denn ein Nein nicht?«

»Schon, Herr Kriminalrat. Aber was ist mit den anderen ungeklärten Fällen, den toten Dienstmädchen?«

Scheel ging zu seinem Schreibtisch, packte die Protokolle, die ihm Manteuffel vorgelegt hatte, und drückte sie seinem Untergebenen gegen die Brust. »Nehmen Sie Ihre Akten und bringen Sie sie dahin zurück, wo Sie sie hergebracht haben. Ins Archiv, wo sie hingehören. Habe ich mich klar und deutlich ausgedrückt?«

»Jawohl, Herr Kriminalrat.«

Manteuffel sah ein, dass er bei Scheel nichts mehr ausrichten konnte. Die Audienz war beendet, also machte er sich auf den Weg zum Ausgang der Amtsstube. Es waren nur ein paar Meter, aber es kam ihm unendlich weit vor, und er spürte förmlich den Blick seines Vorgesetzten im Rücken.

Kaum hatte er die Türklinke in der Hand, rief Scheel ihn erneut zur Ordnung: »Und, Manteuffel ...«

Er blieb stehen und drehte sich um. »Ja, Herr Kriminalrat?«

»Richten Sie Ihrem Freund und Pathologen Hajo von Zündt aus, dass er sich nicht noch einmal in unsere polizeilichen Angelegenheiten einzumischen hat! Er soll sich um seine Leichen kümmern. Alles andere machen wir! Verstanden?«

Manteuffel schloss kurz die Augen, holte tief Luft und sagte in einem Ton, als wäre er auf dem Exerzierplatz im Kasernenhof und hätte eben einen Anschiss von seinem Feldwebel kassiert – es fehlte eigentlich nur noch, dass er strammstand –: »Jawohl, Herr Kriminalrat!«

»Das will ich hoffen«, sagte Scheel wieder etwas milder gestimmt und wedelte mit der Hand zum Zeichen, dass Manteuffel endgültig entlassen war.

22

Manteuffel war froh, als er endlich die Tür hinter sich schließen konnte. Das war es also für ihn. Und für den Fall Marianne Angerer.

Er machte sich auf ins Archiv, um seine Akten abzugeben. Es warteten genug neue Straftaten auf ihn. Wie hieß es so unschön, aber zutreffend in seinen Kreisen: Das Böse schläft nie.

In Momenten wie diesen bereute er es, nicht Landschaftsgärtner geworden zu sein wie sein Bruder, der auf Herrenchiemsee im Dienst des Königs stand, seinem Traumberuf nachging, eine große Familie gegründet hatte und sich nur mit den Schädlingen herumzuschlagen hatte, die seine Rosen und sonstigen Zierpflanzen bedrohten. Blattläuse, Schnecken oder Wühlmäuse.

Aber sein Bruder hatte eben auch einen grünen Daumen. Er nicht. Augen auf bei der Berufswahl. Das hatte schon sein Vater gesagt – Gott hab ihn selig! –, er war Revierförster im Staatsdienst gewesen. Dummerweise hatte er nicht auf ihn gehört. Er musste ja unbedingt die Menschheit mit seinem Dienst im Auftrag der Gerechtigkeit beglücken!

Beinahe hätte er laut geflucht, aber zu emotionalen Ausbrüchen hatte er noch nie geneigt, dazu war er viel zu vernünftig und selbstbeherrscht. Manche sagten auch hinter seinem Rücken: langweilig. Vielleicht hatte er auch deshalb noch keine Frau gefunden, die zu ihm passte.

Ja, Charlotte Brauchitsch war der Traum seiner schlaflosen Nächte. Aber er wusste genau, dass er sie nur heimlich anhimmeln konnte. In der Beziehung – und nicht nur in dieser – war er Realist. Eine Frau von ihrer Klasse – gut aussehend, selbstbewusst, intelligent und ehrgeizig – hatte andere Ambitionen und Möglichkeiten.

Hajo von Zündt zum Beispiel.

Er schluckte sein Missbehagen über sich selbst wieder hinunter, tat, was getan werden musste, und brachte die Akten ins Archiv, wo sie bis zum Jüngsten Tag sinnlos vor sich hin modern würden. In seinen schlechten Momenten dachte er: Wie ich selbst. Und jetzt hatte er einen schlechten Moment.

Als er den schier endlosen Gang vom Archiv zu seinem Büro zurückging, grübelte er immer noch vor sich hin. Die

Ermittlungen im Fall Marianne Angerer waren also *par ordre du mufti* eingestellt.

Wie er das Hajo von Zündt erklären sollte, bereitete ihm allerdings echtes Kopfzerbrechen. Im Stillen bewunderte er ihn.

Nein – er beneidete ihn.

Hajo von Zündt hatte alles, was er nicht hatte. Eine glänzende akademische Laufbahn, Witz, Charme und gutes Aussehen, er hatte Erfolg, sich einen Namen gemacht, einen Schlag bei Frauen und einen finanziellen Hintergrund, der ihm völlige Handlungsfreiheit und Unabhängigkeit gewährte. Er konnte nach Gutdünken »wider den Stachel löcken«, wie es so schön in der Bibel stand, und keiner war in der Lage, ihm deswegen ein Bein zu stellen.

Der Professor war eigentlich der geborene Ermittler, und seine Theorien und Methoden flößten Manteuffel größten Respekt ein. Auch wenn er sie nicht immer verstand. Manchmal kam es ihm vor, als wäre Hajo seiner Zeit um zwanzig Jahre voraus.

Von Zündt hatte ihm gegenüber die Theorie vertreten, dass sich hinter der ganzen Sache – all den Morden über einen so langen Zeitraum – etwas Größeres verbarg. Etwas, das die Vorstellungskraft eines normalen Menschen überstieg. Manteuffel wusste nicht, was genau von Zündt damit hatte andeuten wollen. Sollte der Professor wieder einmal recht behalten?

Aber das war jetzt sowieso egal. Wenn Manteuffel nicht seine Karriere aufs Spiel setzen wollte, musste er tun, was sein Vorgesetzter sagte. Er hatte bei Gott nicht vor, trotz seiner Bedenken einer Anordnung des Kriminalrats nicht Folge zu leisten. Eine Zuwiderhandlung konnte ihn Kopf und Kragen kosten.

Dieses Risiko war die Sache nicht wert, auch wenn Hajo von Zündt das sicher anders sah.

Doch der Zweifel nagte an ihm. Er wusste genau, dass wieder eine schlaflose Nacht auf ihn zukam. Dabei hatte er jetzt schon ein übergroßes Schlafdefizit. Er nahm sich fest vor, nicht alles persönlich zu nehmen. Sonst wurde man nicht alt auf seinem Posten als Gesetzeshüter. Er wollte nicht mit Ende vierzig ausgebrannt sein wie manche seiner Kollegen und bis zu seiner Pension nur noch Dienst nach Vorschrift machen. Noch brannte ein Feuer in ihm.

Auch wenn das niemand merkte.

23

Berta und Hajo von Zündt fuhren an einem Freitag mit der Eisenbahn nach Kronsberg, wo am Wochenende die Hochzeit von Graf Arno von Valley mit der Komtess Verena von Scarlatti-Savoyen stattfinden sollte. Am Samstag würde die Trauung in der Barockkirche »Mariae Heimsuchung« stattfinden, für Sonntag waren diverse Hochzeitsfeierlichkeiten angekündigt, Abreise am Montag.

Das Schloss und die namensgleiche Ortschaft lagen auf der Strecke München–Salzburg. Sie hatten ein ganzes Abteil in der ersten Klasse für sich reserviert, wie es sich für höhergestellte Persönlichkeiten gehörte. Charlotte und Adam begleiteten sie, sie sollten sich als Zofe und Diener ausgeben, Hajo hatte seine Mutter dementsprechend instruiert.

Berta von Zündt hatte verstanden, dass ihr Sohn nur deshalb an den Hochzeitsfeierlichkeiten auf Schloss Kronsberg teilnahm, um das Unangenehme mit dem Nützlichen zu verbinden – nämlich mit Hilfe seiner zwei Begleiter einige Recherchen in dem Kriminalfall anzustellen, der ihn gerade beschäftigte.

Berta von Zündt wusste, was ihr Sohn damit andeutete, und hatte nicht weiter nachgefragt, weil sie von diesen unappetitlichen Einzelheiten gar nichts wissen wollte. Sie hatte sein Vorhaben zähneknirschend akzeptiert, aber erst nachdem

Hajo ihr versprochen hatte, keinen Skandal zu verursachen. Weil sie natürlich insgeheim die mütterliche Hoffnung nicht aufgegeben hatte, dass ihr Sohn bei dieser günstigen Gelegenheit vielen unverheirateten jungen Damen aus Adelskreisen begegnen würde und vielleicht doch noch auf den Geschmack kam. Nach wir vor betete sie inständig, dass er eine angemessene Beziehung eingehen möge, die in einer standesgemäßen Ehe mündete. Dass sie mit ihren Absichten nicht mehr und nicht weniger als Kupplerin für ihren eigenen Sohn fungierte, störte sie nicht. »Wat mutt, dat mutt!«, hatte ihr Mann stets gesagt, und das war auch immer ihr Lebensmotto geblieben.

Auf der Zugfahrt nach Kronsberg sah Hajo geistesabwesend die Landschaft vorbeifliegen und die Bauern auf den Feldern arbeiten, mit Frauen, Kindern, Knechten und Mägden, und er philosophierte angesichts dessen, was ihn auf dem Schloss erwartete, über seine Spezies, den Adel und die Rolle, die dieser seit Jahrhunderten für das Leben der normalen Menschen spielte. Er war der festen Überzeugung, dass es so nicht weitergehen konnte. Über kurz oder lang musste eine große gesellschaftliche Umwälzung kommen. Und er befürchtete, dass dies nicht ohne Gewalt vonstattengehen würde.

So viel Enttäuschung über die vergebliche Verbesserung ihrer Lage hatte sich in den unterprivilegierten Schichten aufgestaut, die rasante Industrialisierung hatte die soziale Schieflage noch verschärft. Früher oder später musste sich das entladen. Ihm fiel Heinrich Heine ein und sein Gedicht: »Denk ich an Deutschland in der Nacht, dann bin ich um den Schlaf gebracht …«

Das, was Heinrich Heine im Jahr 1844 im französischen Exil geschrieben hatte, galt für Hajo auch heute noch. Bei dieser Gelegenheit dachte er daran, was Marie-Antoinette, die habsburgische Gattin des französischen Königs, kurz vor Ausbruch der Revolution 1789 allen Ernstes gesagt haben sollte, nachdem man ihr berichtet hatte, dass das Volk hungerte, weil es zu wenig Brot gab: »Dann soll es halt Kuchen essen.«

Selbst wenn ihr dieser Ausspruch nur von den wütenden und rachedurstigen Revolutionären angedichtet worden war – er brachte das unverschämte Selbstverständnis und die Abgehobenheit, um nicht zu sagen: Entrücktheit der oberen Klasse auf den Punkt. Wie so viele andere ihrer privilegierten Kaste hatte Marie-Antoinette jeden Bezug zur Realität verloren. Sie sollte dieses Defizit dadurch bezahlen, dass sie ihren Kopf unter das Fallbeil legen musste. Ihr wurde nachgesagt, dass sie einen schlanken Hals hatte. Ihre letzten Worte lauteten: »Pardon, Monsieur«, weil sie ihrem Henker auf den Fuß getreten war. Zum ersten und letzten Mal in ihrem Leben hatte sie sich bei einem Menschen eines weit unter ihrer Würde stehenden Standes entschuldigt.

Letzten Endes waren unter der Guillotine doch alle gleich.

Aber das war 1793 gewesen. Inzwischen waren fast hundert Jahre vergangen. Und was hatte sich verändert?

Nach anfänglichen Hoffnungen auf eine gerechtere Welt hatte sich in Deutschland wieder die alte Garde breit- und alle Neuerungen rückgängig gemacht. Napoleon hatte den Kontinent zwar gehörig durcheinandergewirbelt und Hunderttausende Tote auf den Schlachtfeldern hinterlassen, aber danach war die restaurative Gesellschaftsordnung bald wiederhergestellt. Dafür hatte unter anderem Fürst Metternich gesorgt. Und der Kongress tanzte noch immer sinnbildlich vor sich hin. Die aufflackernde Demokratiebewegung in deutschen Landen hin zu mehr Gleichberechtigung und Mitbestimmung, die Märzrevolution 1848, war glorreich gescheitert. Die Feudalherrschaft hatte die alten Regeln wieder etabliert und gefestigt. Wenn es sein musste, eben auch mit Gewalt. Ruhe und Gehorsam gegen die Obrigkeit waren erste Bürgerpflicht im Kaiserreich. Doch unter der scheinbar friedlichen Oberfläche gärte es.

Die Ismen beherrschten die große Politik. Die vier Reiter der Apokalypse: Militarismus, Nationalismus, Imperialismus, Kolonialismus. Und dann ging auch noch ein Gespenst um in

Europa – laut Karl Marx und Friedrich Engels das Gespenst des Kommunismus, das sie in ihrem weitverbreiteten Manifest zum Leben erweckt hatten mit dem kämpferischen Aufruf: »Proletarier aller Länder – vereinigt euch!«

Der alte Kontinent war ein einziges Pulverfass. Fragte sich nur, wer als Erster Feuer an die Lunte legte. Und wann.

Kandidaten dafür gab es genug: Frankreich, England, Österreich-Ungarn, das Deutsche Reich, Russland, Serbien – Säbelrasseln, Erbfeindschaft, Kriegslüsternheit und Krisen allenthalben.

Im Deutschen Reich war Fürst Bismarck der Mann der Stunde. Er hatte mit Feuer, Eisen und Chuzpe das Reich nach seinen Vorstellungen geschmiedet und tat sein Bestes, um den neuen Platz an der Sonne zu zementieren. Endlich hatte das Kaiserreich sich einen Sitz am Tisch der Großmächte ergattert, und Bismarck schrieb die Speisekarte nach seinem Geschmack.

Zwischen den Machtblöcken des Kontinents zu lavieren und dem Deutschen Reich den Platz auf lange Sicht zu garantieren, den es seiner Meinung nach verdiente, war Hajos Empfinden nach ein Vabanquespiel – wenn es schiefging, würde es unvermeidlich in eine Katastrophe führen.

Vielleicht waren seine Überlegungen zu pessimistisch, seine Prognosen zu schwarz. Aber wenn Bismarck einmal nicht mehr mit seinem diplomatischen Geschick zur Verfügung stand – welcher Lotse sollte dann das schwerfällige Schlachtschiff »Deutsches Reich« durch die Stürme, Untiefen und durch Skylla und Charybdis manövrieren?

Hajo nahm auf einmal wieder das eintönige und monotone Rattern des Zuges auf den Bahngleisen wahr und beschloss, seine Gedanken wieder dem zu widmen, was konkret vor ihnen lag. In der großen Politik konnte er sowieso nichts ausrichten. Aber er musste wenigstens sein eigenes Feld, so gut es ging, bestellen, einen Fall lösen und die Kriminalistik, die für ihn endlich zu einem eigenständigen Zweig der Wissenschaft erklärt werden musste, weiterbringen. Zum Beispiel, indem er mit seinen persönlichen Ermittlungen und der damit verbundenen Theorie über die Tatsache, dass es so etwas wie einen Kettenmörder gab, einen Erfolg verbuchen konnte.

Also hieß es, den Fokus wieder auf Schloss Kronsberg und die Valleys zu richten. Adam hatte gründlich recherchiert und Hajo für die Eisenbahnfahrt ein Dossier zusammengestellt, das alles beinhaltete, was er über das Schloss und die Familie des alten Grafen Arco in Erfahrung hatte bringen können. Hajo studierte die Unterlagen gründlich. Was es zusätzlich noch an gesellschaftlichem Klatsch gab – dafür war seine Mutter zuständig.

Anfangs war Schloss Kronsberg eigentlich eine Burg gewesen. Das ursprüngliche Gebäude stammte aus dem 15. Jahrhundert und war so auf einer Anhöhe gebaut worden, dass man die ganze Gegend im Umkreis von zwanzig Meilen überblicken konnte, um einen etwaigen Feind schon von Weitem anrücken zu sehen und sich verteidigen zu können. Aber das war Jahrhunderte her. Es gab sogar noch einen Burgfried, der inzwischen als Wohnturm genutzt wurde, von dessen Zinnen konnte man in sämtliche Richtungen der Windrose bis zum Horizont sehen. Im Süden war bei Föhn die majestätische Alpenkette beinahe zum Greifen nah, und weit im Osten lag der Chiemsee, das bayerische Meer. Dazwischen war das Hochmoor, von dessen Erträgen das Dorf am Fuße des Schlossbergs lebte.

Die Valleys waren ein altes Geschlecht, und jede Generation hatte der Burg etwas Neues hinzugefügt, sodass die gesamte Anlage bis zum Jahr 1886 nach und nach zu einem imposanten Ensemble verschiedenster Baustile ausgebaut und modernisiert worden war. Damit war sie auch heutigen Ansprüchen und dem Ansturm von so vielen illustren Gästen aus halb Europa gewachsen, die zur geplanten Hochzeit von Arno von Valley mit der Komtess Verena von Scarlatti-Savoyen eingeladen waren und ihrem hohen Rang entsprechend komfortabel untergebracht, unterhalten und verköstigt werden wollten.

Dafür hatte nicht zuletzt Graf Arco von Valley gesorgt, der Vater von Arno und Gregor. Er war seit Jahren Witwer, und nichts war ihm zu teuer oder zu aufwendig, um seinem Ruf als großzügiger und honoriger Gastgeber gerecht zu werden. Er war nicht nur ein Schlossherr, sondern auch ein außerordentlich erfolgreicher Geschäftsmann und Arbeitgeber. Angeblich hatte er ein Vermögen an der Börse gemacht. So munkelten seine Feinde mit Neid, seine Freunde mit Respekt und Ehrfurcht.

Sein zweites Standbein war der groß angelegte Torfabbau im sogenannten Teufelsmoor, das in seinem Besitz war und dessen Erträge den Bewohnern der unterhalb des Schlosses gelegenen Ortschaft mit Gasthaus, Kirche und Friedhof Brot und Arbeit garantierte. Weshalb er als Gutsherr einen guten Ruf besaß, auch wenn die Arbeitsbedingungen hart waren und der Lohn gering. Aber auf ihren Grafen ließen die Dorfbewohner, die von seinem Wohlwollen abhängig waren, angeblich nichts kommen.

Das Rahmenprogramm der Hochzeit war nach Berta von Zündt umfangreich, den hohen Herrschaften sollte schließlich nicht langweilig werden.

Eine ganze Kochbrigade sei anwesend, um Tag und Nacht für kulinarische Köstlichkeiten zu sorgen. Musiker seien engagiert worden, eine Schauspielgruppe sollte eine Shakespeare-Komödie aufführen, Artisten bereiteten sich auf ihren Auftritt vor. Im Innenhof sei eine große Bühne dafür aufgestellt worden. Keine Sekunde sollte der Eindruck aufkommen, dass nicht durchgehend für Unterhaltung, Speis und Trank gesorgt war. Am Hof des Sonnenkönigs Ludwig XIV. konnte es nicht mehr Spektakel gegeben haben. Sogar ein Feuerwerk sei als krönender Abschluss vorbereitet worden.

Hajo hörte sich das alles an und dachte sich seinen Teil. Langeweile war die Krankheit, vor der sich alle Hochwohlgeborenen insgeheim fürchteten in ihrem von Nichtstun und Anspruchsdenken geprägten Dasein. Zudem betrachteten die meisten von ihnen es als eine Selbstverständlichkeit, von all denen unbehelligt zu bleiben, die auf der sozialen Leiter weit unter ihnen standen.

Obwohl sich die Aristokraten *»Noblesse oblige«* – dieses fadenscheinige, um nicht zu sagen: scheinheilige Motto – auf ihre Fahnen geschrieben hatten.

Adel verpflichtet. Von wegen.

Gewiss, es gab Wohltätigkeitsveranstaltungen, Stiftungen, Mäzenatentum, Gulaschkanonen und Suppenküchen für Bedürftige, Schiffstaufen und Krankenhausbesuche zuhauf, aber von ihren Privilegien auch nur ein kleines Stückchen abzugeben, das kam nicht in Frage. *»Panem et circenses«* – Brot und Spiele –, das war wohl immer noch das Motto, um das gemeine Volk und seine selbst ernannten Repräsentanten bei Laune zu halten. Im Grunde hatte sich seit zwei Jahrtausenden nicht viel verändert, dachte Hajo und zweifelte wieder einmal am Fortschritt der Menschheit.

Der Zug verlangsamte seine Fahrt, die Bremsen fingen an zu quietschen, die Haltestelle Kronsberg war nicht mehr weit. Hajo kehrte von seinen geistigen Ausflügen in historische Gefilde wieder ins Hier und Heute zurück.

Der Haltepunkt für die eigentlich unbedeutende Ortschaft und das Schloss war aus wirtschaftlichen Gründen extra eingerichtet worden, weil es dort ein Nebengleis gab, auf dem Güterzüge mit dem Torf aus dem Moor beladen wurden. Das war der sogenannte »Torfbahnhof«, eine große, lang gezogene Halle, hinter der der gestochene Torf zum Trocknen aufgeschichtet war. Die Stapel reichten fast bis zum Horizont.

Als Berta von Zündt, Hajo, Charlotte und Adam sowie viele Neuankömmlinge am kleinen Bahnhof ausgestiegen waren, warteten schon Bedienstete, die sich um das Gepäck kümmerten.

Hajo und seine Mutter bestiegen eine der dort bereitgestellten Kutschen, Adam und Charlotte bezogen ihre Zimmer im nahen Gasthof »Zum Schwarzen Adler«. Dort ging es bereits turbulent zu, weil viele der Angereisten nicht im Schloss untergebracht werden konnten und dort übernachteten. Alle Zimmer waren für Gäste der Hochzeit reserviert und hergerichtet.

Die Kutsche brachte Hajo und seine Mutter den gewundenen und steilen Weg hinauf zum Schloss.

Das Spiel konnte beginnen, wie Hajo es für sich immer formulierte, wenn er mit seinen Ermittlungen Fahrt aufnahm. Dass er ab jetzt den Gang der Dinge mit allen ihm zur Verfügung stehenden Mitteln zielgerichtet beschleunigen wollte, stand außer Zweifel. Das »Spiel« war allerdings in Wahrheit die ernsthafte Auseinandersetzung mit einem gefährlichen Gegner. Jetzt war er am Zug, und seine Taktik würde einzig und allein darauf hinauslaufen, dem Kontrahenten so lange zuzusetzen, bis er mattgesetzt werden konnte.

Dass Hajo besorgt und nachdenklich wirkte, sah seine Mutter ihm an. Allerdings war sie von ihrer Vorfreude, von der beeindruckenden Schlossanlage, der Landschaft und dem, was sie erwartete, so in Bann gezogen, dass sie Hajos entschlossene Miene missinterpretierte.

»Entspann dich, Hajo«, sagte sie und tätschelte sein Knie. »Du wirst sehen – es ist alles aufs Feinste arrangiert!«

»Ja, davon bin ich überzeugt«, erwiderte er zweideutig, rang sich ein Lächeln ab und drückte ihre Hand.

Dabei dachte er nur daran, wie er dem Dienstmädchenmörder, so nannte er ihn inzwischen, eine Falle stellen und ihn überführen konnte.

Dass sich dieses Vorhaben im Zuge einer scheinbar vergnüglichen Landpartie zu einem nervenaufreibenden Abenteuer auf Leben und Tod auswachsen würde, konnte er in diesem Augenblick, da die Kutsche durch das Tor auf den Innenhof von Schloss Kronsberg fuhr, noch nicht ahnen.

24

Der alte Graf Arco, der alle Ankommenden gebührend in Empfang nehmen wollte, wartete schon auf sie.

Er war, wie Hajo aus dem Dossier von Adam wusste, Anfang siebzig, hatte schlohweißes, dichtes Haar, einen ebenso weißen Vollbart, war groß und schlank und besaß, wie es sich für einen Mann von seinem Status gehörte, vollendete Manieren – zumindest Menschen seines Standes gegenüber. Sein einziger Makel war, dass er leicht hinkte, ob aufgrund einer Verletzung oder einer altersbedingten Hüftgelenksarthrose, konnte Hajo nicht eindeutig feststellen. Aber es fiel ihm auf, weil er ein geschultes Auge für solche Dinge hatte, außerdem war ihm schon bei einigen seiner Obduktionen, insbesondere bei älteren Männern, eine entsprechende Abnutzung der Hüftgelenke untergekommen.

Berta von Zündt wurde von ihm mit einem angedeuteten Handkuss und warmen Worten begrüßt, Hajo schüttelte er die Hand und sagte ihm, wie außerordentlich erfreut er sei, dass so ein berühmter Mann wie er seiner Einladung gefolgt sei. Für eine längere Unterhaltung blieb keine Zeit, denn auch die anderen illustren Gäste, die nach und nach im Innenhof ankamen, erforderten seine ganze Aufmerksamkeit. Er bat Berta und Hajo von Zündt, sich zuerst in ihren Zimmern häuslich einzurichten. Am Abend sei ein großer Empfang mit der Vorstellung aller angereisten Gäste vorgesehen, dabei gebe es genug Gelegenheiten, sich näherzukommen und über private Dinge zu plaudern.

Berta von Zündt war vollauf damit beschäftigt, alle ihre Bekannten und Verwandten zu begrüßen und sie ihrem Sohn vorzustellen.

Hajo machte artig die Honneurs und sah sich dabei unauffällig um. Arno von Valley war nirgends zu sehen.

Als er mitbekam, wie seine Mutter von einem halben Dutzend junger Damen umringt wurde, die sich nach dem berühmten Detektiv erkundigten, worauf seine Mutter in seine

Richtung wies, war es Zeit, sich aus dem Staub zu machen. Er lüpfte grüßend seinen Hut und beeilte sich, dem Diener zu folgen, der sein Gepäck in den Haupteingang voraustrug.

25

Während Hajo sich in seinem Zimmer im Burgfried einrichtete, staunte er darüber, dass ihm eine der besten Räumlichkeiten im Schloss zugewiesen worden war. Seine Mutter hatte das Zimmer unter ihm. Er bewunderte gerade die Aussicht nach drei Seiten – über dem Alpenkamm zogen dunkle Wolken auf, vereinzelt zuckten ferne Blitze, gefolgt von leicht verzögertem Donner –, als es klopfte.

»Ja«, sagte er, in der Annahme, es sei seine Mutter. »Immer hereinspaziert.«

Aber es war der alte Graf höchstselbst, der die Tür öffnete und das Zimmer betrat. »Ich hoffe, es ist alles zu Ihrer Zufriedenheit«, sagte er und schloss die Tür hinter sich.

»Danke, alles bestens«, antwortete Hajo, der sich darüber wunderte, dass der Graf ihm jetzt die Aufwartung machte, obwohl bestimmt weiterhin Hochzeitsgäste eintrafen.

»Bitte«, sagte der Graf und wies mit seinem Gehstock auf einen Sessel vor dem Kamin und nahm selbst Platz.

Hajo war gespannt, was dieser Besuch zu bedeuten hatte, setzte sich und wartete darauf, dass der Graf das Gespräch eröffnete. Was er auch tat.

»Wissen Sie, ich wollte schon immer den Mann kennenlernen, der sich als Kriminalist einen Namen gemacht hat. In halb Europa!«

Hajo wollte etwas entgegnen, aber der Graf schnitt ihm das Wort ab.

»Ich habe alles über Sie gelesen, und das war nicht wenig. Immerhin haben Sie den Ruf, menschliche Abgründe aufzudecken, die sich hinter angeblichen Geheimnissen verbergen. Und Sie lösen verzwickte Fälle.«

Der Graf starrte eine Weile in die Flammen des flackernden Kaminfeuers, und Hajo wartete geduldig, bis er fortfuhr. »Der Grund, warum ich Sie trotz der umfangreichen Aufgaben, die ich eigentlich zu erledigen habe, aufsuche – immerhin habe ich eine aufwendige Hochzeit zu organisieren –, ist, dass ich mir große Sorgen um meine Arbeiter mache, die im Torfabbau beschäftigt sind.«

»Inwiefern?«

»Nun, sie drohen mit etwas, das es auf meinem Grund und Boden noch nie gegeben hat.«

»Nämlich?«

»Sie drohen mit Streik! Können Sie sich das vorstellen?«

»Warum?«

Graf Arco klopfte mit seinem Gehstock auf den Boden, zwei Mal, bevor er antwortete. »Das genau bitte ich Sie herauszufinden. Es ist … es ist einfach nicht zu begreifen, dass die meisten Menschen hier auf dem Land, obwohl sie gute Katholiken sind, regelmäßig in die Kirche gehen und beichten, einem finsteren Aberglauben Gehör schenken, der in letzter Zeit mehr und mehr um sich gegriffen hat. Dem Aberglauben, dass Menschen im Moor verschwinden, sobald es dunkel wird. Dass sie von einem wie immer gearteten Ungeheuer oder Monster oder einer Ausgeburt der Hölle – nennen Sie es, wie Sie wollen – ins Moor gezogen werden, wo sie auf Nimmerwiedersehen verschwinden.« Er blickte Hajo an, wohl um dessen Reaktion auf seine Aussage zu testen.

Hajo behielt seinen betont neutralen Gesichtsausdruck bei.

»Ja, ich sehe es Ihren Augen an«, fuhr Graf Arco fort, »dass Sie nicht an übernatürliche Geschehnisse glauben, weil Sie wie ich ein aufgeklärter Mensch sind. Deshalb vertraue ich mich in dieser Angelegenheit Ihnen an.«

»Heißt das, es gibt einen aktuellen Anlass dafür, dass die Menschen das plötzlich glauben? Ich nehme an, das Moor ist, insbesondere bei Nacht, schon im Prinzip ein unheimlicher Ort. Dass da allerlei Gerüchte und Hirngespinste aufkommen, ist nur natürlich.«

»Sehen Sie, es ist so …« Der Graf beugte sich, auf seinen Stock gestützt, vor, und Hajo konnte in seinen Augen erkennen, dass es ihm ernst war mit dem, was er im Flüsterton sagte, gerade so, als hätte er die Befürchtung, jemand könnte hören, was er sagte. »Zwei Mädchen aus dem Dorf sind vor Kurzem spurlos verschwunden. Beide jung, um die zwanzig. Seit Menschengedenken heißt das Moor bei den Einheimischen Teufelsmoor. Es ist ein riesiges Gebiet, sehr ergiebig im Torfabbau. Es kann noch in Generationen genutzt werden. Aber nun, seitdem die Mädchen vermisst werden, weigert sich ein Großteil der Arbeiter, das Moor überhaupt zu betreten. Sie sagen, es sei verflucht. Und würde weitere Opfer verlangen. Obwohl ich eine Ansprache gehalten und darauf hingewiesen habe, dass die Gerüchte Unfug sind und man ihnen keinen Glauben schenken sollte. Aber bringen Sie diesen Menschen mal bei, dass die Welt nicht so ist, wie sie es sich vorstellen.« Er schüttelte den Kopf. »Ebenso gut können Sie versuchen, einem Ochsen das Milchgeben beizubringen.«

Hajo ging nicht darauf ein, ihn interessierten die konkreten Anhaltspunkte. »Was, glauben Sie, ist mit den verschwundenen Mädchen wirklich passiert?«, fragte er.

Der Graf zuckte mit den Schultern. »Sind wahrscheinlich in die Großstadt gegangen, um dort ihr Glück zu versuchen. Was weiß ich. Mädchen in dem Alter haben Flausen im Kopf, handeln zuweilen irrational. Hoffen, in der Stadt ein anderes, besseres Leben führen zu können, wollen nicht als Dienstmagd enden. Ich kann das verstehen, aber die Leute hier können das nicht. Sie vermuten sofort Gespenster oder sonst etwas Übernatürliches dahinter. Können Sie sich das vorstellen? Jahrzehnte hat alles reibungslos funktioniert. Ich habe einige längerfristige Verträge mit Auftraggebern, die mir den Torf abnehmen. Die Leute in der gesamten Gegend haben immer von dem Abbau profitiert. Zugegeben, ich auch. Jeder hat etwas davon gehabt, es war für alle Seiten von Vorteil. Und jetzt das! Ich hätte gute Lust, sie alle auszusperren und am ausgestreckten Arm verhungern zu lassen. Oder noch besser: Ich lasse Sträflinge kommen und die Arbeit machen. So funktioniert es beim staatlichen Moor unweit von hier.«

Wieder klopfte er vor Empörung mit seinem Stock auf den Boden.

»Sie wagen es, mir die Stirn zu bieten! Mir, ihrem Gönner und Brotgeber! Was für eine unwürdige Situation.«

Der Graf hatte sämtliche Zurückhaltung aufgegeben und sich dermaßen echauffiert, dass er sich jetzt erschöpft zurücklehnen musste.

Hajo war zunächst sprachlos.

Aber worüber wunderte er sich? So war eben das Abhängigkeitsverhältnis zwischen Arbeitgeber und Arbeiter. Wer das Geld hatte, Grund und Boden und die Produktionsmittel, der schaffte auch an. In der Beziehung musste er Karl Marx recht geben. Die Frage war: Was passiert, wenn die Arbeiter sich weigern zu arbeiten? Wer saß am längeren Hebel und konnte die Konfrontation aussitzen, wenn es denn unbedingt sein musste?

Zweifellos der Graf. Aber der schien sich mehr über den Verlust seiner Autorität aufzuregen als über die ökonomischen Verluste, die das Verhalten der Einheimischen nach sich zog. Und das auch noch mitten in einer Hochzeit, die nach vielem Hin und Her endlich über die Bühne gehen sollte.

»Das ist in der Tat eine unangenehme Situation für Sie, Graf Arco«, sagte Hajo schließlich. Er gab sich alle Mühe, diplomatisch zu sein. »Aber ich frage Sie: Was soll ich da tun? Ich bin kein Geisterjäger oder so etwas. Ich bin Wissenschaftler. Ein Mann der Vernunft, der sich mit Tatsachen beschäftigt. Nicht mit eingebildeten Schimären, Moorgespenstern oder sonstigen angeblich übernatürlichen Phänomenen.«

Der Graf zeigte mit dem Finger auf Hajo. »Genau deshalb habe ich Sie doch so eilig aufgesucht. Sie sind kein Mann, der sich ins Bockshorn jagen lässt.« Er stemmte sich ächzend mit seinem Gehstock hoch. »Daher frage ich Sie: Können Sie mir helfen? Es soll Ihr Schaden nicht sein, wenn Sie dem Spuk ein Ende bereiten, indem Sie ihm nachgehen und kraft Ihrer Autorität erklären, dass an dem Humbug nichts dran ist. Das Moor verschlingt keine Mädchen. Für ihr Verschwinden haben die Mädchen schon selbst gesorgt.«

Hajo schüttelte den Kopf. »Ich bin nicht käuflich, Herr Graf.«

»Pardon, Herr von Zündt. So habe ich das nicht gemeint. Es liegt mir fern, Sie zu beleidigen. Aber sehen Sie, ich bin in einer Notsituation. Da unten beginnen die Hochzeitsfeierlichkeiten für meinen jüngeren Sohn. Er weiß nichts von der ganzen Geschichte. Ich muss Sie deswegen auch um absolute Diskretion bitten. Die Hochzeit – sie soll ablaufen, als wäre alles in schönster Ordnung. Und genau die können Sie wiederherstellen. Sie sind der Einzige, der dazu in der Lage ist.«

Hajo atmete einmal tief durch, bevor er sagte: »Meinen Sie nicht, der Pfarrer wäre für Sie der bessere Ansprechpartner in einer solchen Angelegenheit? Hier auf dem Land hören die Leute doch auf ihn. Er könnte mit einer beherzten Predigt dafür sorgen, dass die Leute wieder zur Vernunft kommen.«

Der Graf verdrehte die Augen. »Sie kennen unseren neuen Pfarrer nicht. Mit dem alten wäre das noch möglich gewesen, das war ein vernünftiger Mann. Aber der ist leider letzten Januar von uns gegangen, Gott hab ihn selig. Und der neue ist von der unsäglichen Vorstellung erfüllt, dass der Teufel bei uns seine Hände im Spiel hat, wenn es um die Vorgänge im Moor geht. Was glauben Sie, wie ich schon auf ihn eingeredet habe? Mit Engelszungen, sozusagen. Ich bin sogar so weit gegangen, dass ich ihm eine großzügige Spende für seinen Beistand angeboten habe. Damit er die Leute wieder in die richtige Spur bringt. Und wissen Sie was? Er hat abgelehnt! Mit der Begründung, eine Spende, die nicht aus reinem Herzen kommt und an Bedingungen geknüpft ist, sei dem Herrn und somit der Kirche nicht willkommen. Ich stand da wie der sprichwörtliche begossene Pudel.«

Er seufzte entnervt. »Danach habe ich mich in seiner vorherigen Diözese über ihn erkundigt. Aber die Verantwortlichen, die für seine frühere Pfarrei zuständig sind, mauern rigoros. Irgendetwas Schlimmes ist da vorgefallen, weshalb sie Schickedanz zu uns nach Kronsberg versetzt haben. Was genau da los war, darüber schweigt des Sängers Höflichkeit. Jedenfalls muss es so schlimm gewesen sein, dass es dem Ansehen der katholischen Kirche in der Öffentlichkeit schweren Schaden zufügen könnte. Pfarrer Schickedanz glaubt anscheinend, seine Verfehlung durch doppelt und dreifach heiligen Eifer wiedergutmachen zu können. Wenn er predigt, verkündet er, dass der Tag der Apokalypse nicht mehr fern sei. Der Teufel gewinne bereits nach und nach mehr Einfluss. Weil er die Menschheit, insbesondere die jungen Mädchen, zur Sünde verführe und dadurch ihrer Seele habhaft werde. Hören Sie sich eine seiner Endzeitpredigten an, dann wissen Sie, was ich meine. Er ist … wie soll ich sagen …« Graf Arco suchte nach dem richtigen Wort.

»Ein Fanatiker?«, half Hajo aus.

»Ganz genau. Das ist er. Ein fanatischer Diener des Herrn. Er glaubt daran, dass das Moor verflucht ist. Auch wenn er das nicht wortwörtlich sagt. Aber er ist der Meinung, dass Gott – durch welche verschlungenen Wege auch immer – alle sündhaften Menschen für ihr frevelhaftes Tun und Denken bestraft. Und wenn jemand angeblich im Moor verschwindet, dann ist das nur eine Folge seiner irdischen Verfehlungen. Er hat meine Gemeinde, ja, meine, es sind meine Arbeiter und deren Angehörige, regelrecht angesteckt und verrückt gemacht mit seinem Geschwätz vom nahen Ende. Die Leute sind Wachs in seinen Händen. Aber wir leben im 19. Jahrhundert! Dem Jahrhundert des Fortschritts und der Wissenschaften. Sollte man meinen. Nicht mehr im Mittelalter!«

Hajo musste lächeln und fügte spöttisch hinzu: »Sie werden

es nicht glauben – aber dem Irrtum bin ich auch schon aufgesessen ...«

Graf Arco bemerkte die Ironie in Hajos Antwort nicht, oder er wollte sie nicht bemerken. »Also«, insistierte er, »kann ich auf Ihre Hilfe zählen?«

Hajo zögerte. Aber nur dem Anschein nach. Innerlich hatte er schon eine Entscheidung getroffen und sich eine Strategie zurechtgelegt. Die Anfrage des Grafen kam ihm wie gerufen und konnte ihn in seinen Ermittlungen nur weiterbringen. Einen entscheidenden Schritt weiter sogar. Er war wie elektrisiert, auch wenn er sich das nicht anmerken ließ.

Das Verschwinden der beiden Mädchen, das spürte er, hatte mit seiner eigenen Mission zu tun. Womöglich war er hier in Kronsberg auf die Quelle des Übels gestoßen. Wenn er jetzt seine Karten richtig ausspielte, dann würde ihm der Graf aus der Hand fressen. Und er konnte das tun, was er von Anfang an vorgehabt hatte – jeden Winkel des Schlosses durchforsten, jeden Stein umdrehen und schauen, welcher Skorpion darunter hervorkrabbelte.

»Gesetzt den Fall«, begann Hajo vorsichtig, »ich würde mich Ihrer Sache annehmen – habe ich dann dafür von Ihnen Carte blanche?«

»Wie meinen Sie das?«

»Sie geben mir Ihre ausdrückliche Erlaubnis, mich überall umzusehen und umzuhören, ohne Einschränkung, zu jeder Tages- und Nachtzeit?«

»Die haben Sie.«

»Uneingeschränkt?«

»Uneingeschränkt.«

Hajo stand auf und streckte dem Grafen die Hand hin.

Der Graf schlug ein und hielt seine Hand fest. »Sofern Sie die Hochzeitsfeierlichkeiten nicht beeinträchtigen«, sagte er und sah ihm fest in die Augen.

Hajo hielt seinem Blick stand. »Keine Sorge. Das werde ich nicht«, sagte er.

Graf Arco ließ Hajos Hand immer noch nicht los. »Dann sind wir uns also einig?«, fragte er.

»Das sind wir«, entgegnete Hajo.

Endlich löste Graf Arco seine Hand und nickte.

»Haben Sie Pferde?«, fragte Hajo.

Der Graf lachte. »Ist der Papst katholisch? Einen ganzen Stall davon. Ich habe auch eine Pferdezucht. Können Sie denn reiten?«

»Ich bin mit Pferden groß geworden.«

»Wenden Sie sich an Pius Degenhardt, er ist mein Majordomus und Stallmeister. Lassen Sie sich nicht von seinem Äußeren täuschen. Er sieht aus wie ein Raufbold, aber er ist mein verlängerter Arm.«

»Wo finde ich ihn?«

»Fragen Sie in der Küche nach ihm. Sie können ihn nicht verfehlen. Er ist so groß wie ein Kirchturm und hat eine Glatze. Wann fangen Sie an?«

»Auf der Stelle. Wenn Sie mir etwas Schriftliches geben, dass ich freie Hand und mit Ihrer ausdrücklichen Erlaubnis überall Zutritt habe. Damit ich jeden überzeugen kann, mit dem ich es zu tun bekomme.«

Hajo reichte dem Grafen Papier und Feder und sah zu, wie sich Graf Arco ohne Weiteres über den Tisch beugte und den erwünschten Freibrief ausstellte.

Hiermit bestätige ich, dass der Überbringer dieses Schreibens sämtliche Vollmachten hat, in meinem Namen mit jedem zu sprechen, sich überall umzusehen und sich aller notwendigen Mittel zu bedienen, die dafür nötig sind.
Gez.
Graf Arco von Valley

Er überreichte Hajo das Schriftstück, der es kurz überflog, zusammenfaltete und dann einsteckte.

»In Ordnung, Herr Graf.«

Graf Arco klopfte Hajo wohlwollend auf die Schulter. »Ich wusste – Sie sind mein Mann! Dann kann ich Ihnen und mir nur Erfolg wünschen.«

»Ich werde tun, was ich kann.«

Der Graf drehte sich um, warf Hajo noch einen konspirativen Blick zu und verließ das Zimmer.

Hajo wusste schon, wo er ansetzen sollte.

26

Hajo erkannte Pius Degenhardt gleich in der riesigen Küche – er war so, wie ihn Graf Arco beschrieben hatte. Dort ging es zu wie in einem Bienenstock. Degenhardt, wegen seiner Größe und seiner Glatze unübersehbar, scheuchte die Bediensteten herum und nahm nebenher die eintreffenden Viktualien genau unter die Lupe, befand sie für gut oder sortierte sie wegen mangelnder Qualität aus und versuchte noch nebenbei, die Preise herunterzuhandeln. Seine Stimme war befehlsgewohnt und übertönte das allgemeine Tohuwabohu.

Hajo drängte sich durch das Getümmel der Köche, der zahlreichen Lieferanten und Helferinnen bis zu ihm durch. »Sie sind Pius Degenhardt, nehme ich an?«

»Wer will das wissen?«, fragte der Glatzkopf und sah Hajo alles andere als freundlich an.

Der händigte ihm wortlos Graf Arcos Brief aus.

Zwischen unflätigen Beschimpfungen in Richtung des angeblich nachlässigen und langsamen Küchenpersonals las Degenhardt den schriftlichen Befehl seines Dienstherrn durch und gab ihn wieder zurück. »Was soll ich für Sie tun?«, fragte er, nun um einiges weniger geringschätzig.

»Lassen Sie mir zwei Pferde bereitstellen und Lampen, ich möchte in zwei Stunden ausreiten.«

»Wie Sie wünschen«, kam es von Degenhardt ungnädig

zurück, bevor er sich wieder abwandte und das vermeintlich säumige Küchenpersonal weiter kujonierte.

27

Für eine kleine Ortschaft wie Kronsberg war das dreistöckige, im typisch bayerisch-alpenländischen Stil erbaute Gasthaus »Zum Schwarzen Adler« eigentlich überdimensioniert. Aber der Graf hatte sein Scherflein dazugegeben, um auch für auswärtige Gäste, die oft geschäftlich nach Kronsberg kamen, eine ansprechende Unterkunft bereitstellen zu können. Neben den zahlreichen Gästezimmern gab es drei große Räumlichkeiten: zum Ersten den Tanzboden im ersten Stock, ausgerichtet für festliche Feierlichkeiten und bäuerliche Hochzeiten, zum Zweiten eine gewöhnliche Wirtschaft für das gemeine Volk und zum Dritten einen Speisesaal für die besseren Herrschaften, beides im Erdgeschoss.

Hajo hatte Adam und Charlotte gebeten, sich unter die Leute an den Biertischen zu mischen, um zu erfahren, wie die Stimmung unter den Einheimischen war und wie ihre Einstellung zu Graf Arco und seinen Söhnen. Berührungsängste hatten die zwei sowieso nicht, sie waren es gewohnt, sich für die gute Sache zu verstellen und sich als Diener und Zofe auszugeben. Diese Konstellation hatte schon so manches Mal zum Erfolg geführt, weil die Gesprächsbereitschaft unter ihresgleichen natürlich ausgeprägter war.

Sehr bald schon stellten sie fest, dass das Verhältnis der Einheimischen zu ihrem Grafen derzeit erheblich gestört war. Das war das Einzige, was sie Hajo berichten konnten. Es war die gleiche Geschichte, die er von Graf Arco erzählt bekommen hatte, nur aus gegensätzlicher Perspektive. Die Einheimischen trauten sich nicht mehr ins Moor, weil Pfarrer Schickedanz ihnen erzählt habe, dass es da draußen nicht mit rechten Dingen zugehe. Die Eltern eines der verschwundenen Mädchen waren sich sicher, dass ihre Tochter in der Nacht vom Moor angelockt und verschlungen worden war.

Die Eltern des zweiten Mädchens waren in ihrer Trauer um die einzige Tochter nicht ansprechbar, sie hatten sich ganz unter die Obhut von Pfarrer Schickedanz begeben, um im Gebet Trost und Frieden zu finden. Er wollte eben eine Messe für die Seele der armen Elisa lesen, so hatte das Mädchen geheißen. Die bevorstehende Messe war auch der Grund, weshalb sich plötzlich die Wirtschaft mit den Einheimischen leerte und Hajo auf einmal mit seinen Begleitern allein war.

»Ich will noch mit dem Pfarrer reden«, sagte er, nachdem er ihnen von seinem Gespräch mit Graf Arco erzählt hatte, um sie auf den neuesten Stand zu bringen. »Aber danach reiten wir beide, du und ich«, Hajo zeigte auf Adam, »noch hinaus ins Moor und sehen uns die Gegend mal genauer an.«

»Was versprichst du dir davon?«, fragte Adam. Er sah aus dem Fenster. »Es sieht ziemlich ungemütlich aus da draußen, ein Unwetter zieht auf.«

»Und wennschon. Wir sind ja nicht aus Zucker. Ich will mir einen Eindruck von der Gegend machen.«

»Findest du nicht, dass es besser wäre«, warf Adam ein, »wenn wir an der Abendveranstaltung im Schloss teilnähmen? Bei der alle Hochzeitsgäste vorgestellt werden?«

»Das kann Charlotte machen, da versäumen wir nichts. Ich kenne die meisten Anwesenden, und wenn nicht, dann frage ich meine Mutter. In der Sache gegen unseren Verdächtigen können wir heute ohnehin nichts mehr unternehmen. Er wird sich keine Blöße geben, weil er sich nur seinen zeremoniellen Pflichten und seiner Braut zu widmen hat. Und was ist bitte langweiliger als so eine Veranstaltung? Das bringt uns nicht weiter.«

Charlotte, die eine Zigarette rauchte, es war nicht ihre erste, war inzwischen ziemlich sauer. Sichtlich entnervt drückte sie ihren Zigarettenstummel aus und legte los, lange genug hatte sie nur zugehört und geschwiegen. »Also, meine Herren, jetzt will ich euch mal etwas sagen. Dass ihr mir nichts zutraut und mir nur die Rolle der Zofe überlassen wollt, die gnädigerweise die Brosamen aufsammeln darf, die an den Tischen der Großen anfallen – damit ist jetzt Schluss. Ich möchte mir das Moor auch mal ansehen. Außerdem bin ich eine ebenso gute Reiterin wie ihr zwei, wenn nicht sogar eine bessere, weil ich mehr Gefühl für Pferde habe als ihr zwei zusammen.«

»Charlotte –«, wollte Hajo sie bremsen.

Aber wenn Charlotte erst einmal rhetorisch Fahrt aufgenommen hatte, war es schwer, wenn nicht sogar unmöglich, sie zu stoppen. »Einen Moment …«, unterbrach sie Hajo mit Nachdruck und erhobenem Zeigefinger. »Ich bin noch nicht fertig. Ich war diejenige, die euch darauf hingewiesen hat, dass Graf Arno höchst verdächtig ist. Dann bin ich als Demonstrationsobjekt für die Todesart des ersten Opfers missbraucht worden –«

»Charlotte – dafür habe ich mich wirklich tausendmal entschuldigt«, wandte Hajo ein.

»Aber egal«, fuhr Charlotte fort, die sich inzwischen in Rage geredet hatte. »Fakt ist, ich bin dabei in diesem Fall, in dem es um meine Geschlechts- und Altersgenossinnen geht, die anscheinend reihenweise umgebracht werden oder sonst wie auf gewaltsame Art verschwinden. Das muss ein Ende finden. Dafür setze ich mich mit allem, was ich kann und habe, ein. Ja, glaubt ihr zwei Paschas denn wirklich, ich könnte dabei in aller Ruhe auf der warmen Ofenbank sitzen und Pulswärmer häkeln, während ihr die Kavallerie spielt, um die weibliche Menschheit vor weiterem Unheil zu bewahren? Ich reite selbstverständlich mit!«

Adam sah immer noch aus dem Fenster, dort war es am südlichen Horizont inzwischen in ganzer Breite rabenschwarz geworden. Er drehte sich um und tauschte mit Hajo einen Blick aus, der besagte: Eigentlich hat sie recht. Sie hatten sich von Anfang an auf ihr Panier geschrieben, dass sie in ihrer Dreierkonstellation gleichberechtigt waren. Auch wenn Adam und Charlotte stillschweigend Hajo als *Primus inter Pares* akzeptierten. Außerdem wussten beide, dass es sinnlos war, Charlotte etwas ausreden zu wollen, wenn sie es sich erst einmal in den Kopf gesetzt hatte.

Also zögerte Hajo nicht länger und gab nach. »Wir treffen uns bei den Stallungen.« Wenn Charlotte sich der Witterung aussetzen wollte, dann war das ihre Entscheidung.

Adam hatte gewusst, dass Hajo, der nicht unbedingt konfliktfreudig war, wenn es um ihre Dreierbeziehung ging, so reagieren würde, enthielt sich allerdings eines Kommentars. Es konnte gefährlich werden, diese Tatsache stand außer Frage, und nicht nur wegen des heraufziehenden Unwetters.

Da draußen lief ein Monster herum.

Doch es war weder ein feuerspeiender Drache noch ein Werwolf noch ein Ungeheuer mit drei Köpfen. Es hatte auch nicht vier Beine, sondern zwei. Wenn man Hajos Theorie Glauben schenkte, war es ein Mensch aus Fleisch und Blut. Aber ein Mensch mit zwei Gesichtern.

Nur das Dumme daran war: Sie kannten keines davon. Alles, was sie mit Sicherheit wussten, war, dass derjenige, den sie suchten, eine Tag- und eine Nachtseite hatte. Wenn er einem die Tagseite zugewandt hatte, konnte man meinen, er sei der zuvorkommendste, höflichste und kultivierteste Mann weit und breit. Und genau das machte ihn so gefährlich. Denn wenn er einem dieser Mädchen, dem er das Blaue vom Himmel versprochen hatte, letztendlich sein wahres Gesicht zeigte, dann war es zu spät.

28

Hajo betrat die Kirche »Mariae Heimsuchung« gerade rechtzeitig, um den Höhepunkt der Predigt des Pfarrers noch mitzuerleben.

Das Gotteshaus war bis auf den letzten Platz besetzt, und alle Kirchenbesucher hingen geradezu an den Lippen von Pfarrer Schickedanz, der in vollem Ornat vor dem Altar stand wie die Inkarnation des Erzengels Michael und mit einer Inbrunst predigte, als wäre er der Abgesandte Gottes persönlich und einzig dazu auserkoren, die Wege des Herrn zu deuten.

Hajo blieb im Mittelgang stehen, weil kein Platz mehr frei war, und hörte mit verschränkten Armen interessiert zu, wie der mit imposanter Statur gesegnete Pfarrer mit lauten Worten und theatralischer Gestik die Gemeinde in seinen Bann zog. Er konnte sehen und spüren, wie Schickedanz sie im Griff hatte.

Im Würgegriff, wie er empfand.

Der Pfarrer hob seine Arme, zum Zeichen, dass er mit den höchsten himmlischen Instanzen Kontakt aufgenommen hatte. Sein gerötetes Gesicht war nach oben gerichtet, die Augen geschlossen – geradezu ekstatisch sandte er seine Botschaft gen Himmel. »Maria, steh uns bei! Dir haben wir unsere Kirche geweiht! Lege bei allen Heiligen Fürsprache ein für unsere armen und gequälten Seelen! Herr, komm über mich und unsere Gemeinde! Lass uns nicht allein in unserer Pein. Läutere mich, oh Herr! Schütze uns vor den Kräften des Bösen, die uns dem Satan preisgeben wollen! Verbanne alle gefallenen Engel, die im Moor auf unsere Seelen lauern! Gib dem Moor seinen Frieden zurück. Vertreibe von uns üble Zaubersprüche, Hexerei und den bösen Blick. Erlöse uns von der teuflischen Heimsuchung, den Geistern des Moores, den abtrünnigen Engeln der Finsternis, die zwei Töchter aus unserer Mitte mit sich genommen und der ewigen Verdammnis anheimgegeben haben. Nimm von uns alles Böse und Sündhafte und schenke uns deinen himmlischen Frieden!«

Er ließ seine Arme sinken und wirkte so erschöpft, als hätte der einseitige Monolog mit seinem Herrn alle Kräfte von ihm gefordert.

Mit hängenden Schultern hielt er quälend lange inne, nichts war zu hören außer vereinzelten Schluchzern und Schniefen.

Der Mann wusste, was er tat, fand Hajo. Schickedanz war ein großartiger Manipulator.

Die Menschen hier erwarteten Zuspruch und seelischen Beistand, und Pfarrer Schickedanz bot ihnen, was sie brauchten, und dazu ein Spektakel. Er führte sich auf wie ein Erweckungsprediger aus den Vereinigten Staaten, Hajo hatte einmal die Gelegenheit gehabt, einen von dieser Sorte anzuhören, das war noch in Hamburg gewesen, bei einer Zusammenkunft von Sektierern. Er hatte sich schon als junger Mann für die Auswüchse und Extreme des menschlichen Geistes interessiert und einem evangelikalen Gottesdienst beigewohnt, in dem das Schüren von Emotionen an erster Stelle stand.

Wie weit waren manche Menschen bereit zu gehen, um andere davon zu überzeugen, dass ihre Ideen und Vorstellungen die einzig richtigen waren?

Und was war die Grenze?

Anscheinend gab es keine.

Bei diesem Gedanken erinnerte er sich an die ermordete Marianne Angerer mit ihrem ungeborenen Kind im Leib, wie sie vor ihm auf dem Porzellantisch in der Pathologie gelegen hatte. Und daran, dass er es als seine Aufgabe ansah, diesem mörderischen Irrsinn ein Ende zu bereiten.

Schließlich tauchte der Pfarrer wieder aus seiner geistigen Versenkung auf, hob erneut die Hände, machte das Kreuzeszeichen und sprach mit kräftiger Stimme: »Nun gehet hin in Frieden. Alle, die ihr mühselig und beladen seid. *Dominus vobiscum. In nomine Patris, et Filii, et Spiritus Sancti*, amen.«

Die Gemeinde erwachte aus ihrer devoten Paralyse, in die sie der Pfarrer hineingeredet hatte. Männer, Frauen und Kinder bekreuzigten sich und standen auf. Alle wirkten sie wie benommen, als sie in sich gekehrt dem Ausgang zustrebten.

Über ihre Köpfe hinweg setzte Pfarrer Schickedanz noch einen Satz hinzu: »Wer sein Gewissen erleichtern und jetzt beichten will, ist herzlich willkommen!«

Hajo hob die Hand und ging als Einziger auf den Altar zu,

indem er sich durch die hinausströmenden Menschen drängelte. »Ich, Herr Pfarrer, ich möchte beichten!«

29

Der Pfarrer und Hajo warteten, bis sie allein in der Kirche waren, und begaben sich, jeder auf seiner Seite, in den Beichtstuhl.

»Wer bist du, mein Sohn? Ich habe dich noch nie hier gesehen. Wann hast du das letzte Mal gebeichtet?«, fragte Pfarrer Schickedanz durch das Geflecht des Beichtstuhls, das den Beichtvater vom Beichtenden trennte, nachdem die üblichen rituellen Worte, die am Beginn einer Beichte gesprochen werden mussten, förmlich ausgetauscht worden waren.

Hajo hatte sie parat, auch wenn er protestantisch aufgewachsen war. Aber was er einmal gelesen und sich eingeprägt hatte, das vergaß er nicht. Er war schon seit seiner Kindheit wie ein Schwamm, der alles aufsaugte, was um ihn herum vor sich ging.

Und der katholische Ritus mit seiner beinahe opernhaften Liturgie hatte ihn schon seit jeher interessiert. Nicht weil er religiös war, sondern weil er verstehen wollte, wie es der Katholizismus geschafft hatte, nahezu tausendfünfhundert Jahre die Geschicke der westlichen Welt zu dominieren. Die Macht und der Einfluss der katholischen Kirche übten auf ihn eine gewisse Faszination aus, der er sich nicht entziehen konnte. Erst recht, seitdem er aus familiären Gründen in Bayern gelandet war, wo der Katholizismus quasi Grundnahrungsmittel war. Wie Bier.

»Oh, meine letzte Beichte ist schon eine Ewigkeit her, Hochwürden«, flunkerte er.

Die Silhouette des Pfarrers war nur schemenhaft in der Düsternis des Beichtstuhls zu erkennen, als er *sotto voce* fragte: »Was für Sünden hast du denn begangen, die du mir beichten willst?«

»Ich befürchte, dass wir noch morgen früh dasitzen, wenn ich erst anfange, sie alle aufzuzählen …«, antwortete Hajo in vollem Bewusstsein, dass er den Pfarrer damit provozierte.

Schickedanz räusperte sich und wurde lauter. »Ich frage dich noch einmal, mein Sohn – wer bist du? Und ich warne dich – es ist eine schwere Sünde, das heilige Sakrament der Beichte nicht ernst zu nehmen oder sich gar darüber lustig zu machen. Das werde ich nicht dulden!«

»Mein Name ist Hajo von Zündt. Ich frage mich, Herr Pfarrer, warum Sie Ihrer Gemeinde Angst einjagen und sie aufhetzen, anstatt ihr Trost zu spenden und ihr Beistand zu leisten in ihrer schweren Stunde. Wie es Ihre Pflicht als Diener des Herrn wäre …«

Hajo wartete auf eine Entgegnung, aber erst einmal kam nichts. Dann raschelte es, der Pfarrer stand auf, stieß seine Abteiltür auf und zog den Vorhang, hinter dem Hajo saß, mit einem heftigen Ruck zur Seite.

Hajo hatte dem Mann Gottes mit seinen Worten die Zornesröte ins Gesicht getrieben. Wie er es von Anfang an beabsichtigt hatte. Schickedanz sah aus, als wollte er sich jeden Augenblick auf Hajo stürzen und ihm an die Gurgel gehen. Ein waschechter Choleriker, dachte Hajo, wich aber nicht zurück. Direkte Konfrontation schien ihm das einzige Mittel zu sein, um den Pfarrer von seinem hohen Ross herunterzuholen.

»Wer sind Sie, dass Sie sich erdreisten«, polterte Schickedanz los, »mir vorzuschreiben, was ich zu tun und zu lassen habe?«

Hajo stand auf, damit er mit dem Pfarrer auf Augenhöhe war.

»Sagen wir mal so … ich betrachte mich als denjenigen, der dafür Sorge zu tragen hat, dass den armen Mädchen, denen hier und andernorts Gewalt angetan wird, Gerechtigkeit widerfährt, um es in Ihrer Sprache zu sagen. Nicht die himmlische, dafür ist Ihre Zunft zuständig. Sondern die irdische, die ich mir auf die Fahnen geschrieben habe. Und da halte ich es für wenig hilfreich, alles, was bisher geschehen ist, auf höhere Kräfte zu schieben, die dafür verantwortlich sein sollen. Hochwürden, Sie verschließen Ihre Augen vor der Wirklichkeit und halluzinieren irgendwelche Dämonen, die bei der Aufklärung eines mutmaßlichen Verbrechens eher hinderlich sind. Das ist der Grund, warum ich nach Kronsberg gekommen bin. Meiner Theorie nach gibt es einen oder mehrere Menschen, die dahinterstecken. Menschen, verstehen Sie? Keine Trolle oder Gräberknechte. Und mit Ihren Phantasien machen Sie alles nur noch schlimmer. Ich appelliere an Sie: Helfen Sie mir, indem Sie mir alles sagen, was Sie über die verschwundenen Mädchen wissen.«

Pfarrer Schickedanz machte einen Schritt zurück. Sein Zorn wechselte zu unverhohlenem Misstrauen. Er starrte Hajo an. Wer war dieser Mann, der es wagte, so mit ihm zu sprechen? Dem Stellvertreter des Herrn auf Erden? Zum ersten Mal fehlten ihm die Worte.

Hajo setzte sich auf die vorderste Kirchenbank und klopfte auffordernd neben sich. Wie man einen Hund an seine Seite lockte. In Sachen Provokation war er ein Meister. »Kommen Sie, setzen Sie sich. Lassen Sie uns wie zwei ganz normale Männer miteinander reden. Um der Mädchen willen.«

Schickedanz zögerte zunächst, aber schließlich nahm er widerwillig neben Hajo Platz, beinahe auf Tuchfühlung, weil Hajo ihm auf den Pelz rückte.

»Sind Sie von der Polizei?«, fragte der Pfarrer.

»Das tut nichts zur Sache. Sagen wir so – ich ermittle im Auftrag der verschwundenen Mädchen.«

»Ah – jetzt weiß ich, wer Sie sind. Ich lese auch ab und an die Zeitung. Sie sind dieser … dieser Detektiv aus München, nicht wahr?«

»Der bin ich, ja. Was ich von Ihnen wissen will: Wurden die Vermisstenfälle angezeigt?«

Hajo sah die Schweißperlen auf der Stirn des Pfarrers und wusste, dass er ihn da hatte, wo er ihn haben wollte. Nämlich im imaginären Schwitzkasten.

»Soviel ich weiß: ja«, sagte Schickedanz unwillig und wischte sich mit dem Ärmel über die Stirn.

»Und was passierte dann?«

»Irgendein Gendarm aus Rosenheim ist gekommen und hat alles aufgeschrieben. Seitdem haben wir nichts mehr gehört.«

Hajo nickte, er hatte nichts anderes erwartet. »Ich kann Ihnen aus eigener Erfahrung versichern: Da wird aus dieser Richtung auch nichts mehr passieren. Der Bericht wird abgelegt und verstaubt. Nun – ich bin hier, um zu verhindern, dass es einfach immer so weitergeht und noch mehr Mädchen verschwinden. Wenn Sie so wollen: Ich habe mich selbst beauftragt, ein wenig Licht ins Dunkel zu bringen.«

Wie auf ein Stichwort erleuchtete in diesem Augenblick ein Blitz das Innere der Kirche, für einen Moment war es taghell.

Der Pfarrer zuckte zusammen, Hajo nicht.

Sie warteten stumm auf das, was unweigerlich gleich folgen sollte.

Der krachende Donnerschlag kam kurze Zeit später, wieder zuckte der Pfarrer zusammen.

»Was wollen Sie wissen?«, fragte er und vergrub das Gesicht in seinen Händen.

»Sie kennen die betroffenen Familien?«

»Ja, ihr Schmerz ist groß. Das können Sie sich ja denken.«

»Haben die Mädchen irgendeine Nachricht hinterlassen?«

»Nein.«

»Haben sie persönliche Sachen mitgenommen, einen Koffer, Kleidung, Papiere? Was man eben so braucht, wenn man sich bei Nacht und Nebel aus dem Staub macht und woanders ganz von vorne anfangen will?«

»Nein. Nichts dergleichen. Nur was sie am Leib trugen.« Er stand auf und schien seine Selbstsicherheit wiedergefunden zu haben. Weit breitete er seine Arme aus. »Aber genau das ist es doch! Ja kapieren Sie denn nicht? Das Moor hat sie geholt! Aber das geht natürlich über Ihren Verständnishorizont weit hinaus. Sind Sie nicht auch jemand, der Menschen aufschneidet?«

»Ich bin hauptberuflich Pathologieprofessor an der Ludwig-Maximilians-Universität.«

»Ein Mensch, der Leichen schändet. Das verträgt sich nicht mit meinen fundamentalen Grundsätzen des christlichen Glaubens …«

Hajo zeigte sich unbeeindruckt von der Beleidigung. Aber er nahm sich vor, sich dafür zu revanchieren. Später, wenn sich eine Gelegenheit dafür bot. »Denken Sie darüber, wie Sie wollen! Wir leben Gott sei Dank im 19. Jahrhundert, nicht mehr im 12.! Also – was können Sie mir über die Mädchen erzählen?«

»Die beiden Mädchen waren hier in Kronsberg zu Hause. Es sind einfache Kinder. Streng erzogen. Keines von ihnen wäre auf die Idee gekommen, ohne ein Wort oder wenigstens einen Abschiedsbrief das Weite zu suchen. Wo hätten sie denn hingehen sollen?«

»Es gibt für alles eine Erklärung. Ich werde sie herausfinden. Und ich garantiere Ihnen: Es wird keine übernatürliche sein.« Er zog ein Notizbuch und einen Stift heraus. »Wie heißen die beiden Familien, die ihre Töchter vermissen?«

»Schedlbauer und Huber«, sagte der Pfarrer.

Hajo notierte sich die Namen.

Schickedanz stellte sich mit seiner imposanten Gestalt direkt vor Hajo. »Herr von Zündt – glauben Sie an Gott?«, fragte er unvermittelt und zeigte mit einer Hand nach oben.

Hajo steckte Notizbuch und Stift sorgfältig wieder ein, lehnte sich zurück und verschränkte seine Arme, bevor er antwortete. »Ich glaube an die Vernunft, die Gott uns gegeben hat.«

Der Pfarrer fing an zu grinsen, es war ein verächtliches Grinsen. Dabei schüttelte er den Kopf, als hätte er von Anfang an gewusst, wes Geistes Kind Hajo von Zündt war.

»Genau das habe ich mir gedacht«, sagte er. »Sie sprechen wie ein wahrer Ketzer vor dem Herrn.«

»Sehen Sie es, wie Sie wollen. Aber ich möchte eines wissen: Gab es Streit in den Familien der Mädchen?«

»Nein.«

Jetzt wurde es Zeit, dass Hajo zu seiner Kernfrage kam. »Haben die Mädchen regelmäßig bei Ihnen gebeichtet?«

»Selbstverständlich. Die Leute hier in Kronsberg sind gute Katholiken, die ihren Glauben ernst nehmen, mit allem, was damit verbunden ist.«

Hajo gab Schickedanz mit hochgezogenen Augenbrauen und einem auffordernden Blick zu verstehen, was er von ihm nun erwartete.

Der brauchte einen kurzen Moment, bis er begriff. Dann hob er mit Entschiedenheit den Zeigefinger. »Nein«, sagte er, »nein! Wenn Sie jetzt denken, dass ich Ihnen gegenüber das Beichtgeheimnis preisgebe, dann haben Sie sich getäuscht.«

Hajo nickte und sah Schickedanz genau in die Augen, als er seine nächste Frage stellte. »Gab es vielleicht eine ungewollte Schwangerschaft, von der Sie wissen?«

Sofort verhärtete sich die Miene des Pfarrers noch mehr, sofern das überhaupt möglich war. »Ich habe Ihnen schon einmal gesagt, dass die beiden Mädchen rechtschaffene und fromme Kinder des Herrn waren. Mehr erfahren Sie nicht von mir.«

Hajo blieb stur auf seinem einmal eingeschlagenen Kurs. »Auch fromme und rechtschaffene Mädchen können schwanger werden, Hochwürden. Ist so etwas nicht der Jungfrau Maria widerfahren, der diese Kirche hier gewidmet ist?«

»Vorsicht, Herr von Zündt – Sie bewegen sich auf sehr dünnem Eis. Ich darf Sie auffordern, auf der Stelle meine Kirche zu verlassen. Im Hause Gottes dulde ich keine Blasphemie! Und ich habe nicht vor, eine theologische Disputation mit einem bekennenden Häretiker, wie Sie es sind, zu führen.« Er zeigte zum Ausgang. »Dort hat der Zimmermann für Leute wie Sie das Loch gelassen!«

»Eine letzte Frage noch«, sagte Hajo unbeeindruckt und erhob sich. »Hat jemand gesehen, wann und wohin die Mädchen aufgebrochen sind?«

»Nein.«

Hajo nickte nachdenklich und zeigte Pfarrer Schickedanz ein schales Lächeln. »Das mit der Beichte verschieben wir auf ein andermal. Oder würden Sie einem Ketzer und Häretiker wie mir die Absolution erteilen?« Damit ließ er den Pfarrer einfach stehen und ging gemessenen Schrittes durch den langen Mittelgang zum Hauptportal.

Als er es öffnete, fegte ein böiger Windstoß vom Unwetter herein. Für einen Augenblick stand er im Gegenlicht eines Blitzes. Seine langen Mantelschöße flatterten im Wind, es sah aus, als wären es schwarze Flügel. Pfarrer Schickedanz lief ein kalter Schauder über den Rücken. Beim unvermeidlich folgenden Donnerschlag bekreuzigte er sich und murmelte: *»Apage, Satanas!«*, denn ihm war, als hätte er soeben ein Rendezvous mit dem Leibhaftigen gehabt.

30

»So wie ich es einschätze, wird Graf Arno vorerst eine Weile Ruhe geben. Als frischgebackener Ehemann von Komtess Verena von Scarlatti-Savoyen warten erst einmal jede Menge Verpflichtungen auf ihn«, sagte Hajo, als sie sich vor den gräflichen Stallungen, die am Fuße des Schlossbergs lagen, in den Sattel schwangen und losritten.

»Zuerst einmal die Hochzeitsnacht«, kommentierte Charlotte auf ihre nonchalante Art.

Aber niemand lachte.

Pius Degenhardt hatte sich verabredungsgemäß um Pferde und Ausrüstung gekümmert. Jetzt schaute er Hajo, Charlotte und Adam nach, wie sie davonritten. Dann machte er kehrt und sah zu, dass er wieder seinen zahlreichen anderen Verpflichtungen nachkam.

So schnell, wie das Unwetter gekommen war, hatte es sich

über Kronsberg ausgetobt und war in Richtung München weitergezogen.

Während auf Schloss Kronsberg die Hochzeitsfeierlichkeiten im Festsaal mit einem fürstlichen Bankett samt musikalischer Untermalung ihren Anfang nahmen, trabten Hajo, Charlotte und Adam auf ihren Pferden in südöstlicher Richtung auf einem Pfad neben den Schmalspurgleisanlagen des Torfabbaus, die mitten ins Hochmoor führten und sich wie die Finger einer ausgestreckten Hand ausbreiteten. Entlang von endlos scheinenden schmalen Kanälen kamen sie an einer kleinen Dampflok und Dutzenden von Loren vorbei, die dort abgestellt waren, bis die Arbeiten im Moor wieder aufgenommen werden sollten.

Weit und breit war keine Menschenseele zu sehen. Nur unentwegt quakende Kröten und Frösche waren ihre Wegbegleiter, und ein paar Krähen lieferten sich ein krächzendes Gezänk um irgendeine tote Beute. Die Luft nach dem Gewitter war angenehm klar und kühl. Die Abenddämmerung würde nicht mehr lange auf sich warten lassen, im Westen färbten sich die Wolken am Horizont bereits rosa ein.

Adam hatte eine detaillierte Karte von der Gegend dabei, der Maßstab war groß, aber er hatte schon, als sie die Karte vor ihrem Aufbruch genauer studiert hatten, dazu bemerkt, dass sie wohl veraltet und deshalb unvollkommen sei.

Der Ausritt an der frischen Luft tat ihnen gut. Irgendein Erkenntnisgewinn, der sie in ihrem Fall weitergebracht hätte, stellte sich allerdings nicht ein, außer dass das Moor mit seinen unsicheren, aufgeweichten Pfaden, die teilweise mit quer gelegten Holzbohlen überhaupt erst begehbar gemacht worden waren, seinen glucksenden Quellen, abgestorbenen Bäumen, brackigen Tümpeln, modrigen Gerüchen und erschrocken auffliegenden Wasservögeln nichts besonders Auffälliges oder Außergewöhnliches zu bieten hatte.

Nach gut eineinhalb Stunden tauchte in Richtung der Alpen, versteckt in einer Senke, unerwartet ein Gebäude auf, dahinter zog sich ein Wald in hügeliger Landschaft hin. Das Anwesen war, wie man es in dieser Gegend eigentlich erwartet hätte, kein Bauernhof, sondern eine stattliche Villa, zweistöckig, streng, ein Quader mit flachem Dach und ohne großen Zierrat außer zwei klassizistischen Säulen am Haupteingang. Sie wirkte wie ein Fremdkörper, weitab von jeder menschlichen Siedlung in einer Übergangszone zwischen Moor und Wald.

Die drei hielten an. Hajo stieg aus dem Sattel, um sich den von einer mannshohen Mauer umgebenen Bau genauer anzusehen. Er rüttelte am schmiedeeisernen Tor, aber eine schwere Eisenkette verhinderte, dass man die beiden Torflügel öffnen konnte. Das Vorhängeschloss war nicht angerostet, sondern so gut wie neu und frisch geölt. Hajo warf einen Blick in den verwilderten Vorgarten. Das Haus schien unbewohnt zu sein, war aber nicht heruntergekommen wie seine Umgebung, sondern in einem guten Zustand, die paar Fenster im Erdgeschoss und im ersten Stock waren durchgehend mit Gitterstäben verschlossen, dahinter dicke, zugezogene Vorhänge, gerade so, als wären die Besitzer nur für ein paar Tage nicht zu Hause.

Adam und Charlotte stiegen ebenfalls von ihren Pferden. Adam wies auf Furchen hin, die auf das Eingangstor zuführten. »Scheint frequentiert zu werden, auch wenn es auf den ersten Blick nicht so aussieht.«

»Ja«, stimmte Charlotte zu. »Aber die Besucher kommen aus der anderen Richtung, aus Süden.«

Sie zeigte auf den befestigten Weg, der vom Waldrand aus in einer lang gezogenen Biegung heranführte.

Adam sah auf seiner Karte nach. »Die Karte taugt nichts«, meinte er ärgerlich und faltete sie wieder zusammen. »Ich habe sie vom Hausmeister des Schlosses bekommen. Da ist weit und breit nichts eingetragen. Nicht mal das Gebäude.«

»Vielleicht sollten wir es mal näher unter die Lupe nehmen«, schlug Hajo vor, der, während seine Hände die Gitterstäbe des Tores umklammert hielten, nach einer Möglichkeit spähte, in das Gebäude zu gelangen.

»Es wird bald dunkel. Und der Weg zurück ist weit«, sagte Adam mit Skepsis in der Stimme.

Hajo blickte nach oben. »Wir haben annähernd Vollmond, und der Himmel ist wolkenlos. Ich werde mir das Haus jedenfalls genauer ansehen. Ihr könnt hier warten.«

Er winkte Adam zu sich. Der verstand, was Hajo meinte, und machte am Tor eine Räuberleiter, mit deren Hilfe Hajo über das schmiedeeiserne Gestänge klettern konnte. Auf der anderen Seite sprang er auf den Zufahrtsweg zur Eingangstür, die zweiflüglig und aus stabilem Eichenholz war.

Adam und Charlotte blickten sich an. Was sollten sie tun? Sie sahen Hajo zu, der schon dabei war, an die Eingangstür der Villa zu klopfen und dann, als sich nichts tat, daran zu rütteln.

Vergeblich, sie war verschlossen.

Er versuchte, durch einen Spalt im Vorhang hinter dem vergitterten Fenster zu spähen, drehte sich dann zu ihnen um und hob die Arme zum Zeichen, dass er nichts erkennen konnte. Er ging weiter und testete Fensterladen um Fensterladen im Erdgeschoss. Ohne Erfolg. Das Gebäude schien hermetisch abgeriegelt und von innen verdunkelt zu sein.

Adam machte sich Sorgen, weil das Tageslicht schnell abnahm. Er und Charlotte bekamen im Dämmerlicht gerade noch mit, wie Hajo schließlich um die rechte Ecke des Hauses durch das knietiefe Dickicht stapfte. Dann war er aus ihrem Sichtfeld verschwunden.

»Er hätte eine unserer Lampen mitnehmen sollen«, meinte Adam und entzündete eine der Petroleumlaternen, die sie mitgebracht hatten.

»Was meinst du – sollen wir ihm nachgehen?«, fragte Charlotte besorgt.

»Nein, wir warten hier auf ihn«, entschied Adam. »Was soll schon passieren?«

Aber Charlotte nahm sehr wohl wahr, dass Adam, der ihr absichtlich den Rücken zukehrte, etwas aus der Satteltasche seines Pferdes kramte und überprüfte. Sie vernahm das Klicken und wusste genau, was es bedeutete. Es war sein sechsschüssiger Revolver, den er seit seinem einjährigen Aufenthalt in den Vereinigten Staaten immer bei sich hatte, wenn er glaubte, dass es gefährlich werden konnte. Er hatte die Trommel seiner Waffe herausgedrückt, um sich zu versichern, dass sie auch geladen war.

Doch sie sagte nichts und schaute sich um. Hier schien das Ende der Zivilisation zu sein, in der Ferne schwärzten sich die Alpenkämme langsam in der Dunkelheit. Darüber ging der Mond auf, die Sterne funkelten. Nebelfetzen legten sich wie Wattebäusche über die weitläufige Ebene in ihrem Rücken.

Es war bis auf das gelegentliche Schnauben der Pferde, die am Gras rupften, so still, dass Charlotte meinte, in der Ferne das Moor leise fauchen und gurgeln zu hören. Sie stellte sich vor, dass das Moor ein riesiger, lebendiger Organismus war, der bei Nacht und Nebel Appetit auf junge Frauen bekam und sie auf geheimnisvolle Weise anzulocken verstand, um sie sich dann einzuverleiben.

Unwillkürlich tastete sie nach ihrem Dolch, den sie in einer Scheide an ihrem Gürtel unter der Jacke verborgen mit sich führte. Es war schon seltsam, dass sie, ein Kind der Großstadt, sich auf einmal von der unheimlichen Atmosphäre beeindrucken ließ. Vom Teufelsmoor, wie es die Einheimischen nannten, nicht ohne sich bei der Erwähnung des Namens hastig zu bekreuzigen. Hier im Niemandsland und vor der Kulisse der zunehmend bedrohlicher wirkenden Villa, die sich wie ein monolithischer Grabstein im fahlen Licht des Mondes darbot. Irgendwie passte sie nicht hierher.

Aber Charlotte spürte, dass sie an diesem Ort auf etwas gestoßen waren, das mit den ungewöhnlichen Vorkommnissen in dieser Gegend zu tun hatte. Sie glaubte, dafür ein Näschen zu haben. Gleichzeitig wusste sie, dass ihr eine lebhafte und blühende Phantasie nachgesagt wurde, die in dieser Umgebung voll ihre Wirkung entfaltete.

Wahrscheinlich waren das alles Hirngespinste, nichts als pure Einbildung.

Jedenfalls hoffte sie das.

31

Hajo untersuchte inzwischen die graue Rückseite der Villa, die das helle Mondlicht genügend reflektierte, damit er nicht über eine Wurzel oder einen Stein stolperte. Auch hier waren sämtliche Fenster und eine Zugangstür mit Läden verschlossen.

Er blieb stehen, hielt den Atem an und lauschte. War da nicht eben ein Geräusch zu hören gewesen? Bewegte sich im Gebüsch etwas?

Auch der rückwärtige Teil war seit Langem vernachlässigt worden, er sah ganz nach einem verwunschenen Garten aus, auch hier war die umliegende Mauer mit Ranken und Dornenhecken überwuchert. Plötzlich sah Hajo, dass in der Mauer, hinter all den Schatten verborgen, tatsächlich eine Tür war, und sie stand sperrangelweit offen.

Langsam, Schritt für Schritt, wich er zurück und ärgerte sich gleichzeitig maßlos darüber, dass er so leichtsinnig gewesen war und weder Lampe noch Waffe mit sich genommen hatte. Deshalb war er auch nicht weiter überrascht, als sich plötzlich drei dunkel gekleidete Gestalten aus der Finsternis lösten und auf ihn zukamen. Langsam und bedrohlich. Sie hatten Messer in den Händen und Masken über dem Kopf, weiß, mit Schlitzen für die Augen. Einer überragte die beiden anderen um Haupteslänge. Einer war klein, der Zweite dick, aber alle drei bewegten sich geschmeidig.

Seine Gedanken rasten.

Die Masken sagten ihm, dass sie ihm womöglich nur Angst einjagen oder ihn zusammenschlagen wollten. Nicht töten. Dann hätten sie nicht ihre Identitäten verbergen müssen. Aber wie auch immer – er war ihnen ausgeliefert. Und dummerweise hatte er Adam und Charlotte gesagt, dass sie auf ihn warten sollten. Wieder verfluchte er seinen Leichtsinn. Er hatte es hier wirklich mit einem gefährlichen Gegenspieler zu tun, den er unterschätzt hatte. Und von dem er immer noch nicht wirklich wusste, wer er war.

Anscheinend sollte er eingeschüchtert werden, damit er nicht weiter nachforschte. Das hieß aber auch: Offenbar ahnte der Täter, dass Hajo ihm auf der Spur war.

Er musste auf Zeit spielen, das war seine einzige Chance. Deshalb wich er langsam zurück und hob die Hände.

Sie fingen an, ihn stumm zu umkreisen, die Messer auf ihn gerichtet, ein Entkommen war unmöglich.

»Was wollt ihr von mir?«, fragte Hajo schließlich, obwohl an ihren Absichten kein Zweifel bestehen konnte.

»Ganz ruhig, Hajo von Zündt«, sagte der Große mit sonorer Stimme und wechselte das Messer spielerisch von Hand zu Hand. »Jetzt steht er also leibhaftig vor uns, der berühmte Detektiv, und hat die Hosen gestrichen voll …«

Seine Spießgesellen lachten meckernd.

»Wir wissen über dich Bescheid, Hajo«, fuhr er fort. »Du bist ein Mann, der es einfach nicht lassen kann, überall seine Nase hineinzustecken. In Dinge, die ihn einen feuchten Dreck angehen. Doch damit ist jetzt Schluss. Du hast eine rote Linie überschritten, indem du hier aufgetaucht bist. Jetzt bist du nämlich an jemanden geraten, der dir überlegen ist. Und das wird dir nicht gut bekommen.«

»Wer soll das sein?«, fragte Hajo und versuchte, so viel Spott und Verachtung wie möglich in seine Stimme zu legen. »Du etwa? Mit diesem lächerlichen Kartoffelsack über dem Kopf? Zu feige, um mir dein Gesicht zu zeigen?«

»Aber hallo! Habt ihr das gehört?«, sagte der Große an seine zwei Begleiter gewandt. »Das ist typisch für einen Mann seines Standes. Überheblich bis zuletzt. Schon als Snob auf die Welt gekommen. Einmal ein Snob, immer ein Snob. Aber wir sind extra hier, um dir deine Arroganz aus deinem feinen Anzug zu prügeln.«

»Ja«, wiederholte der Kleinste, »wir werden dir das schon austreiben, du Großkotz.«

Der Dritte trat ebenfalls näher, hielt aber den Mund, weil der Große den Arm hob zum Zeichen, dass sie schweigen sollten. Er hatte in diesem Moment das Sagen.

»Nun denn, du Snob, leg dich hin und küss den Boden zu meinen Füßen. Los – auf den Bauch, Beine und Arme gespreizt!«, sagte er und zeigte mit dem Messer nach unten.

Hajo überlegte, ob er die Stimme schon irgendwo gehört hatte, kam jedoch zu keinem Ergebnis. Er wich noch einen Schritt zurück.

»Na los, mach schon!«, befahl der Große. »Oder willst du mit meinem Messer Bekanntschaft machen?«

Hajo zögerte und hielt abwehrend die Hände vor sich hin. »Hört mir zu«, sagte er beschwörend. »Lasst uns wie vernünftige Menschen miteinander reden. Das, was ihr hier vorhabt, führt doch zu nichts!«

»Halt gefälligst deine verdammte Fresse!«, brüllte ihn der Große unvermittelt an. Anscheinend war er mit seiner Geduld am Ende. »Ich warne dich – wir können auch anders. Also: Leg! Dich! Hin!«

Er drehte sein Messer bedrohlich vor Hajos Gesicht herum, sodass es im Mondlicht aufblinkte, die anderen zwei fuchtelten ebenfalls mit ihren Waffen herum und machten sich einen Spaß daraus, dass Hajo so eben noch ausweichen konnte. Also fügte er sich der Übermacht, legte sich bäuchlings ins feuchte Gras und streckte Arme und Beine aus.

»Jetzt hör mal gut zu, Hajo«, sagte der Sprecher des Trios, beugte sich zu ihm hinunter und kitzelte mit seinem Messer spielerisch Hajos Ohr. »Wir wollen Folgendes von dir: dass du auf der Stelle zurück nach München verschwindest und dich in Zukunft aus allem heraushältst, was hier vor sich geht …«

»Aus allem, kapierst du?«, wiederholte der Kleinste der drei mit seiner hellen Stimme und gab Hajo mit dem Fuß einen heftigen Tritt in die Seite.

Hajo stöhnte auf und krümmte sich zusammen.

Der Große wandte sich seinem Kumpan zu und zischte ihn an: »Was tust du da?«

Der wich zurück und antwortete unterwürfig: »Ich wollte nur sichergehen, dass er dich auch verstanden hat.«

»Habe ich dir vielleicht befohlen, dass du ihm eine verpassen sollst?«

»Nein.«

»Warum machst du dann so was? Willst du mich verarschen?«

»Nein. Natürlich nicht.«

»Dann halt dich so lange raus, bis ich dir sage, was du tun sollst. Kapiert?«

»Ja, kapiert. Aber ich dachte halt –«

Der Große verlor endgültig die Beherrschung und brüllte seinen Kumpan an: »Halt 's Maul! Wenn hier einer was sagt, dann bin ich das!«

»Schon gut, Ottmar. Tut mir leid«, jammerte der Kleine unterwürfig.

Der Große erstarrte, dann packte er ihn am Kragen und bellte ihn an. »Herrgott – was habe ich gesagt? Keine Namen! Du Idiot! Jetzt müssen wir ihn kaltmachen!«

»Aber – wir sollten ihn doch nur einschüchtern …«, entgegnete der Kleine mit entsetztem Blick.

Der Große schlug ihm ansatz- und erbarmungslos mitten ins Gesicht, worauf er neben Hajo ins Gras fiel. »Du sollst dein Maul halten, hab ich gesagt!«

Er beachtete seinen wimmernden Kumpan nicht weiter und befahl dem Dicken: »Mach ihn alle!«

Augenblicklich kniete sich der Dicke mit dem größten Messer neben Hajo und drückte ihm die Klinge gegen den Hals. »War nicht so vorgesehen, Freundchen, aber es geht nicht anders.«

Hajo spürte die Schneide der Waffe an seiner Kehle und bereitete sich auf den finalen Schnitt vor, der ihm die Halsschlagader und damit den Lebensfaden ein für alle Mal durchtrennen würde. Er schloss die Augen.

Da ertönte plötzlich ein Kanonenschlag. Jedenfalls hörte es sich für Hajo so an. Als sein selbst ernannter Henker aufschrie, sich mit der Hand, die eben noch das Messer gehalten hatte, an die Schulter fasste, dämmerte ihm, dass jemand geschossen haben musste.

»Stehen bleiben und Waffen weg – oder ich schieße euch Drecksäcke alle drei über den Haufen!«

Adams schneidende Stimme kam Hajo vor wie vom Himmel gesandt. Auch wenn er aus der Sicht von Pfarrer Schickedanz ein Häretiker und Ketzer war. Obwohl er wehrlos mit der Nase auf dem Boden lag und damit gerechnet hatte, ins Gras beißen zu müssen, war er über die Ausdrucksweise seines Adoptivbruders doch erstaunt. So hatte er ihn noch nie gehört. Andererseits – wenn es hart auf hart kam, konnte Adam ganz schön grob sein.

»Waffe weg!«, schrie er den dritten Mann an, der sein Messer fallen ließ und regungslos stehen blieb.

Gott sei's gedankt, ging es Hajo noch einmal durch den Kopf, und er erhob sich stöhnend, wobei Charlotte, die gerade mit der Laterne herangeeilt kam, ihn stützte.

Von der plötzlichen Helligkeit geblendet, bemerkte niemand, wie der Dicke nach etwas tastete, das er sicherheitshalber in seiner Manteltasche mit sich geführt hatte. Überraschend quälte er sich trotz seiner Schulterverletzung hoch, packte Charlotte von hinten am Hals und setzte ihr seinen zweischüssigen Colt an die Schläfe.

»Keiner rührt sich vom Fleck!«, schrie er. »Und die Waffe fallen lassen. Sonst ist sie tot!«

Das war an Adam gerichtet.

Adam sah Hajo an, der ihm auffordernd zunickte, also ließ er seinen Revolver fallen.

»Setz dich sofort hin, auf den Boden, los, mach schon!«, befahl der Dicke. Man hörte seiner Stimme an, dass er zwar Schmerzen hatte, aber zu allem fähig war. Eisern umklammerte er Charlotte mit seinem Ellbogen. Er zog sie rückwärts mit sich und gab nebenbei dem Kleinen einen auffordernden Tritt, als er an ihm vorbeikam. Der kniete immer noch auf dem Boden und hielt sich die Nase, sein Blut hatte die Maske rot gefärbt.

Der Große packte ihn, hob ihn am Kragen hoch und schleppte ihn mit sich.

Hajo und Adam blieb nichts anderes übrig, als tatenlos zuzusehen, wie die drei mit Charlotte in ihrer Mitte auf die offene Tür in der rückwärtigen Mauer zusteuerten. Sie konnten nicht eingreifen, ohne Charlottes Leben zu gefährden.

Allerdings hatte Charlotte, nachdem sie sich vom ersten Schrecken erholt hatte, keineswegs vor, dies alles widerstandslos mit sich geschehen zu lassen. Wie mit Geisterhand griff sie nach ihrem Dolch unter ihrer Jacke, zog ihn heraus und stach blindlings auf den Mann ein, der sie hinter sich herzerrte. Er schrie auf, ließ sie los, und im selben Moment löste sich ein Schuss aus seiner Waffe, der sie aber knapp verfehlte, weil sie sich gleichzeitig zu Boden warf.

In diesem Durcheinander gelang es den drei Attentätern, durch die offene Tür in der Mauer zu entkommen und sie noch zu verschließen.

Während Adam sich um Charlotte kümmerte, die ihm versicherte, dass sie unverletzt war, rannte Hajo zur Tür und versuchte, sie zu öffnen, aber sie war mit einer Art Schnappschloss verriegelt. Adam kam dazu, zu zweit rüttelten sie wie wild an der Tür, Adam warf sich sogar mit der Schulter dagegen, aber sie hielt stand.

»Es hat keinen Zweck«, sagte Hajo. »Lass es, Adam. Ist einer von euch verletzt?«

»Nein«, antwortete Adam, der seine vergeblichen Bemühungen, die Tür zu öffnen, endlich einstellte, der Tür aber noch einen wütenden Faustschlag versetzte.

»Charlotte?«, fragte Hajo besorgt.

Aber auch sie winkte ab. »Ich bin in Ordnung«, sagte sie und packte die Laterne, die zwar auf den Boden gefallen war, aber noch brannte. Sie beleuchtete Hajos Gesicht. »Und du?«, fragte sie. »Was hast du abbekommen?«

»Nichts Bedeutendes. Nur eine Rippenprellung. Und dass meine Eitelkeit ein wenig gelitten hat.«

Adam hatte seinen Revolver wiedergefunden, sie standen um die Laterne, die Charlotte hielt, und sahen einander an. Erst einmal sagte keiner ein Wort. Sie umarmten sich stumm, und Adam sagte: »Das hätte ganz schön schiefgehen können …«

Charlotte löste sich von den beiden. »Reiten wir zurück – oder verfolgen wir die Kerle?«, fragte sie.

»Ich schlage vor, wir reiten zurück«, erwiderte Adam. »Die sind längst über alle Berge.«

»Wollt ihr aufgeben?«, fragte Hajo, der schmerzhaft sein Gesicht verzog und sich die Seite hielt. »Ich nehme es euch nicht übel, wenn es so ist …«

Charlotte klopfte ihre Kleidung ab und sah entschlossener aus als je zuvor. »Jetzt, wo wir mit absoluter Sicherheit wissen, dass mehr dahintersteckt, aufgeben? Wir werden sie alle aufspüren und zur Strecke bringen!«

»Na, wenn du das so sagst …« Hajo hatte seinen Humor wiedergefunden. Er musste lächeln, weil er niemanden kannte, der hartnäckiger und entschlossener das einmal gesetzte Ziel verfolgte als Charlotte.

Sie warf ihm einen auffordernden Blick zu. »Also – auf was warten wir dann noch?« Sie ging mit ihrer Laterne schon mal voraus zu ihren Pferden auf der anderen Seite des Hauses.

»Diese Kerle hätten sich nicht mit Charlotte anlegen sollen«, sagte Adam leise zu Hajo, als sie ihr folgten.

»Nein.«

»Ich mache mir Vorwürfe«, gestand Adam. »Wir hätten sie nicht mitnehmen dürfen.«

»Hat Charlotte jemals ein Nein akzeptiert? Ich wette mit dir, dass sie uns heimlich nachgeritten wäre, wenn wir sie nicht mitgenommen hätten.«

»Auf die Wette hätte ich mich nicht eingelassen.«

»Dachte ich mir.«

»Diese Sache nehme ich jetzt persönlich«, sagte Adam grimmig.

Hajo nickte, und gemeinsam sahen sie zu, wie Charlotte gewandt über das Tor kletterte, die Laterne hatte sie zuvor zwischen den Gitterstäben auf die andere Seite gestellt.

»Wenn sie erst bis aufs Blut gereizt wird, dann macht unsere Charlotte keine Gefangenen«, meinte Adam, aber so leise, dass sie es nicht hören konnte. Dann half er Hajo mit der Räuberleiter, er selbst schaffte es ohne Hilfestellung über das Tor.

Charlotte wartete schon im Sattel, und sobald Adam und Hajo ebenfalls auf ihren Pferden saßen, ritten sie hinein in den Nebel, der sie schnell verschluckte.

32

Auf dem langen Ritt zurück im Mondlicht und durch Nebelbänke hindurch sprachen sie kein Wort, weil jeder genügend Zeit brauchte, um für sich zu analysieren, was eigentlich vorgegangen war, wie viel unverschämtes Glück sie trotz allem gehabt hatten und wer hinter dem versuchten Anschlag stecken konnte.

Natürlich gab es genug zu diskutieren. Doch das wollten sie erst tun, wenn sie wieder ein Dach über dem Kopf hatten. Es war besser, erst einmal alles, was sie seit ihrer Ankunft in Kronsberg erlebt hatten, gedanklich Revue passieren zu lassen. Sie hatten für diesen Tag genug erfahren, um daraus ihre Schlüsse zu ziehen.

An den Stallungen angekommen, verabredeten sie sich um Mitternacht im »Schwarzen Adler« für einen Kriegsrat. Und vereinbarten jetzt gleich, dass sie einstweilen kein Wort vor anderen darüber verlieren wollten, was an dieser ominösen Villa vorgefallen war.

33

Nachdem Hajo sich nach dem ereignisreichen Ausflug frisch gemacht und umgezogen hatte, mischte er sich unter die zahlreichen Feiernden im Festsaal des Schlosses, als wäre nie etwas vorgefallen. Sein Fehlen war im allgemeinen Trubel nicht weiter bemerkt worden. Adam und Charlotte blieben im Gasthaus, um einer Konfrontation mit Graf Arno, der sie beide als »Geschwister« aus dem Studentenwohnheim Bavaria kannte, vorerst aus dem Weg zu gehen.

Auf die Frage seiner Mutter, die sich glänzend zu amüsieren schien, wo er denn so lange gewesen sei, erwiderte Hajo, dass er sich auf die Bitte des alten Grafen ein wenig in der Gegend umgesehen habe, in Begleitung von Adam und Charlotte.

Berta von Zündt bohrte nicht weiter nach. Ihre Gesichtsfarbe, leicht gerötet vom reichlich ausgeschenkten Champagner und von angeregten Gesprächen mit zahlreichen Verwandten und Bekannten, ließ Hajo vermuten, dass sie seine Gesellschaft nicht unbedingt vermisst hatte. Aber kaum war er aufgetaucht, ließ sie keine Gelegenheit aus, ihrem Sohn die eine oder andere Großnichte oder sonstige weibliche Bekannte vorzustellen, die ihrer Meinung nach die von ihr sehnlichst erwünschte Frau an seiner Seite werden könnte. Das sagte sie natürlich nicht explizit, aber Hajo ahnte nur zu gut, was sie damit beabsichtigte.

Er machte gute Miene zum abgekarteten Spiel, war charmant, streute die eine oder andere Anekdote aus seinem gefragten zweiten Leben als Detektiv ein und hatte zur Freude seiner Mutter bald schon eine ganze Traube von interessierten und neugierigen jungen Damen um sich, die ihn mit Fragen nach seinem Beruf und seiner wahren Berufung löcherten. Hajo ließ sich nicht lumpen und gab dem Affen Zucker, indem er eine Schauergeschichte nach der anderen erzählte, weil es genau das war, was die Damen hören wollten. Er hatte schon des Öfteren festgestellt, dass es erstaunlicherweise ausgerechnet Frauen waren, die sich für pikante Details aus der Welt des Verbrechens interessierten, seine Mutter ausgenommen.

Es fiel ihm nicht leicht, nach allem, was er im Moor zuvor erlebt hatte, so zu tun, als wäre er nur wegen der Hochzeit auf Schloss Kronsberg, doch er gab sein Bestes, um seine Mutter nicht zu desavouieren und den illustren Damenkreis mit seinen Anekdoten zu unterhalten. Des Weiteren machte er allseits höfliche Konversation und beteiligte sich an politischen Diskussionen in einer zigarrenrauchenden Herrenrunde. Dort blieb er zurückhaltend und beobachtete vor allem die anderen Gäste, weil er eigentlich mit seinen Gedanken ganz woanders war. Er hatte es zu einer gewissen Meisterschaft darin gebracht, gleichzeitig zu plaudern und unbemerkt seine Umgebung im Auge zu behalten.

Die Stimmung in der großen Halle war auf dem Höhepunkt. Die Musiker spielten auf, alles, was Beine hatte, tanzte dazu, allgemeine Walzerseligkeit hatte das Zepter übernommen.

Spannend wurde es für Hajo erst, als die Musik abbrach und die Aufmerksamkeit aller auf den Auftritt des zukünftigen Ehepaars gerichtet war, welchen der Majordomus des Hauses, Pius Degenhardt, als Zeremonienmeister ankündigte, bevor er den Musikern ein Zeichen gab, den Hochzeitsmarsch anzustimmen.

Graf Arno betrat mit seiner Braut, den Brauteltern, seinem Vater und seinem Bruder Gregor, der einer der Trauzeugen war, den Saal, heftig beklatscht von der ganzen feinen Gesellschaft. Die bildete eifrig ein Spalier, durch das Braut und

Bräutigam gravitätisch schritten und dabei nach beiden Seiten grüßten und winkten.

Jetzt hatte Hajo die Gelegenheit, den Grafen persönlich kennenzulernen. Als er endlich an der Reihe war, begrüßte er die bildhübsche und blutjunge Braut mit einem angedeuteten Handkuss, wie es sich gehörte, gratulierte Braut und Bräutigam zur Hochzeit und wünschte ihnen alles Gute. Er musste nicht einmal lügen, als er Graf Arno die Hand schüttelte und sagte, dass er schon viel von ihm gehört habe.

Graf Arno zeigte sich ganz als generöser Gastgeber, bedankte sich für sein Kommen und sagte im Gegenzug, dass er sich geehrt fühle, einen so berühmten Mann wie Hajo von Zündt hier auf Schloss Kronsberg begrüßen zu dürfen. »Sind Sie denn momentan in Ihrer Eigenschaft als privater Ermittler in einem interessanten Fall tätig?«, fragte er.

»Oh ja«, bestätigte Hajo. »Ich bin hinter einem sehr gefährlichen Mörder her, aber mehr kann ich nicht verraten.«

»Wen hat er getötet?«, wollte der Graf wissen und ließ Hajos Hand noch immer nicht los. »Sie müssen mir unbedingt mehr davon berichten. Ich bin ein großer Bewunderer von Ihnen und habe alles verfolgt, was es über Sie in der Presse zu lesen gab.«

Er fixierte Hajos Augen und lächelte gewinnend.

Hajo beugte sich vor und flüsterte nah an seinem Ohr, sodass nur er es hören konnte: »Ich kann nur so viel sagen, Graf Arno, dass ich kurz davor bin, ihn zu überführen, aber das gehört nicht hierher.« Dann ließ er die Hand des Grafen los und fügte laut für alle Umstehenden mit einem Blick auf dessen zukünftige Frau hinzu, indem er ihm auf seinen Oberarm klopfte: »Mein Kompliment, Graf – Sie müssen ein glücklicher Mann sein.«

»Ja«, bestätigte Arno und blickte Hajo immer noch direkt in die Augen. »Das kann man mit Fug und Recht behaupten, ja, das bin ich, Herr von Zündt.«

Hajo hatte genug gesagt und gesehen und überließ seinen

Platz den nächsten Gratulanten. Es war Zeit für ihn zu gehen. Adam und Charlotte warteten bestimmt schon auf ihn.

Es gab einiges zu besprechen ...

34

Es war weit nach Mitternacht, als Hajo, Charlotte und Adam sich im leeren Speisesaal des Gasthauses zusammensetzten, um ein Resümee zu ziehen und ihr weiteres Vorgehen zu planen.

Charlotte war nach dem langen Ritt zurück durchs Moor auf ihr Zimmer gegangen und hatte sich ausgeruht, während Adam noch einige Erkundigungen eingezogen hatte, was die Existenz und die Nutzung des Herrenhauses betraf. So ganz nebenbei hatte er sich auch nach einem Mann namens Ottmar erkundigt. Aber niemand kannte jemanden, der so hieß.

Die Trauung von Graf Arno mit Komtess Verena von Scarlatti-Savoyen sollte am nächsten Morgen um zehn Uhr vormittags durch Pfarrer Schickedanz in der Barockkirche »Mariae Heimsuchung« vollzogen werden. Die Gäste im Festsaal des Schlosses hatten sich deshalb rechtzeitig zu Bett begeben, um dem großen Tag mit allem Pomp und dem ganzen Rahmenprogramm gewachsen zu sein.

Nachdem Adam von seinen Recherchen erzählt hatte, schilderte Hajo kurz seine Begegnung mit Graf Arno und räusperte sich dann vernehmlich. »Ich stelle euch jetzt eine Frage. Und diese Frage ist der Grund unseres Zusammentreffens. Was sagt uns das, was heute hinter dieser obskuren Villa passiert ist?«

»Eine ganze Menge«, antwortete Charlotte. »Soll ich anfangen?«

»Schieß los«, sagte Adam, was ihm in diesem speziellen Zusammenhang einen irritierten Blick von Hajo einbrachte, den er seinerseits mit einem missbilligenden Hochziehen der Augenbrauen quittierte.

Charlotte ignorierte das einfach und legte los. »Punkt eins ist offensichtlich: Wir sind auf der richtigen Spur. Wir wissen, dass unser Gegenspieler, wer auch immer das sein mag, ahnt, dass wir ihm im Nacken sitzen. Er will uns deshalb verscheuchen lassen. Er wusste, wo wir hinwollten. Woher? Offenbar hat er seine Ohren überall. Meiner Meinung nach kann es nur einer aus den Stallungen gewesen sein. Vielleicht einer der Stallknechte. Darum die Masken.«

»Oder jemand, der mitbekommen hat, dass ich mir die Karte besorgt habe«, meinte Adam. »Wir sollten vielleicht weiter nach dem Namen Ottmar fragen. Kommt bestimmt nicht so häufig vor in der Gegend. Dürfte deshalb nicht so schwer sein, ihn zu finden. Und wenn dieser Ottmar auch noch eine Schusswunde hat …« Er breitete die Arme aus, als wollte er sagen: Treffer, Schiff versenkt.

»Das behalten wir erst mal als Ass im Ärmel«, sagte Hajo. »Denn wenn wir da fündig werden, bricht hier das Chaos aus. Und ich habe dem alten Grafen versprochen, dass wir bei allem, was wir tun, die Hochzeitsfeierlichkeiten nicht beeinträchtigen. Dann müssen wir nämlich damit auspacken, was bei dieser Villa vorgefallen ist. Doch ich finde, das sollten wir vorläufig für uns behalten. Sind wir uns da einig?«

Charlotte und Adam nickten zustimmend.

»Außerdem glaube ich kaum, dass dieser Ottmar so dumm sein wird und sich noch hier herumtreibt. Was mich interessiert: Woher kannten die meinen Namen?«

»Mein Gott, Hajo, das ist nicht schwer«, antwortete Charlotte. »Jeder kennt dich. Dein Bild war in allen Zeitungen. Du vergisst immer wieder, dass du eine Person des öffentlichen Interesses bist!«

Hajo, der erst jetzt allmählich merkte, wie ausgelaugt und erschöpft er nach den Anstrengungen und Debakeln des langen Tages war, fuhr sich müde durchs Gesicht. Charlotte hatte wie fast immer recht.

»Im Übrigen«, fügte Adam hinzu, »hat sich dein ursprünglicher Verdacht bestätigt – die haben eine Menge zu verbergen und sind bereit, dafür über Leichen zu gehen …«

»Die?«, fragte Hajo.

»Ja, die«, wiederholte Charlotte mit Nachdruck. »Da steckt eine ganze Truppe dahinter. Hinter dem, der das tut, was du vermutet hast. ›Derjenige, welcher‹ hat seine Handlanger. Die entweder auf seiner Wellenlänge sind oder von ihm dafür bezahlt werden, hinter ihm aufzuräumen.« Sie fasste seine Hand und redete mit ernster Miene auf ihn ein. »Herrgott, Hajo, du bist heute beinahe draufgegangen! Wenn Adam nicht gewesen wäre …«

»Jaja, schon gut«, winkte Hajo ab.

»Nein, es ist nicht gut, Hajo«, widersprach sie vehement. »Wir haben diesen Mörder unterschätzt. Er hat die Möglichkeiten, und vor allem: Er hat das Geld und den Einfluss, das zu tun, was ihm beliebt.«

»Ja, darauf bin ich auch schon gekommen.«

»Jedenfalls sind die drei, die heute auf uns losgelassen worden sind, seine Kettenhunde und Mitwisser. Wenn wir einen davon in die Finger kriegen, können wir ihn so in die Zange nehmen, dass er auspackt.«

»Das stimmt, Hajo«, bekräftigte Adam Charlottes Aussage.

Hajo hob die Hände. »Bitte – lasst uns da erst mal eine Nacht darüber schlafen!«

»Auch wenn die uns dann, wenn wir nicht handeln, durch die Lappen gehen?«, fragte Charlotte.

»Das werden die nicht. Wir erwischen sie alle über kurz oder lang. Alle!«

Er sah Charlotte und Adam beschwörend an.

»Wenn du es sagst«, lenkte Adam ein. »Was ist deine Schlussfolgerung aus dem Ganzen? Wie machen wir weiter?«

Hajo nahm erst einen Schluck Bier, bevor er antwortete. »Wir gehen Schritt für Schritt vor, wir dürfen uns keine Nachlässigkeiten erlauben. Wenn wir zuschlagen, muss unsere Beweiskette unangreifbar sein. Es darf keine Zweifel geben. Ich sage es gern noch einmal: Wir haben es mit einem Gegner zu tun, der keine Mittel und Wege scheut, um uns zu vernichten. Wir müssen ihn so in die Enge treiben, dass er einen Fehler macht.« Er sah Adam an. »Was hast du über diese Villa am Ende der Welt herausbekommen?«

»Ich habe mit einem alten Diener gesprochen, der immer noch im Haushalt des Schlosses tätig ist«, erzählte sein Adoptivbruder. »Er ist seit gut einem halben Jahrhundert im Dienst des Grafen und weiß so ziemlich alles über die Valleys. Die Villa war ein Geschenk vom Vater des alten Grafen an seine Gattin. Sie heißt nach ihr Villa Amalia und war ursprünglich eine Art Jagdschloss.«

»Ein Liebesnest?«

»Wird wohl so gewesen sein, ja.«

»Ziemlich groß für so was.«

»Vielleicht war es eine große Liebe?«, wandte Charlotte ein.

Sie lächelten alle drei und fassten sich kurz an den Händen. Es war ein kurzer Moment der Dreieinigkeit und Übereinstimmung.

Dann sagte Adam: »Aber –«, er wurde jedoch sofort vom müden Wirt unterbrochen, der noch einmal in den Speisesaal hereinschaute.

»Darf ich den Herrschaften noch etwas bringen?«

»Nein danke, wir machen dann auch Schluss«, sagte Adam, bezahlte, und der Wirt verzog sich wieder.

»Aber?«, fragte Hajo, nachdem die Tür zugegangen war.

Adam räusperte sich. »Nachdem Amalia so früh gestorben war, wurde die Villa angeblich nicht mehr betreten. Es war fortan unangebracht, überhaupt nur darüber zu reden. Behauptet der Diener. Das hat er mir unter dem Siegel der Verschwiegenheit nach einem ordentlichen Trinkgeld zugeraunt. Mit einer Eindringlichkeit, als wäre dort der Heilige Gral versteckt.«

»Ich weiß nicht«, stöhnte Hajo und rieb sich den Kopf,

»seit wir hier sind, werden wir mit Gruselgeschichten nur so eingedeckt. Und warum? Nur damit die Leute davon abgehalten werden, dem wahren Kern dieser Ammenmärchen auf den Grund zu gehen. Was wir aber tun müssen und werden. Ich schlage deshalb Folgendes vor: Ihr beide nehmt euch die Familien der verschwundenen Mädchen vor. Sie heißen Schedlbauer und Huber. Fragt sie, ob sie vielleicht eine Fotografie von den beiden Mädchen haben. Wenn ja, werden wir die Zeitungen hier und in den umliegenden Städten bitten, sie zu veröffentlichen. Mit einem Aufruf um hilfreiche Hinweise für ihr Verbleiben. Ich werde den alten Grafen überreden, dafür eine Belohnung auszusetzen. Im Gegenzug werde ich der Bevölkerung hier darlegen, dass dieses Moor nicht über unheimliche oder gar teuflische Kräfte verfügt.«

»Wie in Gottes Namen willst du das anstellen?«, fragte Charlotte.

»In Gottes Namen. Du sagst es. Indem ich predige«, meinte Hajo. »Und sie besteche«, fügte er hinzu, wobei er sich heimlich über die ungläubige Reaktion von Charlotte und Adam freute. Nichts machte ihm mehr Vergnügen, als die beiden mit seinen unorthodoxen Vorschlägen zu überraschen.

35

Es war halb sechs Uhr morgens, als Hajo sich anschickte, die Frühmesse aufzusuchen, obwohl es ihm nicht leichtfiel, schon vor der Morgendämmerung wieder Fahrt aufzunehmen, seine geprellten Rippen schmerzten nach wie vor höllisch. Aber ihm blieb nichts anderes übrig, als sich aus dem Bett zu quälen, weil er vorhatte, eine Konfrontation zu provozieren, die ihm unweigerlich bevorstand, wenn er das durchführte, was er sich überlegt hatte. Dafür durfte er die Messe von Pfarrer Schickedanz nicht versäumen. Er musste sie nutzen, um dem

Pfarrer und der Gemeinde von Kronsberg einmal ordentlich die Leviten zu lesen. Er, der protestantische Atheist! Die Frühmesse schien ihm die einzig mögliche Gelegenheit zu sein, einen Großteil der einfachen Leute gleichzeitig anzutreffen. Dort waren sie pflichtgemäß vor dem Altar versammelt, um sich von ihrem Pfarrer anzuhören, was sie zu tun und zu lassen hatten.

Aber vorher musste er noch den alten Grafen sprechen, um dessen Placet für die Versprechen einzuholen, die er den Leuten gegenüber machen musste, damit sie wieder bereit waren, das Moor als das anzusehen, was es war – nämlich ein Ort, dessen Ressourcen dazu dienten, ihnen in dieser Gegend ein halbwegs anständiges Leben zu ermöglichen.

Als Erstes eilte er allerdings in die Küche des Schlosses, in der schon zu dieser frühen Stunde reger Betrieb herrschte, um wenigstens einen Kaffee und ein Butterbrot zu ergattern, als Stärkung für seinen Auftritt.

Das noch backofenwarme Holzofenbrot duftete und schmeckte köstlich, fand er, dazu gab es von der jungen weiblichen Küchenhilfe, die ihn förmlich anhimmelte, was ihm fast peinlich war, eine Extraportion Honig vom schlosseigenen Imker.

Eine Standpauke an die Gemeinde zu richten, um gegen Aberglauben und Gespenstergeschichten anzukommen, war keine leichte Angelegenheit, er musste improvisieren und geschickt vorgehen, aber irgendetwas würde ihm schon einfallen. Als ihm die Küchenhilfe noch ein frisch gebackenes Croissant anbot, sagte er nicht Nein und schenkte ihr zudem ein besonders strahlendes Lächeln.

Sie hieß Genoveva, Freunde sagten Eva zu ihr, wie sie ihm schüchtern verriet, nachdem er sich noch immer lächelnd nach ihrem Namen erkundigt hatte.

Fortan nannte auch er sie Eva. Womöglich konnte sie ihnen ja noch auf andere Weise behilflich sein. Schließlich begegnete sie ja täglich allen, die hier wohnten, und während der

Feierlichkeiten auch sämtlichen Gästen. Und sie schien Hajo förmlich aus der Hand zu fressen.

Er wollte sich gerade erheben, um nach dem alten Grafen zu suchen, als der in die Küche trat, weil er dort nach dem Rechten schauen wollte. Hajo nahm ihn beiseite und erklärte ihm, was er vorhatte. Es war nicht leicht, ihn zu überzeugen, aber nach einer kleinen Bedenkzeit stimmte der Graf Hajos Vorschlägen schließlich zu, unter der Bedingung, dass die Männer am Montag nach der Hochzeit die Arbeit wieder aufnahmen.

36

Hajo betrat die Kirche durch den Hintereingang, wo Pfarrer Schickedanz in der Sakristei gerade dabei war, mit Hilfe zweier Messdiener in seine kirchlichen Gewänder zu schlüpfen.

»Sie schon wieder«, stöhnte er und gab seinen Helfern durch einen Wink zu verstehen, dass er sie nicht mehr brauchte. Er wartete, bis sie die Tür hinter sich verschlossen hatten, dann wandte er sich Hajo zu. »Sie sind schlimmer als die ägyptischen Plagen, die uns der Herr geschickt hat, Hajo von Zündt. Ich habe jetzt keine Zeit für Sie und Ihre Fisimatenten. Ich muss gleich raus zur Frühmesse, die Leute verdienen Pünktlichkeit. Was in Gottes Namen wollen Sie diesmal?«

»Ich will vor Ihrer Messe eine kleine Ansprache an die Gemeinde halten.«

Schickedanz zeigte sich entsetzt. »Was?«

»Sie haben schon richtig gehört«, bestätigte Hajo.

Jetzt setzte er alles auf eine Karte. Spielte er sie mit Erfolg aus, dann musste der Pfarrer klein beigeben. Wenn nicht, dann war es eben ein Schuss in den Ofen. Es war riskant, aber er hatte lange darüber nachgedacht.

Warum war Pfarrer Schickedanz an eine so unbedeutende

Pfarrei versetzt worden – das musste einen schwerwiegenden Grund haben, genau das hatte auch der alte Graf vermutet. Mitleid war in diesem Fall fehl am Platz. Einen Versuch, Schickedanz auf dem falschen Fuß zu erwischen, war es jedenfalls wert.

»Stimmt es, dass Sie hierher strafversetzt worden sind, Hochwürden? Wegen einer Angelegenheit, die unter allen Umständen vertuscht werden soll? Auf Anordnung des Vatikans?«

Hajo behielt die Augen des Pfarrers im Blick und wusste im selben Moment, als er den Satz ausgesprochen hatte, dass er einen Volltreffer gelandet hatte.

»Wer sagt das?«, fragte Schickedanz, als er sich wieder einigermaßen gefasst hatte. Aber sein Schuldbewusstsein stand ihm deutlich ins Gesicht geschrieben.

»Nun«, schwindelte Hajo, »ich habe Kontakte zu Leuten, die Unterlagen einsehen können, die nicht für jedermann zugänglich sind. Auch an Ihrer früheren Wirkungsstätte. Sie wissen, was das bedeutet. Was glauben Sie denn – denken Sie wirklich, ich stelle jemanden an den Pranger, ohne vorher dementsprechende Erkundigungen eingezogen zu haben?«

»Ha« war das Einzige, was Schickedanz herausbrachte, der dabei ganz blass wurde.

Hajo widmete ihm einen Blick, als wäre er der für Inquisitionsfragen beauftragte Abgesandte des Papstes. Augenblicklich fiel das aufgesetzte Selbstbewusstsein des Pfarrers vor seinen gestrengen Augen in sich zusammen.

»Was wollen Sie?«, fragte er resigniert.

»Geben Sie mir zehn Minuten vor Ihrer Gemeinde. Vor Ihrer Predigt. Mehr verlange ich nicht.«

»Sonst?«

»Das wollen Sie nicht herausfordern, glauben Sie mir. Sie möchten doch wohl nicht, dass man den Grund für Ihre Strafversetzung publik macht und Sie mit Schimpf und Schande aus Ihrer Pfarrei verjagt werden. Dann können Sie nämlich den Rest Ihrer irdischen Existenz in einem weit abgelegenen Kloster in der Walachei verbringen.«

Schickedanz sah Hajo lange an, sehr lange. »Sie haben genau zehn Minuten!«, ließ er sich schließlich vernehmen. »Keine Minute länger!«

»Es gibt noch eine Bedingung«, sagte Hajo.

Schickedanz schloss die Augen und schnaufte einmal tief durch. Die Unverschämtheiten dieses Detektivs und Leichenschänders aus München schienen kein Ende zu nehmen.

»Und die wäre?«, fragte er schicksalsergeben.

»Dass Sie anschließend in Ihrer Predigt nichts Apokalyptisches verlautbaren. Sind wir uns da einig?«

Schickedanz zeigte an, dass er die Waffen endgültig gestreckt hatte, indem er die Arme ausbreitete, aber in seinen Augen loderte der Hass. »Was bleibt mir anderes übrig?«

Hajo hatte ihn endlich da, wo er ihn haben wollte. Wenn es um so viel ging, war er mit seinen Methoden nicht unbedingt zimperlich. »Also, wir gehen das da draußen vor der Gemeinde folgendermaßen an: Sie stellen mich kurz vor, und nach meiner kleinen Ansprache predigen Sie irgendetwas Nettes.«

»Etwas Nettes?« Schickedanz sah Hajo derart empört und fassungslos an, als hätte der wirklich seinen Verstand verloren.

»Ja, genau. Etwas Nettes. Etwas, das die Leute aufbaut, ihnen Hoffnung gibt, etwas, das sie verstehen. Etwas Erbauliches, wenn Sie so wollen. Gut, ich gebe zu, ich bin jetzt nicht unbedingt bibelfest – aber wie wäre es mit dem Gleichnis von den Arbeitern im Weinberg? Das scheint mir doch ganz passend zu sein.«

»Matthäus 20,1–16«, memorierte Pfarrer Schickedanz, ohne zu zögern.

Wenigstens kannte der Mann seine Bibel. Hajo nickte zustimmend. »Wenn Sie das sagen, wird es wohl so sein.«

»Das ist nichts anderes als reine Erpressung. Wie weit wollen Sie das noch mit mir treiben?«

»So lange, wie es nötig ist. Wenn das alles hier vorbei ist, hören Sie nichts mehr von mir, das garantiere ich Ihnen.«

»Was meinen Sie mit ›vorbei‹?«

»Wenn ich denjenigen gefasst und dem Gesetz übergeben habe, der hinter dem Verschwinden und der Ermordung von Dienstmädchen steckt.«

»Wer soll das sein?«

»Jedenfalls nicht das Moor.«

»Weshalb sind Sie da so sicher?«

»Weil ich ein bedingungsloser Anhänger der Aufklärung bin und mich nicht von Schauermärchen beeindrucken lasse. Diese Menschen, die hinter einer ganzen Kette von Morden stecken, sind schlimm genug. Da braucht es keine übernatürliche Erklärung. Und eines können Sie mir glauben – ich werde nicht lockerlassen, bis ich die Täter überführt habe.«

Schickedanz sah Hajo eine ganze Weile stumm an, dann schüttelte er schließlich den Kopf. »Wissen Sie was«, sagte er, »ich weiß, es gibt Menschen, die bezeichnen mich als Fanatiker. Das ist mir nichts Neues. Dabei sind Sie selber einer. Und zwar der schlimmste, der mir je untergekommen ist.«

»Wenn es um Mord an unschuldigen Mädchen geht – da gebe ich Ihnen vollkommen recht.«

Schickedanz zeigte mit dem Finger auf Hajo. »Sie haben etwas von einem Trüffelschwein. Jemand, der nicht aufgibt und so lange herumschnüffelt, bis er gefunden hat, was er sucht.«

»Das kommt ungefähr hin für das, was man allgemein als Detektivarbeit bezeichnet«, stimmte ihm Hajo zu.

»Ich muss gestehen, Sie sind von einer unnachgiebigen und unerbittlichen Konsequenz. Obwohl Sie mit unlauteren Mitteln arbeiten, muss ich das anerkennen. Kann ich mich auf Ihr Wort verlassen? Dass Sie mich und meine Gemeinde in Ruhe lassen, wenn dieser Spuk vorbei ist?«

»Es ist kein Spuk. Es stecken Menschen aus Fleisch und Blut dahinter. Ich werde dem ein Ende setzen.«

»Ihr Wort in Gottes Ohr. Ich werde Sie daran erinnern, wenn es so weit ist.«

»Das können Sie.«

Schickedanz warf noch einen prüfenden Blick in den mannshohen Spiegel neben dem Schrank mit den verschiedenen Messgewändern, korrigierte sein Ornat ein wenig und wies dann den Weg zum Altar. »Bitte, nach Ihnen.«

Hajo ging voraus, obwohl er vermutete, dass Hochwürden in diesem Moment nichts weniger gern getan hätte, als ihm ein Messer in den Rücken zu rammen. Oder lieber noch einen Holzpfosten ins Herz zu hämmern, wie man das dem Volksglauben nach bei Vampiren zu machen pflegte. Damit sie endlich für alle Zeiten Ruhe gaben.

Das hatte er ihm angesehen.

37

Die Kirche war, als Hajo und Schickedanz sie von der Sakristei aus betraten, wieder bis auf den letzten Platz besetzt. Hajo wunderte sich darüber, aber auf dem Land und unter diesen Umständen war das wohl so üblich. Umso besser, dann erreichte er mit seiner geplanten Ansprache wenigstens alle Männer, Frauen und Kinder von Kronsberg auf einen Schlag, anstatt jedes Haus einzeln abklappern zu müssen.

Er stellte sich neben den Altar, um Pfarrer Schickedanz die Einführungsworte sprechen zu lassen. Die Leute hatten sich alle erhoben, als sie hereingekommen waren, und schienen angesichts dessen, dass da ein Fremder neben ihrem Pfarrer stand, einigermaßen neugierig und erwartungsvoll zu sein.

Pfarrer Schickedanz sammelte sich erst, wartete, bis auch das letzte kleine Geräusch verstummt war, schlug dann das Kreuzeszeichen und sagte: *»In nomine Patris, et Filii, et Spiritus Sancti.«*

Die Gemeinde bekreuzigte sich ebenfalls und antwortete: »Amen.«

»Dominus vobiscum«, sprach der Pfarrer.

»Et cum spiritu tuo«, murmelten die Anwesenden.

Schickedanz gab ihnen mit einer Geste zu verstehen, dass sie sich wieder setzen konnten.

»Liebe Gemeinde«, fing er an, nachdem er einmal tief Luft geholt hatte, »ihr seht hier neben mir einen Mann aus unserer Landeshauptstadt. Dieser Mann ist ein berühmter Detektiv, der schon so manchen Kriminalfall gelöst und die Schuldigen der irdischen Gerichtsbarkeit zugeführt hat. Sein Name ist Hajo von Zündt. Vielleicht haben einige von euch schon von ihm gehört oder gelesen. Er hat extra den weiten Weg von München auf sich genommen, um uns zu helfen, die aus unserer Mitte verschwundenen Mädchen aufzufinden. Ich kann euch versichern – er ist ein Experte auf seinem Gebiet.«

Der Pfarrer trat zurück und wies Hajo seinen Platz zu. »Bitte sagt, was Ihr zu sagen habt, Hajo von Zündt.«

Hajo machte einen Schritt nach vorn und räusperte sich. »Ich will es kurz machen und euch alle nicht allzu lange von euren christlichen Pflichten abhalten. Ich bin nicht wegen der Hochzeitsfeierlichkeiten des Grafen Arno von Valley hier, sondern deshalb, weil ich ein Verbrechen aufzuklären habe, und im Zuge meiner Ermittlungen, die mit dem spurlosen Verschwinden von Dienstmädchen in München und im Umland zu tun haben, hat mich eine Spur hierhergeführt. Weil auch hier in Kronsberg tragischerweise zwei Mädchen schmerzlich vermisst werden.«

Vereinzelte Schluchzer kamen auf, erste Rufe aus der Gemeinde wurden laut: »Das Moor hat sie uns genommen!« Und: »Das Moor ist schuld!« Einer rief: »Wird Zeit, dass sich jemand darum kümmert!«

Hajo hob beschwörend die Hände, um die aufkommende Unruhe wieder zu besänftigen, und wartete, bis erneut Stille einkehrte. »Ihr könnt mir glauben, ich habe das alles mitbekommen und bin mit meinen Leuten dabei, alles, ja wirklich alles zu überprüfen. Wir werden der Wahrheit auf den Grund gehen und jedem Hinweis nachgehen, jeder noch so unbedeutenden Kleinigkeit, das kann ich euch versichern. Also: Wenn ihr irgendetwas Konkretes wisst, dann scheut euch nicht, es mir mitzuteilen. Ich wohne bis auf Weiteres im Schloss und bin Tag und Nacht zu sprechen. Meine Mitarbeiter sind im ›Schwarzen Adler‹ einquartiert und haben ebenfalls ein offenes Ohr für jedermann. Und jede Frau. Ihre Namen sind Adam Bittencourt und Charlotte Brauchitsch. Fragt nach ihnen. Sie sind jederzeit für euch da.«

Er machte eine längere Kunstpause, bis er auch wirklich sicher war, dass er ihre ungeteilte Aufmerksamkeit hatte, bevor er seine verbale Trumpfkarte ausspielte. »Graf Arco von Valley hat eine Belohnung von fünfhundert Gulden ausgesetzt für Hinweise, die zur Aufklärung des Verschwindens der beiden Mädchen beitragen.«

Auf diese Mitteilung hin setzte mit einem Schlag lautes Getuschel und Geraune ein. Selbst Pfarrer Schickedanz warf angesichts dieser horrenden Summe Hajo einen erstaunten Seitenblick zu.

Eine solche Reaktion hatte Hajo erwartet. Wieder hob er die Hände, um die Leute zu beruhigen. »Das ist noch nicht alles«, rief er laut, sodass allmählich wieder erwartungsvolle Stille einkehrte. »Ich kann euch versichern, dass ich mit meinen Leuten das Moor bis an seine Grenzen abgesucht und wir nichts gefunden haben, was darauf hindeuten könnte, dass es irgendwelche übernatürlichen Vorkommnisse gibt, vor denen man sich fürchten müsste. Glaubt mir – uns ist nicht entgangen, dass das Moor eine gewisse Faszination und Anziehungskraft ausübt. Aber das ist nun mal seine Natur. Das hat nichts mit Kräften zu tun, die wir nicht beeinflussen können. Das Moor nimmt uns nichts. Im Gegenteil – es gibt uns viel. Es ist uns Menschen nicht feindlich gesinnt. Seid froh, dass ihr es habt. Es ermöglicht euch ein Auskommen, ernährt eure Familien.

Das Moor ist gut zu euch. Lasst es euch nicht schlechtreden. Lasst es euch nicht verteufeln. Das Moor ist ein Moor, es kann euch nichts Böses antun.«

Mit einem Blick auf Pfarrer Schickedanz fügte er hinzu: »Auch wenn manche das wider besseres Wissen behaupten.«

Schickedanz' Miene blieb unbewegt und wie in Stein gemeißelt.

Wieder entstand erhebliche Unruhe.

»Woher willst du das wissen?«, schrie einer von ganz hinten.

Hajo blieb die Ruhe selbst und antwortete in der gebotenen Lautstärke: »Weil meine Leute und ich das persönlich überprüft haben. Gestern sind wir zu dritt durchs Moor geritten, mitten im Unwetter. Bis ans Ende des Moors und in der Nacht zurück. Mit einer jungen Frau an unserer Seite. Was ist uns geschehen? Nichts! Jetzt stehe ich unbehelligt vor euch, um davon Zeugnis abzulegen. Ist das Beweis genug?«

Als er diese Worte ausgesprochen hatte, womit er die Gemeinde tatsächlich wieder zu beruhigen schien, kam er sich einen Moment lang selbst vor wie ein Erweckungsprediger, der das Blaue vom Himmel verkündete und log, dass sich die Balken bogen, nur um seine Zuhörer zu manipulieren. Aber er hatte nicht vor, sich deshalb schlecht zu fühlen, weil er den Überfall bei der alten Villa einfach wegließ. Außerdem hatte dieser Zwischenfall nichts mit dem Moor zu tun. Wichtig war jetzt nur, dass seine Rechnung aufging.

Selbst der Schreihals in der hinteren Reihe hatte sich wieder gesetzt und gab Ruhe.

Das war nun der richtige Zeitpunkt, um sein letztes Ass aus dem Ärmel zu ziehen, das er dem alten Grafen abgerungen hatte – gegen einige Widerstände. »Ich kann euch mitteilen, dass jeder, der am Montag nach der Hochzeit wieder seine Arbeit im Moor aufnimmt, einen Gulden zusätzlich pro Woche erhält.«

Stille.

Plötzlich sprang der Schreihals von eben auf, wedelte mit

dem Hut, den er bisher brav auf dem Schoß gehalten hatte, und rief: »Hoch lebe der Graf!«

Er riss die ganze Gemeinde mit, ein regelrechter Tumult entstand, die Leute klatschten, und die Hochrufe auf den alten Grafen Arco wollten schier nicht mehr aufhören.

Hajo zwinkerte Pfarrer Schickedanz einmal gespielt komplizenhaft zu. »Ihre Gemeinde. Jetzt sind Sie dran, Hochwürden. Matthäus 20,1–16, wie abgemacht!«, flüsterte er dem Pfarrer ins Ohr. »Und ohne Apokalypse, wenn ich bitten darf!«

Dann sah er zu, dass er die Kirche über den Hintereingang durch die Sakristei wieder verließ.

Das Volk auf deine Seite zu bringen ist immer eine gute Idee, dachte Hajo beim Hinausgehen. Und das war ihm für dieses Mal geglückt.

Aber womit? Waren ihm sämtliche Tricksereien recht, damit er sein Ziel erreichte?

Im Fall des Dienstmädchenmörders heiligte der Zweck alle Mittel, entschied er. Nein, er hatte deswegen nicht das geringste schlechte Gewissen.

38

Die Vorbereitungen für die um zehn Uhr vorgesehene Trauung in der Kirche waren in vollem Gange, als Hajo das Schloss aufsuchte. Überall rannten aufgeregte Menschen umher, die sich um protokollarische Dinge zu kümmern hatten, damit alles wie geplant, mehrfach besprochen und eingeübt über die Bühne gehen konnte.

An der eigentlichen Zeremonie hatten weder Hajo noch Charlotte oder Adam Interesse. Sobald die kirchliche Trauung begann, wurde es Zeit für ihr gemeinsames Vorhaben: das Schloss von oben bis unten zu durchkämmen.

Hajo wusste nicht, wonach sie suchen sollten, aber sobald die Kirchenglocken von »Mariae Heimsuchung« den Einzug des Brautpaars in die Kirche einläuteten, wollten er, Charlotte und Adam verabredungsgemäß alles unter die Lupe nehmen, was möglich war in der Zeitspanne, die ihnen die Trauungszeremonie und die darauffolgenden Veranstaltungen ließen.

Das waren erst einmal über den Daumen gepeilt gute zwei Stunden, bevor die Hochzeitsgesellschaft wieder in den Festsaal strömen und die eigentlichen Feierlichkeiten ihren Lauf nehmen würden. Da war das darauffolgende Festmahl, das wohl gut und gerne auch zwei bis drei Stunden dauerte. Aber das war ja noch lange nicht das Ende der Fahnenstange. Ein Theaterstück von Shakespeare sollte zur Aufführung kommen und zum Gaudium der Gäste beitragen, natürlich eine Komödie, passend zur Hochzeit, »Der Widerspenstigen Zähmung«, und abschließend, nach dem opulenten Abendessen, waren Gaukler und Tanz angesagt bis in die frühen Morgenstunden. Um Mitternacht sollte es zum krönenden Abschluss sogar noch ein Feuerwerk geben.

Wie Hajo nicht müde wurde zu denken: *Noblesse oblige.*

In Angelegenheiten wie dieser ließ sich der Adel nicht lumpen. War das der Tanz auf dem Vulkan? Der kurz vor einem Ausbruch stand? Um die ganze dekadente Gesellschaft in Glut und Asche aufgehen zu lassen? Pompeji von Kronsberg?

So weit wollte Hajo nicht gehen. Aber erste Anzeichen einer gewissen Endzeitstimmung waren nicht zu übersehen. Sie waren evident und im Zusammenhang mit den politischen Verhältnissen in Europa nicht leicht von der Hand zu weisen.

Als die Glocken zum Einzug des Brautpaares samt Brauteltern und Trauzeugen endlich läuteten, war das größte gesellschaftliche Ereignis in Kronsberg seit über fünfhundert Jahren angebrochen. Damals hatte der zweite oder dritte Graf Valley eine Cousine von Margarete Maultasch – in zweiter Ehe Herzogin von Bayern – geehelicht, was vor der berühmten Landshuter Hochzeit die aufwendigste Vermählung weit und breit in Europa gewesen war. Spätere Historiker vermuteten, dass damals sogar größere Mengen an Ochsen und Bier vertilgt worden seien, als die Landshuter Chroniken aus dem Jahr 1475 dokumentiert hatten.

Weiß gekleidete Brautjungfern gingen voraus und streuten Blumen auf den extra verlegten roten Teppich, die Orgel und der Chor zeigten vollen Einsatz, und Pfarrer Schickedanz, in all seiner kirchlichen Würde, die angesichts seiner momentanen Kalamitäten eine Bravourleistung an Trotz und Stolz war, eingedenk der versammelten hohen Herrschaften, wartete am Altar und konzentrierte sich.

Das als nieder angesehene Volk stand brav vor der Kirche und schien wegen der gräflichen Versprechungen und der versöhnlichen Predigt ganz auf Jubel und Begeisterung eingestellt, alles in allem versprach es ein Tag in Glanz und Gloria zu werden. Ganz nach der Wunschvorstellung des Grafen Arco von Valley.

Hajo, Charlotte und Adam hatten sich ihre Aufgabengebiete so eingeteilt, dass jeder einen bestimmten Teil des Schlosses in Augenschein nehmen konnte. Ihnen war klar, dass sie durch die Weitläufigkeit des Gemäuers sehr schnell an ihre Grenzen gelangen würden, aber sie wollten die günstige Gelegenheit nutzen, dass alles, was Beine hatte, bei der Hochzeit zumindest Zaungast sein wollte – einschließlich der Teile der Dienerschaft, die nicht mit den Vorbereitungen im Festsaal beschäftigt waren. Tische, Stühle und Bänke mussten zu einer riesigen Festtafel zusammengestellt und gedeckt werden, die Küche lief schon seit den frühen Morgenstunden auf Hochtouren.

Adam nahm sich die Untergeschosse vor, Hajo die Wohnräume, Charlotte war für die gesellschaftlichen Räumlichkeiten zuständig, Bibliothek, Kamin- und Billardzimmer und den Waffenraum. Allein die zweigeschossige Bibliothek mit der dazugehörigen Gemäldegalerie in wenigen Stunden gründlich zu durchforsten würde eine echte Herausforderung sein.

Das Schloss war bis auf den Festsaal wie leer gefegt, sie hatten gewissermaßen freie Bahn.

Aber wonach sollten sie sich umsehen?

Adam geriet im Untergeschoss des Schlosses in ein wahres Labyrinth aus Gängen, Fluren und Türen. Räume waren vollgestellt mit Kutschen, Pferdeschlitten und Gerätschaften aller Art. Es gab Vorratskammern, einen riesigen Weinkeller, ein Zerwirkgewölbe, in dem frisch erlegtes Wild hing – er kam sich bald vor wie in einem verwinkelten und stickigen Pharaonengrab, nur dass es hier kein Ende zu geben schien, irgendwo ging es immer noch tiefer, irgendwo war noch eine Abzweigung, mit der er nicht gerechnet hatte. Bald hatte er das unangenehme Gefühl, die Orientierung verloren zu haben. Glücklicherweise war er vorbereitet und hatte ein Stück Kreide und eine Petroleumlampe dabei. Er machte es ähnlich wie im Märchen von Hänsel und Gretel, indem er jede Ecke, an der er sich für eine Richtung entscheiden musste, zwar nicht mit Brotkrumen, aber immerhin mit einem Kreidepfeil markierte, um sich in den Katakomben, die wohl schon vor fünfhundert Jahren entstanden waren, nicht hoffnungslos zu verirren.

Je tiefer er kam, desto klammer und feuchter wurde es. Bald gelangte er zu der Einschätzung, dass seine Tour durch die Eingeweide von Schloss Kronsberg nicht weiterhin förderlich im Sinne ihrer Ermittlungsarbeit war, weil die Gänge nicht so aussahen, als wären sie in den letzten drei Generationen benutzt worden, und beschloss umzukehren.

Aber da tauchte im Lichtschein seiner Lampe noch eine enge Treppe nach unten auf, und er war schon so weit gegangen, dass es auf diese auch nicht mehr ankam.

Es schien eine Art Geheimgang zu sein, grob in den Fels gehauen, auf dem die Schlossanlage stand, bestimmt ging der steil nach unten führende und schier endlose Gang in die Zeit der Anfangsjahre der Burg zurück, als man noch Fluchtwege für die Besatzung eingeplant hatte, falls die Burg wider Erwarten vom Feind eingenommen werden sollte.

Die Treppenstufen waren glitschig, und er musste höllisch aufpassen, dass er nicht abrutschte.

Er gelangte schließlich an eine schwere Tür, die nicht abgesperrt war, sich aber nur mit Müh und Not öffnen ließ. Nachdem er den ersten Widerstand überwunden hatte, stieß er sie ganz auf und fand sich ganz hinten im Pferdestall wieder, der am Fuße des Schlossbergs in einem lang gezogenen Bau untergebracht war. Adam löschte sein Licht und pirschte sich den Mittelgang entlang. Von ganz vorne kam etwas Tageslicht herein.

Dutzende Boxen mit und ohne Pferde zu beiden Seiten waren aneinandergereiht, einige der Tiere beäugten ihn neugierig, die meisten aber beachteten ihn nicht und waren ganz mit ihrem Heu und ihrem Hafer in den Trögen beschäftigt.

Als er Schritt für Schritt und möglichst geräuschlos den Gang entlangschlich, vernahm er plötzlich menschliche Stimmen. Er bemühte sich, so leise wie möglich zu sein, nur die wenigen von den Pferden verursachten Geräusche waren zu hören.

Und die Stimmen.

Er näherte sich ihnen. Sie kamen aus einer leeren Pferdebox. Er pirschte sich noch näher heran und lugte mit aller Vorsicht in die Box.

Dort war offensichtlich jemand damit beschäftigt, einen auf Stroh liegenden Mann zu versorgen, der Schmerzen hatte. Adam erkannte beide an ihren Stimmen: Der Verletzte war dieser Dicke mit dem großen Messer, er wurde von einem der beiden Männer verbunden, die Hajo hinter der Villa überfallen hatten, dem Kleinen.

»Sieht nicht gut aus. Soll ich nicht doch einen Arzt holen?«, fragte dieser.

»Untersteh dich«, sagte der Dicke und stöhnte. »Das wird schon wieder. Die Schlampe hat mich Gott sei Dank mit ihrem Messer nur am Oberschenkel erwischt.«

»Und was ist mit deiner Schusswunde?«

»Nur eine Fleischwunde. Tut trotzdem höllisch weh. Aber ich werd's überleben.«

»Du kannst hier nicht bleiben. Wenn dich jemand findet, dann fliegen wir alle auf.«

»Ihr müsst mich in die Stadt bringen …«

Adam zog sich leise zurück, während die beiden Männer weitertuschelten.

Was sollte er tun?

Das war die Gelegenheit, um den Mann dingfest zu machen, der Hajo um ein Haar getötet hatte. Aber Adam hatte keine Waffe dabei. Und er wusste nicht, ob der dritte Mann sich nicht auch noch im weitläufigen und unübersichtlichen Pferdestall herumtrieb.

Während er noch überlegte, war ihm, als hörte er hinter sich etwas. Als er sich umdrehen wollte, war es zu spät. Etwas Hartes traf ihn mit voller Wucht am Hinterkopf. Es musste der dritte Mann sein, dieser Ottmar, der Große, der ihn mit einer Schaufel niedergeschlagen hatte.

Das schoss Adam gerade noch durch den Kopf, bevor er zu Boden sackte und das Bewusstsein verlor.

39

Beim Anblick Abertausender Bücher in der riesigen Schlossbibliothek, die in schier endlosen kunstvoll geschnitzten und vergoldeten Regalen zwei Geschosse hoch Rücken an Rücken standen, gelangte Charlotte zu der Erkenntnis, dass es sinnlos war, hier auf die Schnelle nach irgendetwas Verwertbarem zu suchen. Stattdessen würde sie sich erst einmal die Gemäldegalerie ansehen, die sich um den ganzen ersten Stock herumzog. Nichtssagende Porträts, mehr oder weniger ungelenk gemalt, keine Meisterwerke, eher zweitklassig in Öl ausgeführt, ab Anfang der Barockzeit Köpfe mit den üblichen

Allongeperücken, fade, ausdruckslose Gesichter ohne einen Anflug von Raffinesse oder einer speziellen Charakteristik der langen Ahnenreihe nach.

Als sie die Bibliothek fast einmal umrundet hatte und ans Ende der Galerie kam, erkannte sie das Bildnis des Grafen Arco von Valley und daneben offensichtlich die ehemalige Gattin, die vor über zehn Jahren das Zeitliche gesegnet hatte, wie sie aus dem Dossier von Adam wusste. Daneben hingen Porträts der beiden Söhne. Die Ähnlichkeit mit den realen Brüdern Arno und Gregor war nicht unbedingt frappant, aber sie konnte die beiden wenigstens eindeutig identifizieren.

Plötzlich fiel ihr Blick unerwartet auf ein Gemälde, das sie innehalten ließ: Zwischen dem Porträt des alten Grafen und denen seiner zwei Söhne hing das Bildnis einer jungen Frau. Eindeutig mit der Physiognomie der Valleys, eher der Mutter ähnlich sehend, blonde Haare, leichter Silberblick, aber das konnte auch am fehlenden Talent des Künstlers liegen. Jedenfalls war die Porträtierte eine echte von Valley. Wer war sie? Wo war sie? Und warum war sie in Adams Bericht nicht aufgetaucht?

»Na – irgendwo fündig geworden?«

Charlotte, die eigentlich nicht schreckhaft war, zuckte zusammen, als sie plötzlich von hinten angesprochen wurde. Aber das war ihrer Versunkenheit geschuldet, in die sie geraten war.

Es war Hajo, der hinter ihr stand und ebenfalls das Gemälde begutachtete. Seine Suche nach irgendwelchen Hinweisen war ergebnislos verlaufen, wie er zugab; die Privaträume der Valleys, die er eigentlich hatte aufsuchen wollen, waren abgesperrt. Er hatte schnell eingesehen, dass jeder Versuch, sich Einlass zu verschaffen, zwecklos sein würde. »Hast du wenigstens irgendwas gefunden, das uns weiterbringt?«, fragte er.

»Sieh dir das an«, sagte sie und wies auf das gerahmte Konterfei der jungen blonden Frau, das zwischen Graf Arco und seinen Söhnen platziert war.

»Wer soll das sein?«

»Genau das frage ich mich auch«, antwortete Charlotte.

Unter den letzten Gemälden der Reihe stand ein Pult, das Charlotte nun öffnete. Zum Vorschein kam ein schwerer Wälzer mit speckigem Ledereinband, auf dem in Frakturschrift »FAMILIENCHRONIK« stand. »Vielleicht hilft uns das weiter«, meinte sie und fing an, durch die vergilbten Seiten zu stöbern.

Die Chronik reichte bis weit ins 15. Jahrhundert zurück, es dauerte eine Weile, bis Charlotte zum 19. Jahrhundert durchgeblättert hatte.

Dann fand sie es und las vor: »Annette Constanze Elisabeth Sophia, Gräfin von Valley. Geboren am 18. Juni 1866, getauft am 25. Juni 1866. Gestorben am 27. September 1883, bei einem tragischen Reitunfall im Teufelsmoor ertrunken. Beerdigt und mit den heiligen Sterbesakramenten versehen am 29. September desselben Jahres in der Familiengruft auf dem Kronsberger Friedhof. Gott sei ihrer Seele gnädig.«

Sie sahen sich beide an.

»Was sagt uns das?«, fragte Charlotte.

»Ich weiß es nicht«, antwortete Hajo wahrheitsgemäß.

»Hat das für uns irgendeine Bedeutung?«

»Vielleicht. Vielleicht auch nicht«, sagte Hajo.

»Ich frage mich nur, warum Adam das nicht in seinem Dossier erwähnt hat.«

»Wahrscheinlich, weil in den öffentlich zugänglichen Unterlagen nichts darüber steht.«

»So wird es wohl sein. Adam ist gründlich. Wenn er etwas darüber gefunden hätte, hätte er es erwähnt.«

»Das lässt nur einen Schluss zu«, sagte Hajo. »Der Tod dieses Mädchens ist unter den Teppich gekehrt worden, warum auch immer. Wie alt ist sie geworden?«

»Siebzehn«, antwortete Charlotte.

»Da wird etwas verheimlicht, wenn du mich fragst …«

»Durch einen Reitunfall im Teufelsmoor gestorben …«

»… also nicht an irgendeiner Krankheit …«, ergänzte Hajo. »Und dann auch noch im Moor versunken.«

»Also das klingt wirklich … na ja, ein wenig seltsam …«

»Alles in dieser Familie ist irgendwie seltsam«, meinte Charlotte. »Fragen wir den alten Grafen doch direkt, was damals passiert ist.«

»Jetzt? Mitten während der Hochzeit seines Sohnes?«

Charlotte winkte ab. »Du hast recht …«

Hajo sah auf seine Taschenuhr.

»Wir wollten uns doch um die Zeit treffen. Wo steckt er eigentlich?«

»Adam? Keine Ahnung.«

Sie zeigte nach unten. »Irgendwo in den Gewölben. Da wollte er sich umsehen.«

»Weißt du was?«, fragte Hajo.

»Sag's mir.«

»Ich habe das unangenehme Gefühl, je tiefer wir graben, auf umso mehr Ungereimtheiten stoßen wir.«

»Vielleicht ist das allgemein so bei diesen alten Adelsgeschlechtern«, sagte Charlotte. »Systemimmanent gewissermaßen.«

»Die üblichen Leichen im Keller, wie es sinnbildlich heißt. Meinst du das?«

»Allerdings! Die üblichen. Und auch die unüblichen.«

»Wieso schaust du mich dabei an?«, fragte Hajo.

Sie lächelte, als sie sagte: »Du bist doch auch ein ›von‹. Ich frage mich, wo deine Leichen sind …«

»Ausschließlich auf dem Seziertisch in meiner Pathologie. Und du kennst sie alle.«

Charlotte sah Hajo leicht irritiert an.

»War ein Scherz!«, fügte er sofort hinzu.

»Das will ich auch hoffen.«

Er überflog noch einmal die dürren Zeilen in der Familienchronik. »Ein Reitunfall …«, murmelte er vor sich hin. »Vor drei Jahren. Das werden wir uns mal ansehen.«

»Wie … ansehen?«

»Das ist mein Beruf, Charlotte. Leichen ansehen. Ich bin Pathologe. Hast du das schon vergessen?«

Charlotte verdrehte die Augen. Manchmal konnte Hajo ganz schön impertinent sein.

»Unter Umständen kann man auch noch nach zwei oder drei Jahren feststellen, woran ein Mensch gestorben ist«, dozierte er unbeeindruckt von ihrer Reaktion. »Einen Genickbruch zum Beispiel oder ein Loch im Schädel kann man auch noch am Skelett diagnostizieren.«

Sie blickte ihn skeptisch an. »Ist ja gut, das alles ist mir auch bekannt. Aber ich frage mich und dich: Was soll das bringen?«

»Aufschluss über einen weiteren dunklen Punkt in der Familiengeschichte unseres Hauptverdächtigen.«

Charlotte war nicht gerade begeistert von Hajos offensichtlichem Enthusiasmus. Aber so war er immer, wenn er glaubte, einer vielversprechenden kriminalistischen Entdeckung auf der Spur zu sein. Keine Chance, ihn aufzuhalten.

»Komm mit«, sagte er entschlossen und zog Charlotte mit sich.

»Wohin?«

»Auf den Friedhof.«

»Dein Ernst?«

»Mein voller Ernst.«

Jetzt erst ging Charlotte wirklich auf, was Hajo vorhatte. »Du willst doch nicht etwa …?«

»Doch, genau das will ich. Die Zeit und die Möglichkeit ausnutzen, solange alle mit der Hochzeit beschäftigt sind.«

»In der Familiengruft der Valleys?«

»Ganz genau.«

»Und was ist mit Adam? Warten wir nicht auf ihn?«

»Er ist erwachsen. Er wird schon wieder auftauchen.«

»Und was ist, wenn sie uns dabei erwischen? In der Gruft? Am helllichten Tag? Das ist ein absolutes Sakrileg, was du da vorhast. Ohne einen höchstrichterlichen Beschluss ist das Totenschändung.«

»Sie werden uns aber nicht erwischen.«

»Wie kannst du dir da so sicher sein?«

»Charlotte – haben sie dich erwischt, als du diese Parteiveranstaltung gesprengt hast? Die Veranstaltung der Bayerischen Patriotenpartei?«

Charlotte erstarrte. »Woher weißt du davon?«

Hajo winkte ab. »Mach dir deswegen keinen Kopf. Hab's in der Zeitung gelesen. War ganz deine Handschrift.«

»Kannst du hellsehen?«

»Nein. Aber eins und eins zusammenzählen. Im Zweitberuf bin ich Detektiv.«

Sie stieß ihn verärgert mit der Hand gegen die Schulter. »Warum hast du mir nichts davon gesagt?«

»Warum hätte ich? Du hast ja genau das Richtige getan. Ich bin da ganz auf deiner Seite.«

Jetzt lächelte sie.

Hajo gab ihr einen Kuss. »Ich versichere dir: Uns werden sie jetzt auch nicht erwischen.«

»Und wieso bist du dir da so sicher?«

»Erstens sind alle auf dieser Hochzeit, und zweitens stehst du Schmiere.«

Das überzeugte Charlotte zwar nicht, aber bevor sie widersprechen konnte, zog er sie mit sich. Sie gab nach und folgte ihm.

40

Ein Schwall Wasser aus einem Eimer brachte Adam wieder zu sich. Er spuckte und schüttelte sich, dann griff er sich an den Hinterkopf, wo er stöhnend eine pflaumengroße Beule ertastete. Allmählich kam er wieder zu sich und registrierte, wo er lag: auf dem Stroh in einer leeren Pferdebox. Und jetzt auch noch klatschnass.

»Was machen Sie hier?«, fragte ihn der rothaarige Stallbursche, der ihn soeben auf rustikale Art und Weise wieder in die Wirklichkeit zurückgebracht hatte und den Eimer beiseitestellte. Sein Gesicht war voller Sommersprossen, aber für seinen Stand und sein Alter schien er ein gesundes Selbstbewusstsein zu haben.

»Wer bist du?«, fragte Adam noch ziemlich benommen.

»Sie nennen mich Luggi, aber das tun sie nur, um mich zu ärgern. Ich heiße Ludwig. Und Sie?«

»Adam. Ich habe keinen Spitznamen.«

»Also – was machen Sie hier? So wie Sie aussehen, müssten Sie doch auf der Hochzeit sein. Eigentlich sollte ich das dem Stallmeister melden.«

»Da hast du vollkommen recht. Ehrlich gesagt, ich weiß es selber nicht so genau, wie ich hierhergeraten bin. Als ich durch diese Tür dahinten kam, bin ich niedergeschlagen worden. Und du hast mit sehr viel Wasser« – das sagte er vorwurfsvoll – »dafür gesorgt, dass ich wieder zu mir gekommen bin.«

»Niedergeschlagen? Von wem? Und warum? Wollte man Sie ausrauben?«

»Das sind ein bisschen sehr viele Fragen auf einmal. Ich kann dir nur sagen: Das alles möchte ich selbst gerne wissen. Seit wann bist du hier?«

»Bin gerade erst reingekommen und sah Sie da liegen. Ich dachte zuerst, Sie sind betrunken.«

»Bin ich nicht. Hast du jemanden hier hinten gesehen?«

»Nein, ich war wie alle anderen bei der Hochzeit zum Zuschauen. Sieht man nicht alle Tage, so was. Bin nur hier, weil ich sonst vom Oberstallmeister einen Anpfiff samt Ohrfeige bekomme, wenn ich die Pferde, die nicht auf der Weide sind, nicht rechtzeitig füttere und tränke. Ist meine Arbeit, mich um die Tiere zu kümmern.«

»Redest du von dem Glatzkopf? Diesem Degenhardt?«

»Genau. Pius Degenhardt heißt er.«

Adam lag immer noch aufgestützt auf seine Arme da, betastete erneut vorsichtig seinen Hinterkopf und betrachtete seine Hand. Wenigstens kein Blut. Zum Glück keine Platzwunde, dachte er. Aber sein Schädel brummte gewaltig.

»Sag mal, Ludwig, wenn wir schon bei Vornamen sind – kennst du einen gewissen Ottmar?«

Der Junge dachte kurz nach und schüttelte dann den Kopf. »Nie gehört.«

»Hast du gesehen, wie sich hier drei Männer herumgetrieben haben?«

»Nein. Wie ich gesagt hab, war niemand da, als ich kam. Ich hab nur noch gesehen, wie ein Fuhrwerk weggefahren ist. Sah so aus, als wär jemand auf der Ladefläche gelegen.«

Adam wollte fluchen, unterließ es dann aber. Er griff in seine Uhrentasche, und jetzt fluchte er doch. Innerlich.

Natürlich. Sie hatten ihn nicht nur niedergeschlagen, sondern bei der günstigen Gelegenheit auch gleich ausgeraubt und seine teure Taschenuhr samt Goldkette mitgehen lassen. Und das Bargeld, das er immer in seiner Hosentasche hatte, das war auch nicht mehr da.

Für einen kurzen Moment schloss er die Augen. Er hatte es nicht anders verdient. Weil er nicht vorsichtig genug gewesen war. »Wie spät ist es?«, fragte er Ludwig.

»Keine Ahnung«, sagte der. »Ich schätze, zwischen zwei und drei Uhr nachmittags.«

»Danke für die präzise Auskunft«, ätzte Adam. Aber der Junge konnte ja nichts dafür.

»Was ist eigentlich passiert?«, fragte Ludwig. »Wieso hat man Sie niedergeschlagen?«

»Weil ich jemandem zu nahe gekommen bin, vermutlich.«

»Soll ich Sie zum Tierarzt bringen?«, bot Ludwig an. »Einen richtigen Doktor haben wir hier nicht. Erst wieder in Rosenheim. Aber unser Tierarzt kann ganz gut mit Verletzungen umgehen, auch bei Menschen, zur Not auch Zähne ziehen und Warzen behandeln, und von Pferden versteht er echt was. Vielleicht sollte er sich Ihren Kopf mal ansehen.«

»Na großartig«, brummte Adam, »sehr freundlich von dir, aber es muss auch so gehen. Komm, reich mir mal deine Hand ...«

Er ließ sich von Ludwig beim Aufstehen helfen. Dabei stellte er fest, wie benommen und wacklig er auf den Beinen war.

»Danke, Ludwig. Heißt du nach unserem König?«

»Woher wissen Sie das?«

»Einfach geraten«, sagte Adam.

»Sind Sie nicht der Diener von diesem berühmten Detektiv?«

»Ebenfalls gut geraten. Ich muss hier raus. An die frische Luft.«

Er wankte, als er zwei Schritte machte.

Ludwig hielt ihn. »Soll ich Sie ein Stück begleiten?«

»Wenn deine Pflichten es dir erlauben ...«

»Mein Dienstherr ist auf der Hochzeit.«

»Na dann ...«

Adam stützte sich auf Ludwigs kräftige Schulter. »Sei doch so gut und bring mich bis zum ›Schwarzen Adler‹. Ich glaube, ich sollte mich dort besser eine Weile hinlegen ...«

41

Sie gingen langsam in Richtung Kronsberg und mussten dazu den halben Schlossberg umrunden.

Adam war froh, dass sein neuer Freund ihn stützte. Dabei nutzte er die Gelegenheit, ihn ein wenig auszufragen. »Kanntest du die beiden Mädchen, die verschwunden sind?«, fragte er beiläufig.

»Die Theresa und die Elisa? Klar. Jeder im Dorf kennt sie.«

»Du weißt, dass wir sie suchen?«

»Ich war in der Kirche. Ich habe gehört, was dieser Detektiv gesagt hat.«

»Und? Wie waren sie so?«

Er zuckte mit den Schultern. »Mädchen halt.«

»Waren sie hübsch?«

»Na ja – als Vogelscheuchen hätte man sie nicht unbedingt einsetzen können.«

Adam unterdrückte ein Grinsen. Der Knabe hatte tatsächlich Humor. Das hätte er dem Rotschopf gar nicht zugetraut. »Hast du mal mit ihnen geredet?«

»Schon …«

»Wie haben sie sich benommen?«

»Wie Mädchen in dem Alter eben«, sagte Ludwig altklug. »Sie kichern und schnattern.«

»Sie hingen also ständig zusammen?«

»Wie Pech und Schwefel.«

»Wie alt bist du?«

Ludwig hob stolz den Kopf, als wollte er größer wirken. »Fast fünfzehn. In drei Wochen.«

»Dann kannst du das ja schon beurteilen. Das mit dem Verhalten von Mädchen.«

»Schon. Aber in letzter Zeit waren sie echt komisch.«

»Wie, ›komisch‹?«

»Na ja – so eingebildet irgendwie. Als wären sie was Besseres.«

»Warum?«

»Sie haben meinem Freund, dem Karl, erzählt, dass sie bald in eine bessere Stellung mit eigenem Zimmer kommen. Und keine Feldarbeit mehr machen müssen.«

»Wo? Im Schloss?«

Ludwig zog die Stirn in Falten. »Möglich, kann sein. Aber das war ein Geheimnis, und Karl durfte es auf gar keinen Fall weitererzählen.«

»Hat er aber.«

»Klar. Ich bin sein bester Freund.«

»Versteht dein bester Freund etwas von Frauen?«

»Oh ja«, sagte Ludwig im Brustton der Überzeugung. »Er ist immerhin schon siebzehn. Und er hat eine Freundin. Sie ist so alt wie er.«

»Da schau her!«

»Aber pst! Das darf niemand wissen. Sie treffen sich heimlich.«

»Dann sag deinem Freund Karl, er soll gefälligst gut auf sie aufpassen.«

»Wegen des Moors?«

»Nein. Wegen eines bösen Menschen, der es auf hübsche junge Mädchen abgesehen hat. Und das meine ich ernst, hörst du?«

»So was Ähnliches hat auch der Detektiv gesagt, für den Sie arbeiten.«

»Dann hör drauf! Glaub mir – er kennt sich aus mit solchen Dingen!«

Sie waren beinahe am Gasthaus angelangt, die Straßen waren wie leer gefegt, das gemeine Volk war auf dem Innenhof des Schlosses, um dort mitzufeiern, es gab Freibier, das Wetter hatte mitgespielt, und nach dem Friedensangebot des Grafen, vermittelt durch Hajo, waren praktisch alle Einwohner von Kronsberg der Einladung des Grafen gefolgt.

Ludwig trottete nachdenklich neben Adam her, als er plötzlich stehen blieb. »Was meinen Sie damit? Mit dem bösen Menschen, der es auf sie abgesehen hat …«

Adam hielt ebenfalls an und fasste den Stallburschen an den Schultern. »Ludwig – du bist ein großer Junge und hast mir sehr geholfen. Ich will dir einen guten Rat geben. Du kannst mir glauben, das gilt für alle bei euch im Dorf: Passt auf eure Mädchen auf! Und wenn du irgendwas hörst oder siehst, was mit Theresa und Elisa zu tun hat – sag es mir. Du kannst mir vertrauen! Ich erzähl's keinem weiter.«

»Außer diesem Detektiv …« Ludwig grinste.

Adam sah ein, dass Ludwig nicht nur Sinn für Humor hatte, sondern auch ein ziemlich cleveres Bürschchen war.

»Ja. Aber auch er ist verschwiegen wie ein Grab. Das, was du uns erzählst, bleibt unter uns.«

Ludwig sah sich um, niemand war in der Nähe. »Ich hätte da schon noch was«, begann er geheimnisvoll.

»Was?«

»Karl hat mir davon erzählt. Aber wenn ich da nicht dichthalte, dann holt mich das Moor, hat er gedroht.«

»Glaubst du das?«

»Ich weiß nicht ...«

Adam beugte sich zu Ludwig hinunter und fixierte seine Augen. »Du bist doch ein schlaues Kerlchen. Und fast schon erwachsen. Du hast gehört, was der Detektiv über das Moor gesagt hat. Außerdem bin ich nicht sein Diener. Ich bin sein Freund. Und sein Bruder.«

»So sehen Sie aber nicht aus.«

»Adoptivbruder.«

»Wenn Sie das sagen ...«

»Ludwig, ich schwöre dir, das, was du mir jetzt erzählst, bleibt unter uns.«

»Ehrenwort?«

Adam hielt Daumen, Zeigefinger und Mittelfinger hoch wie zum Schwur: »Ehrenwort!«

»Sie sind so ein feiner Herr – ich glaube Ihnen«, sagte Ludwig, dann begann er zu flüstern, sodass Adam sich noch weiter zu ihm hinbeugte. »Kennen Sie das alte Jagdschloss? Am Rand des Moors?«, fragte er.

»Diese Villa?«

»Genau. Keiner traut sich da rein, weil sie verflucht ist, so heißt es. Aber Karl sagt, das machen sie absichtlich, weil sie –«

»Wer ist ›sie‹?«, fragte Adam dazwischen.

»Na, die Grafen. Sie wollen nicht, dass sich da jemand herumtreibt. Weil da ganz komische Gesellschaften stattfinden. Heimlich. Nur bei Nacht. Niemand darf davon wissen. Da sind hohe Herrschaften beteiligt. Alle tragen Masken. Und jeder, der davon erzählt, ist des Todes.«

»Sagt Karl.«

»Ja, sagt Karl.«

»Woher weiß er das?«, fragte Adam.

»Die Villa ist seit Jahren angeblich unbewohnt. Er ist mal mit seiner Freundin dahin. Weil die beiden unter sich sein wollten, verstehen Sie?«

»Ja. Kann ich verstehen.«

»Und da hat er es gesehen«, erzählte Ludwig. »Eine Kutsche nach der anderen. Die haben dort irgendwas gefeiert oder so.«

»Und was hat er dann getan?«

»Er hat zugesehen, dass er sich mit seiner Freundin aus dem Staub macht. Da waren einige unangenehme Gestalten dabei, meinte er. Deshalb hat er es mit der Angst zu tun gekriegt. Und Karl ist normalerweise nicht gerade einer, der davonläuft, wenn es brenzlig wird und zu einer Schlägerei kommt. Ganz im Gegenteil. Aber diese Männer hatten Waffen. Gewehre und so.«

Adam erhob sich wieder. »Danke, dass du mir das alles erzählt hast, Ludwig. Darf ich das meinem Bruder, dem Detektiv, weitererzählen? Nur ihm?«

Ludwig zögerte. »Aber keinem anderen«, sagte er schließlich. »Das müssen Sie mir versprechen!«

Adam hielt zum zweiten Mal seine Schwurhand hoch. »Ehrenwort.« Dann hielt er Ludwig seine Hand hin, und der schlug ein.

»Warte mal, da ist er ja«, sagte Adam, weil in diesem Augenblick Charlotte und Hajo den beiden gerade entgegenkamen.

Charlotte sah Adam sofort an, dass etwas nicht stimmte.

»Bist du in Ordnung?«, fragte sie besorgt.

»Ja. Bis auf die Tatsache, dass ich unseren drei Bekannten von der Villa begegnet bin und mich einer davon niedergeschlagen hat.«

»Was sagst du da? Wo sind sie jetzt?«, fragte Hajo.

Adam streckte die Arme in einer Geste der Hilflosigkeit aus. »Über alle Berge, nehme ich an. Tut mir leid, aber ich war eine ganze Weile außer Gefecht gesetzt.« Er legte einen Arm auf Ludwigs Schulter. »Bis mich dieser junge Mann gefunden und wieder aufgepäppelt hat.«

»Wo haben sie dich erwischt?«, wollte Charlotte wissen. »Zeig her!«

Adam deutete auf seinen Hinterkopf, und sie untersuchte die Beule.

»Ach du lieber Gott! Da muss sofort Eis drauf. Der Wirt hat genug davon im Bierkeller. Komm mit!«

Sie wollte ihn in den »Schwarzen Adler« ziehen, vor dem sie bereits standen, aber er hielt sie noch zurück.

»Hajo, hast du eine Münze?«, fragte er.

»Ja klar.« Hajo fischte in seinen Taschen danach.

»Dann gib sie meinem jungen Freund hier. Er arbeitet in den Stallungen. Sein Name ist Ludwig, und er hat mir wirklich sehr geholfen.«

Ludwig strahlte, als Hajo ihm statt einer zwei Münzen in die Hand drückte, zog seinen zerbeulten Hut mit der Eichelhäherfeder, den er mit Stolz trug, verbeugte sich damit und machte sich davon.

»Hast du wenigstens irgendwas gesehen oder gehört, das uns weiterhilft?«, fragte Hajo.

»Allerdings«, antwortete Adam.

42

Während Adam im »Schwarzen Adler« seinen Brummschädel mit Eisstückchen aus dem Bierkeller kühlte, die Charlotte in ein Tuch gewickelt hatte, berichtete er, was Ludwig ihm erzählt hatte.

Als er im Gegenzug von der tödlich verunglückten Gräfin

erfuhr, fühlte er sich wieder fit genug, Hajo und Charlotte zum Friedhof zu begleiten, obwohl Charlotte ihn überreden wollte, sich auf sein Zimmer zu begeben und sich dort hinzulegen. Unter allen Umständen wollte er dabei sein, wenn sie der Aufdeckung der Verbrechen näher kamen. Selbst falls sich die seltsame Geschichte um die tödlich verunglückte Schwester der beiden Valley-Brüder wahrscheinlich nur als Schimäre entpuppte. Er musste eben die Zähne zusammenbeißen.

Jetzt erst recht, dachte er, seine Wut auf die immer noch anonymen Gegenspieler war inzwischen kongruent zu seiner Beule am Hinterkopf angewachsen, obwohl er sich das nicht anmerken ließ. Aber seinem Adoptivbruder sah Adam sehr wohl an, dass dessen Ehrgeiz, den oder die Täter endlich festnageln zu können, nur noch zugenommen hatte.

Nach einer angemessenen Ruhepause für Adam machten sie sich zu dritt durch die immer noch leeren Dorfstraßen auf den Weg zum Friedhof, der hinter der Kirche »Mariae Heimsuchung« unter Laub- und Nadelbäumen lag. Die praktisch veranlagte und voraussehend denkende Charlotte hatte eine Lampe mitgenommen. Schließlich war man zu einer Gruft unterwegs, und da war nun einmal mit Dunkelheit zu rechnen.

Der von einer Mauer umgebene Friedhof war für einen Ort wie Kronsberg recht groß und wie ein Fächer angelegt. Nicht nur der Hauptweg, sondern alle Wege führten auf einen zentralen Punkt zu, die Familiengruft der Valleys. Die tauchte am Ende einer kleinen Allee aus Buchsbaumpflanzen auf. Gesäumt von perfekt gestutzten Zwergbuchen ragte sie marmorweiß wie ein märchenhafter Tempel aus dem Halbschatten der Bäume auf. Es war eigentlich keine Gruft mehr, sondern schon ein Mausoleum.

Zu beiden Seiten des Mittelwegs standen in lang gezogenen Reihen bescheidene Holz- und Steinkreuze sowie die Grabsteine der Normalsterblichen.

Die Gruft zog nicht nur wegen ihrer zentralen Lage alle

Aufmerksamkeit auf sich, zusätzlich hatten gärtnernde Hände alles dafür getan, sie auch optisch herauszuputzen. Die sandigen Wege waren frisch geharkt, kein noch so winziges Unkraut war zu sehen, die gesamte Anlage schien tagtäglich perfekt und aufwendig gepflegt zu werden.

Hajo, Charlotte und Adam fiel sofort auf, dass der Baukörper der Gruft im Grunde genommen eine Miniaturversion der Villa vom Rande des Moors war. Der einzige Unterschied bestand darin, dass es keine Fenster gab und dass neben der Eingangstür eine lebensgroße Pietà stand – ebenfalls aus Marmor und der klassischen Zweierstatue von Michelangelo mit der Muttergottes und dem Leichnam Jesu auf dem Schoß nachempfunden.

Hajo rüttelte an der Eisentür, doch sie war verschlossen. Darüber stand in großen goldenen Lettern:

FAMILIE VON VALLEY
R.I.P.

»Darf ich fragen, was Sie hier suchen?«

Sie drehten sich alle gleichzeitig nach der Stimme um und sahen sich einem älteren und misstrauischen Gärtner gegenüber, der mit grüner Schürze und einer Heckenschere in der Hand hinter einem Busch hervorgetreten war und eine Schubkarre mit abgeschnittenen Ästen vor sich herschob.

Hajo reagierte als Erster und lüftete seinen Hut. »Grüß Gott«, sagte er betont freundlich. »Mein Name ist von Zündt. Wir möchten in die Gruft. Haben Sie zufällig einen Schlüssel für die Tür dabei?«

»Nein. Den hat nur die Grafenfamilie. Was wollen Sie denn überhaupt dadrin? Der Zutritt ist nur für Familienangehörige erlaubt.«

»Wir sind weitläufig verwandt und möchten der Gruft einfach nur einen Besuch abstatten. Wo wir wegen der Hochzeit schon mal hier sind. Aus Gründen der Pietät, verstehen Sie?«

»Haben Sie die Erlaubnis des Grafen?«, fragte der Gärtner. »Ohne die dürfen Sie da nicht rein.«

»Warten Sie«, sagte Hajo und suchte in der Innentasche seiner Jacke, bis er den von Graf Arco ausgestellten Freibrief fand. Er entfaltete ihn und reichte ihn dann dem Gärtner.

Der nahm umständlich seine Brille aus der Tasche, die er sich aufsetzte, bevor er das Schreiben langsam und vor sich hin murmelnd las. »Scheint in Ordnung zu sein«, sagte er und gab den Brief zurück. »Aber ich kann die Tür trotzdem nicht für Sie aufsperren. Weil ich nämlich keinen Schlüssel habe.«

»Schon gut«, sagte Hajo und steckte das Schreiben wieder weg. »Wir kommen auch so zurecht.«

Er inspizierte kurz das Schloss und wandte sich ohne viel Federlesens an Charlotte. »Hast du eine Hutnadel dabei?«, fragte er sie.

Charlotte griff in ihre hochgesteckte Frisur mit dem Hut und gab Hajo eine lange Nadel, die er fachgerecht zurechtbog und damit im Schloss so lange herumfummelte, bis er es öffnen konnte. Er bog die Nadel wieder gerade und reichte sie an Charlotte weiter, die sie in ihren Hut zurücksteckte. Die mitgebrachte Lampe hatte sie inzwischen angezündet.

»Darf ich bitten?«, sagte Hajo und machte die schwere Tür ganz auf.

Der Gärtner zuckte mit den Schultern und machte sich mit seiner Heckenschere wieder an die Arbeit.

Hajo, Charlotte und Adam betraten nacheinander die Familiengruft, die in etwa die Größe einer Kapelle hatte. Adam schloss die Tür wieder, damit der Gärtner nicht sehen konnte, was sie wirklich vorhatten. Im Schein der Lampe konnten sie in der Mitte eine steinerne Andachtsbank erkennen, an allen drei Seiten lagerten in jeweils fünf Nischen übereinander Sarkophage unterschiedlichster Ausstattung. Von pompös verziert bis einfach und streng. Sie waren alle mit Geburts- und Todesdaten sowie Namen beschriftet.

Ein ewiges Licht flackerte auf einem kleinen Altar, anscheinend war dafür gesorgt, dass jemand sich regelmäßig darum kümmerte.

Auf den Bodenplatten standen weitere Namen, darunter ruhten den Jahreszahlen nach die schon vor langer Zeit verblichenen Urahnen der Valleys.

Charlotte hatte sich bereits umgesehen und den schlichten Sarkophag von Annette von Valley ausgemacht, der neben sechs weiteren auf dem Boden stand. Sie deutete darauf. »Das muss er sein. Ihr habt Glück, dass er nicht in einer der Nischen steckt.«

»Ja«, sagte Hajo und betrachtete den schweren Steindeckel, der nicht danach aussah, als ob er sich leicht beiseiteschieben ließ. Und neben der Inschrift lag ein frischer Strauß weißer Rosen.

»Tut das, was ihr unbedingt tun müsst«, sagte Charlotte. »Ich kümmere mich dann mal darum, dass wir nicht *in flagrante delicto* erwischt werden.«

Hajo nickte, und Charlotte reichte die Lampe an Adam weiter. Dann begab sie sich wieder nach draußen, um Wache zu schieben und dem Gärtner bei der Arbeit zuzusehen. Der warf immer wieder einen misstrauischen Blick auf sie, den sie jedes Mal lächelnd erwiderte. Sie hatte sich eine Zigarette angezündet und paffte unverfroren.

In der Gruft sah Adam Hajo auffordernd an und stellte die Lampe auf die steinerne Sitzbank. »Dann wollen wir doch mal …« Er ging ans Kopfende des Sarkophags, Adam ans andere.

Auf ein Zeichen Hajos stemmten sie sich mit aller Kraft gegen den schweren Deckel und schafften es zentimeterweise, ihn nach und nach zur Seite zu drücken. Es war ein hartes Stück Arbeit.

»Halt, das reicht«, sagte Adam schließlich und leuchtete mit der Lampe ins Innere des Sarkophags.

Sie hatten etwa ein Viertel des Deckels zur Seite geschoben, aber das genügte.

Es war nicht zu übersehen, dass der Sarkophag leer war. Bis auf ein paar Spinnweben.

Als Adam und Hajo wieder ans Licht des Tages traten, stellte der Gärtner seine Arbeit ein und sah sie an. »Na, haben Sie gefunden, was Sie gesucht haben?«, sagte er nicht ohne eine gewisse Süffisanz.

»Ja und nein«, antwortete Hajo kryptisch, aber wahrheitsgemäß, lüftete seinen Hut und ging mit Charlotte und Adam auf dem frisch geharkten Weg zurück zum Ausgang des Friedhofs.

43

Auf dem Weg zum Gasthaus beratschlagten sie, was jetzt zu tun war.

Hajo war nicht überrascht gewesen über die fehlenden Überreste der angeblich verunglückten Gräfin. »Ich schlage vor«, sagte er an Adam gewandt, »du fährst mit einer Mietdroschke nach Rosenheim. Die dortige Polizeidienststelle ist für Kronsberg zuständig. Dort nimmst du Einsicht in die Akten, was den angeblichen Unfall mit Todesfolge der Gräfin Annette angeht. Falls es notwendig ist, kontaktierst du Manteuffel im Polizeipräsidium München, der soll das alles genehmigen, falls es Schwierigkeiten gibt.«

»Und wenn er oder sein Vorgesetzter da nicht mitspielt?«

»Dann drohst du hemmungslos damit, dass der Polizei einiges um die Ohren fliegt, wenn wir hier in Kronsberg aufdecken, was alles unter den Teppich gekehrt worden ist. Und das ist eine ganze Menge, so wie es aussieht. Manteuffel kennt uns, er weiß, dass ich es ernst meine. Krieg alles raus, was damals passiert ist. Auch das, was dieser Polizist über die verschwundenen Mädchen festgehalten hat.«

Er wandte sich an Charlotte. »Du, Charlotte, kümmerst dich am besten um die Familien der verschwundenen Mädchen in Kronsberg. Sie heißen Huber und Schedlbauer«, memorierte er, ohne in seinem Notizbuch nachsehen zu müssen. »Ich nehme an, du findest sie zu Hause vor, in ihrem Kummer werden sie wohl kaum am Hochzeitsfest teilnehmen. Durchsuche ihre Sachen, sprich mit den Eltern und Geschwistern, falls vorhanden.«

»Und was machst du?«, wollte Charlotte wissen.

»Ich werde dem alten Grafen beim Feuerwerk um Mitternacht ein wenig auf den Zahn fühlen. Wenn ich ihn in Hochstimmung vorfinde, weil alles so ausgegangen ist wie von ihm erhofft.«

»Du könntest das Wohlwollen des alten Grafen dabei aufs Spiel setzen«, wandte Adam ein.

»Damit ist zu rechnen«, gab Hajo zu. »Aber das muss ich in Kauf nehmen. Er hat auch seine Finger im Spiel. Ohne sein Wissen wäre der Sarkophag von Annette nicht leer, davon können wir ausgehen.«

Den Rest des Weges legten sie alle in Gedanken versunken zurück, bis sie am »Schwarzen Adler« ankamen. Die Aufgaben waren klar und deutlich verteilt, als sie sich trennten.

44

Der diensthabende Wachtmeister Roman Reisinger hängte den Hörer in die Gabel ein und zeigte auf das schwarze Monstrum von Fernsprechapparat samt Kurbel an der Wand. »Das haben wir unserem König zu verdanken«, sagte er mit einem gewissen Stolz. »Er hat sich dafür starkgemacht, dass alle großen Polizeidienststellen und alle Kasernen über einen dieser Fernsprechapparate erreichbar sind. Ja, unser König hat eine Vorliebe für moderne Technik. Wir in Rosenheim waren mit die Ersten, die eine Verbindung mit der Landeshauptstadt bekommen haben.«

»Großartig«, lobte Adam und meinte das in diesem Augenblick ehrlich. Manteuffel hatte gerade, wenn auch nach kurzem Zögern, fernmündlich aus München seine Einwilligung gegeben, dass Adam Einblick in die betreffenden Akten nehmen konnte, die es über den Todesfall Annette von Valley geben musste.

»Wer hat den Fall damals bearbeitet?«, fragte Adam den Wachtmeister, der schon in einem der überbordenden Aktenschränke nach den entsprechenden Unterlagen suchte.

»Weiß ich nicht. Bin erst seit Kurzem hier. Das steht in den Akten, falls ich sie finde.«

»Könnte er auch derjenige sein, der wegen der verschwundenen Mädchen in Kronsberg war?«

»Das ist gut möglich. Einen kleinen Augenblick Geduld noch …« Er ging an den nächsten Aktenschrank und kramte darin herum. Mit der Ordnung und einer sinnvollen Systematik schienen sie es hier nicht so genau zu nehmen.

Adam war eine Stunde zuvor im Polizeirevier in Rosenheim eingetroffen und hatte von vorneherein auf der ganz großen Klaviatur gespielt: Er sei im Auftrag des berühmten Detektivs von Zündt unterwegs, um einen Fall aufzuklären, der nicht nur in Rosenheim, sondern im ganzen bayerischen Königreich für Furore sorgen würde, vorausgesetzt, die zuständigen Behörden in dieser großartigen Stadt würden entsprechend kooperieren. Dann könnte das zu einem Ruhmesblatt für alle beteiligten Polizeibeamten werden, sogar über die bayerischen Landesgrenzen hinaus.

Anfangs war Polizeiwachtmeister Reisinger mehr als misstrauisch gewesen. Er fungierte schließlich als Vertretung seines Vorgesetzten Guggenheim, der längst nach Hause in den Feierabend gegangen war – für profane Dinge wie Spät- und Nachtdienst gab es ja Untergebene. Doch dann brachte Adam seinen Joker ins Spiel und sprach von dem Ruhm, an der Aufklärung eines brisanten Falles maßgeblich beteiligt gewesen zu sein. Das würde Reisinger mindestens zu einer Belobigung, wenn nicht sogar zu einer Beförderung verhelfen. Diese Aussicht hatte den Wachtmeister augenblicklich zu einem beflissenen Mitarbeiter gemacht und ihn dazu veranlasst, einen Fernsprechkontakt mit dem Polizeipräsidium München herzustellen, namentlich mit einem gewissen Manteuffel. Dies war nicht unkompliziert gewesen, die neue Technik hatte noch so ihre Tücken. Aber mit heftigem Kurbeln und wiederholten Versuchen über die Vermittlungsstelle war das Gespräch schließlich zustande gekommen.

Nach dem lautstark geführten Telefonat mit Kommissar Manteuffel war auch Reisingers letzter Rest an Skepsis verflogen. Nach schier endloser Suche drückte er Adam die dürre Akte zum Fall Annette von Valley in die Hand. Sie enthielt eineinhalb beschriftete Seiten.

Als Adam sie durchlas, dachte er: Das ist keine Akte, das ist ein Armutszeugnis. Oder schlimmer noch: ein Abgrund an Vertuschung.

Demzufolge war ihre Leiche im Moor von einem der Gebrüder Valley versunken aufgefunden worden. Nachdem ihr Pferd sie abgeworfen hatte. Ein Unfall. Nicht mehr und nicht weniger. Das war alles.

Nicht einmal, welcher der beiden Brüder sie aufgefunden hatte, stand in dem Bericht. Er endete damit, dass lapidar der Tod festgestellt und der Leichnam ins Schloss Kronsberg gebracht worden war, wo er für die Trauernden aufzubahren sei. Ende des Protokolls.

Adam sah von der mehr als dürftigen Akte hoch. Wenn Hajo den Verfasser eines solchen Berichts zu fassen bekäme, würde er ihn nach allen Regeln der Kunst sprichwörtlich filetieren. Aber streng wissenschaftliches und gründliches Vorgehen und dementsprechende Skizzen und Analysen bei unklaren Todesumständen hatten vor allem auf dem Land noch längst nicht Einzug gehalten. Unfall war Unfall, und tot war tot, was sollte man da noch lange herumdoktern? Das war die normale Einstellung der Behörden. Leider nicht nur in der Provinz, sondern zum größten Teil auch in der Hauptstadt.

»Wer ist der Mann, der diesen Bericht verfasst und unterschrieben hat?«, fragte Adam.

Reisinger sah sich Akte und Unterschrift an, die fast unleserlich war. Er studierte sie eine Weile und sagte dann: »Das müsste ›Koller‹ heißen. Ja, Oberwachtmeister Koller«, befand er schließlich mit Bestimmtheit.

»Und hat dieser Koller auch das Protokoll über die verschwundenen Mädchen in Kronsberg angefertigt?«

Reisinger hielt ihm das diesbezügliche Blatt Papier vor die Nase. Dieses Protokoll schien er jedenfalls schneller gefunden zu haben. »Sieht ganz danach aus«, meinte er.

»Eine halbe Seite?«, fragte Adam einigermaßen konsterniert.

Reisinger warf einen Blick darauf und bestätigte. »Ein und derselbe. Er war für diesen Bezirk zuständig.«

»›War‹? Was heißt das? Wo ist er jetzt?«

»In Pension. Seit zwei Wochen.«

»Haben Sie seine Adresse?«

»Er hat vor Kurzem ein Wirtshaus gekauft. Heißt ›Zum grünen Kranz‹.«

Reisinger notierte die Adresse für Adam.

»Ist die Pension für Polizeibeamte so üppig, dass er sich das leisten kann?«, fragte der.

»Machen Sie Witze?« Reisinger zuckte mit den Schultern. »Er hat anscheinend geerbt …«

»Beneidenswert. Glück muss der Mensch haben.« Adam nahm die Adresse in Empfang. »Wo ist das?«

»Nicht weit von hier. Gleich um die Ecke. Dort können Sie ihn sicher finden. Er ist fast jeden Abend beim Schafkopfen«, fügte Reisinger hinzu.

Adam stand auf. »Dann werde ich mich mal aufmachen. Danke für Ihre Unterstützung. Ach, eines noch: Sie sind auf meiner Liste! Was gedeihliche Zusammenarbeit und Amtshilfe angeht. Ich werde das nach oben weitergeben.«

Zum ersten Mal gestattete sich Reisinger ein schmales Lächeln. Endlich einmal gab es ein kleines Lob, nicht das übliche gereizte Herumnörgeln seines Vorgesetzten Guggenheim. Er konnte sich nicht erinnern, ihn jemals mit einer normalen und empathischen Stimme gehört zu haben. Kein Wunder, Guggenheim kam wie so viele bei der Polizei vom Militär, der Kasernenhofton war ihm in Fleisch und Blut übergegangen, den wurde er nicht mehr los.

Kaum hatte Adam das Revier verlassen, war Reisinger schlagartig bewusst geworden, dass er schon am nächsten Morgen seinem Chef Meldung machen musste, was während dessen Abwesenheit vorgefallen war. Der Gedanke daran machte den Ansatz seines kleinen Hochgefühls wieder zunichte. Er setzte sich an seinen Schreibtisch und überlegte, wie er Guggenheim darlegen sollte, dass er einem Außenstehenden Akteneinsicht gewährt hatte. Selbst mit dem Placet aus München musste er sich entsprechend rechtfertigen. Das konnte durchaus heikel werden.

Da ging die Tür auf, und Adam steckte noch einmal den Kopf herein. »Eine Frage noch«, sagte er. »Wie heißt dieser Koller mit Vornamen?«

»Ottmar, warum?«

45

Charlotte suchte die erste der beiden betroffenen Familien auf, die Hubers. Es fiel ihr nicht leicht, weil sie ahnte, in was für einem emotionalen Zustand sie sein mussten.

Elisa Huber war die einzige Tochter, ihre Eltern waren immer noch in einer Art Schockstarre, vor allem die Mutter betete einen Rosenkranz nach dem anderen, während der Vater nur stumm und teilnahmslos dasaß und vor sich hin stierte. Sie drang einfach nicht zu ihnen durch, und als dann auch noch Pfarrer Schickedanz kam und gemeinsam mit ihnen für Elisas Seele im Fegefeuer beten wollte, ging Charlotte wieder.

Kurz hatte sie das Bett von Elisa, das im Elternschlafzimmer stand, und ihre wenigen, in einer Truhe untergebrachten Habseligkeiten untersucht, aber nichts Weiterführendes gefunden.

Danach ging sie zu den Eltern von Theresa, die zwei Häuser weiter wohnten. Im Gegensatz zu den Hubers glaubten sie immer noch fest und unbeirrt daran, dass ihre Tochter bald wieder unversehrt zurückkehren würde. Die Mutter behauptete steif und fest, sie fühle, ihre Tochter sei noch am Leben und könne jeden Moment an ihre Tür klopfen.

Charlotte fragte, ob sie sich die Sachen von Theresa ansehen dürfe. Das tat sie nach deren Einwilligung auch.

Die Schedlbauers wohnten wie die Hubers in einer ärmlichen Zwei-Zimmer-Wohnung. Das Bett der vermissten Tochter stand wie bei den Hubers neben dem Doppelbett der Eltern, allerdings stand dort noch ein weiteres Bett. Theresa hatte noch eine Schwester namens Leni, zwölf Jahre alt, mit klugen Augen, die stumm an ihren blonden Zöpfen herumspielte und die meiste Zeit auf den Boden starrte.

Charlotte erklärte wie im Nachbarhaus ihre Aufgabe, die darin bestand, alles zu tun, um die Mädchen zu finden. Aber auch hier waren die Aussagen, die sie erhielt, mager und nichtssagend, so empathisch und einfühlsam sie auch ihre Fragen stellte.

Wenigstens gab es bei den Schedlbauers ein kartoniertes Familienfoto, das anlässlich der Firmung von Theresa in einem Fotostudio aufgenommen worden war. Es zeigte die junge Theresa mit der Kerze in der Hand, in einem weißen Kleidchen, ernst und hübsch. Daneben ihre Eltern und die kleine Leni. Charlotte bat darum, es in der überregionalen Zeitung veröffentlichen zu dürfen, um weitere Hinweise von deren Lesern zu erhalten. Sie bekam die Erlaubnis und versprach, es anschließend zurückzubringen. Dann verabschiedete sie sich, um keinen Deut gescheiter als zuvor, und ging hinaus auf die Straße.

Dort stand sie vor den ärmlichen Häusern und musste erst einmal die Augen schließen und tief durchatmen. Sie konnte sehr gut nachvollziehen, warum junge Mädchen alles dafür taten, aus diesen trostlosen und beengten Wohn- und Lebensverhältnissen herauszukommen. Sie hätte das an ihrer Stelle auch getan. Jetzt wusste sie auf einmal wieder, wie privilegiert sie aufgewachsen war.

Das half ihr jetzt aber auch nicht weiter. Sie war enttäuscht, dass ihre Besuche nicht die geringste neue Erkenntnis gebracht hatten. Charlotte hoffte nur, dass Adam und Hajo bei ihren Unternehmungen erfolgreicher waren als sie.

Da spürte sie auf einmal, wie eine kindliche Hand zaghaft die ihre berührte. Es war Leni, die in ihrer Kittelschürze dastand und schüchtern vor sich hin blickte. Charlotte ging in die Hocke, um mit ihr auf Augenhöhe zu sein. Die Kleine zupfte wieder verunsichert an ihren Zöpfen herum.

»Leni«, sprach Charlotte sie an, »hast du was für mich?«

Das Mädchen nickte stumm und schlug die Augen nieder.

»Was ist es?«, fragte Charlotte.

»Findest du meine Schwester?«, wollte Leni wissen und sah Charlotte zum ersten Mal direkt in die Augen.

Charlotte nahm die Hand des kleinen Mädchens und spürte, wie kalt sie war. »Leni, ich tue alles dafür, das verspreche ich dir!«

»Du bist ein guter Mensch. Nicht so wie der Pfarrer. Der macht uns allen Angst.«

»Du brauchst keine Angst zu haben. Dir wird nichts passieren.«

»Aber … was ist mit Theresa?«

»Das werden meine Freunde und ich herausbekommen.«

»Gut«, sagte Leni und sah auch gar nicht mehr verunsichert aus. »Meine Schwester ist nämlich nicht vom Moor gerufen worden. Sie ist von selbst gegangen. Weil sie es bei uns zu Hause nicht mehr ausgehalten hat. Sie wollte weg.«

»Wohin? Hat sie was gesagt?«

»Nein. Aber ich weiß es. Sie hat gedacht, ich schlafe, als sie heimlich mit ein paar Sachen, die sie hergerichtet hatte, abgehauen ist. Mitten in der Nacht. Die Eltern haben nichts gemerkt. Aber ich war wach. Das hier hab ich gefunden. Unter ihrem Bett.«

Damit drückte sie Charlotte etwas in die Hand und war mit wehenden Zöpfen so schnell wieder verschwunden, wie sie aufgetaucht war.

Charlotte nahm das, was Leni ihr gegeben hatte, in Augenschein. Es war eine Visitenkarte aus Bütten. Der Name darauf: Graf von Valley.

Charlotte drehte die Karte um und las die handschriftliche Nachricht:

Heute. Mitternacht. Hintereingang Stall. Graf v. V.

46

Das Wirtshaus »Zum grünen Kranz« war keine drei Straßen vom Polizeirevier in Rosenheim entfernt. Als Adam zu Fuß dort ankam, ging gerade die Sonne über den Stadthäusern unter und verbreitete einen rosa Schimmer.

Er betrat die Wirtschaft, die um diese Zeit gut besucht war, und begab sich an die Theke. Dort fragte er den Schankkellner am Zapfhahn nach Koller.

Er zeigte auf einen Ecktisch im Hintergrund und sagte: »Der Mann mit dem Bart, das ist Koller.«

Am Stammtisch saßen vier Männer vor ihren Keferlohern und qualmten Pfeife, Zigarren und Zigaretten, was das Zeug hielt. Gleichzeitig klopften sie ihre Karten auf den Tisch, wie man das zünftig zu tun pflegte, wenn man schon einige Bier intus hatte und in Spiellaune war.

Adam bedankte sich für die Auskunft und verließ das Lokal wieder. Er hatte gesehen, was er sehen wollte. Jetzt musste er sich die Zeit vertreiben und spazierte durch die Stadt, zum Abendessen ging er in ein anderes Lokal.

Dort konnte er sich in aller Ruhe überlegen, wie er vorgehen wollte.

Allerdings hatte er nicht bemerkt, dass ihm jemand aus dem »Grünen Kranz« gefolgt war.

47

Hajo lag auf seinem Zimmer im Bett und tat das, was er immer tat, wenn eine Ermittlung der Aufklärung nahe schien: Er rekapitulierte und zog daraus seine Schlüsse. Deduktion nannte er das.

Dabei ging er im Kopf noch einmal alles durch, was bisher passiert war, Punkt für Punkt, schloss alles aus, was unmöglich und unlogisch war – undenkbar war nichts, die Abgründe der menschlichen Seele waren tiefer als das Universum, dessen war er sich sicher –, und plante auf dieser Grundlage die nächsten Schritte. Deduktion war seiner Meinung nach eine wichtige Methodik der Kriminalistik, der neuen Wissenschaft, die er zu seiner großen Lebensaufgabe gemacht hatte.

Er nahm sich zum wiederholten Mal vor, darüber ein grundlegendes Handbuch zu verfassen. Das wollte er schon seit Langem tun, war aber bisher nie dazu gekommen. Die Hauptkapitel hatte er schon lange im Kopf. Mit besonderem Schwerpunkt darauf, wie Leichen zu untersuchen waren, wenn Mord oder Totschlag vorlag. Wichtig war auch, dass Tat- und Fundorte von Opfern zuerst einmal gesichert und dokumentiert werden sollten, vielleicht am besten sogar fotografiert, auch wenn diese Methode neu und wegen der unförmigen Fotoapparaturen in der Praxis furchtbar umständlich war. Er war überzeugt davon – jeder noch so kleine Blutspritzer, jede Kugel und jeder Messerstich sagte etwas über die Tatumstände und den Mörder und seine Vorgehensweise aus. Was wiederum Rückschlüsse auf den Täter selbst und sein Motiv zuließ.

War eine Tat aus Wut oder Hass oder Raubgier ausgeführt worden? Oder aus sexuellen Motiven? War sie zufällig geschehen, weil ein Streit aus banalem Anlass aus dem Ruder gelaufen war? Oder war eine Tat von langer Hand vorbereitet und eiskalt durchgeführt worden? War nach der Tat etwas vertuscht oder verändert worden? Was war die Tatwaffe? Und so weiter und so fort.

Er hatte diesen ganzen Fragenkatalog oft genug durchdekliniert …

Alles Überlegungen, die in eine Ermittlung einfließen mussten, um mit der Rekonstruktion der Tat die Wahrheit und damit den Täter zu ermitteln und vor den Kadi zu bringen. Nicht aus einem Rachegefühl heraus, sondern um den Opfern von Gewalttaten Gerechtigkeit widerfahren zu lassen.

Aber er wollte jetzt nicht zu weit in theoretische Gefilde abtauchen. Eine eigenständige Wissenschaft der Kriminalistik mit einem Lehrstuhl an der Universität und einschließlich der praktischen Umsetzung in der Wirklichkeit war Zukunftsmusik. Ihm lag viel daran, eine allgemein zu praktizierende Methodik zu entwickeln, die für alle diesbezüglichen Abteilungen der Polizei verpflichtend und obligatorisch war. Jetzt ging es jedoch darum, den Dienstmädchenfall zu lösen.

Es war eine warme Nacht, deshalb hatte er das Fenster seines Zimmers im Burgfried sperrangelweit geöffnet. Um keine Insekten anzulocken, verzichtete er auf Licht. So lag er im Dunkeln, während von draußen der Lärm der Hochzeitsfeierlichkeiten hereindrang – Musik, Gelächter, Beifall und Hochrufe. Er störte sich nicht daran. Dergleichen konnte er so mühelos ausschalten, wie man eine Kerzenflamme mit angefeuchtetem Daumen und Zeigefinger löschte.

Hauptsache, er musste selbst nicht dem Trubel beiwohnen. Er hatte keine Lust, den gut gelaunten und angehimmelten Detektiv und Baron in Personalunion zu geben. Auch wenn ihn seine Mutter sicher gern in dieser Rolle gesehen hätte.

Lieber beschäftigte er sich damit, wie er sich Graf Arco gegenüber verhalten sollte.

Was wusste der alte Graf über die Machenschaften, die sich im Schloss und in der Umgebung abspielten?

Wie weit war er selbst darin verwickelt?

Wusste er über die nächtlichen Treffen in der Villa, dem alten ehemaligen Jagdschloss, Bescheid?

Was fand dort statt?

Was hatte der Graf mit dem spurlosen Verschwinden der Mädchen und vor allem dem nicht vorhandenen Leichnam seiner eigenen Tochter zu tun?

Und wo waren die sterblichen Überreste von Annette?

Warum lagen sie nicht in dem als ihre letzte Ruhestätte arrangierten Sarkophag in der Gruft?

Fragen über Fragen …

Hajo merkte, wie ihn allmählich die Müdigkeit überwältigte. Kein Wunder – die letzten vierundzwanzig Stunden hatten es in sich gehabt. Seine malträtierten Rippen schmerzten immer noch. Er beschloss, erst wieder um Mitternacht auf den Plan zu treten.

Bis dahin verließ er sich auf seinen inneren Wecker, drehte sich auf die unversehrte Seite und schlief sofort ein.

48

Die letzte Runde beim Schafkopfen im »Grünen Kranz« war um elf Uhr nachts gespielt, der letzte Gast gegangen, alle mussten am nächsten Tag früh raus, das Personal ebenfalls – Koller, ehemaliger Polizist und seit Neuestem Gastwirt, sperrte die Tür ab und machte sich daran, alle Lichter zu löschen, um mit seiner Lampe nach oben in den ersten Stock zu gehen, wo er seine Wohnung hatte.

Als er sich umdrehte, glaubte er für einen kurzen Moment, einen Schatten in der offenen Tür zu den Toiletten wahrgenommen zu haben. Er sah noch einmal genauer hin. Aber da war nichts, offensichtlich hatte er sich nur getäuscht.

Er wusste, dass er genug Bier getrunken hatte, um Schlaf zu finden, aber vielleicht war es auch eine Maß zu viel gewesen.

Da konnte eigentlich niemand mehr sein, oder?

Doch, da bewegte sich etwas. Er hielt seine Lampe höher. Obwohl er vorher noch in alle Räumlichkeiten routinemäßig einen Blick geworfen hatte, war ihm anscheinend jemand entgangen, wahrscheinlich einer, der auf der Toilette eingeschlafen war, das konnte schon mal vorkommen.

Zu seinem nicht gelinden Schreck erkannte er, dass da wirklich eine Gestalt stand.

»Wir haben längst geschlossen«, sagte er mit aller gebotenen Schärfe, die er in seine Stimme legte. »Sieh zu, dass du nach Hause kommst, und zwar dalli!«

Angst hatte er keine, körperlich konnte er sich mit jedem anlegen, wenn er wollte. Als ehemaliger Polizeibeamter im Außendienst und neuerdings als Gastwirt durfte man nicht zimperlich sein. Und das war er ganz und gar nicht. Nie gewesen.

Er ging zur Eingangstür, um sie für diesen Nachzügler, der sich immer noch nicht bewegt hatte und im Schatten blieb, zu öffnen, hielt sie einladend auf und winkte ungeduldig und auffordernd mit dem Arm. »Letzte Warnung – sonst muss ich handgreiflich werden!«, sagte er.

»Reinkommen!«, drang die Antwort aus dem Dunkeln. Die Gestalt löste sich aus dem Schatten und trat langsam in den Lichtkreis von Kollers Lampe.

Jetzt erst sah er, dass der dunkel gekleidete Mann einen Revolver auf ihn gerichtet hatte – und erkannte ihn. Es war der Mann, der auf seinen dicken Freund geschossen hatte, in der Nacht hinter der Villa beim Moor. Auf einen Schlag war Koller nüchtern. »Was wollen Sie?«, fragte er.

»Mach die Tür wieder zu und sperr ab!«

Koller tat wie befohlen.

»Ich will, dass du dich setzt. Wir haben zu reden.«

Koller fand, dass es immer noch das Beste wäre, so zu tun, als würde er ihn nicht erkennen. Er zeigte zur Kasse, die auf dem Tresen stand. »Wollen Sie Geld? Nur zu, nehmen Sie es sich.«

»Ich bin nicht an deinem Geld interessiert.«

Koller dachte fieberhaft nach – wie zum Teufel war dieser unheimlich wirkende, schwarz gekleidete Begleiter dieses vermaledeiten Detektivs auf ihn gekommen? Er selbst hatte ihn doch im Pferdestall des Grafen niedergeschlagen, und dann waren sie zu dritt nach Rosenheim gefahren, ohne dass ihnen jemand gefolgt wäre. Jedenfalls war mit dem Kerl nicht gut Kirschen essen, das hatte er schon einmal bewiesen. Koller blieb nichts anderes übrig, als der Aufforderung Folge zu leisten, der Mann hatte schließlich eine schussbereite Waffe in der Hand. Er traute ihm durchaus zu, dass er sie einsetzte, sollte es nötig sein.

Also hockte er sich auf den nächstbesten Stuhl und wartete ab, ob sich vielleicht eine Gelegenheit ergab, um diesen Kerl zu überrumpeln.

Adam packte mit seiner freien Hand einen Stuhl an der Lehne und zog ihn langsam hinter sich her. Die Stuhlbeine kratzten mit einem hässlichen Ton, der einem durch Mark und Bein ging, über den Boden. Er stellte ihn Koller in gehörigem Abstand gegenüber und setzte sich rittlings darauf, die Arme auf der Lehne. Dabei ließ er Koller keinen Moment aus den Augen und hielt den Revolver genau auf ihn gerichtet. »So siehst du also ohne Kartoffelsack über dem Kopf aus«, sagte Adam mit spöttischem Grinsen. »Aber wenn ich ehrlich bin, Ottmar – mir hat der Kartoffelsack besser gefallen.«

»Ich weiß nicht, was Sie meinen«, entgegnete Koller, immer noch in der Hoffnung, einigermaßen glimpflich aus der Sache herauszukommen, indem er sich unwissend stellte.

»Lass uns doch eines von Anfang an klarstellen«, sagte Adam. »Wir wissen beide, was Sache ist. Ich weiß, wer du bist, und du weißt, wer ich bin. Mein Name ist Adam Bittencourt. Deiner Ottmar Koller. Und wenn wir schon einmal dabei sind, uns gegenseitig vorzustellen: Wie heißen deine zwei Spießgesellen?«

»Ich habe keine Ahnung, wovon Sie sprechen. Nehmen Sie von mir aus das Geld aus der Kasse und verschwinden Sie! Strauchdieb, der Sie sind.«

»Da bringst du was durcheinander. Nicht ich bin der Strauchdieb. Wirklich, Ottmar, so einfach wirst du mich nicht los«, sagte Adam beinahe mitleidig. »Zuerst will ich hören, warum ihr diese kleine Vorstellung bei der Villa abgezogen habt und wer euch dazu angestiftet hat.«

»Ich weiß wirklich nicht, was Sie meinen.«

Adam stöhnte demonstrativ. »Allmählich strapazierst du meine Geduld, Ottmar. Und die ist nicht endlos. Aus der Nummer kommst du nicht mehr heraus, mein Freundchen. Da kannst du dich noch so dumm stellen. Wer bezahlt euch? Der Graf?«

Koller schwieg.

»Ich sehe schon«, seufzte Adam, »bei dir komme ich nur mit harten Bandagen weiter.«

Er nahm seinen Revolver, betätigte den Patronenauswerfer, nahm vier Patronen heraus, zeigte sie Koller, ließ die Trommel klickernd rotieren, hielt sie dann an und sagte: »Schon mal von russischem Roulette gehört? Nein? Als ehemaliger Polizist solltest du das doch kennen. Mein Revolver hat sechs Kammern. In zweien davon ist jetzt eine Patrone. Ich stelle dir jetzt ein paar Fragen, und wenn ich auch nur ein Mal das Gefühl habe, dass du nicht ehrlich antwortest, ziele ich auf dein Knie und drücke ab. Wenn du verdammt viel Glück hast, ist keine Patrone in der Kammer. Wenn nicht …«

Adam merkte, dass Koller der Schweiß auf der Stirn stand.

»Mal sehen, wie lange du das durchhältst. Frage eins, Ottmar. Jetzt hör gut zu. Wer hat euch den Auftrag gegeben, uns abzufangen? Dort draußen beim Teufelsmoor, hinter der Villa?«

»Sie müssen mich verwechseln«, sagte Koller. »Ich kenne keine Villa. Und ich kenne Sie nicht.«

»Falsche Antwort«, sagte Adam, zielte auf Kollers Knie und drückte den Abzug.

Es machte klick.

Koller zuckte zusammen, schloss die Augen und fing an zu hyperventilieren. »Herrgott!«, stöhnte er. »Herrgott! Sie sind verrückt!«

»Nein«, sagte Adam. »Aber allmählich werde ich ein wenig ungeduldig. Diesmal hast du noch Glück gehabt. Beim nächsten Mal steht die Wahrscheinlichkeit, dass der Hahn auf die Kammer mit der Patrone trifft, zwei zu drei. Zwei zu drei, Ottmar! Also ziemlich hoch, würde ich sagen. Ich wiederhole deshalb die Frage. Wer hat euch damit beauftragt, uns einzuschüchtern?«

Koller streckte in schierer Verzweiflung die Hände aus und schrie: »Bei allen Heiligen, glauben Sie mir doch endlich! Ich weiß nicht, wovon Sie sprechen!«

Adam schüttelte den Kopf wie ein Pfarrer, der einen verstockten Sünder vor sich hatte. Dann drückte er unvermittelt ab.

Wieder machte es nur klick.

Koller schlug die Hände vor dem Gesicht zusammen und wimmerte. »Oh Gott, nein! Hören Sie auf! Hören Sie in Gottes Namen auf!«

»Ob ich aufhöre, liegt nicht in meiner und erst recht nicht

in Gottes Hand, Ottmar. Das solltest du allmählich begriffen haben. Es liegt allein an dir. Sag mir, was ich wissen will, wozu ich alles Recht der Welt habe, so wie du mit meinem Bruder verfahren wolltest. Da hast du auch kein Mitleid gezeigt. Du wolltest, dass dein beleibter Begleiter ihm die Kehle durchschneidet. Denk daran: Noch zwei leere Kammern und zwei Patronen. Eine Wahrscheinlichkeit von eins zu eins. Dein Glück währt nicht ewig.«

Koller starrte Adam wütend an. Seine Angst war in blanken Hass umgeschlagen. »Was haben Sie davon, wenn Sie mich umbringen?«

»Genugtuung?«, antwortete Adam mit hochgezogenen Augenbrauen und grinste wieder. Dann sagte er: »Pass auf, Ottmar, ich will es dir nicht so schwer machen. Fahren wir mit einfachen Fragen fort. Kinderleicht zu beantworten.«

Koller zeigte keinerlei Regung.

»Du warst Polizist?«

»Ja.«

»Du hast nachweislich deiner Akten den Tod von Annette von Valley untersucht und das Verschwinden zweier Mädchen aus Kronsberg zu Protokoll genommen?«

»Ja. Woher wissen Sie das?«

»Ich habe die Akten eingesehen. Wurdest du dafür bezahlt, im Protokoll und in der Untersuchungsakte hinsichtlich der zu Tode gekommenen Gräfin nicht mal eine Andeutung zu machen, dass es in Wahrheit kein Unfall war?«

Adam konnte Koller beim Überlegen zusehen. Bis dieser schließlich überraschend einknickte und »Ja« sagte.

»Von wem?«

Koller presste die Lippen zusammen.

»Von wem, frage ich dich.« Adam spannte den Hahn seines Revolvers.

»Von Pius Degenhardt.«

»In wessen Auftrag handelte er?«

»Das weiß ich nicht.«

Adam richtete den Lauf seines Revolvers wieder auf das Knie von Koller.

»Ich weiß es wirklich nicht! Es muss einer der Grafen gewesen sein.«

Adam zögerte, dann nahm er den Hahn wieder zurück.

»Welcher?«, fragte er.

»Fragen Sie Degenhardt.«

»Das werden wir, darauf kannst du dich verlassen. Sag mir, was wirklich passiert ist.«

Koller zuckte mit den Schultern. »Die junge Gräfin war verrückt. Von Anfang an. So einfach ist das. Sie hat ständig herumerzählt, dass ihr Bruder junge Mädchen verführt und sie sitzen lässt, sobald er ihrer überdrüssig geworden ist. Selbst wenn sie schwanger waren. Er hätte Abtreibungen bei irgendwelchen Engelmacherinnen bezahlt, und ein Mädchen wäre daran gestorben.«

»Welcher Bruder?«

»Woher soll ich das wissen? Das hat Degenhardt mir nicht erzählt.«

»Weiter!«

»Es gab anscheinend hässliche Szenen. Einer der Brüder soll sie sogar missbraucht haben, behauptete sie.«

»Woher weißt du das?«

»Auch von Pius Degenhardt.«

»Woher kennt er dich?«

»Vom Militär. Wir waren in derselben Einheit. Mit der jungen Gräfin ist es anscheinend so schlimm geworden, dass sie damit gedroht hat, zur Polizei zu gehen. Und an die Öffentlichkeit. Das musste um jeden Preis verhindert werden. Der Ruf des Hauses von Valley stand auf dem Spiel, verstehen Sie? Bei diesem eingebildeten Aristokratenpack steht der Ruf des eigenen Hauses über allem.«

»Oh ja. Und wie ich das verstehe«, sagte Adam mit einer gehörigen Portion Grimm in der Stimme. »Und weiter?«

»Es wurde beschlossen, dass nichts und niemand der schon

seit langer Zeit geplanten Hochzeit des Grafen Arno mit dieser Komtess aus höchstem Adel im Weg stehen darf. Wenn da auch nur der Hauch eines möglichen Fehlverhaltens ruchbar geworden wäre … Es wäre alles geplatzt. Der schön ausgehandelte Hochzeitsvertrag mit horrender Mitgift und allem Pipapo. Können Sie sich den Skandal vorstellen? Deshalb wurde alles dafür getan, entsprechende Maßnahmen zu ergreifen, um das unter allen Umständen zu verhindern.«

»Der Unfall? Im Moor?«

»Anscheinend. Ich habe nichts damit zu tun, was da passiert ist.«

»Aber was daraus gemacht wurde … du wurdest bestochen, um die Sache zu vertuschen.«

»So kann man das sehen, ja.«

»Was ist wirklich geschehen?«

»Das kann ich nicht sagen. Sonst ist mein Leben keinen Pfifferling mehr wert.«

»Du bist gut bezahlt worden für dein Schweigen, nicht wahr?«, sagte Adam und wies auf die Gastwirtschaft, in der sie saßen.

Koller schwieg. Das war auch eine Antwort.

»Also – wie ist es zu diesem angeblichen Unfall im Moor gekommen?«

Koller schloss die Augen, dann riss er theatralisch sein Hemd auf und entblößte seine nackte Brust. »Schießen Sie schon, dann habe ich's hinter mir …«

Adam blieb hartnäckig. »Das Theater kannst du dir und mir ersparen. Sag mir lieber: Was ist geschehen?«

»Gar nichts, verdammt noch mal. Gar nichts. Das ist es ja.«

»Was heißt das?«

»Das heißt, dass sie das Fräulein bei einem Ausritt gepackt, unter irgendwelche Drogen gesetzt und in eine Klapsmühle eingeliefert haben.«

»Was?«

Adam hatte mit vielem gerechnet, aber diese Aussage kam sogar für ihn überraschend.

»So ist es gewesen. Ihr wurde kein Haar gekrümmt. Sie war einfach von Grund auf verrückt. Angeblich schon als Kind, sagte der alte Graf. Unberechenbar. Unzurechnungsfähig. Hat Dinge behauptet, die nie passiert sind. Sie musste von der Bildfläche verschwinden. Also hat man sie heimlich, still und leise aus dem Weg geräumt.«

»Ist sie dort noch immer? In dieser … dieser Anstalt?«

»Vermutlich. Nennt sich Haus Seelenfrieden. Passender Name für eine Irrenanstalt. Unweit von hier. Ein gewisser Dr. von Gudden hat ihr Medikamente verabreicht, damit sie Ruhe gibt. Soll ein bekannter Irrenarzt sein. Ein hohes Tier. Angeblich ist er sogar für die geistige Befindlichkeit unseres Königs zuständig. Das ist alles, was ich weiß. Und dass ihre angebliche Beerdigung mit allem, was so dazugehört, standesgemäß über die Bühne ging. Als wäre sie tatsächlich gestorben.«

»Mit Sarkophag. Aber ohne Leichnam.«

»Genau. Aber ich wasche meine Hände diesbezüglich in Unschuld. Damit habe ich nichts zu tun.«

»Immerhin hast du das alles offiziell abgesegnet mit deinem Bericht.«

»Ja, das stimmt.«

Adam schwieg und Koller ebenso. Es war eine Menge an Informationen, über die Adam nachzudenken hatte. Und das tat er. Gründlich.

»Was geschieht jetzt?«, fragte Koller schließlich.

Adam erhob sich von seinem Stuhl. »Das wird eine lange Nacht werden«, prophezeite er. »Wir beide gehen jetzt auf das Polizeirevier, dort wirst du ein schriftliches Geständnis ablegen. Mit allen Einzelheiten.«

»Und wenn nicht?«

»Hast du eine Wahl? Wenn du vollumfänglich gestehst, billigt man dir mildernde Umstände zu.«

»Statt fünfzehn Jahren Zuchthaus nur zehn?«

»Wenn du reinen Tisch machst, verzichtet Hajo von Zündt vielleicht auf eine Anzeige. Und ich ebenfalls.«

Koller sah Adam und dessen Waffe in der Hand an, dann stand er auf. »Egal was ich tue – ich bin so gut wie tot«, sagte er voller Selbstmitleid. »Wenn gewisse Kreise davon erfahren, werden sie nicht zögern, mich auszuschalten. Keine Sekunde.«

»Deine einzige Chance besteht darin, dass du alles, was du weißt, offenlegst. Alles. Vorbehaltlos.«

Koller schien plötzlich eine Eingebung zu haben. Als sähe er für sich auf einmal so eine Art Notausgang aus seinem Dilemma. »Ich weiß noch mehr«, sagte er zu Adams Überraschung. »Viel mehr.«

»Und zwar?«, fragte Adam.

»Damit packe ich erst aus, wenn mir für meine Aussagen Straffreiheit zugesichert wird. Schriftlich. Und zwar von ganz oben. Und ein neuer Anfang. Irgendwo anders. Vielleicht in Berlin. Oder Hamburg. Oder gleich ganz im Ausland.«

Adam sah Koller an, dass er nicht bluffte. Seine Gedanken rasten. Wenn Kollers Behauptung der Wahrheit entsprach, mussten sie jetzt dringend von Hajos Beziehungen Gebrauch machen. »Ich werde mich für dich einsetzen.«

»Das mache ich schon selbst.«

»Was soll das für eine große Sache sein, über die du angeblich Bescheid weißt?«

»Schon mal was von einer Verschwörung gehört? Gegen den König?«

»Ein Putsch?«

»Könnte man so nennen, ja.«

»Gegen Ludwig II. ist ein Putsch geplant? Warum?«

»Weil er angeblich nicht mehr in der Lage ist, seinen Verpflichtungen im Königreich nachzukommen. Weil er komplett verrückt sein soll. Wie sein Bruder Otto, den sie weggesperrt haben, nur anders. Und weil er immense Schulden für seine Schlösser angehäuft hat.«

»Wer sagt das?«

»Die Staatsregierung und Dr. von Gudden. Der Irrenarzt und Spezialist für den Geisteszustand des Königs. Obwohl er ihn bisher kein einziges Mal gesehen hat. Zudem soll unser König noch gewisse Neigungen haben, die nicht unbedingt mit den gängigen Moralvorstellungen in Einklang zu bringen sind. Erst recht nicht mit dem Bild einer katholischen Majestät.«

»Was für Neigungen?«

»Der König ist schwul. Und lebt das immer offener aus. Das passt unserer bayerischen Staatsregierung gar nicht in den Kram. Und den sogenannten höchsten Kreisen, die darüber informiert sind.«

»Von wem?«

»Von den wenigen Vertrauten, die er noch an sich ranlässt. Außerdem plaudert seine Dienerschaft munter und spioniert emsig für Geld. Nicht umsonst ist der König paranoid geworden und traut keiner Menschenseele mehr. Und wenn des Königs wahre zweite Leidenschaft nach dem Schlösserbauen in der Öffentlichkeit bekannt wird, brechen alle Dämme. Dem wollen sie um jeden Preis zuvorkommen. Sie suchen noch nach einer für alle Seiten akzeptablen Lösung.«

»Sie?«

»Ich kenne die Namen nicht, aber alle, die an einem Sturz des Königs interessiert sind, haben Kontakt miteinander.«

»Sie wollen Ludwig aus dem Verkehr ziehen?«

»Früher oder später, ja. Eher früher.«

»Wer weiß davon?«

»Oh – so ziemlich alle in der Regierung. Es hat sich bisher nur noch keiner getraut zu handeln. Niemand will dafür am Pranger stehen und die Verantwortung übernehmen. Aber es wird nicht mehr lange dauern, dann wird etwas passieren. Das weiß ich alles von Pius Degenhardt.«

»Die geheimen Treffen in der Villa? Haben die damit zu tun? Ist das so eine Art Treffpunkt für die, die auf einen Umsturz aus sind?«

Koller nickte nur.

»Dort wird also auf Teufel komm raus konspiriert?«

»So ist es. Alles, was blaublütig ist oder sich zugehörig fühlt, ist mit von der Partie.«

»Und gesetzt den Fall, sie ziehen das durch: Wer soll an die Stelle des Königs treten?«

»Prinz Luitpold.«

Jetzt musste Adam tatsächlich einmal tief durchpusten. Das war starker Tobak, selbst für ihn, der einiges einstecken konnte. Das alles hörte sich wirklich nach einem geplanten Staatsstreich an.

»Na schön«, sagte er. Obwohl er das, was ihm Koller da offenbart hatte, alles andere als schön fand. Er konnte kaum glauben, was sich da alles in geheimen Zirkeln, Hinterzimmern und Villen abspielte. Da schienen Hajo und Charlotte mit ihrer Suche nach dem Dienstmädchenmörder nebenbei auf eine Verschwörung riesigen Ausmaßes gestoßen zu sein, die das ganze bayerische Königreich und demzufolge auch das deutsche Kaiserreich und damit Europa erschüttern würde.

Angesichts dieser Perspektiven, *horribile dictu*, wurde ihm schrecklich bewusst, welche Verantwortung plötzlich auf ihren Schultern lastete. Die Entwicklung ihrer Nachforschungen schien ein Ausmaß anzunehmen, das mindestens eine Nummer zu groß für sie drei war. Sie waren damit allein auf weiter Flur. Gegen die geballte Staatsmacht. David gegen Goliath, um ein biblisches Bild zu bemühen.

Aber wie sagte sein Bruder Hajo immer: Egal, was kommt – immer schön Schritt für Schritt vorgehen.

Er musste diesen Ottmar Koller zuerst einmal in eine Zelle im Polizeirevier bringen, dafür sorgen, dass er ein umfassendes Geständnis ablegte und dass er dort sicher untergebracht war. Dann musste er als Nächstes Hajo informieren.

Wenn das erledigt war, konnte er immer noch gemeinsam mit seinen zwei Freunden beratschlagen, was der richtige Schachzug in diesem Labyrinth aus falschen Spuren, Intrigen,

Sackgassen, Irr- und Umwegen war. Hajo würde schon wissen, was zu tun war. Bis dahin musste er wohl oder übel die Angelegenheit selbst in die Hand nehmen. Wenn er Koller ins Gefängnis brachte, musste er dem stellvertretenden Revierleiter Reisinger die Sachlage erklären, so weit wie möglich, und dann zurück nach Kronsberg.

All diese Gedanken fegten quasi in Lichtgeschwindigkeit durch Adams Kopf, während er immer noch vor Koller stand.

»Das mit der Straffreiheit könnte schwierig werden«, sagte er. »Aber wenn du wirklich genügend Stichhaltiges vorzuweisen hast, wird das schon gebührend Aufruhr in relevanten Kreisen verursachen. Dafür wird mein Bruder sorgen. Bei Leuten, die Einfluss haben. Oder die ganz oben mitbestimmen. Aber das kann dauern. Wir werden sehen. Jetzt will ich, dass du vor mir hergehst bis zum Polizeirevier. Und versuch nicht zu fliehen, mein Revolver ist auf dich gerichtet. Ich gehe davon aus, dass du den Weg kennst.«

»Und wer kümmert sich um meinen Freund?«

»Deinen Freund?«

»Ja, mit dem ich zusammenlebe. Er liegt oben in meiner Wohnung. Den Sie angeschossen haben und dem Ihre Kollegin eine Stichwunde verpasst hat. Er hat Fieber und müsste von einem Arzt versorgt werden.«

»Und da sitzt du den ganzen Abend da und spielst Karten?«

»Was soll ich machen? Der läuft nicht davon. Er ist verbunden, und ich habe ihm ein starkes Schlafmittel verabreicht. Wollte morgen einen Arzt holen.«

»Na gut, darum kümmern wir uns später. Abmarsch«, sagte Adam und zeigte mit seinem Revolver zur Eingangstür.

Als Koller die Tür aufsperrte, sah er aus dem Augenwinkel, wie Adam seinen Revolver wieder lud. Er wandte sich ihm zu und sagte: »Ich bin auf Sie hereingefallen, oder?«

»Was meinst du?«

»Sie haben keine einzige Patrone in der Trommel Ihres Revolvers gehabt, als Sie damit auf mich angelegt und russisches Roulette gespielt haben. Sie haben nur geblufft.«

»Zugegeben. Ich pflege nicht auf wehrlose Menschen zu schießen. Das und manches andere unterscheidet uns voneinander. Aber ich kann dir versichern ...«, er hob den Revolver demonstrativ in die Höhe, »... jetzt ist er wieder vollständig geladen. Also – gehen wir. Du zuerst ...«

49

Koller ging auf die Straße hinaus, Adam folgte ihm mit dem nötigen Sicherheitsabstand und der Waffe im Anschlag.

Um diese späte Stunde war niemand mehr unterwegs. Auch Rosenheim hatte schon Gaslampen in der Innenstadt auf den Straßen, es war hell genug, um Koller nicht aus den Augen zu verlieren, der mit gesenktem Kopf vorausmarschierte.

Koller sollte erst einmal hinter Gitter gebracht werden, im Revier hatten sie mehrere Arrestzellen. Reisinger musste informiert werden, und dann musste Adam irgendeine Kutsche auftreiben, um nach Kronsberg zurückzukommen und Hajo von allem, was vorgefallen war und was er erfahren hatte, in Kenntnis zu setzen.

Sie bogen in die Straße ein, in der das Revier lag, als Adam ein rumpelndes Geräusch vernahm. Er blickte zur Seite und sah einen alten Mann mit einem Leiterwagen die Straße überqueren. In diesem Augenblick trat aus einem dunklen Hauseingang eine Gestalt mit Mantel und Hut heraus und Koller in den Weg. Er zielte mit einer Waffe auf dessen Kopf und drückte aus nächster Nähe dreimal ab. Koller sackte in den Mündungsblitzen zusammen.

Bis Adam reagierte, sprintete der Attentäter schon davon. »Halt! Stehen bleiben!«, brüllte er und schoss auf ihn, verfehlte ihn aber.

Im Weglaufen drehte sich der Mann um und feuerte auf Adam. Adam warf sich auf die Straße und schoss zurück. Aber der Mann war schon in eine große Einfahrt abgebogen. Adam rappelte sich hoch und hetzte ihm nach.

Der Hinterhof, in dem der Mann verschwunden war, war nicht beleuchtet. Adam blieb stehen und lauschte. Schritte waren zu hören, die sich zu entfernen schienen. Wahrscheinlich gab es mehrere Ausgänge.

Adam war auf der Hut und schlich sich an der Wand entlang in den Hof, er wollte nicht blindlings in einen Hinterhalt geraten. Seine Augen gewöhnten sich allmählich an die Dunkelheit, der große Hof war vollgestellt mit Fuhrwerken, Fässern und Gerümpel. Er hörte eine Tür zufallen, dann setzte Stille ein.

Adam drehte sich einmal um sich selbst, aber da war weit und breit niemand mehr. Also gab er auf und eilte zu Koller zurück, der in einer Blutlache auf dem Boden lag.

Fenster gingen auf, Lichter an, der Schusswechsel hatte einige Bürger aus dem Schlaf gerissen.

»Was ist hier los?«, schrie einer.

»Ich bin von der Polizei! Alles in Ordnung!«, schrie Adam zurück.

Dabei war er weder Polizist, noch war alles in Ordnung. Ganz im Gegenteil. Koller war das zugestoßen, was er Adam gegenüber vorhergesagt hatte. Er war ermordet worden, weil er geplaudert hatte. Adam kniete sich neben Koller und konnte wie erwartet nur noch dessen Tod feststellen.

Der Mörder hatte ihm mitten ins Gesicht geschossen.

Erste Neugierige kamen aus ihren Häusern und näherten sich vorsichtig.

»Holen Sie die Polizei«, sagte Adam. »Wachtmeister Reisinger. Mein Name ist Adam Bittencourt. Er kennt mich.«

50

Das Feuerwerk war grandios. Am klaren Himmel explodierten Sterne, blühten riesige gelbe, rote und blaue Blumen auf, es pfiff, knallte, knisterte und rauchte. Die Feuerwerker leisteten perfekte Arbeit, für ein paar Sekunden war es taghell, dann wieder finsterste Nacht, dann knatterte schon die nächste Batterie an Raketen los und illuminierte das Schloss und die Umgebung mit bengalischem Feuer.

Von der obersten Plattform des Burgfrieds aus hatten die handverlesenen Gäste, darunter das Brautpaar, Graf Arco, Graf Gregor und Hajo mit seiner Mutter, den besten Blick auf das, was zum krönenden Abschluss der Hochzeitsfeierlichkeiten an Feuerwerkskörpern gen Himmel emporstieg und effektvoll wieder herunterregnete und am Firmament explodierende Lichterketten fabrizierte.

Ein Kellner ging herum und füllte die Gläser der Herrschaften mit Champagner nach. Graf Arco war neben Hajo getreten und hatte die linke Hand auf seine Schulter gelegt.

»Na – habe ich zu viel versprochen?«, fragte er im Angesicht der Farben- und Glitzerorgie vor ihren Augen.

»Nein. Es ist wirklich beeindruckend«, antwortete Hajo. »Sie haben in der Tat weder Kosten noch Mühen gescheut, Graf.«

»Man heiratet nur einmal im Leben.« Er lachte. »Jedenfalls sollte man das. Ich stehe tief in Ihrer Schuld. Weil alles so reibungslos abgelaufen ist, wie ich mir das erhofft hatte. Ich möchte morgen mit Ihnen darüber reden, was ich für Sie tun kann als Gegenleistung. Ich hoffe, Sie sind noch für ein paar Tage mein Gast! Oder haben Sie schon vor, Ihre Zelte hier abzubrechen und nach München zurückzukehren? Weil Ihr geheimnisvoller Fall Sie dort in Anspruch nimmt?«

»Vorerst nicht. Ich verfolge hier noch eine Spur und fürchte, dass ich Ihre Gastfreundschaft weiter in Anspruch nehmen muss …«

»Na, das ist doch wunderbar! Morgen kehrt auf Schloss Kronsberg der Alltag ein. Und im Moor wird wieder die Arbeit aufgenommen. Das alles habe ich Ihnen zu verdanken. Wenn Sie wollen, gehen wir zusammen auf die Jagd. Sie sind herzlich eingeladen. Meine Söhne und ich sind begeisterte Jäger.«

»Begibt sich der frischgebackene Ehemann nicht mit seiner Gattin auf Hochzeitsreise?«

»Nein. Vorerst nicht. Die wird später nachgeholt.«

»Wo soll es denn hingehen?«

»Sie fahren nach Südamerika. Das Schiff nach Rio legt erst in zehn Tagen von Genua aus ab. Meine Schwiegertochter hat vorher noch ein paar geschäftliche Dinge mit ihrer Familie zu regeln. Bis dahin müssen sich die beiden noch gedulden.«

»Darf ich Sie etwas fragen?«

»Aber immer doch.«

Der Graf war wirklich in Feierlaune. Hajo wollte den Moment nutzen. »Auf meinem Ritt durchs Moor bin ich auf eine alte Villa gestoßen ...«

»Ach die. Die Villa Amalia. Bei Gott – ein ständiges Memento mori für unsere Familie. Altes Familienerbe, mit tragischem Hintergrund ...«

»Ich kenne die Geschichte.«

»Hätte mich auch gewundert, wenn Sie sich nicht über alles hier in der Gegend informiert hätten.«

»Davon dürfen Sie ausgehen. Das gehört dazu, nicht umsonst nennt man einen Privatermittler einen Schnüffler, auch wenn ich das nur gelegentlich mache.«

»Ja, ich weiß. Im Hauptberuf sind Sie Pathologe. Mit einigen Meriten, obwohl Sie noch so jung sind. Sie sehen, auch ich habe meine Erkundigungen eingezogen. Wie auch immer ... die Villa Amalia steht schon seit Jahren leer. Ist längst nicht mehr von Bedeutung. Wir nutzen sie nur gelegentlich, auf der Jagd zum Beispiel. Was hat Sie denn dahin geführt?«

»Der Zufall. Sie war auf der Karte, die wir hatten, nicht verzeichnet.«

»Und? Was haben Sie gefunden?«

»Nichts. Sie war hermetisch abgesperrt.«

»Das hätte ich Ihnen gleich sagen können. Da gibt es auch nichts zu finden.« Im nächsten Moment wechselte der Graf abrupt das Thema. »Haben Sie denn inzwischen irgendetwas über die angeblich verschwundenen Mädchen herausbekommen?«, fragte der Alte scheinbar beiläufig.

War ihm das Terrain, auf das Hajo ihn geführt hatte, zu heiß geworden? Jedenfalls war er neugierig, was Hajos Ermittlung anging. Besser, Hajo blieb im Ungefähren. »Wir gehen da einigen vielversprechenden Spuren nach.«

»Ach ja? Und wo führen die hin?«

»Jedenfalls nicht in die Großstadt.«

»Sie verheimlichen mir doch etwas. Aber für die Leute hier ist es wichtig, was mit ihnen passiert ist.«

»Ich weiß. Deshalb geben wir in dieser Hinsicht auch nicht auf.«

»Sie sind – verzeihen Sie mir den Vergleich – wie ein Terrier, einer meiner Jagdhunde. Wenn sie sich einmal in irgendetwas verbissen haben, lassen sie nicht mehr los.«

»Genau das hat mir einer Ihrer Lieblingsfeinde auch schon vorgeworfen.«

»Wer?«

»Der Pfarrer.«

»Kein Wunder. Als Pfarrer sollte er über eine gewisse Menschenkenntnis verfügen.«

»Und als Beichtvater darüber, ob jemand die Wahrheit sagt oder sie verschleiert«, fügte Hajo hinzu.

Sie lächelten einander an, in der Gewissheit, den jeweils anderen zumindest ein wenig durchschaut zu haben, auch wenn keiner seine Karten ganz aufgedeckt hatte. Aber sie konnten damit kokettieren, während ihre Gesichter mal kurz im Dunkeln, mal rot, mal grün waren, je nachdem, welche Farben das Feuerwerk über ihren Köpfen gerade in den Himmel malte.

Aber der alte Graf ließ nicht locker. »Also haben Sie was? Eine Spur?«

Der Höhepunkt des Feuerwerks hatte begonnen. Der Feuerwerker zog mit seinen Helfern noch einmal alle vorbereiteten Register, der Himmel erglühte von optischen Girlanden und Wasserfällen, es knatterte und knallte, ein einziger zischender, prasselnder und glitzernder Funkenregen aus Gold und Silber explodierte, der wie ein bunter Zaubervorhang vom Nachthimmel fiel, als käme er direkt aus den Sternen.

Dann war das Spektakel, eine Mischung aus Chemie, Physik und geschickter Handwerkskunst, mit einem Mal zu Ende. Urplötzlich war es aus mit der illusionistischen Pracht und Herrlichkeit, und es herrschte eine fast unheimliche Stille. Stille wie auf der Rückseite des Mondes. Jedenfalls für einen kurzen Augenblick.

Dann brandete Beifall auf, und Bravorufe ertönten, es waren nur noch Rauch und der Geruch nach Schwefel und Pulver in der Luft.

»Wir haben Ihre Familienchronik durchforstet«, sagte Hajo unvermittelt. »Graf Arco, ich muss Sie das fragen: Was ist damals mit Ihrer Tochter Annette passiert?«

Die Miene des Grafen versteinerte augenblicklich. »Was hat diese Familientragödie, die mich bis heute in den Schlaf verfolgt, mit den verschwundenen Mädchen zu tun?«

»Genau das will ich herausfinden. Sie haben mir freie Hand bei meinen Nachforschungen gegeben. Annette war, als sie laut Familienchronik starb, im gleichen Alter wie die Mädchen.«

»Nein, da haben Sie mich falsch verstanden. Das mit der freien Hand bezieht sich nicht auf unsere Familie. Die ist für Außenstehende tabu. Sie wühlen da in alten Geschichten herum, die nichts, aber auch gar nichts mit den gegenwärtigen Ereignissen zu tun haben, Herr von Zündt. Das kann ich Ihnen versichern. Das sind Familienangelegenheiten, die niemanden etwas angehen. Wir Valleys haben daran schwer zu tragen. Kümmern Sie sich um die verschwundenen Mädchen und lassen Sie die Finger von dieser persönlichen Tragödie. Und von dieser Villa.«

Er stieß sichtlich wütend mit seinem Gehstock auf, drehte sich abrupt um und verschwand humpelnd.

Offensichtlich hatte Hajo einen wunden Punkt getroffen. Aber genau das war seine Absicht gewesen. Graf Arco war nicht ganz so unschuldig an den Vorkommnissen in Kronsberg und dem Teufelsmoor, wie er immer tat. Sonst hätte er nicht so emotional reagiert.

Hajos Mutter kam heran, um mit ihrem Sohn anzustoßen. »Wo warst du eigentlich die ganze Zeit?«, fragte sie.

»Auf Mörderjagd«, antwortete er mit ernstem Gesicht.

Berta von Zündt lachte lauthals auf. »Ach Hajo – du willst mich mal wieder auf den Arm nehmen. Wo stecken eigentlich Adam und Charlotte?«

»Auch auf Mörderjagd.«

Sie schüttelte den Kopf und boxte ihm spielerisch gegen die Brust. »Du schaffst es immer wieder, deine Späße mit mir zu treiben.« Sie hakte sich entschlossen bei ihm unter und führte ihn weg. »Komm mit, ich möchte dir unbedingt eine Großnichte von mir vorstellen. Sie heißt Regina von Bouillon, ist wirklich ganz zauberhaft und wollte dich immer schon mal kennenlernen.«

»Weswegen?«

»Sie steht auf Männer, die auf Mörderjagd gehen«, sagte sie in gespielt verschwörerischem Flüsterton und freute sich diebisch, dass sie ihren Sohn ein einziges Mal mit seinen eigenen Worten geschlagen hatte.

Für dieses Mal blieb Hajo nichts anderes übrig, als nachzugeben. Also versuchte er, ein freundliches Gesicht aufzusetzen, als eine strahlende Schönheit auf ihn zugestürmt kam und ihn mit den Worten »Endlich lerne ich Sie mal kennen! Sie müssen Hajo von Zündt sein, der berühmte Detektiv!« begrüßte.

Sein Lächeln blieb ohne die geringste Anstrengung auf seinem Gesicht, Regina von Bouillons Charme und Aussehen ließen ihm gar keine andere Wahl.

Wenn er wollte, konnte Hajo auch amüsant sein, interessierte Fragen stellen und nicht, wie die meisten Männer, nur über sich selbst reden. Und jetzt wollte er tatsächlich.

51

Zum Abreisetag der vielen Gäste aus Kronsberg am frühen Vormittag herrschte im Schloss, auf der Auffahrtsserpentine, in den Straßen der Ortschaft und dem kleinen Bahnhof am Fuß des Schlossbergs rege Betriebsamkeit. Dutzende Droschken wurden beladen und bestiegen, der Sonderzug nach München stand abfahrbereit und dampffauchend wie ein stählerner Drache auf seinem Nebengleis. Gepäck wurde verfrachtet, Bedienstete wirbelten überall auf dem Bahnsteig umher, Bekannte und Verwandte verabschiedeten sich voneinander, jeder stand jedem im Weg, kurz: Es war ein einziges Chaos.

Charlotte lag noch im Tiefschlaf auf ihrem Bett im Zimmer des »Schwarzen Adlers«. Sie hatte lange am Vorabend mit einigen Angestellten des Schlosses gesprochen, nichts gravierend Neues erfahren und sich dann das Feuerwerk vom Dorf aus angesehen, nicht auf dem Schloss selbst, weil sie eine Begegnung mit Graf Arno vermeiden wollte, der sie mit Sicherheit erkannt hätte.

Danach hatte Charlotte sich ins Bett gelegt. Aber sie konnte einfach nicht einschlafen, weil sie an Adam denken musste, der nach Rosenheim gefahren war. Normalerweise sorgte sie sich nie um ihn. Adam war zwar von Grund auf ein Bruder Leichtfuß, aber er wusste sich schon seiner Haut zu wehren. Außerdem war das Aufsuchen eines Polizeireviers zwecks Akteneinsicht grundsätzlich keine gefährliche Angelegenheit. Sie wusste nicht, warum, aber mehr und mehr beschlich sie das unbestimmte Gefühl, dass es zunehmend gefährlicher wurde. Es war mittlerweile undurchschaubar, in was für Aktivitäten sie da hineingezogen worden waren. Das alles hatte Hajo ja von Anfang an vorhergesagt.

So hatte sie nach dem Feuerwerk sinnlose Stunden mit schlaflosem Grübeln über die Tatsache verbracht, dass der Sarkophag von Annette von Valley leer gewesen war, aber keine schlüssige Erklärung dafür gefunden.

Der Morgen dämmerte schon, als sie endlich eingeschlafen war. Es war kein ruhiger Schlaf. Sie träumte, dass sie barfuß durchs Moor irrte und vor irgendwelchen Gespenstern flüchtete, die sich als die Männer mit den Kartoffelsäcken auf dem Kopf entpuppten und ihr nachjagten. Ihr Unterbewusstsein spulte auf verrückte und zusammenhanglose Art und Weise ab, was sie in letzter Zeit erlebt hatte und was irgendwie geistig verdaut werden musste.

Im Traum sah sie, wie Annette mit dem Silberblick von einem scheuenden Pferd fiel, wie die Gräfin im Moorwasser versank, Luftblasen blubberten ihr aus Mund und Nase, ihre Augen waren leblos. Dann war sie plötzlich selbst in einer Badewanne und wurde von Graf Arno mit seinem Schmiss im Gesicht erbarmungslos an den Füßen unter Wasser gezogen. Vergeblich schnappte sie nach Luft. Sie glaubte, ersticken zu müssen, und strampelte mit Händen und Füßen. Gleichzeitig konnte sie ein heftiges Klopfen vernehmen und eine Stimme, die laut rief: »Charlotte! Ich bin's, Adam! Mach die Tür auf!«

Sie blinzelte, und in Sekundenschnelle wurde ihr klar, dass sie verschlafen hatte und jemand an die Tür hämmerte. In der Realität, nicht in ihrem Kopf.

»Charlotte, jetzt mach schon auf! Ich bin's!«

Noch immer leicht benommen von ihren Alpträumen stand sie auf und schloss die abgesperrte Tür im Nachthemd auf. Adam kam herein, schlug die Tür hinter sich zu und sperrte wieder ab. Er machte einen ziemlich derangierten Eindruck, umarmte sie kurz, aber heftig, warf seinen Hut und dann sich selbst erschöpft aufs Bett, wo er erst einmal die Augen schloss und tief durchatmete.

Besorgt setzte sich Charlotte neben ihn und fragte: »Was ist denn los mit dir?«

»Nicht viel«, stöhnte er. »Außer dass mein einziger Zeuge, den ich in unserer Angelegenheit in Rosenheim aufgetrieben habe und der ein vollständiges Geständnis ablegen wollte, nämlich dieser Ottmar, vor meinen Augen erschossen wurde – wie ich selbst beinahe, von seinem Mörder, die Kugeln flogen mir nur so um die Ohren. Und außer dass ich ihm nachgerannt bin und ihn dann aus den Augen verloren habe. Dass ich danach stundenlang Erklärungen abgeben musste und gerade noch um Haaresbreite um eine Verhaftung herumgekommen bin und nur durch Manteuffels Fürsprache freigelassen wurde, auf Bewährung sozusagen. Weil er für mich gebürgt hat. Und ich noch das unverschämte Massel hatte, dass er mitten in der Nacht telefonisch erreichbar war im Polizeipräsidium in München. Mein Dank gilt den Wundern der Technik und dem glücklichen Umstand, dass Manteuffel zufällig noch Überstunden gemacht hat und sich somit für mich einsetzen konnte. Außerdem hat sich glücklicherweise noch ein Augenzeuge eingefunden, der zu meinen Gunsten ausgesagt und meine Version des Mordes bestätigt hat. Ansonsten hätten sie mich wohl vorläufig eingebuchtet. Nicht zu Unrecht, schließlich wurde ich ja praktisch mit rauchendem Revolver vor einem erschossenen Mann angetroffen. Dann habe ich für die Fahrt mit einer Droschke hierher ein mittleres Vermögen bezahlt, weil ich einen armen Kutscher in den frühen Morgenstunden aus dem verdienten Schlaf reißen musste. Und jetzt bin ich völlig am Ende.«

Er griff nach ihrer Hand. »Charlotte – wir haben voll in ein einziges Wespennest gestochen. Die Wespen schwärmen bereits aus, und sie sind sehr angriffslustig.«

»Genau das dachte ich auch schon länger.« Dabei hatte sie nie die Absicht gehabt, die Kassandra zu spielen. Doch so, wie die Dinge nun mal lagen, waren sie von der harten Realität eingeholt worden.

»Sag mir – wo ist Hajo?«, fragte Adam.

»Vermutlich bei irgendwelchen potenziellen Heiratskandidatinnen, die seine Mutter ihm vorgestellt hat.«

Es war ihre große Stärke, so gut wie nie die Nerven zu verlieren. So auch jetzt. Sie legte ihm ihre Hand auf die Stirn, was sie immer tat, wenn sie wollte, dass er sich entspannte. »Erzähl mir alles, aber der Reihe nach und von Anfang an. Ich höre zu.«

Adam nickte mit geschlossenen Augen. Er musste den ganzen Irrsinn loswerden, der ihm widerfahren war, seit er nach Rosenheim aufgebrochen war, um das polizeiliche Gutachten vom Unfall der Valley-Tochter einzusehen. Eigentlich eine langweilige Formsache, wie er anfangs gedacht hatte.

Eigentlich.

Er wollte gerade damit anfangen, da klopfte es an der Tür. »Charlotte, mach auf, ich bin's, Hajo!«

Charlotte, die inzwischen hellwach war, seufzte ergeben und sagte zu Adam, der immer noch auf ihrem Bett lag: »Heute geht's anscheinend in meinem Schlafzimmer zu wie in einem Taubenschlag.« Dann ging sie zur Tür, um sie wieder aufzusperren. »Immer herein, solange es kein Valley ist«, sagte sie nonchalant zu Hajo und hielt ihm die Tür auf.

Er war ziemlich erstaunt darüber, dass Charlotte, die normalerweise immer ausgeschlafen und wie aus dem Ei gepellt auftrat, noch im Nachthemd und barfuß war und so aussah, als käme sie nach einer langen Nacht geradewegs frisch aus den Federn.

Was ja auch tatsächlich der Fall war.

Aber dann lag auch noch Adam im Anzug und mit Schuhen auf ihrem Bett, alle viere von sich gestreckt, und begrüßte ihn mit einem müden Heben seiner rechten Hand. Er sah aus, als hätte er einen wirklich gebrauchten Tag und eine noch schlimmere Nacht hinter sich.

Jetzt war Hajo wirklich gespannt, was ihm die beiden zu erzählen hatten.

52

»Capo, schau doch mal, da ist was Seltsames …«, sagte Quirin, einer der Torfleute, zu Lukas, der von seiner Arbeit hochblickte, seinen Spaten einstach und sich zu seinem Kollegen Quirin gesellte, der in einen Tümpel auf der anderen Seite des Dammes wies. Die Männer arbeiteten sich an der gegenüberliegenden Seite voran durch den Torf.

»Was zum Teufel ist das?«

Lukas ging in die Hocke und sah genauer hin.

»Das ist … das ist ein Fuß!«, stellte er mit Entsetzen fest.

Er war ein Torfstecher in seinen Vierzigern, der wie seine zahlreichen Kollegen, darunter einige Kinder, die Arbeit im Moor wieder aufgenommen hatte. Die bestand darin, den Torf in transportierbare Portionen, sogenannte »Soden«, abzustechen und sie anschließend auf die Loren zu verteilen, die das Produkt dann mit Hilfe der kleinen Dampflok zum Trockenplatz fuhren. Dort wurden sie ausgelegt und durch Stampfen mit den Füßen, »petten« genannt und von Kindern durchgeführt, entwässert und anschließend getrocknet, bis sie für den Weitertransport und für den Verkauf geeignet waren.

»Kommt alle mal her!«, rief Quirin aufgeregt und winkte.

Die ganze Arbeiterkolonne strömte zu den beiden und versammelte sich um einen schmutzig braunen und trüben Moortümpel, in dem zwei leblose menschliche Körper mehr zu erahnen als zu sehen waren. Sie lagen dort wie schwebend auf dem Rücken, die langen Haare im Wasser aufgefächert wie Flussgras.

Weibliche Körper, wie es den Anschein hatte.

»Bei allen Heiligen«, sagte irgendeiner im Hintergrund. »Das sind sie!«

Lukas sprang kurz entschlossen in den Tümpel, ungeachtet dessen, dass er bis zur Hüfte im Morast einsank, und packte vorsichtig einen der Körper an, um ihn an die Oberfläche zu heben.

»Herrgott im Himmel, steh uns bei! Das ist Elisa!«, schrie einer der Männer, die um die Grube herumstanden, voller Entsetzen. Lukas stemmte den bekleideten Körper, der voller Schlamm und Pflanzenreste war, in die Höhe und reichte ihn an helfende Hände weiter, bevor er auch die danebenliegende Leiche aus dem Wasser hob.

»Theresa«, sagte er mit belegter Stimme und gab sie weiter, wo sie mit einer Behutsamkeit, die man diesen kräftigen Kerlen gar nicht zugetraut hätte, neben den anderen Leichnam auf den trockenen Damm gelegt wurde.

Quirin half Lukas aus dem Graben, dann standen sie fassungslos um die beiden toten Mädchen herum.

Einer der Männer, Elisas Onkel, sank vor seiner toten Nichte, die auch sein Patenkind war, das wussten alle, in die Knie, und Tränen rannen seine bärtigen Wangen herunter. Er versuchte, mit der bloßen Hand ihr Gesicht so sanft wie möglich vom Schmutz zu befreien, und murmelte immer wieder: »Elisa … mein Gott, Elisa! Wer hat dir das angetan …?«

»Das Moor hat sie geholt«, stellte einer der Männer mit grimmiger Gewissheit fest und bekreuzigte sich. »Unser Pfarrer hat doch recht gehabt.«

Die anderen nahmen ihre Kopfbedeckungen ab und bekreuzigten sich ebenfalls mit gesenkten Häuptern. Stumm und fassungslos standen sie eine ganze Weile da.

»Was machen wir jetzt, Capo?«, fragte einer der Männer schließlich.

Sie sahen Lukas an, er war der Vorarbeiter und hatte das Kommando. Alle nannten ihn »Capo«, so hatte ihn Giovanni, der Italiener unter den Torfstechern, angeredet. Inzwischen war diese Anrede zu einer Art Rangbezeichnung unter den Moorarbeitern geworden.

»Was wohl«, meinte Lukas. »Wir bringen sie nach Hause.«

53

Der Sonderzug mit den restlichen Hochzeitsgästen war längst abgefahren. Hajo hatte sich noch von seiner Mutter verabschiedet, die mit einer engen Freundin zusammen nach München zurückkehrte, und anschließend war er mit Adam und Charlotte im holzgetäfelten Speisesaal verbredet, wo sie ihr weiteres Vorgehen besprechen wollten. Dort waren sie ganz unter sich.

In Kronsberg nahm wieder alles seinen normalen Lauf, was nichts anderes hieß, als dass Männer, Frauen und Kinder ihrer gewohnten Arbeit nachgingen, entweder im Moor, in den Ställen mit dem Vieh oder auf den zu bestellenden Feldern. Außer ein paar gackernden Hühnern und herumstreunenden Hunden auf den Dorfstraßen war alles wie sonst auch immer: wie ausgestorben.

Nach dem ganzen Trubel der letzten Tage war wieder Ruhe eingekehrt.

Bis der Wirt in den Speisesaal gestürmt kam und mit hochrotem Gesicht meldete: »Herrschaften, sie haben die Mädchen gefunden! Sie sind tot. Alle beide.«

Hajo, Charlotte und Adam fuhren blitzartig von ihren Stühlen hoch.

»Wo?«, fragte Hajo.

»Im Moor. Sie haben sie gerade hergebracht. Mit der Moorlokomotive. Draußen, beim Bahnhof.«

54

Während Adam im Bahnhof nach München ins Polizeipräsidium telegrafieren ließ und Beamte anforderte, bevor er Reisinger in Rosenheim informierte, der Kollers fiebrigen Kumpel in eine Arrestzelle gesteckt und ihm einen Arzt besorgt hatte, eilten Hajo und Charlotte zu den beiden Leichen, die von den Männern der Torfbrigade hertransportiert und auf Decken auf den Bahnsteig gelegt worden waren. Irgendjemand hatte die Decken und zusätzliche Leintücher besorgt, unter denen sie nun lagen.

In einem Halbkreis standen die Dorfbewohner mit betretenen Gesichtern und den Hüten in den Händen unschlüssig um sie herum. Die Nachricht vom Auffinden der toten Mädchen hatte sich in Windeseile verbreitet, Frauen und Kinder kamen herbeigerannt, auch vom Schloss her. Die Eltern waren ebenfalls informiert worden und trafen aufgelöst und tränenüberströmt ein.

Hajo und Charlotte knieten sich gerade neben den Leichen nieder und lüpften die Tücher, um die Toten genauer anzusehen. Aber bevor sie nähere Untersuchungen vornehmen konnten, wurden sie von den Eltern blindlings beiseitegestoßen, die sich auf ihre toten Kinder stürzten und sie lautstark betrauerten.

Hajo und Charlotte traten zunächst pietätvoll zurück, weil sie einsahen, dass die betroffenen Familien jedes Recht hatten, ihre Töchter zu sehen.

Aber dann kam auch noch der Pfarrer daher, bekreuzigte sich angesichts des dramatischen Szenarios, das sich vor aller Augen abspielte, und wartete ab, bis der Rest der Dorfgemeinschaft und die zahlreichen Schlossbediensteten, die ebenfalls neugierig und sensationslustig herbeigeeilt kamen, einigermaßen zur Ruhe gekommen waren.

Der Schock war bei allen groß, die meisten Frauen bedeckten die Gesichter mit Händen, schluchzten und drückten ihre Kinder an sich.

Hajo sah sich das eine ganze Weile an, doch dann beschloss er einzuschreiten, auch wenn er wusste, dass dies nicht besonders gut ankam unter diesen Umständen. »Leute!«, rief er und hob die Hand. »Leute, hört mir zu!«

Aber dieser Zwischenruf stachelte die Menschen nur an, das Getuschel, Zwischenrufe und vereinzelte Zornesausbrüche gegen eine untätige Obrigkeit, die sich nicht für die kleinen Leute interessierte, kochten erneut hoch.

Wenn er eine Pistole zur Hand gehabt hätte, hätte er in die Luft geschossen, um sich Respekt und die allgemeine Aufmerksamkeit zu verschaffen, die er in diesem Augenblick für nötig befand.

Dass ausgerechnet der Pfarrer sich nun einmischte, den Arm hob und ihm rhetorisch zur Seite sprang, kam für Hajo völlig überraschend. »Ruhe, Leute, Ruhe«, schrie Schickedanz mit seiner Stentorstimme, »hört euch erst mal an, was dieser Mann zu sagen hat. Wenn er auch nicht unbedingt ein Anhänger unserer katholischen Kirche ist, so ist er dennoch ein respektierter Spezialist für solche Fälle. Wir sollten uns zumindest seine Meinung anhören.«

Hajo bedankte sich bei Schickedanz durch ein kurzes Zunicken, dann begann er mit seiner Ansprache. Eines wusste er: Sie würde eine seiner wichtigsten sein, die er jemals gehalten hatte. »Ihr Leute von Kronsberg. Das, was wir hier vor uns sehen, ist das grausamste Verbrechen, das in dieser Gegend seit Menschengedenken begangen worden ist. Zwei unschuldige Mädchen sind gewaltsam aus eurer Mitte gerissen worden. Daran kann kein Zweifel bestehen, und niemand kann mehr etwas daran ändern. Ich bin für euch ein Fremder aus München, aber ich kann euch zumindest versichern: Ich bin ein Experte auf dem Gebiet der Untersuchung von Todesfällen. Und ich verspreche euch, dass ich mit meinen Begleitern alles Menschenmögliche tun werde, um dieses Verbrechen aufzuklären und die dafür Verantwortlichen ihrer gerechten Strafe zuzuführen. Die Polizei in München und Rosenheim ist informiert und wird schnellstmöglich eintreffen, um mich dabei zu unterstützen.«

Buhen und Schmährufe kamen auf: »Die sind doch unfähig!« Und: »Die interessieren sich doch nicht für uns!« Das waren nur die harmlosen Zurufe.

Hajo wartete ab, bis sich die Aufregung wieder gelegt hatte, und fuhr dann fort: »Ich kann euch versichern, da sind äußerst kompetente Beamte dabei, unter anderem mein Freund Kommissar Manteuffel, mit dem ich schon seit längerer Zeit vertrauensvoll zusammenarbeite und an dessen Kompetenz und Integrität nicht der geringste Zweifel besteht. Er ist von meiner Vorgehensweise absolut überzeugt und wird alles daransetzen, mir dabei zur Seite zu stehen und diese abscheuliche Tat aufzuklären. Ich habe Mittel und Methoden, um festzustellen, auf welche Weise genau Elisa und Theresa getötet worden sind. Daraus lassen sich Rückschlüsse ziehen, die auf den Täter hinweisen. Und ich schwöre euch bei meinem Leben, dass ich nichts unversucht lasse, den oder die Mörder aufzuspüren und sie für ihre Taten büßen zu lassen.«

»Woher weißt du, wie sie umgekommen sind? Und wenn sie doch das Moor ins Verderben gelockt hat?«, schrie einer aus der Menge heraus.

Hajo erkannte ihn auf Anhieb, es war derselbe, der ihm in der Kirche schon durch Zwischenrufe aufgefallen war.

»Gut gesprochen«, sagte er, »genau das werde ich mit neuesten wissenschaftlichen Methoden feststellen. Aber dazu muss ich die Leichen der Mädchen untersuchen. Das ist mein Beruf. Ich bin Professor für Pathologie an der Universität in München und habe die Erfahrung und die Kenntnisse dazu. Ich bin vom Staat ermächtigt und dazu verpflichtet, eine sogenannte Leichenschau bei ungeklärten Todesfällen durchzuführen. Ich habe mit einem heiligen Eid geschworen, nach bestem Wissen und Gewissen und mit allem Respekt vor den Toten meine Pflicht zu tun. Und wenn ich euch sage, ich kann nichts finden, was auf einen gewaltsamen Tod der beiden Mädchen schließen lässt – dann habt ihr recht, dann war es das Moor. Dann werde ich mich vor euch hinstellen und dies zugeben. Aber wenn ich auch nur das Geringste an Gewalteinwirkung feststelle – Messerstiche, Hiebe, Prellungen, Schusswunden oder Würgemale –, dann werde ich das der Polizei weiterleiten und dafür Sorge tragen, dass die Verursacher dieses schrecklichen Verbrechens zur Strecke gebracht werden. So wahr mir Gott helfe!«

»Gut gebrüllt, Löwe«, zitierte Pfarrer Schickedanz mit unüberhörbarem Sarkasmus, aber wahrscheinlich unwissentlich Shakespeares »Sommernachtstraum«. »Dass Sie dabei als Agnostiker den Namen Gottes in den Mund nehmen, erstaunt mich doch ein wenig. Der Zweck heiligt wohl die Mittel, das scheint mir Ihre Devise zu sein. Sei's drum. Aber was ist, wenn wir nicht wollen, dass Sie die beiden unschuldigen Geschöpfe Gottes aufschneiden, wie es Ihre Art ist? Weil es gegen göttliches Gebot verstößt? Das meiner Meinung nach immer noch über den Gesetzen des Staates steht? Weil den Mädchen schon genug angetan wurde und sie es mehr als verdienen, ohne erneut am Leib geschändet zu werden, friedlich zu Grabe getragen zu werden? Auf dass sie am Jüngsten Tage unversehrt auferstehen, um in das ewige Reich Gottes aufgenommen zu werden? So, wie es Jesus Christus in seiner Barmherzigkeit verkündet hat?«

Es war still geworden bei Rede und Gegenrede von Hajo und dem Pfarrer. Nur das Schluchzen der Angehörigen von Elisa und Theresa war nicht verstummt.

Nach einer Pause, in der die Zeit stillzustehen schien, trat »Capo« Lukas entschlossen nach vorn. »Ich bin dafür, dass dieser Mann aus München alles tut, um festzustellen, wie unsere Mädchen zu Tode gekommen sind. Wenn ich etwas will, dann, dass der Mörder gefasst wird und auf dem Schafott landet. Dieser Mann …«, er zeigte auf Hajo, »… ist für die Körper zuständig. Davon versteht er was.« Jetzt zeigte er auf Schickedanz. »Für alles andere ist der Herr Pfarrer da.

Dafür ist er zuständig. Er wird dafür sorgen, dass die Seelen der Mädchen ins ewige Himmelreich einziehen. Aber das hat Zeit. Zuerst sind die irdischen Belange von Bedeutung. Lassen wir diesen Pathologen aus München seine Arbeit tun. Also, wer ist der gleichen Meinung?«

Er sah sich um.

Zögernd gingen einige Hände in die Höhe, nach und nach folgten mehr, bis schließlich die überwiegende Mehrheit ihr Einverständnis gegeben hatte, dass zunächst Hajo sein Vorhaben durchführte.

»Wir stimmen erst zu, wenn die Angehörigen einverstanden sind«, sagte Pfarrer Schickedanz immer noch widerspenstig. Er wandte sich den Eltern der Mädchen zu und fragte: »Seid ihr es?«

»Wenn es Gottes Wille ist?«, fragte die Mutter von Elisa und sah ihren bärtigen Bruder an, den Taufpaten von Elisa, der sie tröstend in den Arm genommen hatte. Er nickte ihr zu.

»Also gut«, sagte sie. »Geben wir sie in seine Obhut.«

Die Eltern von Theresa starrten den Pfarrer an, um zu erkunden, wie sie sich verhalten sollten. Der erwiderte den Blick streng und blieb stumm. Was auch leicht zu deuten war.

Zu aller Überraschung stand der Vater, der neben seinem toten Kind gekniet hatte, auf und wandte sich an Hajo. »Tun Sie, was Sie tun müssen. Sie haben nicht meinen Segen, aber meine Einwilligung.« Dann ging er mit gebeugtem Rücken davon.

Die Entscheidung war gefallen. Gegen die Meinung von Pfarrer Schickedanz.

»Wo sollen wir hin mit den Mädchen?«, fragte Lukas.

»Sie gehören in der Kirche aufgebahrt«, wandte Schickedanz ein, der seine Niederlage noch immer nicht eingestehen wollte.

»Nein«, widersprach Hajo. »Für die Untersuchungen, die ich durchführen will, müssen sie an den kühlsten Ort gebracht werden, den es hier gibt.«

»Und wo soll das sein?«

»Im Bierkeller des Wirtshauses. Dort sind die Eisblöcke aufbewahrt, um das Bier kühl zu halten. Und dort habe ich auch die nötige Ruhe, um meiner Arbeit nachzugehen.«

»Das ist nicht christlich!«, polterte der Pfarrer. »Sie in einem Bierkeller unterzubringen!«

»Soll ich die Untersuchung etwa in Ihrer Kirche vornehmen?«

Der Pfarrer schwieg mit zusammengekniffenen Lippen. Gegen das Argument hatte er nichts mehr vorzubringen.

Hajo fragte in die Runde: »Wer hilft mir, sie anständig zum ›Schwarzen Adler‹ zu bringen?«

Lukas trat als Erster vor. Etliche der Männer folgten ihm, wickelten die Leichen in die Decken und trugen sie dem vorausgehenden Hajo hinterher.

Pfarrer Schickedanz sah ihnen hinterher, murmelte Unverständliches und machte das Kreuzeszeichen, dann wandte er sich wieder an die übrig gebliebenen Kronsberger. »Ich werde jetzt eine Seelenmesse für die toten Mädchen lesen. Wer daran teilnehmen will, der folge mir.«

Er drehte sich um und sah sich Graf Arco gegenüber, der sich inzwischen ebenfalls eingefunden hatte. Der fixierte die Augen des Pfarrers und fauchte: »Was in Gottes Namen ist hier los?«

55

In den Katakomben des Bierkellers vom »Schwarzen Adler« war inzwischen alles mit Hilfe der tatkräftigen Männer unter der Führung ihres Capos so hergerichtet worden, wie Hajo es für seine Untersuchungen benötigte. Holzplanken auf Holzböcken dienten als provisorische Sektionstische, auf ihnen waren die beiden Leichen aufgebahrt. Die Tische standen neben bis zur Decke reichenden Schichten aus Eisblöcken.

Hajo und Charlotte waren mit allem ausgerüstet, was für ihre Arbeit nötig war. Adam hatte sicherheitshalber eine große Materialkiste besorgt, in die sie Arbeitskleidung, Gummischürzen und die für eine Obduktion erforderlichen Instrumente gepackt hatten – Hajos Notfallausrüstung für schnelle Einsätze vor Ort –, bevor sie nach Kronsberg aufgebrochen waren.

Aber am wichtigsten war genügend Licht, der Keller des »Schwarzen Adlers« verfügte wie alle anderen Anwesen in Kronsberg über kein Gaslicht, und Tageslicht fiel auch nicht herein. Also halfen sie sich mit entsprechend vielen Petroleumlampen und Kerzen aus, die so installiert wurden, dass Hajo möglichst ohne störende Schatten arbeiten konnte.

Bis alles so weit hergerichtet war, waren auch die aus München angeforderten Polizisten eingetroffen. Adam hatte sie am Bahnhof in Empfang genommen und sie in aller Eile über alles unterrichtet, was sie wissen mussten.

Es waren zwei Wachtmeister mit Gewehren unter Führung von Manteuffel, der sogleich einen Mann vor dem Eingang zum »Schwarzen Adler« postierte und den zweiten als Unterstützung an seiner Seite hatte. Manteuffel teilte Hajo mit, dass sein Vorgesetzter, Kriminalrat Scheel, falls nötig, auch noch nachkommen wollte. Bis dahin sollte Manteuffel die Ermittlungen leiten und seinem Vorgesetzten telegrafisch mitteilen, ob tatsächlich Fremdverschulden zum Tod der gefundenen Mädchen geführt hatte. Das war Manteuffel nur recht. Er vertraute auf Hajos Expertise.

Nachdem sie sich begrüßt und kurz ausgetauscht hatten, machte sich Manteuffel mit dem zweiten Wachtmeister und Adam auf zur Schmalspurbahn. Unter der Führung von Lukas fuhren sie zur Fundstelle der Leichen, um eventuelle Spuren zu sichern, auch wenn sie sich davon nicht allzu viel versprachen. Zu viel Zeit war seit dem Verschwinden der beiden Mädchen vergangen. Es hatte tagelang geregnet, und bei der Bergung der Leichen waren Hajos Befürchtungen nach wahrscheinlich auch noch die letzten Spuren, falls überhaupt vorhanden, vernichtet worden. Aber Manteuffel war ein gründlicher Polizist, er wollte sich trotz allem selbst einen Eindruck vom Fundort verschaffen und vom Moor selbst, auch wenn sich dadurch keine neuen Hinweise ergaben.

Umso mehr Wert legte Hajo auf das, was sie im Keller des Wirtshauses feststellen konnten, und bereitete alles mit seiner Assistentin Charlotte penibel vor. Sorgfalt ging jetzt vor Eile.

Aber gerade als sie beginnen wollten, gab es einen Tumult am Eingang zu den Kellergewölben des Kühlraums, sie hörten laute Stimmen, und auf einmal wurde die Tür zum Kühlraum aufgerissen. Ein aufgebrachter Graf Arco kam hereingehumpelt und hielt sich den Wachtmeister, der ihn aufhalten wollte, mit seinem Stock vom Leib. Er war vollkommen außer sich und brüllte: »Erklären Sie gefälligst diesem impertinenten Mann, dass er mich nicht daran hindern kann, hier nach dem Rechten zu sehen! Er will nicht wahrhaben, mit wem er es zu tun hat!«

Hajo sagte beschwichtigend: »Es ist in Ordnung. Das ist Graf Arco von Valley. Lassen Sie ihn durch. Wir kommen schon klar damit.«

Der Wachtmeister zögerte erst, dann nickte er und machte kehrt.

Graf Arco baute sich vor Hajo auf, wütend und aufgebracht, wie er war, und funkelte ihn an. »Was zum Teufel geht hier vor?«

Hajo blieb ruhig und wies auf die beiden Leichen, deren Körper mit Leintüchern bedeckt waren. »Zwei weibliche Leichen. In Ihrem Moor gefunden. Glauben Sie nicht auch, dass dieser Umstand eine gründliche Untersuchung rechtfertigt, Graf?«

»Zwei Moorleichen? Die findet man doch des Öfteren. Vielleicht sind sie Hunderte von Jahren alt. Oder mehr. Und da macht man so ein Theater?«

»Also, Graf, nun will ich mal Tacheles reden. Zuallererst:

Kommen Sie bitte herunter von Ihrem hohen Ross. Diese zwei Leichen sind zwei Wochen alt. Sie wurden auf Ihrem Grund und Boden durch Zufall aufgefunden. Sie sind eindeutig identifiziert worden, heißen Elisa und Theresa und sind die vermissten Töchter von zwei Familien, die im Dorf unterhalb Ihres Schlosses leben. Und die einen Anspruch darauf haben, dass ihr schrecklicher und unersetzlicher Verlust aufgeklärt wird. Rechtlich und menschlich. Das verstehen Sie doch, oder?«

Graf Arco ging auf die zwei provisorischen Tische zu und sah auf die beiden mit Leintüchern bedeckten Körper. »Elisa und wie?«

»Elisa Huber und Theresa Schedlbauer«, vervollständigte Charlotte, die im Schatten stand und schon ihren weißen Kittel trug. Und der es gar nicht gefiel, wie abfällig der Graf über die beiden Mädchen sprach. Das war ihrem Ton auch anzumerken.

»Wer sind Sie denn überhaupt?«, fragte der Graf, der erst jetzt wahrzunehmen schien, dass eine dritte Person – noch dazu weiblichen Geschlechts – anwesend war. »Und was haben Sie als Frau hier zu schaffen?«

»Das ist meine rechte Hand, Charlotte Brauchitsch. Sie assistiert mir«, erklärte Hajo.

»Eine Frau?«, sagte der Graf konsterniert. »Sie haben eine Frau dabei, bei dem, was immer Sie hier mit Ihrem blutigen Handwerk anstellen?«

»Bei allem Respekt, Graf, aber in meiner Funktion als Pathologe bin ich Ihnen keinerlei Rechenschaft schuldig.«

Der Graf winkte verächtlich ab. »Ist Ihnen klar, dass der ›Schwarze Adler‹ mir gehört?«

»Und?«

»Ich kann Ihnen verbieten, hier zu tun, was Sie offensichtlich vorhaben. Nämlich alles, was meine Reputation und den Ruf meiner Familie angeht, in Misskredit zu bringen. Das kann ich nicht zulassen. Ich könnte einfach von meinem Recht als Hausherr Gebrauch machen und Sie von hier rauswerfen!«

»Bitte. Tun Sie das. Dann gehe ich noch heute an die Öffentlichkeit. Ich sehe die Schlagzeilen schon vor mir. ›Graf Arco von Valley behindert Mordermittlung. Was hat er zu verbergen?‹ Die liberalen Gazetten werden sich überschlagen vor Empörung, und die konservativen Blätter werden Sie ebenfalls in die Mangel nehmen. Eine Schar von Journalisten wird hier ausschwärmen, jeden Stein dreimal umdrehen und alte Geschichten aufwärmen, wenn es sein muss, auch mehrere Generationen zurück, das kann ich Ihnen garantieren. Dann – und erst recht dann – ist der Ruf Ihrer Familie wirklich ruiniert!«

Graf Arco starrte Hajo an und wusste, dass dieser seinen Worten Taten folgen lassen würde. Zwar konnte er einen solchen Schlag einstecken, er war schließlich hart im Nehmen, doch er sah auch ein, wann er verloren hatte. Jedenfalls tat er so, als würde er Hajo seinen Einwand nicht übel nehmen, und gab nach. »Sie haben recht.«

Er wandte sich den Mädchen zu. »Zwei junge Mädchen. Tot. In meinem Moor. Was ist da passiert?«

»Genau das versuchen wir herauszufinden. Wenn Sie uns jetzt freundlicherweise unsere Arbeit machen lassen …«

»Natürlich, natürlich«, sagte der Graf und gab sich wie umgewandelt. Er schaltete um von angriffslustig auf jovial und fasste Hajo am Arm. »Hören Sie, von Zündt, können Sie nicht versuchen, diese ganze heikle Angelegenheit nicht an die große Glocke zu hängen? Sie ein wenig … herunterzuspielen?«

»Warum sollte ich das tun?«

»Warum? Mein Sohn hat gerade eine Frau aus bestem Hause geheiratet – und da passiert so was. Auf meinem Land! Gott sei Dank nicht auch noch gerade während der Feierlichkeiten. Ich darf gar nicht daran denken, was das für einen Skandal gegeben hätte! Herr im Himmel!«

Er wies mit einem Stock auf die beiden Leichen. »Was glauben Sie, was das für ein Licht auf unsere beiden Familien wirft? Was die Eltern meiner Schwiegertochter denken? Sie sind von höchstem Adel. Eng mit den Habsburgern verwandt.

Ja glauben Sie vielleicht, die nehmen das auf die leichte Schulter, wenn auch nur der Anschein eines Makels auf ihren Namen zurückfällt?«

Wieder fuchtelte er mit seinem Stock herum. »Sie werden mir Fragen stellen, viele Fragen. Unangenehme Fragen. Jetzt, so kurz nach der Hochzeit. Das ist einfach inakzeptabel.«

»Es wird Ihnen nichts anderes übrig bleiben, als das hinzunehmen«, antwortete Hajo kühl. »Im Übrigen weiß ich nicht, warum Sie sich so echauffieren. Schließlich haben Sie persönlich nichts mit dieser Sache zu tun.«

»Das stimmt bei Gott. Aber ich darf Ihnen verraten, dass es auch noch etwas anderes gibt als die Niederungen einer Sektion oder Familienpolitik. Nämlich hohe Politik. In die ich, das darf ich in aller Bescheidenheit anmerken, nun mal an gewichtiger Stelle involviert bin. Nicht offiziell, aber innerhalb einer Gruppierung außerhalb des Parlaments, und ich habe dabei ein gehöriges Wörtchen als Sprecher des Adels mitzureden. Dabei geht es um Grundsätzliches, was unser ganzes bayerisches Königreich betrifft. Da kommt mir die scheinbare Verwicklung in so eine Geschichte gar nicht gelegen. Ich könnte an Ansehen und Einfluss verlieren. Man sieht es bei uns nicht so gerne, wenn wir zu exponiert sind. Wir agieren lieber im Hintergrund und ziehen von da aus die Fäden, wenn Sie verstehen, was ich meine … Wir denken in größeren Zusammenhängen.«

Er winkte ab. »Nein, das können Sie gar nicht verstehen. Weil es über Ihren wissenschaftlichen Horizont hinausgeht, der zwar weit reichen mag, aber letzten Endes doch begrenzt ist. Doch genug davon. Also, ich wäre Ihnen sehr verbunden, wenn mein Name, der Name der Valleys, nicht damit …«, wieder fuchtelte er mit seinem Stock zwischen den aufgebahrten Leichen herum, »… in Zusammenhang gebracht wird. Sie wurden im Teufelsmoor gefunden. Ertrunken. Beim Spaziergang. Überrascht von einem Unwetter. Irgendwas in der Art. Ein simples Unglück eben. Das war's. Das reicht doch, oder?«

»Tut mir leid, aber wie das Ergebnis meiner Untersuchung innerhalb der Polizei und in der Öffentlichkeit gehandhabt wird, das liegt weder in meiner Verantwortung noch in meinem Einflussbereich.«

Der Graf sah ein, dass er bei Hajo nicht weiterkam. »An wen muss ich mich dann wenden? Wer übernimmt die polizeilichen Ermittlungen?«

»Sprechen Sie mit Kommissar Manteuffel.«

»Wo finde ich ihn?«

»Im Moor. Am Fundort der Leichen.«

»Und wer ist sein Vorgesetzter?«

»Fragen Sie ihn.« Hajo ließ den Grafen bewusst auflaufen. Allmählich wurde es ihm zu bunt. Er hatte einiges vor, und der Graf unternahm alles, um ihn davon abzuhalten, seine Arbeit zu tun. »War's das?«, fragte er entsprechend genervt und schlüpfte in seinen weißen Kittel, den ihm Charlotte überstreifte und im Rücken zuknüpfte.

»Nein. Sie wissen es.«

»Was?«

»Wie sein Vorgesetzter heißt.«

»Ja.«

»Und?«

»Kriminalrat Scheel.«

»Und wo finde ich den?«

»Im Polizeipräsidium in München.«

»Warum nicht gleich so?«, sagte der Graf und humpelte mit seinem Gehstock an Hajo und Charlotte vorbei hinaus.

Als die Tür zuknallte, atmeten die beiden tief durch und sahen einander an.

»Er versucht alles, um die Geschichte unter den Teppich zu kehren«, bemerkte Charlotte.

»Nicht nur diese Geschichte«, ergänzte Hajo.

»Meinst du, er weiß oder ahnt zumindest, dass einer seiner Söhne dahintersteckt? Vielleicht ist er deshalb so bedacht darauf, so viel wie möglich zu vertuschen.«

»Wer weiß? Kann sein. Aber wie wir von Adam wissen, gibt es wohl eine Verschwörung gegen unseren König. Das ist zwar Hörensagen und eventuell nur das Gerücht eines Mannes, der sich wichtigmachen wollte, aber nach allem, was wir wissen, stellt der Graf wahrscheinlich seine abgelegene Villa Amalia für geheime Zusammenkünfte gewisser Kreise zur Verfügung. Und jetzt überkommt ihn Panik, weil ihm das alles um die Ohren fliegen kann. Wenn da jemand durch die hiesigen Ereignisse aufgeschreckt wird und anfängt, viele Fragen zu stellen und allzu sehr herumzuschnüffeln, kann das gefährlich für ihn werden. Anscheinend ist die geheime Opposition gegen den König größer, als wir uns das haben vorstellen können.«

»Sie wollen ihn loswerden, ohne sich die Hände schmutzig zu machen«, sagte Charlotte.

»So schnell wie möglich, aber so, dass es legitim aussieht, dass sie nach Recht und Gesetz handeln.«

»Wenn sie ihn einfach absetzen, dann wäre das nichts anderes als ein Putsch.«

Hajo nickte. »Du sagst es. Und wenn das Komplott zu früh auffliegt, dann kann das als Landesverrat gewertet und bestraft werden!«

»Und das alles basteln sie in bestimmten Kreisen gerade zusammen.«

Hajo zuckte mit den Schultern. »Sieht so aus. Aber für uns ist das nur ein Nebenkriegsschauplatz. Da werden wir uns tunlichst heraushalten.«

»Und wenn diese Verschwörung mit unseren Fällen irgendwie zusammenhängt?«

»Das steht auf einem anderen Blatt. Sollte sich das herausstellen, werden wir entscheiden, was zu tun ist. Unsere eigentliche Aufgabe besteht darin, endlich dem Mörder der Dienstmädchen auf die Schliche zu kommen. Sollen sich andere um die mutmaßliche Staatsaffäre kümmern. Manteuffel zum Beispiel. Er weiß Bescheid, soll er dem nachgehen. Oder das an die zuständigen Stellen im Staatsapparat weitergeben.«

»Wenn das stimmt, was dieser Ottmar Adam gestanden hat, kann Manteuffel aber nicht sicher sein, wer daran beteiligt ist und seine Finger auf der falschen Seite im Spiel hat«, gab Charlotte zu bedenken.

»Nein. Das weiß er nicht.«

»Das ist alles ganz schön verzwickt.«

»Ist es. Aber vorerst müssen wir uns andere Prioritäten setzen. Wir haben hier genug zu tun. Können wir dann?«

Charlotte hatte den obligatorischen Notizblock und einen Stift schon bereitgelegt und hatte eine Schere in der Hand.

»Beginnen wir mit Elisa«, sagte Hajo und schlug behutsam das Tuch zurück, das über ihrem Körper ausgebreitet war.

»Am besten, wir schneiden die Kleidung mit aller Vorsicht auf und lösen sie Stück um Stück von ihrem Körper. Aber vorher nehmen wir sie noch genau unter die Lupe.«

Das meinte er wörtlich, streckte die Hand aus, und Charlotte reichte ihm das Vergrößerungsglas, mit dem Hajo zunächst Gesicht und Kleidung sowie die Fingernägel zentimetergenau absuchte.

»Fingernägel alle intakt. Anscheinend ist sie überrumpelt worden und konnte sich nicht mehr wehren …«

»Wie bei Marianne Angerer.«

»Exakt.«

56

»Sagen Sie mir, Adam: Was ist hier eigentlich los?«, fragte Manteuffel, nachdem sie den Fundort der Mädchen genauestens inspiziert und, wie befürchtet, nichts gefunden hatten. Sie gingen den Damm entlang ein Stück ins Moor hinaus, weil sie unter sich sein wollten, während Lukas, der ihnen alles gezeigt und gesagt hatte, was er wusste, sich mit dem Wachtmeister an der Lokomotive unterhielt. Dort rauchte jeder eine Zigarette, der Wachtmeister hatte Tabak und Papier zum Selbstdrehen dabei.

»Ich weiß nicht«, antwortete Adam. »Hier draußen geschehen seltsame Dinge. Und es wird alles dafür getan, den Deckel verschlossen zu halten. Alles, verstehen Sie? Wenn ich so aufs Moor hinausschaue, kommt es mir manchmal vor, als hätten die Kronsberger nicht so ganz unrecht mit ihrer Behauptung, dass im Teufelsmoor die Naturgesetze außer Kraft gesetzt sind. Hier scheint alles möglich. Auch das Unmögliche ...«

Manteuffel schaute Adam irritiert an.

»Keine Bange«, beruhigte Adam ihn, »das war nur ein schlechter Scherz. Aber wenn ich ehrlich bin – das Moor schlägt mir schon aufs Gemüt. In der Stadt fühle ich mich wesentlich wohler.«

Im Westen dämmerte es bereits rosa.

»Wir sollten zurückkehren«, meinte Adam.

Manteuffel machte noch einen Rundschwenk über die flache Landschaft mit den Tümpeln und den abgestorbenen Baumskeletten, dann sagte er: »Ja, sonst holt es uns auch noch, das Moor ...«

57

Endlich konnten Hajo und Charlotte mit ihrer Arbeit so ans Werk gehen, wie sie es vom Sektionssaal der Rechtsmedizin gewohnt waren. Wenn auch unter schlechteren Bedingungen.

Hajo diktierte, und Charlotte notierte.

Alle Kleidungsstücke von Elisa waren vorsichtig weggeschnitten und Stück für Stück von der Haut abgelöst worden, an der sie teilweise geklebt hatten. Nachdem sie auf den Kleidungsstücken selbst nichts Auffälliges hatten feststellen können, begann Hajo schulbuchmäßig mit der äußeren Leichenschau.

Dass der Körper durch das lange Liegen im Moorwasser aufgeschwemmt und aufgedunsen war, erschwerte das Auffinden von minimalen Verletzungen nicht nur, es wurde geradezu unmöglich. Aber am Kopf zeigten sich unter den Haaren Blutverkrustungen, und Hajo ertastete eine kleine scharfkantige Bruchlinie. »Schädelfraktur«, diktierte er. »An der Sutura squamosa. Wahrscheinlich ein Schlag auf den Hinterkopf mit einem stumpfen Gegenstand. Könnte die Todesursache sein. Du machst noch eine Skizze davon?«

Charlotte nickte nur.

Hajo fing an, Torso und Unterleib zu untersuchen.

»Ist sie missbraucht worden?«, fragte Charlotte schließlich, die jedes kleinste Detail, das Hajo angab, in ihrem Notizbuch festhielt.

»Das kann ich nicht mehr mit Bestimmtheit sagen. Nach zwei Wochen im Wasser? Verletzungen der Vagina nicht sichtbar. Auch keine Analfissur.«

Er holte tief Luft, dann setzte er das Skalpell an und machte den obligatorischen Y-Schnitt. »Circa fünfte oder sechste Woche schwanger«, verkündete er nach längerem Schweigen. Und dann: »Kein Wasser in der Lunge.«

Charlotte nickte. »Also war Elisa schon tot, als sie im Moortümpel samt ihrem Embryo entsorgt wurde.«

Mit den Worten »Keine weiteren Auffälligkeiten« schloss Hajo die Obduktion ab.

Bevor er sich dem zweiten Opfer zuwandte, legte er die inneren Organe wieder in die Brust- und Bauchhöhle, und Charlotte nähte die Schnitte sorgfältig zu.

Dann begann die Prozedur an der zweiten Leiche von vorne.

Doch diesmal gab es, nachdem sie auch von Theresa die Kleidung weggeschnitten und abgelöst hatten, eine Auffälligkeit. Hajo hielt das Stoffstück des rückwärtigen Oberteils ihres Kleides gegen das Licht. »Ein Einschussloch, eindeutig«, stellte er fest. »Schwarze Einfärbungen am fingergroßen runden Loch.«

Sie sahen sich die nackte Leiche, die auf dem Bauch lag, näher an.

Hajo diktierte: »Einschussloch im Rückenbereich, eine Handbreit unter dem rechten Schulterblatt.« Vorsichtig schob er einen Finger in das Einschussloch. »Der Schusskanal ist etwa acht Zentimeter tief«, sagte er, »vertikal, ich kann das Geschoss spüren.«

Mit einer Pinzette, die ihm Charlotte reichte, zog er das Projektil heraus und sah es sich an. »Kleinkaliber, höchstwahrscheinlich fünf oder sechs Millimeter, vermutlich abgefeuert von einer Handfeuerwaffe«, sagte er und gab das Projektil in eine Nierenschale, die Charlotte ihm hinhielt.

Nach drei intensiven Stunden hatten sie die Obduktionen abgeschlossen. Das Resultat war eindeutig: Beide Mädchen waren schwanger gewesen und durch äußere Gewaltanwendung ums Leben gekommen. Elisa durch einen Schlag auf den Hinterkopf, Theresa durch einen Schuss in den Rücken.

»Der Täter konnte seinen Opfern wohl nicht in die Augen sehen«, merkte Charlotte an. »Fundort nicht gleich Tatort?«

»Ja«, bestätigte Hajo, »er hat sie von hinten getötet und dann ins Moor gebracht.«

»Wie?«

»Das ist die Frage. Vielleicht sogar mit der Schmalspurbahn. Nachts. Auf einer Lore. Der Bahnhof liegt so weit abseits, das hört man nicht im Dorf, wenn die losfährt. Er hat sie hinaus ins Moor gefahren, um sie dann nicht weit weg vom Gleis in einem Tümpel abzulegen. Ich sage absichtlich: Er hat sie ins Wasser gelegt, nicht einfach hineingeworfen. So wie sie den Zeugenaussagen nach aufgefunden worden sind. Das ist eindeutig, bitte im Protokoll dick vermerken!«

»Und was bedeutet das deiner Meinung nach?«

»Dass der Täter sich so einreden kann, doch einen Rest von Menschlichkeit bewahrt zu haben?«, schlug Hajo vor.

Charlotte zog die Stirn kraus. »Schwer vorstellbar, aber möglich«, sagte sie.

»Wir dürfen eines nicht außer Acht lassen, Charlotte – wir haben es hier nicht mit einem normal denkenden und handelnden Menschen zu tun. Wir müssen andere Maßstäbe anlegen. Unser Mörder hat seine eigenen Vorstellungen von Moral und davon, was ein Menschenleben wert ist. Weil es für ihn eben nur Stuben- oder Dienstmädchen sind.«

»Er verachtet also alle, die in seiner Werteskala unter ihm stehen«, folgerte Charlotte. »Außerdem hat er einen Hass auf Frauen. Er verführt sie, mit Versprechungen, seinem Status, missbraucht sie und wirft sie dann weg, sobald er ihrer überdrüssig geworden ist.«

»Ja. Sie sind für ihn eine andere Spezies. Freiwild.«

»Macht er das zu seinem Vergnügen?«

»Von seiner kranken Warte aus: ja. Ich würde sagen, das ist zwanghaft. Er hat einmal damit angefangen und Gefallen daran gefunden. Es ist meiner Meinung nach eine seltsame Mischung aus Hass am weiblichen Geschlecht und Lust am Töten.«

»Dann hält er sich für so eine Art Werkzeug Gottes?«

»Irgendwie schon. Es gibt ihm wahrscheinlich ein immenses Gefühl der Macht. Er hat die Kontrolle, er bestimmt über Tod und Leben.«

»Jenseits von aller gängigen Moral? Ein sogenannter Übermensch?«, fragte Charlotte.

»Nein. Ein Aristokrat. Aber das ist in seinem Fall ein und dasselbe.«

Sie zogen ihre Arbeitskleidung aus und wuschen sich in einer bereitgestellten Wasserschüssel mit Seife gründlich Arme und Hände, fließendes Wasser gab es natürlich nicht. Die beiden zugenähten Leichen lagen wieder unter den Leintüchern.

Während sie noch aufräumten, waren sie sich einig, dass Hajos Hypothese als Tatsache festzuhalten war: Beide Opfer und ihre ungeborenen Kinder waren heimtückisch ermordet worden. Das Moor war unschuldig. Schuldig war ein Mensch aus Fleisch und Blut.

Hajo war sorgfältig darauf bedacht, das aufgefundene Projektil als Beweismittel aufzubewahren.

Charlotte wollte es eintüten, aber Hajo nahm es vorsichtig mit der Pinzette noch einmal aus der Nierenschale. »Warte noch. Ich habe in einer amerikanischen Zeitschrift gelesen«, sagte er, »dass man anhand von Mikrospuren an einem Projektil, das nicht völlig deformiert ist, eindeutig ablesen kann, aus welcher Schusswaffe es abgefeuert wurde, sofern man ein Vergleichsgeschoss hat, das die gleichen charakteristischen Spuren aufweist.«

»Dann ist das also das einzige wirkliche Beweismittel, das wir gegen den Mörder in der Hand halten«, bemerkte Charlotte. »Ein paar Kratzer auf einer Pistolenkugel.«

Hajo hielt die Pinzette mit dem Projektil noch einmal gegen das Licht einer Lampe und sagte: »Wenn wir die Waffe finden, aus der dieses Geschoss stammt, und wenn wir die Waffe eindeutig jemandem zuordnen können, dann haben wir den Täter.«

»Hajo, du weißt genau: Das hält vor keinem Gericht als Beweis stand. Das glaubt dir kein Mensch, geschweige denn ein Richter. Die wissen nicht mal, wovon du redest.«

»Charlotte, die Schrammen und Kratzer, die auf einem Projektil entstehen, wenn sie durch den Lauf einer Schusswaffe gehen, sollen einzigartig sein. So wie ein Fingerabdruck.«

»Sagt wer?«

»Die moderne Wissenschaft der Kriminalistik.«

»Deren einziger Vertreter in Europa du bist.«

Hajo schüttelte den Kopf. »Nein. Es gibt da noch andere Pioniere auf dem Gebiet. In Schottland, in den Vereinigten Staaten, in Frankreich. Mit den meisten davon korrespondiere ich gelegentlich. Wir halten uns ständig auf dem Laufenden, was es an bahnbrechenden neuen Erkenntnissen in unserem Metier gibt.«

»Aber zumindest in Bayern bist du der Einzige«, meinte sie und lächelte.

»Zumindest in Bayern. Und im Deutschen Reich. Das ist korrekt.«

»Bescheidenheit war noch nie deine beste Eigenschaft, mein Lieber.«

»Mit Bescheidenheit kommt man nicht weit. Besonders dann, wenn man einen Mörder überführen will.«

»Ich weiß schon. Deine größte Stärke ist Gottähnlichkeit.« Sie lachte.

»Ist das so?«, fragte er doch einigermaßen selbstkritisch.

»Ach komm«, sagte sie. »Du weißt schon, wie ich das meine.« Sie gab ihm einen Kuss. »Das ist einer der Gründe, warum ich dich liebe.«

»Fehlende Bescheidenheit?«

»Nein. Dass du so bist, wie du bist. Was passiert jetzt mit den zwei Mädchen?«

»Wir überlassen sie Pfarrer Schickedanz. Er soll sie herrichten lassen und in der Kirche aufbahren, wie es sich gehört. Damit alle von ihnen Abschied nehmen können.«

»Und dann? Was machen wir jetzt?«

»Wir gehen hinauf ins Wirtshaus, waschen uns gründlich und ziehen uns um. Dann essen wir was. Ich bin am Verhungern.«

»Und dann?«

»Dann beziehe ich mein neues Domizil. Ich habe schon meine ganzen Sachen dorthin bringen lassen.«

»Was? Wohin?«

»In mein neues Zimmer im Gasthof ›Zum Schwarzen Adler‹. Neben dem deinen.«

»Du bist aus dem Schloss ausgezogen?«

»Ich bitte dich – nachts klopft entweder ein gespenstischer Gräberknecht an meine Tür oder der Mörder, der mich abmurksen will, weil wir ihm immer näher kommen. Oder, fast noch schlimmer: der alte Graf. Er fleht mich auf Knien an, seine Familie mit meinen Nachforschungen in Ruhe zu lassen. Dafür verspricht er mir sein halbes Königreich inklusive Moor. Und auf das kann ich nun wirklich verzichten …«

Er grinste, Charlotte lächelte zurück, und gemeinsam verließen sie den Kühlraum.

58

Das Triumvirat, bestehend aus Hajo, Charlotte und Adam, hielt Kriegsrat am Ecktisch im Speisesaal des »Schwarzen Adlers«, dort konnten sie sicher sein, dass sie von niemandem belauscht wurden, weil sie die Einzigen im Raum waren. Die »besseren« Gäste, die sich dort teilweise während der Feierlichkeiten aufgehalten hatten, waren alle bereits abgereist. Nur der Wirt schaute ab und zu herein, um nach ihren Wünschen zu fragen und ihnen etwas zu bringen.

Bevor sie anfingen, wollten sie auf Manteuffel warten, der noch damit beschäftigt war, seinem Vorgesetzten den neuesten Stand zu telegrafieren. Als er endlich kam, setzte er sich zu ihnen. Er hatte ein frisch gezapftes Bier mitgebracht, dem er sogleich durstig zusprach.

»Und?«, fragte Adam. »Was sagt Ihr Chef?«

»Ich habe noch keine Antwort erhalten. Aber ich fürchte, er wird nicht sehr erfreut sein über die jüngsten Entwicklungen.«

»Soll heißen?«

»Wenn er tatsächlich kommt, weil er glaubt, hier die Kontrolle übernehmen zu müssen, dann spiele ich nur noch die zweite Geige. Und Sie drei – Sie werden ganz aus dem Orchester ausgeschlossen. Er wird es auf gar keinen Fall dulden, dass Sie Ihre Ermittlungsarbeit weiter fortsetzen. Er wird sich wohl oder übel zähneknirschend bei Ihnen, Hajo, und bei Ihnen, Charlotte, für Ihre verdienstvolle Arbeit hinsichtlich der Untersuchung der Leichen bedanken, und das war's dann für Sie. Und wenn Graf Arco in München interveniert und sich beschwert, dass hier seinem Geschmack nach viel zu viel Staub aufgewirbelt wird, sind Sie sowieso alle drei aus dem Spiel.

Sie werden von jeder Information und Zusammenarbeit ausgeschlossen, dürfen niemanden mehr vernehmen, und wahrscheinlich dreht er sogar mir den Hahn zu. Er weiß, dass ich in diesem Fall eng mit Ihnen zusammenarbeite, weil Sie so tief drinstecken und mehr in Erfahrung gebracht haben als alle anderen. Aber die Aufarbeitung all dessen wird ausschließlich Sache der Polizei sein.«

»Die hiesige Polizei war untätig, unfähig und untertänig«, entgegnete Hajo empört. »Ottmar Koller hat Gefälligkeitsprotokolle angefertigt und sich nach eigener Aussage bestechen lassen.«

Manteuffel winkte resigniert ab. »Das kommt noch verschärfend hinzu. Glauben Sie, das macht meinen Chef zugänglicher?«

»Was denken Sie denn, wie Scheel darauf reagieren wird?«, fragte Hajo. »Bestechung und Korruption in den eigenen Reihen – das kommt gar nicht gut an. Nicht in der Bevölkerung und nicht innerhalb des Polizeiapparats.«

»Scheel wird versuchen, das alles nicht publik werden zu lassen, aber das wird nicht funktionieren. Dann bleibt ihm nichts anderes übrig, als sich hinzustellen und zu sagen, dass er mit eisernem Besen durchfegen wird. Um zu demonstrieren, dass er seine Behörde im Griff hat. Das ist seine oberste Maxime. Er wird eine interne Kommission einsetzen. Viel Trara, und es wird ausgehen wie das Hornberger Schießen. Koller war ja schon nicht mehr im Dienst. Und dem wird man sämtliche Verfehlungen in die Schuhe schieben.«

»Aber das ist doch gut für uns!«, meinte Charlotte. »Das heißt doch, Scheel fordert lückenlose Aufklärung. Dazu braucht er uns.«

»Nun ja – wenigstens eines ist sicher: Er kann die verschwundenen Stuben- und Dienstmädchen nach den zwei jüngsten Morden nicht mehr als Bagatelle abtun.« Er nahm einen kräftigen Schluck Bier und seufzte ostentativ. »Entweder er schickt mich wieder ins Archiv, damit ich die alten Akten, die ich dort hinbringen musste, erneut ausgrabe, oder er schickt mich für immer dorthin, als Strafversetzung gewissermaßen …«

Adam klopfte ihm aufmunternd auf die Schulter. »Jetzt sehen Sie mal nicht so schwarz. Es ist einiges passiert, das sich nicht mehr rückgängig machen lässt.«

»Hört mir bitte mal alle zu«, sagte Hajo. »Wir sind jetzt so weit gekommen, dass wir uns nicht mehr die Butter vom Brot nehmen lassen. Von niemandem. Deshalb müssen wir schnell handeln, bevor man uns kaltstellt, und unsere Aufgaben aufteilen. Meine erste Frage geht an Charlotte: Hast du die Waffenkammer im Schloss gesehen?«

»Allerdings. Damit könntest du eine ganze Armee ausrüsten. Das reinste Museum. Von der Feldkanone über alte Rüstungen, Schwerter, Armbrüste und Gewehre aller Art und jeglichen Alters bis hin zu modernen Jagdgewehren, die in absperrbaren Schränken stehen, gibt es da alles. Es ist sinnlos, da nach der Waffe zu suchen, die zu einem Projektil passt.«

»Was ist damit gemeint?«, wollte Manteuffel wissen.

»Hajo hat die Theorie, dass er mit Hilfe des Geschosses, das Theresa getötet hat, den Täter überführen kann«, erklärte Charlotte.

Davon hatte Manteuffel noch nie gehört, entsprechend skeptisch sah er Hajo an. »Wie soll denn das gehen?«, fragte er ungläubig.

Hajo wischte den Einwand mit einer Handbewegung beiseite. »War nur so eine Idee. Aber das ist eher Zukunftsmusik. Bleiben wir auf dem Boden der Tatsachen. Also: Es gibt drei verschiedene Fährten, denen wir unbedingt nachgehen sollten, weil sie uns höchstwahrscheinlich weiterbringen. Bevor uns jemand – wer auch immer – in die Suppe spuckt, um uns aus dem Spiel zu kegeln.«

»Ja«, stimmte Adam ihm zu. »Woher der Gegenwind auch kommen mag – wir haben uns verdammt viele Feinde gemacht. Darauf kommt es jetzt auch nicht mehr an. Kriminalrat Scheel, die Grafen, nebulöse Verschwörer, die den König im Visier haben, der Pfarrer, irgendwelche Attentäter und Handlanger, die uns nach dem Leben trachten ... Habe ich irgendeinen vergessen?«

Sie schüttelten beinahe synchron die Köpfe.

»Drei Fährten, denen wir nachgehen sollten, hast du gesagt«, griff Adam Hajos Worte von vorhin wieder auf. »Welche drei Fährten sollen das sein?«

Hajo zählte sie an seinen Fingern ab. »Nummer eins: die Gräfin Annette, Schwester von Arno und Gregor, die in einem Sanatorium oder Irrenhaus lebt und offiziell für tot erklärt wurde. Der alte Graf, seine zwei Söhne und wahrscheinlich Pius Degenhardt haben das arrangiert. Niemand sonst ahnt etwas davon, weil sie offiziell in einem Sarkophag in der Familiengruft liegt. Was weiß sie, und könnte sie es einem von uns erzählen? Nummer zwei: Kollers beleibter Freund, der in einer Zelle in Rosenheim sitzt, mich umbringen wollte und sicher eine Menge verschweigt. Wir sollten ihn zum Reden bringen. Und schließlich Nummer drei: Pius Degenhardt. Es ist wirklich an der Zeit, diesem Mann mal so richtig auf den Zahn zu fühlen. Dem Mann, bei dem laut Ottmar Koller irgendwie alle Fäden zusammenlaufen, die er für seinen Herrn und Meister Graf Arco zu knüpfen hat.«

»Und wer soll was tun?«, fragte Adam.

»Immer schön der Reihe nach. Adam, ich schlage vor, du kümmerst dich um den Verletzten in Rosenheim. Er weiß unter Garantie mehr, als er bisher zugegeben hat. Vielleicht kannst du ihn knacken. Außerdem: Eventuell gibt es inzwischen Hinweise auf den entflohenen Attentäter. Und dieser Wachtmeister Reisinger kennt dich schon.«

Ihm fiel noch etwas ein. »Dann solltest du noch etwas machen, das ist sehr wichtig, bevor Scheel oder der Vorgesetzte von Reisinger auf die Idee kommt.«

»Guggenheim.«

»Ja, dieser Guggenheim. Du durchsuchst mit oder auch

ohne Reisinger die Wohnung von Ottmar Koller. Charlotte und ich fahren zum Haus Seelenfrieden.«

»Warum das?«, fragte Manteuffel. »Was soll das bringen?«

»Die Gräfin weiß alles, was ihre Familie angeht. Kennt alle dunklen Geheimnisse. Warum sonst haben die das ganze Theater um ihr angebliches Ableben inszeniert und sie ruhiggestellt?«

»Kann schon sein. Aber laut Ottmar Kollers Aussage ist sie doch verrückt. Nicht mehr Herrin ihrer Sinne ...«

»Wir werden das überprüfen. Was Gräfin Annette angeht, sind so viele Lügen im Umlauf, dass wir ein für alle Mal feststellen müssen, was davon zutrifft.« Er zeigte auf Manteuffel. »Ich schlage vor, Sie knöpfen sich Pius Degenhardt vor. Dafür sind Sie genau der richtige Mann, weil Sie mit Ihrem Polizeiausweis wedeln dürfen. Das können wir nicht. Wenn einer von uns ihn übernimmt, würde er sich stur stellen, und wir haben nicht die geringste Handhabe, um etwas aus ihm herauszuquetschen. Sie sind kraft Ihrer polizeilich legitimierten Autorität dazu am ehesten in der Lage, ihm entsprechende Daumenschrauben anzulegen. Ich frage Sie, Lothar Manteuffel – können Sie auch mal so richtig auf den Tisch schlagen?«

Manteuffel sah Hajo irritiert an. »Ich verstehe nicht – was soll ich tun?«

Hajo, der normalerweise nie aus der Haut fuhr, schlug plötzlich mit der Faust so hart auf den Tisch, dass alle heftig zusammenzuckten und das Geschirr nur so klirrte.

»Verstehen Sie jetzt, was ich meine?«, sagte er. »Wie Sie bei Pius Degenhardt auftreten müssen? Jetzt ist es an der Zeit, dass wir diese ganzen feinen Herrschaften nicht länger mit Glacéhandschuhen anfassen. Jetzt gehen wir zum Angriff über. Jetzt treiben wir die Ratten aus ihren Löchern und provozieren sie. Jetzt sind wir am Zug.«

Manteuffel konnte es immer noch nicht glauben, was Hajo da von ihm verlangte. »Ich soll ihm direkt ins Gesicht sagen, was wir von ihm wissen?«

Hajo klopfte dem eher schüchternen Manteuffel aufmunternd auf die Schulter. »So ist es. Sie haben es endlich verstanden.«

»Ich soll ihn frontal angehen?«

»Wer sonst?«

»Wenn ich ihm alles auf den Kopf zusage, lacht er mich doch nur aus und verlangt Beweise.«

»Aber wenn Sie sagen, dass sich ab sofort der ganze Polizeiapparat der Sache gründlich annehmen wird, dann ... dann ...«

»Geht ihm der Arsch auf Grundeis«, vollendete Charlotte Hajos Satz.

Alle sahen sie erstaunt an.

»Das war jetzt nicht sehr damenhaft, das gebe ich zu«, sagte sie. »Aber was wollt ihr – es ist die nackte Wahrheit!«

Sie hatte als Erste verstanden, was Hajo im Schilde führte.

Manteuffel war noch immer sprachlos. Aber vor Charlotte wollte er auf gar keinen Fall derjenige sein, der sich nichts oder zu wenig zutraute, wenn es der Wahrheitsfindung diente. Wenn er Pius Degenhardt mit allem konfrontieren sollte, was sie wussten oder zumindest vermuteten, dann würde er das tun. Ja, er würde zum ersten Mal in seiner Beamtenlaufbahn seine selbst gesetzten Grenzen überschreiten.

Charlotte sah ihm tief in die Augen, weil sie wusste, dass er eine Schwäche für sie hatte. Es ging um so viel. Genau das signalisierte sie ihm. Er würde sie nicht enttäuschen.

»Schaffen Sie das?«, fragte Hajo und weckte ihn wieder von seinen Grübeleien auf.

»Was?«, fragte er zerstreut.

»Dass Sie auftreten wie Attila, der Hunnenkönig?«

»Wenn es sein muss ...«

»Es muss sein. Wir machen dem Ganzen ein Ende.«

»Pius Degenhardt – was weiß er?«

»Wahrscheinlich alles, was mit der Familie Valley zusammenhängt. Werfen Sie ihm alles vor die Füße, was wir wissen oder vermuten. Seine Verwicklung in eine Verschwörung.

Seine Verwicklung in das Verschwinden der Gräfin. Seine Verwicklung in den Anschlag auf uns bei der Villa Amalia. Alles belegt durch Zeugenaussagen. Das sind keine Kavaliersdelikte. Angesichts der Schwere der Vorwürfe können Sie ihm vielleicht ein Angebot machen, das er nicht ausschlagen kann ...«

»Und das wäre?«

»Straffreiheit. Oder zumindest Strafnachlass – bei Preisgabe all dessen, was er weiß.«

Manteuffel machte ein skeptisches Gesicht. »Ob Kriminalrat Scheel da mitspielt ...«

»Ich weiß es nicht. Das müssen Sie mit ihm auskarteln.«

Hajo lehnte sich zurück und warf einen Blick in die Runde. »Ich sage euch: Wir sind ganz nah dran. Wir dürfen jetzt nur nicht nachlassen, müssen weiter Druck ausüben. Was wir brauchen, ist ein Belastungszeuge, der umfällt. Ein Geständnis.«

»Und einen Verdächtigen, der die Nerven verliert«, ergänzte Adam.

»Am besten gleich beides. Damit das passiert, benötigen wir Beweise, die absolut wasserdicht sind. Indizien haben wir genug, doch das reicht nicht. Aber mit handfesten Beweisen können wir unsere zwei Hauptverdächtigen konfrontieren. Und sie gegebenenfalls gegeneinander ausspielen.«

Er nahm seinen Keferloher in die Hand und stemmte ihn hoch. »Morgen haben wir einen anstrengenden Tag. Dann werden wir sehen, was geschieht, wenn wir alle Glocken läuten. Noch irgendwelche Einwände?«

Die anderen sahen einander in die Augen und stießen schließlich mit ihm an.

59

Das Haus Seelenfrieden war ein größtenteils von Privatspenden finanzierter Ableger der Oberbayerischen Kreisirrenanstalt München, am Simssee in der Nähe des Chiemsees gelegen, wie Adam noch in der Nacht telegrafisch eruiert hatte – seine Quellen nachrichtendienstlicher Art waren unerschöpflich. Auf seine Anfrage hin war das Antworttelegramm noch am Morgen rechtzeitig eingetroffen.

Dort waren Menschen mit Nerven-, Seelen- und Geisteskrankheiten, wie das im Jahr 1886 hieß, untergebracht, die von ihren vermögenden Verwandten als Pflegefall eingestuft und dorthin abgeschoben worden waren. Ausschließlich hoffnungslose Fälle, ohne Aussicht auf Besserung. Haus Seelenfrieden war damit keine Heil-, sondern eher eine Verwahr- und Pflegeanstalt unter der Leitung von Professor Bernhard von Gudden, einem in den Ritterstand erhobenen renommierten Psychiater, der ein- oder zweimal pro Woche die Anstalt mit seiner Visite beehrte. Von Gudden war ein viel beschäftigter Mann, der als königlicher Obermedizinalrat, Direktor der Oberbayerischen Kreisirrenanstalt München und als Professor an der Universität eine Menge Verantwortung hatte.

Hajo kannte ihn vom Sehen, er war ihm nur ein paarmal begegnet und hatte ihm als Kollege die Hand geschüttelt. Aber über seine Laufbahn und seine Reputation wusste er Bescheid. Professor von Gudden galt als Vertreter der sogenannten »weichen Linie« in der Psychiatrie, die aus England kam und auf strenge Zwangsmaßnahmen bei Patienten, soweit es möglich war, verzichtete.

Die Droschke, die Hajo und Charlotte hergebracht hatte, hielt vor dem Hauptportal. Hajo und Charlotte stiegen aus, baten den Kutscher zu warten, mehr als ein oder zwei Stunden, so schätzten sie, würden sie nicht benötigen, dann wollten sie wieder zurück nach Kronsberg fahren, entsprechendes Trinkgeld inklusive. Dem Kutscher war es recht.

Sie betraten den Haupteingang des Heims, das inmitten eines abgelegenen Waldgebiets weitab von Wohnsiedlungen mit Blick auf den Simssee lag und eher wie ein Gefängnis aussah als wie ein Haus, in dem man wirklich seinen Seelenfrieden finden konnte. Das ehemalige Kloster war der Säkularisation zum Opfer gefallen und vom bayerischen Staat und entsprechenden Spenden für eine neue weltliche Nutzung umgebaut worden. Es hatte eine große Empfangshalle, im ehemaligen Refektorium lag der Speisesaal, alle Fenster waren vergittert, die ehemaligen Zellen der Mönche waren nun Krankenzimmer.

Ein Pfleger geleitete sie ins frühere Empfangszimmer des Abtes, die Wände bestanden quasi nur aus Abertausenden Bücherrücken. Jetzt war es das Büro von Professor von Gudden. Der blickte von seiner Arbeit hinter dem riesigen Schreibtisch auf und begrüßte freundlich seinen Kollegen von der Universität und dessen Assistentin. Er hatte einen Zwicker auf der Nase, Halbglatze und einen Walrossbart.

Er stand auf und fragte: »Herr von Zündt, was führt Sie zu mir? Sind Sie in einem Ihrer kriminalistischen Fälle unterwegs?«

»Kann man so sagen, ja«, antwortete Hajo, nachdem er Charlotte vorgestellt hatte.

Er erklärte von Gudden kurz, aber präzise, womit sie es zu tun hatten und was sie hierhergeführt hatte. Von Gudden hörte sich alles geduldig an und klingelte dann nach seinem Assistenten. Er trug ihm auf, die Akte von Gräfin Valley zu holen.

Dann bat er Hajo und Charlotte in die Besucherecke, wo mehrere Sessel um einen Kamin gruppiert waren, dessen Feuer brannte – der Obermedizinalrat war anscheinend ein Mensch, der Wärme schätzte. Er stellte Fragen ihren Fall betreffend, die Hajo bereitwillig beantwortete, womit er bei von Gudden immer wieder ungläubiges Kopfschütteln auslöste, bis der Assistent mit ratlosem Gesicht und leeren Händen wieder eintrat.

»Es gibt keine Akte einer Gräfin von Valley«, sagte er. »Jedenfalls finde ich keine.«

»Vielleicht gibt es eine mit dem Namen Gräfin Amalia«, half Hajo aus, und der Assistent verschwand aufs Neue.

»Wie kommen Sie darauf?«, fragte von Gudden.

Hajo zuckte mit den Schultern. »Instinkt«, sagte er. »Die

Valleys tun alles, um auch nur das Geringste, was ihrem Ruf schaden und gegen sie sprechen könnte, zu verschleiern. Sie leben in ihrer eigenen Welt, in der sie nach Belieben schalten und walten zu können meinen. Hauptsache, es dringt nichts nach außen.«

Kurz darauf erschien der Assistent wieder und überreichte von Gudden eine Akte. Der bedankte sich, schlug sie auf und studierte sie mit ernster Miene, bevor er sie wieder schloss und seinen Zwicker vom Nasenrücken nahm.

»Ja«, sagte er, »ich erinnere mich. Ich habe sie einmal untersucht. Ein schwerer Fall von Schizophrenie und paranoiden Wahnvorstellungen. Selten bei einem so jungen Mädchen. Als sie hier eingeliefert wurde, auf Wunsch der Familie übrigens unter einem anderen Namen, musste sie vor sich selbst geschützt werden.«

»Warum?«, fragte Charlotte.

»Ich darf eigentlich Außenstehenden gegenüber nichts aus einer Patientenakte ausplaudern. Das wissen Sie. Aber ich habe das schriftliche Einverständnis ihres Vaters …«

Hajo hatte ihm das Schreiben von Graf Arco vorgelegt.

»… und deshalb mache ich eine Ausnahme. Auch weil ich weiß, dass Ihre Absichten redlicher Natur sind, Herr von Zündt. Schließlich geht es unter anderem auch darum, weitere Untaten dieses Mörders, der es da draußen Ihren Worten nach auf unschuldige Mädchen abgesehen hat, zu verhindern. So anschaulich, wie Sie mir diesen Fall geschildert haben, Herr Kollege, steht das nach reiflicher Überlegung sogar noch über der ärztlichen Schweigepflicht. Ich weiß zwar nicht, was eine Vernehmung der Patientin zu Ihrer Angelegenheit beitragen kann, aber das ist Ihr Metier. Das, was Sie mir geschildert haben, ist so grausam und furchtbar, dass ich nur hoffen kann, einen kleinen Beitrag leisten zu können, damit Ihr Hauptverdächtiger hoffentlich rechtzeitig überführt und verhaftet werden kann. Aber Sie müssen mir Ihr Ehrenwort geben, dass nichts von diesem Gespräch diesen Raum verlässt. Keine Silbe davon. Das ist eine *Conditio sine qua non*, meine Bedingung und mein voller Ernst.«

»Selbstverständlich, Herr Obermedizinalrat. Sie haben mein Wort. Ich bin Ihnen für Ihr Entgegenkommen sehr verbunden.«

»Na gut«, meinte von Gudden und erhob sich. Während er hin und her ging, fragte er: »Die Gräfin – wie heißt sie noch mal in Wirklichkeit?«

»Annette Constanze Elisabeth Sophia von Valley«, zitierte Charlotte aus dem Gedächtnis, das ausgezeichnet war.

»Nennen wir sie also Annette. Auch wenn sie unter dem Namen Amalia hier eingeliefert wurde.«

»Wie ist das möglich?«

»Nun, unter bestimmten Umständen … es kommt vor, dass die Verwandten von Personen, die hier untergebracht werden sollen, nicht wünschen, dass es publik wird, und anonym bleiben wollen. Dafür sind sie bereit zu zahlen. Wir sind auf Spenden angewiesen, wenn Sie verstehen, was ich meine …«

Hajo nickte, ja, er verstand es.

Von Gudden fuhr fort: »Annette ist eine außergewöhnliche Persönlichkeit, die, seit sie bei uns aufgenommen wurde, in ihrer ganz eigenen Welt lebt und so gut wie gar nicht mehr mit der Außenwelt kommuniziert. Und wenn, dann auf ihre eigene Art und Weise, die wir nicht immer verstehen können. Sie isst, sie trinkt, sie schläft, sie ist wach – ganz so, wie es ihr beliebt. Sie ist nicht nach außen aggressiv, nach innen, gegen sich selbst, schon bisweilen. Wenn sie wieder einen Schub bekommt, wie wir es nennen. Wodurch er ausgelöst wird, wissen wir nicht. Normalerweise fügt sie sich tadellos in den Tagesablauf unseres Hauses ein und lässt alles teilnahmslos über sich ergehen, was meine Ärzte an Therapien für sie vorgesehen haben. Sie wissen schon, das Übliche: Eisbäder, Medikamente, leichte Gymnastik, Ausflüge an den See … Aber bei alledem bleibt sie reaktionslos, ausdruckslos geradezu. Manchmal hört sie Stimmen, dann ist sie ganz aufgeregt und außer sich, als müsste sie sich gegen jemanden zur Wehr setzen, der ihr Böses will, aber der existiert nur in ihrer Einbildung. Ihr gesamtes Verhalten bestätigt nur meine Diagnose.«

»Unheilbar?«, fragte Hajo.

»Unheilbar. Das Einzige, was wir tun können, ist, sie vor sich selbst zu schützen.«

»Hat sie versucht, sich umzubringen?«

»Ja. Mehrmals. Sie wollte sich die Pulsadern aufschneiden oder sich sonst wie verletzen. Wir waren gezwungen, sie zeitweise zu fesseln, aber wenn es irgendwie geht, bin ich gegen jegliche Zwangsmaßnahme. Deshalb steht sie unter ständiger Beobachtung beziehungsweise unter starkem Medikamenteneinfluss.«

»Was ist der Grund für ihre … wie nennt man das?«, fragte Charlotte.

»Autoaggression. Wir wissen es nicht. Ich bin kein Spezialist auf diesem Gebiet, aber nach neuesten wissenschaftlichen Erkenntnissen, über die ich mich natürlich auf dem Laufenden halte, besteht Grund zu der Annahme, dass ein traumatisches Erlebnis, ein sehr schwerwiegendes, aus ihrer Kindheit oder Jugend für ihren Selbsthass verantwortlich ist. Aber je öfter wir sie danach fragen, desto mehr verschließt sie sich.«

»Also ist es wenig sinnvoll, mit ihr reden zu wollen?«

Dr. von Gudden hob in einer hilflosen Geste die Arme. »Sie hat wache Momente. Manchmal. Sie können Ihr Glück ja mal versuchen. Fremden gegenüber zeigt sie sich gelegentlich offen, aber bei Männern verschließt sie sich in sich selbst. Ich denke nicht, dass Sie bei ihr Erfolg haben, wenn Sie ihr Fragen stellen, die mit der Realität zu tun haben. Sie lebt in ihrer eigenen Wirklichkeit, die mit der unseren nichts mehr gemein hat. Ihre Welt ist ihre Kindheit. Als sie vermutlich noch glücklich war. Dahin hat sich ihr Geist zurückgezogen. Eine sogenannte Regression. Das ist meine Einschätzung, und ich befürchte, an diesem Zustand wird sich nicht mehr viel ändern.«

»Bekommt sie Besuch? Wird das dokumentiert?«

»Selbstverständlich«, sagte von Gudden und sah in der Akte nach. »Ein gewisser Arco von Valley hat sie dreimal besucht. In drei Jahren. Ihr Vater.«

»Sonst niemand?«

»Nein.«

Hajo und Charlotte warfen sich einen Blick zu.

»Dürfen wir sie sehen? Mit ihr sprechen?«, fragte Charlotte.

Von Gudden sah auf seine Taschenuhr. »Sie müsste jetzt auf der Terrasse mit Blick auf den See sein. Das ist ihr Lieblingsplatz, falls das Wetter schön ist. Wenn Sie mich jetzt bitte entschuldigen, ich habe noch zu tun. Mein Assistenzarzt wird Sie zu ihr führen.«

Hajo stand auf und schüttelte von Gudden die Hand. »Wir danken Ihnen sehr, Herr Obermedizinalrat, dass Sie für unseren Fall Ihre wertvolle Zeit geopfert haben. Sie waren außergewöhnlich hilfsbereit. Wenn ich mal etwas für Sie tun kann ...«

»Wer weiß, wer weiß ...«, sagte von Gudden, gab auch Charlotte die Hand und verschwand mit einem dicken Stoß Akten unter dem Arm.

Sein Assistent stand an der Tür und bat sie, ihm zu folgen.

60

Von Guddens Assistent ging voraus, während sie durch mehrere Flure und Räume schritten, in denen sich teilnahmslose oder Selbstgespräche führende Patienten unter der Aufsicht von Pflegern aufhielten, irgendjemand schrie sich irgendwo die Seele aus dem Leib. Schließlich führte er sie auf die Terrasse, die in der warmen Vormittagssonne lag. An der Brüstung stand ein Liegestuhl mit Blick auf den noch leicht nebelverhangenen Simssee, der silbern im diffusen Licht schimmerte.

Ein Pfleger in weißer Kleidung saß in der Nähe, las Zeitung und passte auf Amalia alias Annette von Valley auf.

»Bitte«, sagte der Assistenzarzt. »Die junge Frau dort vorne.« Er wies auf die schmächtige Gestalt im Liegestuhl und entfernte sich.

Hajo blieb stehen und nickte Charlotte zu, die ihn fragend ansah. »Wie wir gehört haben, traut sie keinen Männern. Da bist eben du im Spiel. Deine Zeugin!«, sagte er nur und begab sich neben den Pfleger, um ihn in ein Gespräch zu verwickeln.

Charlotte drehte sich um, nahm sich einen Stuhl, ging damit nach vorn und setzte sich neben die kleine Gestalt im Liegestuhl. Aus der Decke, in die sie eingewickelt war, schauten nur ein weißhaariger Kopf und die Arme hervor.

Charlotte blickte lange auf den See hinaus, bis sie wie nebenbei fragte: »Annette Constanze Elisabeth Sophia von Valley – ist das richtig?«

Von der kleinen Gestalt im Liegestuhl neben ihr kam keine Reaktion.

»Mein Name ist Charlotte Brauchitsch. Manche nennen mich Lotte. Und weißt du was? Ich mag das nicht, weil es wie der Name für ein Pferd klingt.«

Sie lachte, und auf einmal wandte Annette ihr das Gesicht zu. Es war blass, seltsamerweise ohne Augenbrauen, aber ihre Augen zeigten, dass sie geistig anwesend war. Ein angedeutetes Lächeln wurde sichtbar.

»Das stimmt«, sagte sie mit leiser Stimme. »Lotte ist ein Pferdename. Mein Pferd hieß Chandra. Ich weiß nicht, wo es jetzt ist. Wer sind Sie?«, fragte sie und runzelte die Stirn. »Und was machen Sie hier?«

»Ich möchte mit dir reden. Darf ich dich Annette nennen?«

Die junge Frau zögerte. »Keiner nennt mich so. Alle sagen Amalia. Dabei heiße ich gar nicht Amalia. Seltsam, nicht wahr?«

»Ich nenne dich so, wie du wirklich heißt. Annette. Und ich möchte dir gern ein paar Fragen stellen – darf ich?«

»Fragen … alle stellen mir Fragen. Ständig. Diese Männer. Die Ärzte. Den ganzen Tag lang geht das so. Ich weiß nicht, warum. Es ist doch alles gesagt. Und getan. Aber ich ertrage es. Ich muss es ertragen. Das sagen sie. Die Ärzte. Immer und immer wieder.«

»Behandeln sie dich gut?«

»Sie sind nett.«

»Weißt du, warum du hier bist, Annette?«

Es kam keine Antwort.

»Gefällt's dir hier?«

»Manchmal ja. Manchmal nein. Heute ist es schön«, sagte Annette mit geschlossenen Augen, das Sonnenlicht im Gesicht.

»Wärst du lieber daheim, auf deinem Schloss? Schloss Kronsberg?«

»Nein.«

»Warum nicht?«

»Da ist es ... ich weiß nicht ... seit meine Mutter tot ist ... es ist alles so schwer zu ertragen. So schwer.« Sie stöhnte.

Die Gräfin schien gerade bei sich zu sein, das wollte Charlotte ausnutzen, deshalb fragte sie direkt: »Was quält dich?«

»Was? Nicht was. *Wer* quält mich. Das ist hier die Frage ...«

»Ist es dein Bruder?«

»Oh ja. Oh ja. Er sagt, er liebt mich.«

»Du bist seine Schwester. Natürlich liebt er dich.«

»Aber nicht so, wie man seine Schwester liebt. Sondern wie man eine Geliebte liebt. Und wenn ich Nein sage, liebt er mich trotzdem. Das ist ihm egal. So was von egal. Er kommt jede Nacht. Jede Nacht. Und quält mich.«

»Hier? Wo du jetzt bist?«

»Ja. Auch hier. In meinen Träumen. Keine Mauer kann ihn aufhalten.«

Plötzlich packte sie mit erstaunlicher Kraft Charlottes Handgelenk. »Ich hab Angst. Jede Nacht. Dass er kommt und mich holt. Kannst du mir helfen?«

Charlotte nahm Annettes Hand fest in die ihre.

»Er ist nicht hier. Willst du, dass ich dafür sorge, dass er nie mehr in deine Nähe kommt?«

»Kannst du das?«

»Ja. Das kann ich.«

»Versprichst du mir das?«

»Ja.«

»Aber seine Stimme ... seine Stimme ist trotzdem hier. Hier drin ...« Sie tippte mit dem Zeigefinger gegen ihre Schläfe. »Die kommt, wann sie will.«

»Was sagt sie?«

»Böse Dinge. Dinge, die er gemacht hat. Schlimme Dinge. Er hat mir davon erzählt. Weil es ihm Spaß macht, mir damit Angst einzujagen. Schmutzige Dinge. Dinge, die er mit mir machen will.«

»Wer ist es? Dein Bruder Arno?«

Annette schüttelte energisch den Kopf und schien plötzlich wieder verwirrt zu sein. »Wie heißt du?«

»Charlotte.«

»Charlotte – ein schöner Name. Ich heiße Amalia.«

Sie ließ Charlottes Hand los, und im selben Augenblick wurde auch ihr Blick leer. Annette war wieder in ihrer eigenen Welt gefangen.

»Annette?«, fragte Charlotte, aber sie erhielt keine Antwort mehr.

61

»Nein, nein und nochmals nein«, sagte Guggenheim, Reisingers Vorgesetzter, mit allem Nachdruck. Er war dabei, Adam abzukanzeln, der bei ihm vorgesprochen hatte, mit der Bitte, den Verletzten zu sprechen, der mit Ottmar Koller zusammengelebt hatte und Alfred Mulzer hieß.

Reisinger stand kleinlaut daneben und hatte schon eine Philippika seines Chefs hinter sich.

»Was glauben Sie, wer Sie sind? Sie können froh sein, dass

Sie überhaupt auf freiem Fuß sind und nicht in der Zelle neben diesem Freund von Ottmar Koller sitzen, bis diese Sache mit dem Attentat gründlich aufgeklärt ist. Und jetzt kommen Sie wieder daher und wollen auch noch dabei sein, wenn wir die Wohnung der beiden durchsuchen ...«

»Haben Sie die Wohnung denn schon durchsucht?«

»Wir warten noch auf Order aus München. Außerdem: Das geht Sie gar nichts an. Zivilisten wie Sie haben sich nicht in eine polizeiliche Angelegenheit einzumischen. Das ist mein letztes Wort.«

»Und was ist mit diesem Alfred Mulzer?«

»Was soll schon sein? Er ist ärztlich versorgt worden und sagt kein Wort.«

»Kann ich nicht doch mit ihm sprechen?«

»Sind Sie taub? Ich habe ausdrückliche Anordnung aus München, niemanden zu ihm vorzulassen. Von Kriminalrat Scheel persönlich. Er wird sich der Sache selbst annehmen. Und jetzt verschwinden Sie aus meinem Revier.«

Reisinger schenkte Adam einen verdrucksten Blick, den Adam mit einem Schulterzucken erwiderte, bevor er sich umdrehte und das Polizeigebäude verließ.

62

Adam dachte gar nicht daran, so schnell aufzugeben. Wenn es auf offiziellem Weg nicht möglich war, hier weiterzukommen, dann musste er eben auf inoffizielle Art und Weise vorgehen. Auch wenn das mit einem gewissen Risiko verbunden war. Er durfte sich halt nicht erwischen lassen.

Es gab zwei Dinge, die er erledigen musste. Er hatte während der ganzen Fahrt mit einer Mietdroschke nach Rosenheim darüber nachgedacht. Wenn er bei Guggenheim, vor dessen Wutanfällen ihn Reisinger schon gewarnt hatte, keinen Fuß in die Tür bekam – das war dann doch eher eine Aufgabe für Manteuffel –, dann wollte er wenigstens auf eigene Faust vorgehen. Das war zwar nicht mit Hajo abgesprochen, aber schließlich war Adam auch nicht auf der Brennsuppe dahergeschwommen, wie man in Bayern zu sagen pflegte. Er war clever und selbstbewusst genug, um Eigeninitiative zu entwickeln, wenn ihm Steine in den Weg gelegt wurden.

Er beschloss, den schwierigeren Teil seines Plans als Erstes zu erledigen, und fragte den nächstbesten Passanten, den er auf der Straße traf, nach dem Weg zum Krankenhaus. Von Reisinger wusste er, dass Ottmar Kollers Leiche dort verwahrt wurde, bis er zur Bestattung freigegeben werden konnte. Eine genaue Untersuchung des Leichnams hatte nicht stattgefunden. Ein Arzt hatte lapidar seinen Tod festgestellt, und das war es dann auch. Eine Obduktion hielt man für überflüssig. Insbesondere bei einem Mann, dem schwere Verbrechen zur Last gelegt wurden.

Tot war tot.

Adam betrat das Krankenhaus, in dem viel Betrieb war, und gab sich ganz so, als hätte er hier zu tun. Zuerst suchte er nach den Personalräumen für Männer im Erdgeschoss, fand sie, weil dort Ärzte in weißen Kitteln sich die Klinke in die Hand gaben, wartete einen günstigen Moment ab, ging hinein, grüßte einen Arzt, wartete, bis dieser den Raum verlassen hatte, schnappte sich einen weißen Kittel, der dort hing, hängte seinen Mantel und seinen Hut an der Garderobe auf und schlüpfte in die Arztkluft. Er sah ein herumliegendes Klemmbrett, nahm es, dann ging er auf den Flur hinaus, scheinbar ganz in die Papiere auf dem Klemmbrett vertieft, wie ein Arzt, der eilig einen Patienten aufsuchen musste und sich nicht darum kümmern konnte, wer ihm alles entgegenkam.

Er galoppierte förmlich die Treppe zum Untergeschoss hinunter, weil er annahm, dass dort unten im Keller die Leichen aufbewahrt wurden.

Verbotshinweise für nicht befugtes Personal ignorierte er

so selbstverständlich, als ginge er dort jeden Tag ein und aus, und fand schließlich den richtigen Saal, in dem ein halbes Dutzend Leichen auf fahrbaren Bahren aufgereiht war. Durch die schmutzigen Hochfenster drang nur fahles Tageslicht herein. Nachdem sich seine Augen daran gewöhnt hatten, beeilte er sich, unter jedes Leintuch einen kurzen Blick zu werfen. Schließlich wurde er fündig; Ottmar Koller lag unter dem letzten Leintuch, das er aufdeckte. Beziehungsweise das, was von ihm übrig geblieben war. Er sah immer noch genauso aus, wie Adam ihn in Erinnerung hatte, als er nach der vergeblichen Verfolgung des Attentäters wieder zum Tatort zurückgekehrt war und ihn auf der Straße liegend vorgefunden hatte.

Der Schuss in den Kopf hatte aus dem Gesicht eine einzige klaffende Wunde gemacht, die anderen zwei Schüsse – Adam konnte die Einschusslöcher sofort sehen – waren knapp nebeneinander in die Brust eingedrungen. Ottmar Kollers sterbliche Überreste waren nicht gewaschen oder sonst wie hergerichtet worden. Tot war tot.

Falls er keine Angehörigen hatte, die sich um ihn kümmerten, würde er eben so, wie er jetzt dalag, in einen billigen Sarg verfrachtet und in einem Armengrab verscharrt.

Adam hörte ein Geräusch, es waren Schritte, die schnell näher kamen, im nächsten Moment wurde die Schwingtür zur Pathologie aufgestoßen. Doch da hatte er sich bereits in einer dunklen Ecke versteckt. Wenn er hier in der Leichenhalle des Krankenhauses ertappt wurde, käme er mit seinen Ausreden, die er eigentlich immer in prekären Situationen aus dem Hut zaubern konnte, nicht weit.

Der Mann, der hereingekommen war, ein stämmiger Pfleger in weißem Kittel und mit Schürze, pfiff vor sich hin, überprüfte die Namenszettel, die am großen Zeh der Leichen angebracht waren, fand den Leichnam, den er gesucht hatte, löste die Feststellbremse der fahrbaren Bahre und schob sie durch die Schwingtür hinaus.

Adam wartete ab, bis der pfeifende Pfleger verschwunden

war, dann suchte er auf den langen Tischen an der Wand nach einem entsprechenden Instrument, das er für seine Zwecke benötigte. Er fand eine passende Zange und machte sich daran, aus Ottmar Kollers Körper die zwei Geschosse zu entfernen, die in seine Brust eingedrungen waren. Danach legte er die Zange wieder zurück, steckte die zwei leicht deformierten Projektile ein und sah zu, dass er den Keller so schnell wie möglich verließ.

Im Personalraum zog er den Kittel aus, hängte ihn an seinen Haken zurück, schlüpfte in seinen Mantel, setzte den Hut auf und eilte ins Freie.

Dies war der erste Streich, dachte er.

Er tastete in seiner Tasche nach dem Schlüsselbund mit den Dietrichen.

Und der zweite folgt sogleich.

63

»Pius Degenhardt?«, fragte Manteuffel und zeigte seinen Ausweis vor.

Der Mann, mit dem er sprechen wollte, war nicht sehr schwer zu übersehen. Glatze, Größe, Gestalt – alles war so, wie es Hajo ihm beschrieben hatte.

»Wer will das wissen?«, fragte Degenhardt, den Manteuffel an seinem Schreibtisch aufgesucht hatte. Nach den Festivitäten hatte er wohl reichlich mit dem erforderlichen Papierkrieg zu tun. Ob seine schlechte Laune darauf zurückzuführen oder grundsätzlicher Natur war, konnte Manteuffel nicht einschätzen. Er tippte auf beides. Wenn er Degenhardts Gesicht nach dessen Verhalten analysierte – und er hatte im Laufe seiner Polizeikarriere schon so manchem harten Burschen gegenübergesessen –, dann wusste er: Degenhardt war wie eine Nuss, die besonders schwer zu knacken war. Wie dem auch sei, er beschloss, von Anfang an gnadenlos in die Offensive zu gehen, so wie es abgesprochen war.

»Manteuffel«, stellte er sich vor. »Kriminalpolizei München. Ich muss Ihre Aufmerksamkeit für eine halbe Stunde in Anspruch nehmen.«

»Wozu?«

»Für ein paar Fragen.«

»Warum? Sie sehen doch, dass ich zu tun habe.«

»Wir alle haben zu tun. Ich zum Beispiel habe es mit zwei ermordeten Mädchen zu tun. Und das ist nur die Spitze des Eisbergs.«

»Das ist schlimm genug. Warum kommen Sie damit zu mir?«

Manteuffel ging erst gar nicht auf diese Frage ein. Er wollte von Anfang an klarstellen, wer hier das Kommando hatte. »Sie sind wie lange schon für die Familie Valley tätig?«

Degenhardt lehnte sich zurück und schenkte Manteuffel einen herablassenden Blick, den er besonders gut konnte, schließlich war er der oberste Herrscher über das gesamte Schlosspersonal. »Seit vierundzwanzig Jahren, um genau zu sein.«

»Das ist eine lange Zeit.«

»Gewiss. Aber sie wurde mir nie langweilig.«

Manteuffel lächelte beiläufig. »Kann ich mir vorstellen. Es war ja immer etwas los im Hause Valley, nicht wahr?«

»Wie meinen Sie das?«

»Na ja, ein Auf und Ab, sozusagen.«

»Kommen Sie zur Sache, Mann. Und reden Sie nicht um den heißen Brei herum. Worauf wollen Sie hinaus?«

»Auf bestimmte Ereignisse, die man nicht gerade als normal bezeichnen kann. Und deren Zeuge Sie gewesen sein müssen. Oder besser: deren Mitwisser. Oder soll ich sagen: Mittäter?«

Degenhardt fuhr mit rotem Kopf von seinem Stuhl hoch und fauchte Manteuffel an: »Was erlauben Sie sich?«

»Das, was ich mir als Kommissar erlauben darf …« Manteuffel setzte sich ohne Aufforderung auf einen Stuhl und wartete darauf, dass Degenhardt sich wieder beruhigte und Platz nahm, was er auch tat.

Dann schlug er sein Notizbuch auf und blätterte darin herum, eine Geste, die normalerweise jedem Tatverdächtigen den Angstschweiß auf die Stirn trieb. Besonders, wenn er es schweigend in die Länge zog. So wie jetzt. Nicht so bei Pius Degenhardt. Er verschränkte die Arme und wartete darauf, was dieser Kommissar aus München vorzubringen hatte.

»Ich habe folgende Informationen«, begann Manteuffel. »Das sind alles Zeugenaussagen, die ich sehr ernst nehme. Beweise dafür gibt es ebenfalls. Ich will mal von vorn anfangen. Es sieht ganz so aus, Herr Degenhardt, dass Sie davon wussten oder sogar daran beteiligt waren, Annette von Valley für tot erklären zu lassen und sie in ein Sanatorium zu stecken, damit bestimmte Dinge nicht ans Licht kommen konnten, über die wir auch noch sprechen werden.«

»Was?«, empörte sich Degenhardt und verzog das Gesicht, als hätte er in eine saure Zitrone gebissen.

»Immer mit der Ruhe, Herr Degenhardt. Lassen Sie mich erst mal alles auf den Tisch legen, was wir gegen Sie vorzubringen haben. Danach gebe ich Ihnen genügend Zeit und Gelegenheit, sich dazu zu äußern.«

Degenhardt zögerte. Aber dann breitete er die Arme aus, als lade er Manteuffel ein, seinen Vortrag fortzusetzen. Seiner Meinung nach würde sich sowieso alles als heiße Luft herausstellen. So gab er sich jedenfalls.

Manteuffel ließ sich davon nicht aus dem Konzept bringen. »Sie wissen, dass in der Gruft der Familie von Valley im Sarkophag von Annette von Valley keinerlei sterbliche Überreste liegen? Der Sarkophag ist leer. Wir haben das überprüft.«

»Was sagen Sie? Woher sollte ich das wissen?«

»Weil Sie daran beteiligt waren, Annette von Valley verschwinden zu lassen.«

»Wer behauptet so einen Schwachsinn?«

»Ein glaubwürdiger Zeuge.«

»Das soll er mir gefälligst selbst ins Gesicht sagen.«

»Leider kann er das nicht mehr. Ihr Freund Ottmar Koller ist tot.«

»Was?« Jetzt wirkte Pius Degenhardt ehrlich erschüttert.

»Sie haben es gehört. Er ist erschossen worden.«

»Von wem?«

»Sagen Sie es mir. Wo waren Sie gestern Nacht?«, fragte Manteuffel.

»Na, wo wohl. Hier.«

»Gibt es Zeugen?«

»Die halbe Dienerschaft. Warum wurde er erschossen?«

»Weil er zu viel wusste. Über Sie, seinen Freund, und über das, was seit geraumer Zeit hier in Kronsberg an Heimlichkeiten abläuft.«

»Er war nicht mein Freund.«

»Nun, er hat anderes behauptet. Sie waren zusammen beim Militär?«

»Ja. Aber das ist ewig her. Ich habe ihn seither nicht mehr gesehen.«

»Da habe ich andere Informationen«, sagte Manteuffel. »Sie haben ihn nicht mehr gesehen, bis Sie feststellten, dass Sie für Ihren Plan, Annette von Valley auf Befehl des Grafen Arco verschwinden zu lassen, einen willfährigen Mann aus Polizeikreisen brauchten, der den angeblichen Unglücksfall offiziell bestätigte. Da passte es gut, dass Sie in Ottmar Koller den geeigneten Mann für so etwas kannten. Darum sind Sie wieder auf ihn zugegangen. Stimmt doch, oder?«

»Sie phantasieren. Ich weiß nicht, wie Sie auf das alles kommen. Warum in aller Welt sollte ich so etwas tun?«

»Weil Sie sich das zusammen mit Graf Arco ausgedacht und mit Hilfe von Ottmar Koller dementsprechend umgesetzt haben.«

Degenhardt schüttelte fassungslos den Kopf. »Das mit Annette war ein furchtbarer Unfall. Der Graf leidet heute noch darunter.«

»Herr Degenhardt, lassen wir doch das Herumeiern. Mit dem Entsorgen von Annette fing alles an. Und mit dem Auffinden der ermordeten Mädchen im Moor sind wir noch lange nicht fertig. Zum Beispiel frage ich mich, wer Ihren Freund Ottmar ermordet hat. Haben Sie das in Auftrag gegeben, oder waren Sie es selbst? Weil er alles über Ihre Rolle in diesem unschönen Spiel wusste? Oder hat er Sie und den Grafen erpresst? Haben Sie ihn deshalb ausgeschaltet?«

»Was verzapfen Sie da die ganze Zeit für einen Unsinn? Das muss ich mir nicht länger anhören!«

»Doch, müssen Sie. Sonst werde ich Sie vorläufig festnehmen, und wir setzen die Vernehmung im Gefängnis weiter fort.«

»Sind Sie jetzt vollkommen verrückt geworden?«

Manteuffel stand auf, zeigte mit dem Finger auf Pius Degenhardt und ging dann hin und her wie ein Löwe im Käfig, während er weitersprach. »Sie stecken ganz tief drin, in allem, was hier vor sich geht. Sie führen aus, was der alte Graf Ihnen befiehlt. Um seine schmutzigen Familiengeheimisse zu schützen. Dafür sind Sie bereit, über Leichen zu gehen. Warum? Weil er Sie für Ihre Dienste fürstlich bezahlt?« Er blieb stehen und sah Degenhardt ins Gesicht.

Der starrte ihn nur an und sagte kein einziges Wort.

Manteuffel machte unbarmherzig weiter, er hatte sich richtig in Rage geredet und kannte sich selbst nicht mehr. »Sie sind wie ein Mensch, der bis zum Hals im Moor dessen eingesunken ist, was er an Grausamkeiten verübt, angeordnet oder zugelassen hat. Egal, wie Sie sich wehren und wie Sie strampeln – da kommen Sie nicht mehr raus. Im Gegenteil: Sie versinken immer nur noch tiefer im Dreck. Und wenn Ihnen der schwarze Morast bis zum Kinn steht – dann sehen Sie vielleicht eine allerletzte Gelegenheit, sich an den eigenen Haaren noch herauszuziehen ... und nicht den Kopf hinzuhalten für andere, die alle Schuld auf Ihren Schultern abladen und behaupten, von nichts gewusst zu haben. Was ist mit Arno und Gregor von Valley?«

»Was soll mit ihnen sein?«

»Wir haben beide im Verdacht. Einer von ihnen wird des Mordes beschuldigt. Wir haben genügend Beweise, um ihn zu überführen.«

»Wissen Sie was, das Gespräch ist hiermit beendet. Der Graf und ich, wir werden Sie vor Gericht zerren und Sie wegen Amtsmissbrauchs, Verleumdung und übler Nachrede verklagen.«

»Das können Sie gerne tun. Aber vorher habe ich Ihnen noch einen Vorschlag zu machen. Sagen Sie mir alles, was ich wissen will, und ich werde mich bei meinem Vorgesetzten für Sie einsetzen ...«

»Einsetzen? Wofür?«

»Dass Sie mit einer weniger strengen Strafe davonkommen. Oder sagen wir: Wenn Sie vollständig auspacken, eventuell mit einer ziemlich milden. Ein paar Jahre, höchstens.«

»Wovon zum Teufel sprechen Sie?«

»Vom Zuchthaus, das auf Sie wartet. Sie wissen schon: dicke Mauern, vergitterte Fenster, abgeschlossene Zellen, übler Fraß, der dort als Essen bezeichnet wird, übergriffige Mitgefangene, nachts Schreie und Flüstern – das ganze nicht sehr angenehme Programm über Jahre um Jahre, die nicht vergehen wollen. Glauben Sie mir, ich kenne mich berufsbedingt damit aus. Das ist kein Zuckerschlecken. Das ist die Hölle auf Erden.«

Wieder sagte Degenhardt kein Wort. Ihm hatte es buchstäblich die Sprache verschlagen.

»Die Geschichte mit Annette war nur der Anfang«, fuhr Manteuffel gelassen fort. »Den Grund dafür, sie in einem Heim verschwinden zu lassen und eine Beerdigung vorzutäuschen, kriegen wir auch ohne Sie heraus. Was uns vielmehr wirklich interessiert, sind zwei Dinge. Erstens: Was haben die Familienmitglieder der Valleys, insbesondere die beiden Brüder, mit den Morden an den Mädchen zu tun? Wir reden jetzt mal nur über die zwei Opfer im Moor. Es gibt noch weit mehr. Was wissen Sie darüber?«

»Nichts! Gar nichts weiß ich darüber!«

»Zweitens: Was hat es mit den geheimen Treffen ausgesuchter besserer Kreise in der Villa Amalia auf sich? Wer ist daran beteiligt?«

Manteuffel ließ seine Fragen einwirken. Er sah, dass es in Degenhardt arbeitete. Der sagte immer noch nichts, aber es brodelte in ihm, und zwar gewaltig. Obwohl er sich nach außen hin immer noch völlig ruhig gab.

Manteuffel wusste, dass Degenhardt noch lange nicht klein beigeben und stattdessen alles leugnen würde. Aber sobald er die Gelegenheit dazu bekam, würde er zu Graf Arco rennen und ihm alles brühwarm berichten. Und dann konnte das Spiel wirklich beginnen, wie Hajo immer sagte.

Er hatte mit seinem Auftritt eine Lawine ausgelöst. Fragte sich nur, wen sie alles mitreißen und unter sich begraben würde. Zum ersten Mal in seiner beruflichen Laufbahn spürte Manteuffel einen gewissen Triumph, als er das zu einer Maske erstarrte Gesicht von Pius Degenhardt ansah.

»Sie brauchen meine Fragen jetzt nicht zu beantworten«, bemerkte er extra süffisant, in einem Tonfall, der ihm früher nie über die Lippen gekommen wäre. »Lassen Sie sich Zeit, denken Sie in aller Ruhe über die Konsequenzen nach, die unweigerlich auf Sie zukommen. Ich wollte Sie nur vorwarnen.«

Pius Degenhardt hatte seine finsterste Miene aufgesetzt, zu der er fähig war, als er antwortete: »Ich habe mit alldem nichts zu tun. Und beweisen können Sie gar nichts. Nicht das Geringste.«

Manteuffel hob einen Finger hoch wie ein Lehrer, der einen Schüler tadelte. »Reden Sie jetzt lieber nicht weiter. Sie stecken noch zu tief in Ihrem eigenen Lügennetz. Ich lasse Ihnen jetzt großzügigerweise vierundzwanzig Stunden Zeit. Dann komme ich wieder in Begleitung von einigen Kollegen und verhafte Sie. Wegen Mordverdachts, Beihilfe zum Mord, Verschleierung diverser Straftaten, Anstiftung zum Mord, wegen Landesverrats, wegen Fluchtgefahr … Also – überlegen Sie es sich. Noch können Sie den einzig richtigen Schritt machen und alles beichten. Nicht dass Sie von mir eine Absolution erwarten dürfen. Aber immerhin ein gewisses Entgegenkommen. Vierundzwanzig Stunden!«

Damit ging Manteuffel hinaus und ließ einen desolaten Pius Degenhardt in seinem eigenen Saft schmoren.

Jetzt endlich hatten sie so richtig in das Wespennest hineingestochen, dachte er, als er die Tür hinter sich ins Schloss fallen ließ.

Mal sehen, was dabei herauskam und wie die Gegenseite auf die offene Kriegserklärung reagierte. Ob das bei Charlotte einen bleibenden Eindruck hinterließ, war eine andere Sache. Er machte sich darüber keine Illusionen, jedenfalls hatte er das euphorische Gefühl, dass er über sich hinausgewachsen war. Je mehr er über die Unterredung mit Pius Degenhardt nachdachte, desto sicherer wurde er: Er hatte einen gewichtigen Beitrag dazu geleistet, Hajo von Zündt dabei zu helfen, diesen Augiasstall namens Schloss Kronsberg auszumisten.

Ein für alle Mal.

Er wartete in der Empfangshalle des Schlosses hinter einer Säule und beobachtete, wie Pius Degenhardt fünf Minuten später aus seinem Büro geeilt kam, immer noch mit hochrotem Kopf, einen Bediensteten, der etwas mit ihm besprechen wollte, unwirsch beiseitestieß und die Treppe hinauf zu den Räumlichkeiten von Graf Arco stürmte, als wäre der Leibhaftige höchstpersönlich hinter ihm her.

Das Spiel, das keines mehr war, sondern blutiger Ernst, hatte tatsächlich begonnen. Weil Manteuffel die Lunte gelegt und gleich auch noch gezündet hatte. Er war sich dessen nie richtig bewusst gewesen, was für eine Macht ihm sein Ausweis als Kommissar verleihen konnte. Sogar jemandem wie

Pius Degenhardt gegenüber, der sich wohl für unantastbar gehalten hatte, weil er ein Mann des Grafen war.

Aber inzwischen waren neue Zeiten angebrochen. Es galt nicht mehr das, was die Obrigkeit sagte, es ging um das Gesetz, dem jedermann, egal ob Großfürst oder Leichenwäscherin, verpflichtet war. Wer das Gesetz missbrauchte oder ignorierte, der konnte und musste belangt werden können. Und genau das war seine Aufgabe als Polizist. Niemals zuvor war ihm das so deutlich vor Augen geführt worden.

Von Hajo konnte man doch immer noch etwas lernen. Auch wenn sich seine Methoden nicht immer in Einklang mit den herrschenden Vorschriften bringen ließen. Aber um dem Gesetz und der Gerechtigkeit Genüge zu tun, musste man eben auch mal gewisse Grenzen ausreizen.

Immerhin waren sie damit erfolgreich.

Jetzt brauchte er nur noch den Segen seines Vorgesetzten, Kriminalrat Scheel, um durchgreifen zu können. Das war schwierig genug.

Aber diesmal hatte er genügend vorzuweisen, um nicht wieder als ewiger Querulant dazustehen und für den Rest seiner beruflichen Laufbahn im Archivkeller zu landen.

Hoffte er jedenfalls.

Nein, diesmal war er sich sicher.

64

Das Schloss an der Eingangstür zum »Grünen Kranz« war leicht mit einem seiner Dietriche aufzubekommen. Adam betrat die Wirtschaft, machte die Tür hinter sich zu und blickte sich um. Alles sah genauso aus, wie er es in Erinnerung hatte, als er mit Ottmar Koller den »Grünen Kranz« verlassen hatte, um ihn zum Polizeirevier zu bringen. Sicherheitshalber sperrte er die Eingangstür wieder ab, um unliebsame Überraschungen zu vermeiden, gelangte ins Treppenhaus und ging hinauf in den ersten Stock.

Die Tür zur Wohnung von Ottmar Koller war nicht abgesperrt und auch nicht durch ein Siegel gesichert, er drückte einfach die Klinke herunter und war drin. Anscheinend hatte die Polizei den Freund von Koller nach Adams Hinweis, dass er dort mit Schlafmitteln vollgepumpt im Bett lag, einfach mitgenommen und ins Gefängnis verfrachtet, ohne weitere Durchsuchungen vorzunehmen. Jedenfalls sah alles vom Wohnzimmer über die Küche bis zu Bad und Schlafzimmer wohlgeordnet und aufgeräumt aus. Keine Schubladen waren aufgerissen und durchwühlt worden, nichts lag zerstreut am Boden herum.

Ganz im Gegenteil – Koller schien ein ausgesprochen penibler Mensch gewesen zu sein, der Wert auf eine gediegene, wenn auch üppig altdeutsche Einrichtung mit schweren Möbeln und dicken Teppichen gelegt hatte.

Nachdem Adam sämtliche Räumlichkeiten kurz in Augenschein genommen hatte, überlegte er, wo Ottmar Koller etwas versteckt haben konnte. Er war nicht dumm gewesen, eher einer von der raffinierten Sorte. Adam war überzeugt davon, nach allem, was ihm Koller über die Machenschaften von Pius Degenhardt verraten hatte, dass der Mann auf Nummer sicher gegangen war und Beweise oder Aufzeichnungen darüber irgendwo versteckt hatte, die er gegebenenfalls gegen die Valleys verwenden konnte – als eine Art Lebensversicherung. Wenn er sie nicht bereits mit seinem Wissen um Annettes Verschwinden und um eine heimliche Verschwörung gegen den König erpresst hatte.

Irgendwo musste Koller etwas aufbewahrt, etwas in der Hinterhand gehabt haben.

Fragte sich nur, wo?

Adam ging systematisch vor. Er fing im Schlafzimmer an, durchsuchte den Kleiderschrank, danach sämtliche Schubladen, wobei er akribisch darauf achtete, alles wieder sorgfältig so zurückzuräumen, wie er es vorgefunden hatte. Er spähte unter das Bett, überprüfte die Dielen, ob eine locker war, klopfte die Wände ab, rollte Teppiche zurück – es war kein Geheimversteck zu finden. Kein Tresor, keine Zuckerdose in der Küche, in der Papiere versteckt waren.

Er ging ein Stockwerk höher auf den Dachboden, öffnete staubige Kisten – nichts.

Er sah auf seine Taschenuhr. Seit geschlagenen zwei Stunden war er jetzt schon in der Wohnung, ohne den geringsten Erfolg. Doch mit leeren Händen wollte er nicht nach Kronsberg zurückkehren. Zwar hatte er die zwei Projektile aus Kollers Körper, aber das würde, falls es überhaupt eine Übereinstimmung mit dem Geschoss aus Theresas Rücken gab, nur der Beweis sein, dass die Kugeln aus derselben Waffe stammten. Für ihren Fall bedeutete das, dass der Attentäter und Dienstmädchenmörder ein und dieselbe Person war. Aber Beweiskraft in einem ordentlichen Prozess hatte das nicht.

Allmählich wurde Adam wirklich nervös. Er, der normalerweise die Ruhe selbst war, begann noch einmal von vorn.

Küche, Bad, Flur, Wohnzimmer, Schlafzimmer. Noch einmal Wände abklopfen, Boden abklopfen, nichts. Er ging in die Wirtschaft hinunter und stellte dort alles auf den Kopf. Sogar den Keller suchte er auf, aber auch da war nichts zu finden.

Sollte er es gut sein lassen und aufgeben? Gab es vielleicht tatsächlich nichts?

Er schaute unter die Matratzen im Schlafzimmer, hinter den Spiegel im Bad, durchsuchte die Taschen von Jacken, Hosen und Mänteln, die im Kleiderschrank waren. Vergeblich.

Er wollte schon die Segel streichen und den Rückzug antreten, als ihm noch etwas einfiel. Ein Ort, wo er Dinge versteckt hatte, die niemand finden sollte – eine Klappe in der Decke seines Zimmers. An die Decke schaute normalerweise niemand.

Er ging noch einmal ins Schlafzimmer und sah zur Decke hoch.

Holzbohlen.

Er untersuchte den Boden, fand eine Stelle, auf der, den schwachen Kratzspuren nach, ein Stuhl gestanden haben musste. Er stellte den Stuhl genau darauf, stieg auf die Sitzfläche und konnte mit seinen Händen über dem Kopf eine der Holzbohlen hochdrücken. Er tastete in der Lücke im Deckengebälk herum und fühlte etwas. Er fingerte danach und fand eine Zigarrenkiste. Er packte sie und sprang vom Stuhl herunter, setzte sich und öffnete die Kiste.

Eine alte Akte kam zum Vorschein. Vom Polizeirevier Rosenheim. Mit Datum, Aktenzeichen und Unterschriften. Drei Jahre alt. Kurz vor dem angeblichen Todesfall von Annette.

Er schlug sie auf. Las.

Danach hatte Annette von Valley im Polizeirevier Rosenheim ihren Bruder Gregor angezeigt. Wegen Vergewaltigung. Kurze Zeit später war ihr Vater in Begleitung von Pius Degenhardt, Arno und einem Arzt namens Dr. Mang aufgetaucht. Der Arzt hatte Annette eine Spritze verpasst mit der Begründung, dass sie nicht bei Verstand sei und Wahnvorstellungen habe. Der damalige Revierleiter, ein gewisser Goedecke, schrieb ein Protokoll über den Vorgang, das am nächsten Tag von seinem Vorgesetzten per Unterschrift bestätigt worden war. Mit dem Zusatz, dass Graf Arco, der dem Unterzeichnenden bekannt sei, die Anzeige als Vater im Namen seiner unmündigen und außerdem unzurechnungsfähigen Tochter zurückgezogen habe und sie damit nicht strafrechtlich relevant geworden sei.

Adam musste sich erst einmal klarmachen, was das bedeutete. Er stellte sich vor, wie Graf Arco wohl in das Revier gestürmt war und alle Register gezogen hatte, im Schlepptau einen Arzt – den Adam übrigens unbedingt aufsuchen und in dem Zusammenhang vernehmen musste –, um zu verhindern, dass es zu einem Skandal größten Ausmaßes kam. Die mit allen diplomatischen Finessen und Winkelzügen geplante und ausgehandelte Hochzeit seines jüngeren Sohnes Arno mit einer habsburgischen Komtess wäre in Schande geplatzt. Die Valleys wären für alle Zeiten zu den Parias von Europas Adel geworden, von denen kein Hund auch nur einen alten Knochen mehr angenommen hätte.

Adam hielt ein Dokument in der Hand, das Ottmar Koller gefunden, unterschlagen und aufbewahrt hatte, als Faustpfand, um sicherzugehen, dass er unbehelligt blieb, oder, wahrscheinlicher sogar, um Graf Arco erpressen zu können. Mit diesem Beweisstück war der Untergang des Hauses Valley besiegelt.

Und Gregor?

Was war mit Gregor?

65

»Sie wissen alles!«, sagte Pius Degenhardt.

Der alte Graf stand, auf seinen Stock gestützt, am Fenster des Schlosses in seinem Herrenzimmer und starrte auf seine Latifundien hinaus. Was hatte er nicht alles in Bewegung gesetzt und arrangiert, damit die Hochzeit seines Sohnes Arno in den Hochadel vonstattengehen konnte. Er hatte seine eigene Tochter kaltgestellt, damit sie nichts gegen Gregor, seinen Lieblingssohn, aussagen konnte, dem er das heilige Versprechen abgenommen hatte, nichts mehr zu tun, was auch nur im Entferntesten der Familie und ihrem untadeligen Ruf Schaden zufügen könnte.

Und hatte Gregor Wort gehalten?

Nein, ganz im Gegenteil.

Von Anfang an war Gregor sein Sorgenkind gewesen. Schon seine Frau hatte gesagt, als Gregor fünfzehn geworden war, dass sie sich um ihn große Sorgen mache. Und dass sie Angst um ihn habe, weil er so … außergewöhnlich sei. Und dann war sogar Angst *vor* ihm dazugekommen. Gregor war jähzornig, reizbar, gewalttätig, unberechenbar. Er hatte etwas Böses in sich. Wenn sie als Mutter so etwas sagte, natürlich nur ihrem Mann gegenüber, dann hatte das Gewicht.

Aber was hätte er tun sollen?

Gregor war auf das teuerste und beste Internat in der Schweiz geschickt worden. Als er zurückkam, hatte er seinen Abschluss mit Bravour geschafft und wollte Medizin studieren. Aber dann hatte die unselige Geschichte mit seiner Schwester begonnen. Er konnte seine Augen und Finger nicht von ihr lassen.

Als auch noch seine Mutter starb, geriet sein Verhalten vollends aus den Fugen. An einem Tag war er der netteste, zuvorkommendste und höflichste junge Mann, den man sich vorstellen konnte. Am nächsten Tag war er verschwunden, trieb sich irgendwo herum und kam manchmal erst nach Wochen wieder, ausgebrannt und abgebrannt. Niemand war in der Lage, ihn noch zu kontrollieren. Am wenigsten er selbst.

Er schwängerte nebenbei ein Dienstmädchen des Schlosses, das auch noch bei einer heimlichen Abtreibung starb. Auch das musste vertuscht werden.

Gregor, immer wieder Gregor.

Sein Bruder Arno hatte sein Möglichstes getan, Gregor im Studentenwohnheim Bavaria in Schwabing untergebracht und ihn überredet, sein Medizinstudium wieder aufzunehmen. Doch dann war er mehr und mehr mit sich selbst und seiner bevorstehenden Hochzeit beschäftigt gewesen. Er konnte nicht ewig seines Bruders Hüter sein und hatte das seinem Vater überlassen.

Aber der alte Graf hatte genug damit zu tun, eine Verschwörung, die einige seiner adligen Gesinnungsgenossen anzetteln wollten, zu organisieren und in die richtigen Bahnen zu lenken.

So ganz allmählich schienen die zunehmenden Affären von den Valleys selbst nicht mehr eingefangen werden zu können. Wenn sie eine unter den Teppich gekehrt hatten, wurden zwei neue ruchbar. Jetzt war auch noch Hajo von Zündt hinter ihnen her, ein Mann, der nicht so leicht hinters Licht zu führen war. Auch wenn Graf Arco alles versuchte, ihn zu umgarnen. Aber Hajo war nicht bestechlich, egal auf welche Art, und er war nicht zu beeinflussen. Und dann hatte er auch noch diesen Kriminalpolizisten Manteuffel dazugeholt.

Graf Arcos Blick aus dem Fenster galt nicht mehr seinem Reich, in dem er lange Zeit geglaubt hatte, wie ein König herrschen zu können, er war nach innen gerichtet, auf den bodenlosen Abgrund, der sich vor ihm auftat. Zum ersten Mal in seinem Leben hatte er kein Schlupfloch mehr in petto, sosehr er sich auch den Kopf zerbrach.

Alles, was er sich unter großen Schwierigkeiten erhalten, aufgebaut und vergrößert hatte, war nun im Begriff, auseinanderzubröckeln und ihm aus den Händen zu gleiten. Selbst nach dem großen Börsenkrach von 1873, bei dem er beinahe sein gesamtes Vermögen verloren hatte, war es ihm wieder gelungen, auf die Beine zu kommen. Aber das waren wirtschaftliche Kalamitäten gewesen, Petitessen im Vergleich zur jetzigen Lage.

Er drehte sich um und sah ihn an.

Gregor, seinen Sohn.

»Hast du das gehört, Gregor?«, fragte er. »Dass sie dich verdächtigen, ein Mörder zu sein? Ich frage dich nur ein Mal: Hast du dich schuldig gemacht?«

Gregor stand da wie zur Salzsäule erstarrt und sagte nichts. Stattdessen schlug er die Augen nieder.

Graf Arco fuhr sich mit der Hand über das Gesicht. Dann verlor er jegliche Selbstkontrolle, nahm seinen Stock, stellte sich hinter Gregor und schlug auf ihn ein. Der ging in die Knie und ertrug die Schläge auf seinem Rücken, bis Degenhardt den Grafen wegzog.

»Hören Sie auf, hören Sie um Gottes willen auf!«

Gregor hatte Tränen in den Augen, aber weniger wegen der Schmerzen als wegen der Demütigung.

Graf Arco ließ von seinem Sohn ab und hyperventilierte.

Degenhardt hielt ihn fest, bis er sich wieder einigermaßen beruhigt hatte und ihn unwirsch zur Seite stieß.

»Bei allem Respekt, Herr Graf«, sagte Degenhardt. »Aber Ihr Sohn – er muss weg.«

»Wie, ›weg‹?«

»Er muss verschwinden. Spurlos. Außer Landes gehen. Am besten gleich nach Amerika. Oder Australien. Solange noch kein Haftbefehl vorliegt.«

»Wie stellst du dir das vor?«

»Er muss heute noch weg.«

»Was hätten wir damit gewonnen?«

»Zeit«, sagte Degenhardt eindringlich. »Zeit hätten wir gewonnen.«

»Er hat recht«, sagte Arno, der von Anfang an im Dunkeln in der Ecke gesessen hatte und alles bisher regungslos angehört und mitangesehen hatte.

Als Pius Degenhardt nach der Vernehmung durch Manteuffel bei Graf Arco vorgesprochen und ihm alles geschildert hatte, was Hajo von Zündt, seine Begleiter und Manteuffel in der Hand zu haben meinten, hatte Graf Arco sofort nach beiden Söhnen schicken lassen.

»Pius – Sie regeln das. Auf der Stelle!«, befahl Graf Arno und stand auf, um Degenhardt gegenüberzutreten.

»Ich weiß nicht, ob ich das noch tun kann«, sagte Degenhardt nach einer langen Pause.

»Warum nicht?«

»Ich habe schon so viel für Sie getan. Ich möchte nicht, dass mir das noch zum Verhängnis wird. Was ich auf gar keinen Fall vorhabe, ist, meinen Lebensabend im Zuchthaus zu verbringen. Dieser Polizist aus München hat mir Straffreiheit angeboten, wenn ich sage, was ich weiß.«

»Das werden Sie nicht«, sagte Arno, der bereit und willens war, von nun an das Heft in die Hand zu nehmen, weil er sah, dass sein Vater nicht mehr dazu in der Lage war. »Er verspricht etwas, das er nicht einlösen kann und wird. Sie dürfen ihm nicht über den Weg trauen. Er wird Sie ausnutzen und Sie dann fallen lassen. Sie haben die Wahl: Glauben Sie ihm oder glauben Sie mir. Ich garantiere Ihnen, dass Sie einen entsprechenden Ausgleich für Ihre Loyalität unserem Haus gegenüber erhalten werden.«

Er suchte den Blick von Degenhardt, der mit sich kämpfte. Wem sollte er überhaupt noch trauen? Graf Arno oder diesem Manteuffel? Eigentlich keinem von beiden, dachte er. Aber seine langjährige Verbundenheit mit dem Haus Valley gab schließlich den Ausschlag. Oder war es die Aussicht auf Geld? Viel Geld im Gegensatz zu Manteuffels halb garen Versprechungen? »Was soll ich tun?«, fragte er.

»Sie bringen meinen Bruder auf der Stelle von hier weg. Stellen Sie sicher, dass Sie nicht gesehen werden. Fahren Sie auf Nebenstraßen nach Rosenheim. Dort nimmt er den nächsten Zug nach München. Besorgen Sie die erforderlichen Papiere und ein Ticket … möglichst weit weg … egal wohin. Er wird in München einen Zug nehmen, der nach Bremerhaven oder sonst wohin fährt, wo das nächste Schiff nach Übersee ausläuft. Sie begleiten ihn bis dahin, damit wir sichergehen, dass er sich daran hält. Schaffen Sie das?«

Degenhardt zögerte nicht lange, streckte nur die Hand mit der offenen Handfläche nach oben aus und wartete.

»Papa?«, sagte Arno, und der alte Graf ging wortlos zu einem Tresor.

Der war hinter einem zur Seite klappbaren Gemälde versteckt, das eine Szene aus der Bibel darstellte, Bathseba, die von König David vom Dach seines Palastes aus heimlich beim Bad beobachtet und begehrt wurde. David wusste, dass Bathseba mit einem seiner Offiziere verheiratet war, aber das war ihm egal. Er schickte ihn in eine Schlacht, wo er den Tod finden musste, um Bathseba in sein Bett zu bekommen. In diesem Bild war – wenn man wusste, wie man es zu deuten hatte – alles enthalten, was das menschliche Drama im Allgemeinen und im Besonderen auf Schloss Kronsberg ausmachte: Gier, Sex, Verrat, Macht, Unmoral, Schuld.

Und göttliche Strafen, die unweigerlich auf dem Fuße folgten.

Graf Arco öffnete den Tresor, in dem bündelweise Geldscheine lagen. Er holte alles Bargeld heraus, das er Degenhardt in die Hand drückte, als wären es Almosen. Für ihn hatte es keinen Wert mehr.

»Sorg dafür, dass er davonkommt«, sagte er dazu mit brüchiger Stimme.

Pius Degenhardt starrte die dicken Geldbündel in seinen Händen an, nickte und winkte Gregor. »Kommen Sie.«

Gregor wandte sich noch einmal dem alten Grafen zu. »Vater …«, sagte er, »Vater …« Er bettelte förmlich um Vergebung.

Aber Graf Arco starrte wieder aus dem Fenster ins Nichts. »Geh mir aus den Augen«, knurrte er nur. »Du bist für mich gestorben.«

Gregor nickte, als würde er diese Verwünschung seines Vaters als Strafe akzeptieren und auf sich nehmen. Dann folgte er Pius Degenhardt nach draußen.

Arno blickte den beiden nach. Er wusste in diesem Augenblick, dass er seinen Bruder nie mehr wiedersehen würde. Es tat ihm nicht leid.

66

Kriminalrat Scheel klemmte sich sein unvermeidliches Monokel ins Auge und sah damit Manteuffel durchdringend an.

Wie eine alte Eule, dachte Manteuffel, behielt aber seinen betont neutralen Gesichtsausdruck bei, den er sich angewöhnt hatte, sobald er das Büro seines Vorgesetzten betrat. Er war sich inzwischen sicher, dass sein Chef glaubte, sein Gegenüber gleichsam mit seinem Monokelblick beeindrucken und hypnotisieren zu können. Wahrscheinlich wandte er diesen billigen Trick auch an, wenn er einen Tatverdächtigen verhörte. Wobei das so gut wie nie vorkam, die Drecksarbeit überließ er bevorzugt seinen zahlreichen Untergebenen, damit machte er sich nicht die Finger schmutzig.

Aber bei ihm zog das nicht, selbst wenn Scheel sich so raffiniert an ein Fenster hinstellte, dass er mit dem hereinfallenden Sonnenlicht, das auf dem Monokelglas reflektiert wurde, genau Manteuffels Gesicht abtasten und irritieren konnte.

Manteuffel war zum Rapport nach München bestellt worden, weil Scheel nach reiflicher Überlegung – oder weil er zu bequem war, wie Manteuffel insgeheim dachte – es nicht für angebracht hielt, eine anstrengende Dienstreise nach Rosenheim anzutreten, um dort als Demonstration seiner Tatkraft den Polizisten Reisinger und Guggenheim auf die Füße zu treten.

Scheel hörte sich alles an, was Manteuffel ihm zu berichten hatte, ohne ihn ein einziges Mal zu unterbrechen, was sowieso schon außergewöhnlich war. Dann wandte er sich wieder einem seiner Fenster zu, das auf die Löwengrube hinausging, und sagte: »Manteuffel, Manteuffel, in was für eine Kloake haben wir da bloß gegriffen!«

Dass er das Personalpronomen »wir« verwendete, bestärkte Manteuffel in der Hoffnung, diesmal nicht dafür abgekanzelt zu werden, dass er bestmögliche Polizeiarbeit geleistet hatte – wenn auch mit tätiger Mithilfe von Hajo von Zündt, Adam Bittencourt und Charlotte Brauchitsch, deren Erkenntnisse er so herausgestellt hatte, wie sie es verdienten, ohne sein eigenes Licht unter den Scheffel zu stellen.

»Ich würde sagen: bis zur Achsel«, antwortete er.

»Da haben Sie ausnahmsweise einmal recht«, gab Scheel zu. »Was für ein Abgrund an Landesverrat von diesem Graf Arco. Und was für schändliche Taten aus dem Hause Valley. Ich hoffe, Sie haben genügend Beweise vorliegen, um diese ganze Bande hochgehen zu lassen?«

»Ich denke schon. Wenn wir uns diesen Majordomus Pius Degenhardt noch einmal richtig vornehmen, wird er auspacken, da bin ich sicher, und uns mehr über die Verschwörung des Grafen und den Dienstmädchenmörder verraten. Wir könnten ihn zum Kronzeugen machen.«

»Verhaften Sie ihn, auf der Stelle! Was wir brauchen, sind Namen, Namen, Namen. Und diesen Gregor von Valley nehmen Sie ebenfalls fest.«

»Das wird einen schönen Skandal verursachen.«

»Darauf können wir keine Rücksicht mehr nehmen. Wie viele Opfer hat dieser Gregor Ihrer Meinung nach auf dem Gewissen?«

»Wir wissen es nicht genau. Aber wenn ich alle Altfälle aus dem Archiv wieder dazuzähle …«

»Tun Sie das. Jeder einzelne Fall muss überprüft werden. Ich darf gar nicht daran denken, was die Presse daraus macht, wenn sie herausfindet, dass wir da was übersehen haben …«

»Schon geschehen, Herr Kriminalrat. Ich habe verlautbaren lassen, dass wir diese Fälle nie außer Acht gelassen haben. Insbesondere die vermissten Mädchen im passenden Alter. Keines dieser Opfer ist endgültig im Archiv gelandet. Alle auf Wiedervorlage auf meinem Schreibtisch.«

»Gut. Sehr gut. Knöpfen Sie sich jeden Fall noch einmal vor. Jeden. Sie haben meine ausdrückliche Erlaubnis. Ich werde den Ministerratsvorsitzenden Johann von Lutz informieren. Er wird darauf bestehen. Kein Mord darf unaufgeklärt bleiben. Hier darf nichts unter den Teppich gekehrt werden.«

Er stöhnte und wischte sich seine schweißnasse Stirn mit einem Taschentuch ab. Die Lust auf eine seiner heiß geliebten Zigarren war ihm wohl vergangen.

»Die Journaille wird sich wie ein Geier darauf stürzen, wir müssen auf alles eine Antwort finden.«

Er drehte sich um und zeigte mit dem Finger auf Manteuffel. »Und was diese angebliche Verschwörung angeht – das überlassen Sie mir. Das muss ich an höherer Stelle zur Sprache bringen. Sie kümmern sich vorläufig ausschließlich um die sogenannten Dienstmädchenmorde. Wer hat eigentlich diesen Begriff in die Welt gesetzt?«

»Hajo von Zündt, Herr Kriminalrat. Er ist auch maßgeblich daran beteiligt, dass wir –«

Scheel winkte ab. »Schon verstanden. Halten Sie ihn so klein wie möglich. Wir dürfen auf keinen Fall zulassen, dass unsere gewissenhafte polizeiliche Arbeit nicht entsprechend gewürdigt und in der Öffentlichkeit angemessen wahrgenommen wird. Das hat oberste Priorität. Ich werde mal zusehen, wie ich seine Mitarbeit in diesem brisanten Fall einzuschätzen habe. Es wird wohl nicht zu verleugnen sein, dass er dazu beigetragen hat, diese Büchse der Pandora zu öffnen.«

»Maßgeblich, Herr Kriminalrat, maßgeblich.«

»Schon gut. Gehen Sie jetzt und sorgen Sie dafür, dass diesem grässlichen Spiel ein Ende bereitet wird. Sie haben meinen Segen. Und natürlich alle Mittel und Vollmachten.«

Beinahe hätte Manteuffel die Hacken zusammengeschlagen. Das machte man vielleicht in Preußen. Und so weit wollte er nun wirklich nicht gehen.

Dass Kriminalrat Scheel ihm plötzlich aus der Hand fraß, war wie ein zweites Weihnachten für Manteuffel. Aber er genoss seinen Erfolg still. Seine Miene war wie immer betont neutral, derweil er innerlich triumphierte.

Und wem hatte er das alles zu verdanken? Genau. Hajo von Zündt.

67

Die offene Kutsche mit Gregor und Pius Degenhardt nebeneinander auf dem Kutschbock, gezogen von zwei Pferden, war auf einer staubigen Landstraße in Richtung Rosenheim unterwegs, wo Gregor den Zug nach München besteigen sollte. Eine in aller Hast notdürftig zusammengepackte Truhe war auf der Fläche zwischen den zwei Rückbänken festgebunden. Degenhardt trieb die Pferde nicht an, sie fuhren im kräfteschonenden Trab, Schloss Kronsberg lag eine halbe Stunde hinter ihnen.

»Halten Sie an«, sagte Gregor plötzlich, als sie durch einen Wald kamen.

»Was?«, fragte Degenhardt.

»Anhalten! Sofort!« Gregor zog einen Revolver aus der Tasche, den er auf Degenhardt richtete. »Anhalten!«, wiederholte er.

Degenhardt tat, was Gregor ihm befohlen hatte. Die Kutsche stand mitten auf der Straße im Wald, weit und breit war niemand außer ihnen unterwegs. »Und was jetzt?«, wollte Degenhardt wissen.

»Jetzt gibst du mir das Geld, und zwar alles.« Er zuckte auffordernd mit dem Revolver.

Degenhardt kam der Aufforderung ohne Zögern nach und drückte Gregor die Geldbündel eines nach dem anderen in die Hand, Gregor steckte sie nacheinander weg.

Degenhardt schüttelte den Kopf. »Was haben Sie vor? Wenn Sie jetzt alle Vereinbarungen über den Haufen werfen und zurückfahren, landen wir alle hinter Gittern. Ist Ihnen das nicht klar?«

»Oh doch. Das ist mir sehr wohl klar. Wir sind eine große Wegstrecke gemeinsam gegangen. Und jetzt sind wir an ein Ende gelangt. Es geht mit mir so nicht weiter. Das habe ich inzwischen eingesehen.«

»Die Einsicht kommt spät.«

»Besser spät als nie«, entgegnete Gregor mit einem Rest von Ironie, die er noch aufbringen konnte.

»Was um Gottes willen also haben Sie vor?«, fragte Degenhardt erneut. Er hatte den Ernst der Situation erfasst, Gregor zeigte alle Anzeichen dafür, dass er dabei war, endgültig durchzudrehen. »Gregor – seien Sie vernünftig«, sagte er deshalb eindrücklich. »Sie können noch immer mit heiler Haut davonkommen, trotz allem, was Sie getan haben. Sie haben genug Geld, um ganz woanders noch einmal von vorn anzufangen. So eine zweite Chance bekommt nicht jeder. Denken Sie nach!«

»Ich habe so viel nachgedacht, Degenhardt. So viel. Tag und Nacht. Es ist … es ist, als würden sich die Gedanken in meinem Kopf überschlagen, mich nicht mehr loslassen. Kennst du das Gefühl, dass du an nichts anderes mehr denken kannst? Nein? Warum auch? Du bist auch einer von denen, die nur ausführen. Und nicht strategisch denken müssen. Tja, das ist der Unterschied zwischen uns beiden. Wir kommen nun mal aus zwei verschiedenen Welten.«

Er wischte sich über das schweißglänzende Gesicht. »Ich weiß gar nicht mehr, wann ich das letzte Mal richtig geschlafen habe. Ich sehne mich so sehr danach, die Augen zu schließen und vergessen zu können. Aber genug davon. Ich habe mir alles gründlich überlegt. Ich werde dich für mich büßen lassen.«

Er sah Degenhardts fassungsloses Gesicht und hob die Hände, als wollte er sich entschuldigen. »Tut mir echt leid, aber es muss sein. So habe ich doch noch eine Chance, aus der ganzen Sache herauszukommen. Weißt du, was ein Sündenbock ist?«

Er wartete auf eine Antwort, doch die kam nicht. Es war auch nur eine rhetorische Frage, die er sich selbst beantwortete. »Ein Sündenbock ist jemand, der die Sünden eines anderen auf sich nimmt.« Er zeigte mit seiner Waffe auf Degenhardt. »Und da kommst du ins Spiel. Wenn ich dich verschwinden lasse, warst du es, der diese ganzen schrecklichen Taten begangen hat. Du kannst dich ja nicht mehr wehren und das Gegenteil behaupten. Ich werde sagen, dass du mir alles gestanden hast. Bevor du dich entschlossen hast, aus dem Leben zu scheiden. Irgendwo. So, dass du nicht gefunden wirst. Und ich … Ich wasche meine Hände in Unschuld. Genauso machen wir es.«

»Was sagen Sie da?«

»Ist doch eine gute Idee!« Gregor schien von sich und seiner Eingebung wirklich begeistert zu sein.

»Und wie wollen Sie mich verschwinden lassen?«

»Wie? Ganz einfach. Ich verbuddle dich hier irgendwo im Wald. Glaub mir, man wird dich nicht lange suchen. Und finden erst recht nicht.«

Degenhardt begriff schnell, dass seine einzige Chance darin bestand, das Überraschungsmoment zu nutzen. Bereits als er die Pferde angehalten hatte, war seine linke Hand an seinen Stiefelschaft gefahren, wo er stets ein Messer versteckt hatte. Schon seit seiner Militärzeit hatte er es so gehalten. Während Gregor ihm seine Pläne erläuterte, tastete er danach und bekam, ohne dass es sein Nebenmann bemerkte, die linke Hand an den Griff. Er zog das Messer heraus und verbarg es in seinem Ärmel.

Gregor erhob sich vom Kutschbock, kletterte herunter und winkte mit seiner Waffe. »Komm schon, die paar letzten Meter gehen wir zu Fuß.«

»Und wenn ich mich weigere?«

»Komm endlich! Mach kein Theater. Ich habe keine Lust, dich durchs Unterholz zu schleifen.« Gregor zeigte mit seiner Waffe auf einen Pfad, der in den dichten Wald führte. »Na, los doch! Jetzt mach schon!«

Degenhardts Gedanken rasten. Wenn er Nein sagte, würde Gregor ihn gnadenlos vom Kutschbock schießen, daran zweifelte er keine Sekunde. Also stieg er langsam ab und ging auf den Pfad zu, neben dem Gregor mit seiner Schusswaffe stand. Er wusste, ihm blieb nur eine Gelegenheit, Gregor zu erledigen, bevor dieser hinter ihm herging und ihm jederzeit einen Schuss in den Kopf verpassen konnte.

Gemessenen Schrittes näherte er sich ihm. Kurz bevor er an Gregor vorbeikam, geriet er ins Stolpern, jedenfalls tat er so. Gregor wich zurück, aber Degenhardt stürzte auf ihn zu, das Messer in der linken Hand stoßbereit. Er wollte den Arm nach vorn schwingen, direkt in das Herz von Gregor. Aber der war auf der Hut und schoss.

Die Kugel traf Degenhardt unter der Achsel in die Brust und schleuderte ihn zurück. Während er rücklings auf den Boden stürzte, quoll ihm Blut aus dem Mund. Er röchelte noch zwei- oder dreimal, Luftblasen vermischten sich mit dem Blut, dann fiel sein Kopf zur Seite, und seine Augen wurden glasig.

Er war tot.

Gregor stand noch eine ganze Weile so gebeugt da, wie er den Schuss abgefeuert hatte, und staunte, dass er noch lebte. Das Messer in der Hand von Degenhardt hatte ihn nur um Haaresbreite verfehlt. Das Schicksal hatte anscheinend noch etwas vor mit ihm.

Er steckte den Revolver weg und ärgerte sich, dass er doch noch Schwerstarbeit leisten und Degenhardt, der ein großer und schwerer Mann war, durch den Wald schleppen musste, um ihn dort zu verscharren. Mit bloßen Händen.

»Herrgott noch mal!«, schimpfte er gen Himmel, als ob da oben jemand für seine desaströse Lage verantwortlich wäre, und zerrte Degenhardt ins Unterholz.

68

Die Droschke mit Hajo und Charlotte war auf dem Rückweg nach Kronsberg, als der Kutscher mitten im Wald anhielt.

Hajo streckte seinen Kopf aus dem Seitenfenster. »Was ist denn los? Warum halten wir?«

»Sehen Sie selber, Herr. Da muss irgendwas passiert sein.«

Hajo stieg aus, Charlotte ebenfalls.

Sie sahen eine offene Kutsche mit zwei Pferden stehen, und aus dem Unterholz des Waldes kam ein Mann, der aussah, als habe er den Verstand verloren. Er war von Kopf bis Fuß mit

Erde und Schmutz beschmiert und schien sie erst gar nicht wahrzunehmen.

Sie kannten ihn, es war Gregor von Valley.

Als er sie endlich sah, blieb er wie angewurzelt stehen. »He!«, sagte er und deutete auf Charlotte. »Dich kenne ich doch!«

Hajo und Charlotte wechselten einen Blick – was war hier vorgefallen?

Charlotte reagierte als Erste. »Graf Gregor von Valley?«, sagte sie.

»Allerdings«, antwortete Gregor, während er über die unerwartete Begegnung nachsann. War das ein erneuter Wink des Schicksals? Was wollte es ihm damit sagen? Dass er diese beiden als Nächstes ins Jenseits zu befördern hatte? Jetzt, da er schon mal dabei war, Tabula rasa zu machen und mit allen abzurechnen, die ihm im Weg standen?

Er zog den Revolver, den er nach seinen anstrengenden Grabarbeiten in den Hosenbund auf dem Rücken gesteckt hatte, und zielte damit auf Hajo und Charlotte. Aber da war ja noch ein weiterer Mann auf dem Kutschbock, den durfte er auch nicht aus den Augen lassen.

Er versuchte, sich mit der freien Hand den Dreck aus den Kleidern zu klopfen, was ziemlich sinnlos war, sowie gleichzeitig die zwei Männer und die Frau im Blick zu behalten. Dabei dachte er fieberhaft nach, was er jetzt tun sollte. Immerhin hatte er die Kontrolle über die Situation, weil er eine Schusswaffe in der Hand hielt. Doch wie konnte er in dieser verzwickten Lage seinen Vorteil nutzen?

»Gregor von Valley«, sagte Hajo, »was machen Sie da? Was soll der Revolver?«

Aber Gregor legte den Zeigefinger auf die Lippen. »Scht!«, sagte er. »Keinen Ton mehr, ich muss überlegen …«

Der Mann war Hajo von Zündt, allseits beliebter und berühmter Detektiv und Ehrengast bei der Hochzeit seines Bruders. Er hatte ihm die Hand geschüttelt. Und jetzt schien er seine Nemesis zu sein.

Und die Frau war dieses Dienstmädchen aus dem Haus Bavaria, dem er dort einmal im Bad begegnet war. Überaus attraktiv, aber was hatte sie mit diesem Schnüffler aus München zu tun? Auf der Hochzeit hatte er sie nicht gesehen.

Das irritierte ihn. Doch nur für kurze Zeit. Weil er nämlich eine plötzliche Eingebung hatte. Es kam wie ein Blitz aus heiterem Himmel. Eine Eingebung, die alles ändern würde. Wenn er diesen von Zündt erschoss – konnte er tatsächlich alles Pius Degenhardt in die Schuhe schieben! Dem Sündenbock. Natürlich – das war die Lösung!

Aber von Zündt war in Begleitung dieses Dienstmädchens, Eva Niemann hatte sie sich genannt, wie er sich erinnerte. Sie hatte sich ihm vorgestellt, weil er netter und freundlicher war als sein Bruder, dieser ungehobelte Flegel, der nur scharf auf sie gewesen war und das offen und ungeniert gezeigt hatte. So ging man nicht mit Frauen um. Vor allem, wenn es diesen Frauen nicht an Selbstbewusstsein mangelte. Seine eigene Methode war raffinierter, einfühlsamer. Doch er hatte sich immer nur an Frauen herangetraut, die er mit seinem Status und seinem Charme beeindrucken konnte.

Das war sein eigentliches Beuteschema. Im wahrsten Sinne des Wortes. Dienstmädchen, Stubenmädchen. Küchenhelferinnen. Hausmädchen. Bedienungen.

Es gab so viele davon. Die meisten von ihnen waren unschuldig, naiv und begierig darauf, auf der sozialen Leiter nach oben zu steigen. Man konnte ihnen das Blaue vom Himmel versprechen, und sie glaubten es. Weil sie es glauben wollten.

Aber Eva Niemann – sie war eindeutig eine größere Herausforderung.

All diese Überlegungen schwirrten so widersprüchlich und kontrovers, so verführerisch und verzweifelt, wie sie waren, binnen Sekundenbruchteilen durch seinen Kopf und verwirrten ihn. Sie verursachten ein einziges brodelndes Gewitter in seinem Schädel. Er wusste einfach nicht, was er tun sollte.

Als dieser von Zündt die Arme verschränkte, als wollte er damit andeuten, dass Gregor nur seine wertvolle Zeit verschwendete, schoss Wut in ihm hoch. Wut auf diesen arroganten Mann aus München, der nur hier war, um ihn vor aller Welt an den Pranger zu stellen und ihn in der nach Skandalen und Sensationen gierenden Öffentlichkeit zum Abschuss freizugeben. Wie war er nur auf seine Spur gekommen? Er hatte doch immer sorgfältig darauf geachtet, nichts am Tatort oder Ablageort seiner Opfer zu hinterlassen, was auf ihn zurückgeführt werden konnte. Es sah immer nach Selbstmord aus, oder er hatte die Leichen gleich so verschwinden lassen, dass sie nie mehr gefunden werden konnten. Das Moor bot da viele Möglichkeiten. Nur bei den letzten zwei Mädchen war er nachlässig gewesen. Er hatte einfach keine Kraft mehr gehabt, sie weit genug weg zu entsorgen. Obwohl er ihnen ein einigermaßen würdiges Grab besorgt hatte. Was er nie übers Herz gebracht hatte, war, seine Opfer irgendwohin zu werfen. Nein, das hatten sie nicht verdient.

Sei's drum, das war jetzt nicht mehr zu ändern. Und Zeugen hatte es seines Wissens auch nie gegeben.

Konnte dieser Mann hellsehen? Seine Wut kochte wieder hoch. »Hajo von Zündt!«, schrie er. »Was wollen Sie von mir? Warum spionieren Sie mir nach?« Dazu fuchtelte er mit seiner Waffe herum, man konnte meinen, dass er nicht mehr Herr seiner Sinne war. Was eigentlich den Tatsachen entsprach.

»Gregor – geben Sie mir Ihre Waffe«, sagte Hajo. »Oder wollen Sie uns alle umbringen? Kommen Sie, seien Sie vernünftig. Geben Sie mir Ihren Revolver, und wir reden miteinander.«

»Nein«, brüllte Gregor zurück. »Nein. Sie wollen nicht reden. Sie wollen mich fertigmachen!«

»Gregor … Gregor«, versuchte Hajo es noch einmal. »Warum bedrohen Sie uns? Sagen Sie uns, was passiert ist. Wir können Ihnen bestimmt helfen.«

»Sie wollen mir helfen? Das Einzige, was Sie interessiert, ist mein Untergang! Also halten Sie gefälligst Ihr Schandmaul! Sie gehen jetzt zur Kutsche und fesseln sich an den Kutscher!«

»Ich soll was tun?«

»Nun machen Sie schon!«

Hajo sah Charlotte an, die leise sagte: »Tu, was er sagt.«

Gregor wandte sich wieder Charlotte zu. »Aber vorher möchte ich noch wissen – was haben Sie eigentlich mit Hajo von Zündt zu tun, Eva Niemann? Ich dachte, Sie haben eine Stellung im Haus Bavaria in München?«

»Hajo von Zündt ist mein Dienstherr. In der Pathologie in München. Und als Detektiv. Wir untersuchen zusammen den Fall der toten Dienstmädchen. Ich war unter falschem Namen im Haus Bavaria. Mein richtiger Name ist Charlotte Brauchitsch. Angefangen hat alles mit Marianne Angerer. Ein unschuldiges Mädchen, das angeblich Selbstmord begangen hat. Aber in Wirklichkeit ermordet worden ist. Heimtückisch. In der Badewanne im Haus Bavaria. Sie erinnern sich an sie?«

»Nicht wirklich ...«

»Wir suchen immer noch nach ihrem Mörder, und das hat uns hierhergeführt.«

»Und?«, fragte er spöttisch. »Sind Sie inzwischen fündig geworden? Charlotte Brauchitsch alias Eva Niemann? Haben Sie ihn denn, Ihren Mörder?«

Sie sah ihn lange an, bevor sie antwortete: »Ich denke, er steht vor uns.«

»Ha!«, sagte Gregor nur. Dazu schüttelte er ungläubig den Kopf und führte eine Art Veitstanz auf. Er konnte es nicht fassen. Diese überaus hübsche Frau hatte eine Offenheit und Impertinenz, die ihn gleichzeitig erregte und erschaudern ließ.

»Warum legen Sie nicht endlich die Waffe nieder, und wir reden wie normale Menschen miteinander?«, wiederholte Hajo noch einmal.

»Weil wir keine normalen Menschen sind!«, brüllte Gregor ihn an. »Kapieren Sie das denn nicht? Sie auf Ihrer Seite können nicht anders und ich auf meiner auch nicht. Wir sind nicht Herr im eigenen Haus!« Dazu klopfte er mit dem Lauf seines Revolvers gegen seine Schläfe. »Wir sind das, was die Vorsehung uns auferlegt hat!«

Hajo hob wie entschuldigend die Hände, weil er einsah, dass er mit seinen zugegebenermaßen eher dürftigen Argumenten nicht mehr weiterkam und Gregor nur noch mehr reizte.

»Sie sind zu allem fähig, ist das nicht so, Gregor?«, sagte Charlotte auf einmal mit samtweicher Stimme. »Auch zu Dingen, die das normale menschliche Verständnis weit übersteigen, nicht wahr?«

»Ja, das stimmt. Ich bin zu allem fähig«, antwortete Gregor wieder erstaunlich ruhig, weil Charlotte ins Schwarze getroffen hatte. Sie war anscheinend als Einzige in der Lage, sein tiefstes Inneres zu erfassen. Seine dunkle Seele, wie es seine Mutter einmal genannt hatte, als man ihn als Fünfzehnjährigen dabei erwischt hatte, dass er die Pferdeställe in Brand stecken wollte. Dabei hatte er nur herausfinden wollen, wie brennende Pferde aussahen, die in wilder Panik zu fliehen versuchten. Er war immer schon sehr experimentierfreudig gewesen. Zuerst mit Tieren und dann mit Menschen. Weiblichen Menschen.

Er näherte sich Charlotte mit dem Revolver in der Hand, mit dessen Lauf er ihr beinahe zärtlich eine widerspenstige Haarsträhne aus der Stirn wischte. »Eva Niemann oder besser Charlotte Brauchitsch«, sagte er sanft. »Die einzige Frau, die ich kenne, die sich getraut hat, meinem Bruder jemals die Leviten zu lesen.«

»Habe ich das?«

»Und wie! Weil er keinen Respekt vor einem Dienstmädchen hatte, das Sie zu sein vorgaben.«

»Im Gegensatz zu Ihnen?«

»Nein. Ich muss mich korrigieren. Er hat keinen Respekt vor Frauen überhaupt.«

»Und den haben Sie?«

»Bis zu einem gewissen Punkt: ja.«

Hajo überließ Charlotte das Reden, weil sie anscheinend irgendwie Einfluss auf Gregor hatte und ihn milder stimmen konnte. Jedenfalls hatte es den Anschein. Wie lange das gut ging, stand auf einem anderen Blatt. Außerdem hoffte er, unbewaffnet, wie er war, Gregor so lange wie möglich hinhalten zu können. Charlotte machte das nicht schlecht – angesichts der Tatsache, dass sie hier einem Menschen ausgeliefert waren, der offensichtlich nicht ganz zurechnungsfähig und zudem unberechenbar und gefährlich war.

Hajo sah auf den Pfad, der in den Wald hineinführte. Ins Dunkel. Was war da geschehen? Im Dickicht der Bäume, aus dem Gregor wie ein Gespenst herausgekrochen war? Selbst Hajo konnte es sich nicht zusammenreimen. Sie mussten improvisieren. Er wusste: Es ging um ihr Leben.

Charlotte wusste das auch. »Und was ist dieser Punkt, Gregor von Valley?«, fragte sie. »Dieser gewisse Punkt?«

»Das müssen Sie selbst herausfinden«, erwiderte Gregor und grinste. Sein Antlitz mit den hochgezogenen Mundwinkeln im dreck- und schweißverschmierten Gesicht hatte eine gewisse Ähnlichkeit mit einem Bild aus dem Lehrbuch über Geisteskrankheiten mit Fotografien von Irren, das Hajo aufgeschlagen auf dem Schreibtisch des Obermedizinalrats Bernhard von Gudden gesehen hatte.

»Ich denke nicht, dass ich so weit gehen will«, entgegnete Charlotte.

»Wir werden sehen. Und jetzt ...« Er zielte mit seiner Waffe auf Hajo, sprach aber Charlotte an. »Wenn Ihr Dienstherr Hajo von Zündt nicht auf der Stelle das tut, was ich von ihm will, dann bekommt er eine Kugel in den Kopf! Wenn Sie ihm das vielleicht klarmachen? Könnte ja sein, dass er auf Sie hört.« Er spannte den Hahn seiner Waffe.

»Eine Kugel in den Kopf wie bei Ottmar Koller in der vorletzten Nacht in Rosenheim?«, fragte Hajo spontan und scheinbar unbeeindruckt.

Was zum Teufel wusste dieser Detektiv noch alles, fragte

sich Gregor. Aber er würde nicht mehr viel Gelegenheit haben, sein Wissen jemandem mitzuteilen. Dafür wollte er sorgen. Deshalb konnte er ihm ruhig die Wahrheit sagen. »Ja, genau so. Wie alle anderen, die nicht das getan haben, was ich gesagt habe. Und jetzt, bevor ich endgültig die Geduld verliere, fesseln Sie sich an den Kutscher.«

»Welcher Kutscher?«, fragte Hajo trocken und wies hinter sich. »Da ist kein Kutscher.«

Bevor er sich umdrehte, machte Gregor drei Schritte rückwärts, weil er nicht auf einen billigen Bauerntrick hereinfallen wollte. Erst dann schaute er nach hinten.

Aber es war kein Trick – der Kutscher war wirklich verschwunden.

Doch das war ihm jetzt auch gleichgültig. Der Bursche hatte wohl das Hasenpanier ergriffen und war zu Fuß geflüchtet. Gregor wollte nur noch eines: Hajo von Zündt ausschalten und Charlotte Brauchitsch an einen Ort bringen, wo er sich mit ihr unterhalten konnte. Auf seine ganz spezielle Weise.

Wenn sie schon etwas über den Punkt wissen wollte, der bei ihm das Fass zum Überlaufen brachte, dann wollte er es ihr gerne veranschaulichen.

Und es auskosten.

»Fesseln Sie Charlotte auf die Rückbank meiner Kutsche«, sagte er zu Hajo.

»Womit?«

»Da oben steht eine Truhe. Sie ist mit Seilen gesichert. Die lösen Sie und fesseln Ihre Begleiterin an die Kutsche. Und machen Sie das sorgfältig, ich werde es überprüfen.«

Hajo sah Charlotte fragend an.

»Tu es«, sagte sie.

Ohne viel Aufheben ging sie auf die offene Kutsche zu und setzte sich auf die Rückbank. Vor ihren Knien stand die Truhe, mit mehreren Schnüren fest angebunden. Hajo folgte ihr und begann, die Schnüre aufzudröseln.

Gregor war nahe herangekommen und hielt die beiden weiterhin mit seiner Waffe in Schach. »Beine und Hände fesseln, wenn ich bitten darf«, sagte er. »So fest wie möglich.«

Hajo tat, was Gregor ihm auftrug, dabei suchte er im Augenwinkel ununterbrochen nach einem möglichen Ausweg. Vielleicht kam ja irgendjemand des Weges. Aber die Straße war nach wie vor unbefahren.

Außerdem war Gregor wach- und achtsam. Dass Pius Degenhardt ihn mit seiner plötzlichen Attacke beinahe übertölpelt hatte, war ihm eine Lehre gewesen. Noch einmal würde ihm das nicht passieren. Er sah sich nach allen Seiten um.

»Was sollen wir machen?«, fragte Charlotte Hajo in diesem Moment im Flüsterton, während er sie am Rahmen der Kutsche festband.

»Sei unbesorgt«, flüsterte er zurück. »Ich werde das schon irgendwie schaukeln.«

»Hajo – er wird dich töten«, flüsterte sie, und Hajo erkannte die Panik in ihren Augen.

»Tu alles, was er sagt«, antwortete Hajo leise. »Er will mit dir spielen. Mach mit und halte ihn so lange wie möglich hin. Das kannst du. Dir wird nichts passier–«

»Was flüstert ihr da?«

»Fertig«, sagte Hajo nur und stand auf.

»Runter da«, bellte Gregor, »und die Hände in die Höhe, damit ich sie sehen kann.«

Hajo gehorchte und sprang herunter.

Gregor kletterte auf der gegenüberliegenden Seite auf die Kutsche, behielt Hajo im Auge und überprüfte gleichzeitig die Festigkeit der Fesseln und der Knoten. Sie schienen stramm genug zu sein, um die hübsche Charlotte daran zu hindern, von der Kutsche zu springen oder ihn anzugreifen, wenn er auf dem Kutschbock saß.

Er sprang auf Hajos Seite wieder herunter und näherte sich ihm bis auf drei Schritte.

»Was nun?«, fragte Hajo. »Wie werden Sie das erklären, wenn Sie mich niederschießen? Sie wollen mich jetzt töten, nicht wahr? Nein, Sie müssen es sogar tun. Weil ich Sie, wenn Sie Charlotte auch nur ein Haar krümmen, notfalls bis ans Ende der Welt jagen werde.«

»Gut gesprochen, Hajo von Zündt. So redet ein wahrer Held.« Gregors Sarkasmus war nicht zu überhören.

»Im Ernst: Wie wollen Sie das hier erklären – einschließlich meiner Leiche?«, fragte Hajo.

»Gar nicht. Ich war nie hier. Sie sind einer banalen Straßenräuberei zum Opfer gefallen. Ein unrühmliches Ende für einen ruhmreichen Detektiv. Haben Sie noch etwas zu sagen?« Er richtete seinen Revolver auf Hajo.

Charlotte zerrte an den Fesseln und rief: »Nein, Gregor, nein! Tun Sie das nicht!«

Gregor drehte sich nicht nach ihr um und sagte nur: »Eva, Charlotte – wie auch immer: Halt die Klappe!«

Hajo war kurz davor, sich auf ihn zu stürzen, obwohl es chancenlos war, aber er wollte sich nicht einfach töten lassen. Er zuckte schon, aber da sah er im letzten Augenblick, wie sich ihr Kutscher vom Wald her an Gregor heranschlich. Er hatte also nicht die Flucht ergriffen, sondern sich nur versteckt und auf eine günstige Gelegenheit gewartet.

Spontan redete Hajo weiter, um Gregor abzulenken.

»He, Gregor, wenn Sie mich schon erschießen, dann können Sie mir doch noch sagen, ob Sie der Mann sind, den wir suchen. Der Dienstmädchenmörder. Nur um meine Neugier zu befriedigen …«

»Der Dienstmädchenmörder? So nennen Sie mich?«

»Ich war so frei. Ich musste dem gesuchten Täter ja irgendeinen Namen geben.«

»Verstehe. Er ist nicht gerade schmeichelhaft.«

»Ich sage Ihnen – er wird in die Geschichte eingehen. Das haben Sie sich verdient.« Jetzt konnte Hajo seinen Sarkasmus nicht zügeln. Was ihn selbst ärgerte.

Der Kutscher war inzwischen nur noch ein paar Schritte von Gregor entfernt.

»Genug der Worte«, sagte Gregor. »Drehen Sie sich um und marschieren Sie los.« Er zeigte auf den Pfad, der in den Wald führte.

Plötzlich knackte es in Gregors Rücken. Der Kutscher war auf etwas getreten.

Ruckartig fuhr Gregor herum. Der Kutscher blieb mit erhobenem Knüppel wie erstarrt stehen, während Gregor die Waffe auf ihn richtete. Und einfach abdrückte.

Der Schuss traf den Kutscher in die Brust und warf ihn um. Sicherheitshalber schoss Gregor ihm noch eine Kugel in den Kopf.

Charlotte schrie auf, aber Gregor hörte es gar nicht. Er wandte sich wieder Hajo zu. Das hieß, er wollte sich ihm zuwenden, aber Hajo von Zündt war verschwunden.

Weg.

Gregor stieg auf den Kutschbock und hielt nach allen Richtungen Ausschau.

»Gottverdammt!«, fluchte er. »Gottverdammt noch mal!«

Er schoss blindlings in den Wald. Drei Schüsse waren es, die sich noch in der Trommel befanden. Schließlich klickte es nur noch metallisch, wenn er den Abzug betätigte, und das tat er, bis ihn der Zeigefinger schmerzte.

Endlich sah er ein, dass es zwecklos war, setzte sich auf den Kutschbock, wollte seinen Revolver mit Ersatzpatronen nachladen, die er sonst immer in seiner Tasche hatte, aber da waren keine mehr. In der Eile, mit der sie aus Kronsberg aufgebrochen waren, hatte er ganz vergessen, sich eine Handvoll einzustecken. Auch egal. Er packte die Zügel und trieb die zwei Pferde an.

Er musste sich Zeit verschaffen. Zeit für das, was er mit Charlotte vorhatte. Die gefesselt auf der Rückbank saß und ihm ausgeliefert war.

Aber plötzlich kam Hajo aus dem Wald gesprungen und rannte auf die Kutsche zu. Er versuchte, auf den Kutschbock zu gelangen, konnte sich gerade noch mit einer Hand festklammern, doch Gregor schlug ihm die Faust ins Gesicht, sodass Hajo den Halt verlor und auf die Straße stürzte.

Er trieb die Pferde mit der Peitsche an, und Hajo konnte der davonjagenden Kutsche nur hinterhersehen. Er rappelte sich auf und rannte ihr trotzdem noch nach, sah aber nach der ersten Kurve ein, dass es sinnlos war, und gab auf.

Ein lange nicht mehr empfundenes Hochgefühl übermannte Gregor. Während er die Pferde immer weiter anspornte, setzte sich auch seine Phantasie in Gang und begann, Purzelbäume zu schlagen. »Hüah!«, brüllte er und schwang die Peitsche über dem Rücken der Pferde, dass es nur so schnalzte. »Hüah!«

69

Kurze Zeit später kam Adam mit seiner Mietdroschke des Weges. Er hatte in Rosenheim noch nach dem Arzt gesucht, Dr. Mang war sein Name, den Graf Arco auf das Polizeirevier mitgenommen hatte, damit dieser die Unzurechnungsfähigkeit seiner Tochter bezeugen konnte. Aber dann erfuhr er schließlich, dass Dr. Mang bereits das Zeitliche gesegnet hatte und nur noch auf dem Friedhof zu finden war.

Plötzlich hielt der Kutscher, der ebenso wie sein Kollege die Nebenstrecke genommen hatte, weil sie kürzer war, an und stieg ab.

Adam, der zum wiederholten Mal das Protokoll durchlas und sich die Reaktion von Graf Arco vorzustellen versuchte, wenn er es ihm unter die Nase hielt, wunderte sich, dass sein Kutscher angehalten hatte. Er öffnete die Tür seiner geschlossenen Droschke, um nachzusehen, was los war. Was er erblickte, waren eine leere Mietdroschke mit zwei Pferden und ein Mann in dunkler Kleidung, der rücklings und offenbar tot auf der Straße lag.

Davor stand sein Kutscher und rieb sich den Kopf. »Oh Gott, das ist der Heizinger Hermann. Ich kenne ihn.«

»Woran haben Sie ihn erkannt?«, fragte Adam, der sich neben die Leiche gekniet und festgestellt hatte, dass vom Gesicht des Toten nicht mehr viel übrig war.

»An seinem Ring«, meinte der Kutscher. »Er hat so einen wertvollen Ring mit einem grünen Edelstein. Ein Erbstück. Er hat ihn uns allen gezeigt. Darauf war er immer ganz stolz.«

Adam nahm die Hand des Toten und betrachtete den Ring. Dann stand er auf und sah sich um. Was war hier nur geschehen?

»Das waren Straßenräuber!«, behauptete sein Kutscher, trat vor lauter Nervosität von einem Bein aufs andere und blickte sich verängstigt nach allen Seiten um. »Vielleicht sind sie noch in der Nähe. Wir sollten lieber zusehen, dass wir wegkommen!«

»Nein«, widersprach Adam, »Straßenräuber hätten ihm seinen Ring abgenommen. Und wären mit der Kutsche davongefahren.«

Er ging zur Kutsche, deren Türen offen standen, und warf einen Blick hinein. Auf einem der Sitze lag eine Damenhandtasche. Er erkannte sie sofort und nahm sie in die Hand. Sie gehörte Charlotte. Ein kalter Schauder fuhr ihm über den Rücken.

Hinter ihm tauchte der Kutscher auf. »Was bedeutet das alles?«, fragte er.

»Das bedeutet«, antwortete Adam, »dass mein Bruder und unsere Freundin sich in Lebensgefahr befinden …«

70

Gregor ging hinter Charlotte her, seine Waffe hatte er in der Hand, obwohl sie nicht geladen war, aber er vermutete, dass sie das nicht wusste, schließlich war sie eine Frau und verstand sicher nichts von solchen Dingen.

Es war ein langer Weg gewesen bis zur Villa Amalia, aber sie waren gerade noch rechtzeitig vor Einbruch der Dunkelheit angekommen. Gregor hätte die abgelegene Villa auch blind gefunden, so oft war er – schon als Kind und Jugendlicher – hier gewesen. Mit Annette, über die er dort zum ersten Mal hergefallen war. Lange her, dachte er, als er Charlotte in die große Halle führte. Ihre Handfesseln hatte Gregor nicht gelöst. Er begleitete sie zu einem Stuhl und band ihre Handgelenke rücklings an die Lehne und die Fußgelenke an den Stuhlbeinen fest.

»Nur damit du mir nicht davonläufst!«, sagte er, noch immer in Hochstimmung, weil ihn nun nichts mehr davon abhielt, allein seine leidenschaftliche dunkle Seite auszuleben und auszukosten, mit Charlotte als krönendem Abschluss.

Die Halle war allein schon durch ihre schiere Größe imposant. Lange vor seiner Zeit waren hier noch rauschende Feste gefeiert worden, jetzt war sie leer bis auf einen überlangen Tisch und ein paar Stühle drum herum. Aber es waren vor allem die Wände, die beeindruckten. Sie waren über und über mit Hirsch- und Rehgeweihen bestückt, es gab Hunderte davon.

Auf Augenhöhe rund um den ganzen Raum verteilt hingen Schilde mit den verschiedensten Wappen und über Kreuz darauf angebrachten Schwertern und Degen.

»Gedulde dich einen Moment, ich bin gleich wieder da!«, sagte Gregor und begann, die Kerzen an den vier gigantischen Kronleuchtern anzuzünden, die mit Seilzügen auf den Boden heruntergelassen worden waren, sodass man an sie herankam. Dienerschaft gab es schon lange keine mehr hier, die Villa wurde nur noch bei Jagdgesellschaften oder bei geheimen Zusammenkünften der Verschwörertruppe um Graf Arco genutzt.

Gregor ließ sich Zeit, im Bewusstsein dessen, dass sie ganz

unter sich waren und er jede Sekunde genießen wollte, die er mit dieser außergewöhnlichen Frau zusammen war. Geduldig zündete er tatsächlich Dutzende von Kerzen an und zog die Kronleuchter danach nach oben, was gar nicht so leicht war, und schließlich illuminierten alle den Festsaal wie für ein großes gesellschaftliches Ereignis, zumindest einen Maskenball mit Tanz und Musik.

Charlotte fand es gespenstisch und irreal, weil sie nur zu zweit hier waren.

Aber Gregor war ganz in seinem Element. Für diesen letzten Akt, das *grande finale* sozusagen, brauchte er möglichst viel Theatralik, um seine Phantasie weiter anzuheizen.

Bisher hatte Charlotte noch kein Wort gesagt, auch während der Fahrt nicht.

Gregor bewunderte die Kronleuchter und war mit seinen Vorbereitungen zufrieden. Er ging vor Charlotte in die Hocke und betrachtete sie aus dieser Perspektive mit zunehmendem Wohlgefallen.

»Und jetzt?«, fragte Charlotte schließlich. »Was jetzt?«

»Jetzt kommen wir zum angenehmen Teil des Abends, Charlotte. Leider kann ich dir nichts anbieten, es gibt keine Champagnervorräte hier, du musst einzig und allein mit mir vorliebnehmen.« Er trat hinter sie und atmete den Duft ihrer Haare ein, ohne sie zu berühren.

Charlotte schloss ihre Augen und erwartete schon, dass er seine Hände von hinten um ihre Kehle legen würde.

Aber nichts dergleichen geschah.

Sie musste ihn bei Laune halten oder zumindest in ein Gespräch verwickeln, damit er nicht sofort auf dumme Gedanken kam. Obwohl – die hatte er natürlich bereits, seit er sie zum zweiten Mal gesehen hatte, und auf der Fahrt hierher zur Villa Amalia hatte er sich genügend Spielchen ausmalen können. Sie hatte schon die ganze Zeit über versucht, ihre Fesseln zu lockern, aber Gregor hatte sie zu fest und versiert an ihrem Stuhl festgemacht. Jetzt fing er auch noch an, sie von hinten abzutasten. Und fand das Messer unter ihrem Kleid, das sie immer bei sich trug. Er löste es vom Gürtel und betrachtete es.

»Vor dir muss man sich wirklich in Acht nehmen, Charlotte. Aber das habe ich vom ersten Augenblick an gewusst.« Er zog einen Stuhl heran, setzte sich ihr gegenüber und spielte mit dem Messer. »Bevor wir uns ganz dem Vergnügen hingeben, hätte ich doch noch ein paar Fragen. Persönliche Fragen, die du mir so ehrlich wie möglich beantworten solltest. Schließlich möchte ich mein weibliches Gegenüber ein wenig besser kennenlernen. Das ist so eine kleine Marotte von mir. Du darfst jetzt nicht lügen, ich würde es sofort erkennen. Bist du bereit? Ein Augenzwinkern genügt mir.«

Charlotte sah ihm in die Augen und zwinkerte. Was blieb ihr anderes übrig?

»Sehr schön. Ich mag es, wenn ein Mädchen folgsam ist. Besonders ein so widerspenstiges wie du. Also, fangen wir an. Dein sogenannter Bruder im Haus Bavaria, derjenige, der meinen Bruder nach allen Regeln der Fechtkunst fertiggemacht hat – der ist in Wirklichkeit nicht dein Bruder, nicht wahr?«

»Nein. Ein Freund. Er heißt Adam und ist der Adoptivbruder von Hajo von Zündt, um genau zu sein.«

»Wie nahe steht ihr euch?«

»Sehr nahe.«

»Da schau her. Das hätte ich mir gleich denken können.«

Charlotte holte einmal tief Luft und versuchte ihr Bestes, um Gregor zum Aufgeben zu überreden, so sinnlos ihr dieses Unterfangen auch erschien. »Gregor – bitte überlegen Sie es sich noch einmal. Es ist Ihre letzte Gelegenheit, halbwegs ungeschoren davonzukommen. Warum lassen Sie mich nicht einfach hier und suchen das Weite? Sie haben doch genügend finanzielle Möglichkeiten, um sich abzusetzen.«

Gregor schüttelte den Kopf. Für einen kurzen Augenblick wirkte er regelrecht verletzlich und traurig. »Was glaubst du, wie oft ich diesen Sermon schon gehört habe. Natürlich haben alle recht, die mir schon mehr oder weniger nachdrücklich dazu geraten haben. Aber ich habe eben meine eigenen Pläne. Sie sind nicht auf die nächsten Jahre ausgerichtet, beileibe nicht. Aber für die nächsten paar Stunden steht mein Plan. Von dem, was ich jetzt mit dir anstellen werde, habe ich ziemlich genaue Vorstellungen.«

Er stand auf und bückte sich mit dem Gesicht zu ihr herunter. Charlotte wich so weit zurück, wie sie nur konnte. Aber Gregor kam immer noch näher. Sie konnte seinen Atem spüren. Und er schien den ihren zu inhalieren.

»Sie werden nicht mit dem davonkommen, was Sie jetzt vorhaben«, sagte sie. »Das werden meine Freunde nicht zulassen.«

»Weißt du was, das ist mir so was von gleichgültig!«, sagte er und leckte ihr quer über das ganze Gesicht. Anschließend drückte er ihr noch einen harten Kuss auf die Lippen.

Das kam so überraschend, dass Charlotte gar nicht dazu kam, sich zu wehren. Sie verzog nur das Gesicht zu einer angewiderten Grimasse.

Er streckte sich und sagte: »Ich wusste es. Deine Lippen riechen nicht nur gut, sie schmecken auch vorzüglich.« Er nahm das Messer und fing an, ihr das Kleid aufzuschneiden.

In diesem Augenblick klopfte es an der Eingangstür.

Drei Mal, heftig.

Gregor erstarrte. Wer zum Teufel konnte das sein?

»Herrgott – was ist denn jetzt schon wieder los?«, knurrte er. Er stapfte mit gezücktem Revolver zum Eingang, als ihm einfiel, dass seine Waffe leer geschossen war. Er wusste, dass er keine Ersatzpatronen bei sich hatte, fluchte und steckte sie wieder weg. Er kehrte um, nahm Charlottes Messer und hielt es ihr an den Hals.

Die Türflügel krachten auf, und er sah sich Hajo von Zündt und seinem Adoptivbruder gegenüber. Adam mit gezogener und auf ihn gerichteter Waffe, Hajo stand neben ihm, mit einem Gesicht, das Bände sprach. Wahrscheinlich wäre er, ohne groß nachzudenken, Gregor mit bloßen Händen an die

Gurgel gegangen, wenn Adam ihn nicht mit seinem freien Arm zurückgehalten hätte. Und Gregor nicht die Schneide von Charlottes Messer an deren Kehle gehalten hätte.

Gregor war erstarrt vor Schreck. Er fragte sich, woher die beiden von seinem Refugium wussten. Aber er musste sich der Tatsache stellen, dass sie vor ihm standen und ihn aufgespürt hatten. Jetzt half nur noch, Charlotte als Druckmittel einzusetzen. Er hatte sich hinter sie gestellt. Wenn dieser Adam es wagen sollte, auf ihn zu schießen, würde er Charlotte erstechen. Gregor war sich sicher, dass sie das nicht riskieren würden. Dazu wusste er die Gemengelage um diese Dreierbande inzwischen gut genug einzuschätzen. Auch er konnte zwei und eins zusammenzählen.

Was ihn ärgerte, ja richtig zur Weißglut brachte, war die Tatsache, dass sie so schnell hier aufgetaucht waren. Wie hatten sie das geschafft? Woher wussten sie überhaupt, dass er mit seiner Eroberung – er liebte dieses Wort in Zusammenhang mit Charlotte – zur Villa Amalia unterwegs gewesen war?

Adam hätte es ihm erzählen können, aber jetzt ging es für ihn und Hajo allein darum, Charlottes Leben zu retten. Und das hing in Anbetracht von Gregors dunkler Seite, von der sie nur ahnten, wie schwarz sie war, an einem sehr, sehr dünnen Faden.

71

Kaum hatte Adam Charlottes Handtasche in der Kutsche entdeckt, hatte ihm sein Kutscher ganz aufgeregt gegen die Schulter geklopft und auf das Ende der Straße gezeigt. »Da«, sagte er, »da kommt jemand!«, und versteckte sich hinter Adams Rücken.

Es war Hajo, der langsam näher kam und winkte, als er die beiden sah.

»Das ist mein Bruder«, sagte Adam.

Der Kutscher entspannte sich, und Hajo schilderte seinem Adoptivbruder, was geschehen war. »Hast du deinen Revolver dabei?«, fragte er dann.

Adam klopfte auf seine Manteltasche. »Ja.«

»Dann sollten wir auf der Stelle losfahren.«

»Wohin?«, fragte der Kutscher. »Und was machen wir mit ... mit ihm?« Er deutete auf seinen toten Kollegen.

»Den müssen wir von der Straße heben und mitnehmen. Haben Sie eine Decke? Damit wickeln wir ihn ein und legen ihn in Ihre Kutsche.«

»Aber ... sollten wir nicht die Polizei alarmieren?«

»Wir sind so was wie die Polizei«, versuchte Adam, ihn zu beruhigen. »Wissen Sie, wie lange das dauert, bis nach Rosenheim zurückzufahren und mit zwei Polizisten zurückzukehren?«

»Vier bis fünf Stunden, würde ich sagen ...«

»Ganz genau. Deswegen bleibt uns nichts anderes übrig, als selbst die Verfolgung aufzunehmen. Solange noch Zeit dafür ist.«

»Ich weiß nicht ... Also wenn ich ganz ehrlich bin ... Mir ist das zu gefährlich. Ich will damit nichts zu tun haben.«

Hajo wollte die Debatte unbedingt abkürzen und sagte: »Könnten zwanzig Gulden Sie davon überzeugen, einer möglichen Gefahr ins Auge zu blicken?«

»Zehn im Voraus«, antwortete der Kutscher postwendend.

Hajo griff nach seiner Börse und zählte ihm die zehn Münzen in die Hand. Der Kutscher steckte das Geld wortlos weg, tippte an seinen Hut und eilte zu seiner Kutsche, kam mit einer Decke zurück und fragte: »Woher wollen Sie wissen, wo wir hinmüssen?«

»Für Gregor von Valley gibt es nur noch einen einzigen Ort, wo er hinkann. Bist du mit mir einer Meinung, Adam?«

Der nickte. »Und je schneller wir dort sind, desto besser.« Eine derart besorgte Miene hatte er nicht mehr aufgesetzt, seit Hajo sich auf das riskante Duell mit Oberst Schellenberg eingelassen hatte.

72

Und so kam es, dass sie zwei Stunden nach Gregor von Valley bei Nacht vor der Villa Amalia eintrafen. Dabei hatten sie Glück durch den Umstand, dass der Kutscher eine Lampe dabeihatte und zudem der Vollmond nebst funkelnden Sternen groß am nahezu wolkenlosen Firmament stand.

Licht drang durch die Fugen der geschlossenen Fensterläden des Gebäudes, der Kutscher hielt in angemessener Entfernung an. Neben der Kutsche von Gregor, deren Pferde in aller Ruhe am Gras rupften.

Hajo und Adam stiegen aus.

»Aber Sie können nicht von mir verlangen, dass ich da mit reingehe«, sagte der Kutscher.

»Keine Bange. Das ist allein unsere Angelegenheit, warten Sie hier«, beruhigte ihn Hajo.

»Und was ist, wenn Sie nicht mehr lebend da rauskommen? Wie komme ich dann an meine restlichen zehn Gulden?«

Die Antwort darauf blieb aus, denn Hajo und Adam begaben sich schon zu Fuß in Richtung Eingang. Sie waren sich einig, dass sie keine Zeit für großartige Ausspähaktionen und dergleichen verschwenden durften, außerdem nahm Hajo an, dass Gregor in einem mentalen Ausnahmezustand war. Sein Pulver hatte er zwar im wahrsten Sinne des Wortes verschossen, aber das sagte gar nichts. Was er allein mit bloßen Händen Charlotte antun konnte – daran wagte er gar nicht zu denken.

Gregor hatte insgesamt auf der Straße sechs Schüsse abgegeben, Hajo hatte mitgezählt, als er blitzschnell im nächsten Dickicht verschwunden war, während Gregor durch den Kutscher, der hinter ihm auftauchte, abgelenkt gewesen war. Hajo war nur diese einzige Chance geblieben, eine unbewaffnete Attacke auf Gregor wäre reiner Selbstmord gewesen. Trotzdem hatte er ein rabenschwarzes Gewissen und das bittere Gefühl, Charlotte im Stich gelassen zu haben. Aber was hätte er anderes tun sollen?

Und dann war Gregor so schnell weggefahren, dass Hajo nur noch der Kutsche und ihrer Staubwolke hinterherblicken konnte. Er hatte noch überlegt, ob er gleich die Verfolgung aufnehmen sollte, aber eingesehen, dass dies unbewaffnet keinen Sinn ergab.

»Nur hereinspaziert, meine Herren«, sagte Gregor, der Charlotte ihr eigenes Messer in Ermangelung einer geladenen Schusswaffe an den Hals hielt.

Hajo beachtete ihn nicht und fragte Charlotte: »Bist du in Ordnung?«

Charlotte nickte, soweit ihr das Messer am Hals genügend Spielraum gab.

Gregor wollte, wie es seinem Status entsprach, von vornherein die Regeln bestimmen, er war schließlich der alleinige Hausherr. Außerdem fühlte er sich, da er Charlotte in seiner Gewalt hatte, durchaus im Vorteil, auch wenn der Begleiter an der Seite von Hajo einen Revolver in der rechten Hand hielt.

Natürlich erkannte er ihn sofort, schließlich hatte dieser Mann seinem Bruder im Haus Bavaria eine demütigende Fechtlektion erteilt.

»Ah«, sagte er, »der angebliche Bruder von Eva Niemann. Freut mich nicht unbedingt, Sie wiederzusehen, Emil Niemann.«

»Ganz meinerseits«, antwortete Adam. »Mein richtiger Name lautet im Übrigen Adam Bittencourt. Wie wär's, wenn Sie das Messer weglegen?« Zu diesen Worten zielte er mit seiner Waffe auf Gregor.

Aber der lachte nur. »Für wie blöd halten Sie mich denn, Adam Bittencourt? Sie beide sind diejenigen, die sich jetzt auf den Boden setzen, mir Ihre Waffe zuschieben und sich ansonsten gesittet benehmen wie die Regensburger Domspatzen im Petersdom. Nur dass Sie nicht singen müssen.«

»Sonst?«, fragte Hajo.

»Sonst schneide ich Ihrer gemeinsamen Freundin die Kehle durch. So einfach ist das. Kein Verhandeln, kein Schachern. Nichts. Eine einfache Forderung und ein einfaches Befolgen meiner Befehle Ihrerseits. Soll ich wirklich anfangen zu zählen? Bei fünf wird Charlottes Blut den Boden besudeln, wenn Sie nicht tun, was ich gesagt habe. Ich frage Sie zum letzten Mal: Wollen Sie das wirklich?«

Hajo und Adam tauschten einen kurzen Blick.

»Tja«, sagte Hajo, »sieht wohl alles nach einem Patt aus.«

»Nein«, erwiderte Gregor, »es sieht so aus, dass Sie mir Ihren Revolver aushändigen. Sie beide sind es, die schachmatt sind. Ich fange jetzt an zu zählen. Eins, zwei ...«

»Hören Sie, Gregor von Valley, ich habe Ihnen einen Vorschlag zu machen«, sagte Charlotte leise und für alle überraschend. Ihre Stimme klang leicht krächzend, was aber daran lag, dass sie ein Messer an der Kehle hatte. Und sie wusste, wie scharf ihre eigene Klinge war.

»Was?«, fragte Gregor.

»Fechten Sie es aus. Mit einem der Degen, die hier an der Wand hängen. Wenn Sie gewinnen, gehe ich freiwillig mit Ihnen. Ich verspreche Ihnen, dass ich mich dann nicht wehren werde. Wenn Sie verlieren ... ein Duell, verstehen Sie? Der Bessere möge gewinnen. Falls Sie Manns genug sind. Man hat mir gesagt, dass Sie ein versierter Fechter sind. Beweisen Sie es.«

Gregor überlegte. »Wer hat das gesagt?«

»Hat mir ein Küchenjunge erzählt. Im Haus Bavaria.«

»War wohl der Hans.«

»Exakt. Ein kluger Junge. Er hat mir gesagt, Sie sollen fast so gut sein wie Ihr Bruder. Darauf können Sie sich was einbilden.«

»Nein, nein, nein«, sagte Gregor wie ein widerspenstiges Kind. »Haltet ihr mich für verrückt? Darauf lasse ich mich nicht ein. Wenn schon mein Bruder nicht mit diesem Adam Sowieso fertigwird …«

»Sie haben mich missverstanden«, sagte Charlotte, »Sie sollen es nicht mit Adam Bittencourt ausfechten, sondern mit Hajo von Zündt.«

Mit diesem Vorschlag hatte Gregor nicht gerechnet. Er schien sich diese Möglichkeit tatsächlich durch den Kopf gehen zu lassen, während Charlotte weitersprach. »Wenn Sie jetzt bis fünf zählen, bin ich tot. Und dann sind Sie bei sechs tot. Das kann ich Ihnen garantieren. Habe ich recht, Adam? Er wird nicht zögern, Ihnen eine Kugel in den Kopf zu jagen.«

»Keine Sekunde«, erwiderte Adam.

»Sehen Sie! Aber bei einem Duell mit Hajo von Zündt haben Sie eine deutlich größere Chance.«

Gregor sah Hajo an und schätzte ihn ab. Wie gut konnte dieser Detektiv wohl mit einem Degen umgehen? Er selbst war nicht übel darin, hatte immer wieder bei seinem Bruder Fechtunterricht genommen. Er war ziemlich gut geworden, auch wenn er seinem Bruder nicht das Wasser reichen konnte. Stellte sich die Frage, auf welchem Niveau Hajo von Zündt kämpfte. Vielleicht sollte er es tatsächlich wagen. Von Zündt sah nicht so kompakt aus wie dieser Adam, aber man sollte seinen Gegner nie unterschätzen.

Er beschloss, das Risiko einzugehen. Charlotte war es wert. »Und wer garantiert mir, dass alles mit rechten Dingen zugeht?«

»Ich«, sagte Hajo von Zündt, »ich garantiere es.«

»Sie sind ein Mann von Ehre, das weiß ich«, sagte Gregor. »Habe ich Ihr Wort als Edelmann, dass Sie mich mit Charlotte gehen lassen, wenn ich Sie besiege?«

»Ja, das haben Sie.«

»Und Ihres ebenfalls, Adam Bittencourt?«

»Ja.«

»Gut«, sagte Gregor. »So sei es. Aber vorher möchte ich, dass Sie, Adam Bittencourt, Ihren Revolver vor meinen Augen entladen. Ich traue Ihnen trotz Ihrer treuherzigen Augen nicht so ganz über den Weg. Wenn ich mich schon auf ein Duell einlasse, dann muss es auch fair ablaufen. Also, darf ich bitten?«

Wortlos nahm Adam seinen Revolver und drückte die Patronen nacheinander demonstrativ Stück für Stück heraus, sodass sie klackernd auf den Boden fielen. Dann zeigte er Gregor die leere Trommel. »Zufrieden?«

»Sie werden nicht eingreifen? Egal, was passiert?«

Adam wechselte einen Blick mit Hajo. »Nein«, sagte er mit fester Stimme.

Gregor nickte und ließ von Charlotte ab. »Na gut. Auf was warten wir dann?«

Er zog sein Jackett aus, warf es zu Boden und ging zur Wand, um einen Degen von der Dekoration zu reißen und ihn prüfend durch die Luft sausen zu lassen.

Hajo hatte schon längst eingesehen, dass ihm nichts anderes übrig blieb, als sich auf den Kampf einzulassen. Er war sogar froh darüber, dass Charlotte den Vorschlag gemacht hatte. Endlich bekam er die Gelegenheit, mit Gregor abzurechnen, auch wenn er nicht unbedingt ein Meister im Degenfechten war. Aber im Moment dachte er nur an all die Opfer, die Gregor auf dem Gewissen hatte. Obwohl ihm klar war, dass sein Gegner etwas nicht hatte: nämlich ein Gewissen.

Hajo zog seinen Mantel aus, nahm sich ebenfalls einen Degen von der Wand, überprüfte ihn, wog ihn kurz in der Hand und wartete darauf, dass Gregor ihn angriff, was dieser auch im selben Augenblick mit einem Wutschrei tat.

Hajo beherrschte die Fechtkunst nur mittelmäßig, aber er wusste sich zu wehren, auch wenn Gregor blindwütig und aggressiv wie sein Bruder Arno zu Werke ging. Er wurde sofort in die Defensive gedrängt und durch die halbe Halle gejagt, bevor er schließlich immerhin dazu kam, zu einem Gegenangriff anzusetzen.

Aber Gregor war darauf vorbereitet, und seine geschickt gesetzte Riposte verletzte Hajo am Oberarm. Gregor merkte sehr schnell, dass sein Gegner ihm unterlegen war, und drosch auf ihn ein, dass die Funken der aufeinanderprallenden Degenklingen nur so stoben. Er drängte Hajo an das Tischende, und nur durch eine geschickte Drehung in letzter Sekunde gelang es Hajo, einem tödlichen Hieb auszuweichen. Mit einer Rolle rückwärts gelangte er auf den Tisch. Gregor sprang ebenfalls auf den Tisch und setzte ihm weiter zu. Es war kein sportlicher Wettkampf, es ging um Leben und Tod.

Das wussten auch Charlotte und Adam, die tatenlos mit ansehen mussten, wie Gregor immer mehr die Oberhand gewann. Er schien es geradezu zu genießen, seinen Gegner in die Enge zu treiben und ihm keine Luft zum Atmen zu lassen.

Hajo, durch die blutende Oberarmwunde gehandicapt, fiel es zunehmend schwer, dem von einer unbändigen Wut angetriebenen Gregor auch nur halbwegs standzuhalten. Das konnte nicht mehr lange gut gehen.

Adam hatte Charlotte inzwischen von ihren Fesseln befreit und, während er mit einem Auge auf den unbarmherzig geführten Zweikampf zwischen Hajo und Gregor blickte, seine Patronen wieder heimlich aufgeklaubt und in die Kammern seiner Revolvertrommel zurückgesteckt.

Mit einem Hieb, den er sich beim Kampf zwischen Adam und seinem Bruder Arno in der Turnhalle des Hauses Bavaria abgeschaut hatte und mit dem Arno von Adam entwaffnet worden war, gelang es Gregor, Hajo den Degen aus der Hand zu schlagen. Schwer atmend standen sie sich nun gegenüber, Gregor hatte seinen Gegner wehrlos vor sich und genoss sichtlich diesen triumphalen Augenblick. »Charlotte«, sagte er, ohne sich zu ihr umzudrehen, »jetzt schau gut her!«

Charlotte hatte die zwei Kämpfenden keine Sekunde aus den Augen gelassen, aber sie war inzwischen zur Wand gegangen, ausgestattet mit ihrem scharfen Messer. Im nächsten

Moment schnitt sie mit einem Streich das Seil durch, mit dem der schwere Kronleuchter über Gregors Haupt gesichert war. Während Gregor seine Machtposition als Sieger ausreizte und Hajo mit Scheinstichen foppte, sauste der Kronleuchter lautlos von der Decke und krachte lärmend und mit seinem splitternden Kristallglas auf Gregor, der mit einem Schrei darunter begraben wurde.

Eine Blutlache breitete sich unter seinem Kopf aus, ihm war nicht mehr zu helfen.

»Ich habe dir nicht das Versprechen gegeben, nicht einzugreifen«, sagte Charlotte verächtlich.

Hajo war haarscharf verfehlt worden und stand eine ganze Weile im Schock da, bis ihn Adam vom Tisch herunterzog, weil die brennenden Kerzen schon den Tisch und die Stühle in Brand gesetzt hatten.

Charlotte war in ihrem Furor nicht mehr zu bremsen und schnitt die Halteseile der anderen Kronleuchter ebenfalls durch, sie alle krachten mit voller Wucht nach unten, und im Nu stand der große Saal in hellen Flammen.

Charlotte, Hajo und Adam sahen, wie sich die Flammen in Windeseile ausbreiteten und das reinste Inferno verursachten.

»Raus hier!«, schrie Adam und zog Hajo und Charlotte nach draußen ins Freie.

73

Hustend rannten die drei aus der Villa und blieben erst stehen, als sie genügend Abstand hatten.

Der Kutscher stand mit offenem Mund da und staunte, wie schnell sich die lodernden Flammen in der Villa ausbreiteten und bald alles erfasst hatten. Die Fensterläden wurden von der unwiderstehlichen Kraft des Feuers förmlich aus den Rahmen gesprengt, aus jedem Fenster züngelten und schlugen die Flammen heraus. Sie konnten dem apokalyptischen Untergang der Villa nur noch zusehen, zu retten gab es da nichts mehr.

»Eine Frage habe ich«, sagte Hajo zu Adam. »Hättest du ihn wirklich lebend mit Charlotte davonkommen lassen, wenn er mich getötet hätte?«

»Nein, natürlich nicht«, sagte Adam trocken. »In dem Fall hätte ich ihn erschossen.«

Ihre Silhouetten und die des Kutschers standen schwarz im Gegenlicht der lichterloh brennenden Villa. Sie alle konnten sich vom Anblick der in den Nachthimmel hochschießenden Flammen nicht lösen. Schließlich riss der einstürzende Dachstuhl das ganze Gebäude in einem einzigen Funkenregen mit sich.

Charlotte hatte sich zwischen ihren zwei Männern eingehakt und hatte Tränen in den Augen. Ob von dem Rauch der abbrennenden Villa oder vor Erleichterung, war unmöglich zu erraten.

Vielleicht hätte Charlotte selbst diese Frage nicht beantworten können.

74

Die Villa Amalia war Geschichte. Genauso wie das Geschlecht der Valleys.

Graf Arco war nach einem Schlaganfall zusammengebrochen und lag halbseitig gelähmt und unfähig zu sprechen in seinem Bett auf Schloss Kronsberg, wo er Tag und Nacht die Decke anstarrte, wenn er nicht gerade schlief. Dort konnte er die Fliegen zählen, wenn sie ihn nicht gerade quälten und ihm auf dem Gesicht herumkrabbelten, weil er nicht in der Lage war, sie selbst zu verscheuchen. Er musste rund um die Uhr von Dienstpersonal betreut werden, das schwierig zu finden war, denn niemand wollte in einem Haushalt arbeiten, in dem mehrere Dienstmädchen missbraucht und ermordet worden waren.

Sein Sohn, Graf Arno, hatte einen Brief von seiner frisch angetrauten Ehefrau bekommen, in dem die Komtess ihm ohne Begründung mit knappen Worten mitteilte, dass sie die Scheidung eingereicht hatte und ihn nie wieder zu sehen wünschte. »NIE WIEDER« war großgeschrieben.

Er versuchte, so gut er konnte, die äußere Fassade aufrechtzuerhalten, auch wenn er in seinen Kreisen zur Persona non grata geworden war. Es gelang ihm immer seltener, und eines Tages war er spurlos verschwunden.

Vielleicht würde er irgendwann gefunden. Mit offenen und ausgewaschenen Augen, weil er bis zu seinem Ende nicht wirklich begriffen hatte, was geschehen war. Er wollte es begreifen, aber es gelang ihm nicht. Der einzige Ort, der ihn mit offenen Armen aufnähme, war das Teufelsmoor.

Annette von Valley lebte noch zweiundzwanzig weitere Jahre in ihrer Alptraumwelt im Haus Seelenfrieden, weil sie nicht verstand, dass ihr Bruder Gregor, der sie immer noch im Schlaf heimsuchte, längst tot und begraben war, jedenfalls das, was nach dem Brand der Villa Amalia von ihm übrig geblieben war – nämlich eine Urne mit einer Handvoll Asche. Wobei nicht einmal sicher war, dass sich darin wirklich die sterblichen Überreste von Gregor befanden. Es konnte sich ebenso gut um Holzasche handeln – der damit beauftragte Bestatter hatte beim Befüllen der Urne nicht so genau hingesehen.

Annette fand bis zu ihrem Todestag nie wieder in die Realität zurück.

75

Seit Wochen herrschte ungewöhnlich schlechtes Wetter, auch an diesem Pfingstwochenende. Es war kühl, und es regnete immer wieder. Das triste Klima im Königreich Bayern entsprach der politischen Lage. Schnell war durchgesickert, dass Ludwig II. von einer sogenannten Findungskommission im zweiten Anlauf auf Schloss Neuschwanstein verhaftet und von dort nach Schloss Berg am Würmsee verbracht worden war, wo er bei ärztlicher Aufsicht unter strengem Hausarrest stand.

Der König war von mehreren Experten unter Vorsitz des Obermedizinalrats und Irrenarztes Professor Bernhard von Gudden per Ferndiagnose aufgrund von abgefangenen Briefen und schriftlichen Spionageberichten seiner eigenen Dienerschaft für unmündig und regierungsunfähig erklärt worden, und da sein Bruder Otto ebenfalls schon seit längerer Zeit als unzurechnungsfähig eingestuft worden und auf Schloss Fürstenried interniert war, wurde beider Onkel Luitpold als Prinzregent zum Nachfolger erklärt und mit den königlichen Geschäften betraut.

Luitpold war ein soignierter älterer Herr mit Nikolausbart und wenig Ambitionen außer der Jagd.

Aber man brauchte nun mal eine Galionsfigur aus dem Hause Wittelsbach, um den Putsch gegen Ludwig, und nichts anderes war es wohl, zu legalisieren und dem Volk als unumgänglich und rechtmäßig zu verkaufen.

In der Residenz in München gab es an diesem Pfingstsonntagabend, dem 13. Juni 1886, trotz aller ins Kraut schießenden Gerüchte und Spekulationen einen großen Empfang durch den neu installierten Prinzregenten, zu dem insbesondere Hajo von Zündt, Adam Bittencourt und Charlotte Brauchitsch geladen waren. Alles, was Rang und Namen hatte, war angetreten, um dem Prinzregenten seine Aufwartung zu machen. Der Anschein, dass trotz allem das Leben in Bayern so normal wie möglich weiterging und seinen üblichen Lauf nahm, sollte unter allen Umständen gewahrt bleiben. Darauf hatte sich die bayerische Staatsregierung unter dem Ministerratsvorsitzenden Johann von Lutz, der die treibende Kraft hinter der Absetzung Ludwigs war, geeinigt.

Anlass für den Galaempfang war die Aufklärung zahlreicher Morde an Dienstmädchen im Münchner Umland durch Hajo von Zündt und seine zwei Mitstreiter Charlotte Brauchitsch und Adam Bittencourt sowie Kommissar Manteuffel.

Der Mörder konnte zwar nicht mehr festgenommen, verhört, verurteilt und lebenslang eingesperrt werden, weil er in der Villa Amalia bei einem selbst verursachten Brand ums Leben gekommen war, nachdem ihn Hajo, Charlotte und Adam gestellt hatten. Trotzdem sah sich die bayerische Staatsregierung, die komplett anwesend war, repräsentativ vertreten durch den Prinzregenten, veranlasst und verpflichtet, dem Dreigestirn sowie dem Kommissar ein besonderes Lob auszusprechen, verbunden mit der Verleihung des Bayerischen Verdienstordens.

Es wurden schöne Reden geschwungen, vor allem Kriminalrat Scheel sprach höchstes Lob aus, und Kommissar Manteuffel wurde zu seiner Überraschung *coram publico* sogar befördert. Dabei wusste er genau, dass sein Vorgesetzter seine Missgunst mit Müh und Not kaschieren musste, auch wenn er Manteuffel mit süßsaurer Miene gratulierte. In diesem Leben wurden die beiden keine Freunde mehr.

Deshalb genoss es Manteuffel doppelt.

Aber der besondere Höhepunkt des Abends stand noch aus. Hajo von Zündt wurde zum Medizinalrat ernannt, und, außergewöhnlich genug, der Prinzregent verlieh ihm zusätzlich den Titel »königlich bayerischer Detektiv«, dazu gab es die Sonderprägung einer Münze in einer Samtschatulle. Das Publikum im Festsaal applaudierte und lachte, weil dieser Titel natürlich nur ehrenhalber war und mit keinerlei Privilegien verbunden. Das wusste auch Hajo, aber trotzdem war es eine hohe Auszeichnung. Er lachte selbst mit.

Seine Mutter platzte schier vor Stolz und wusste gar nicht mehr, wie sie sich der zahlreichen Glückwünsche erwehren sollte.

Der Prinzregent, ein leutseliger Mann, nahm Hajo, Charlotte, Adam und Manteuffel beiseite und erkundigte sich nach den Einzelheiten ihrer Ermittlungen.

Hajo führte aus, was für Spuren sie nach Kronsberg geführt hatten und wie sie schließlich auf Graf Gregor als Täter gestoßen waren. Er ging, weil sich der Prinzregent besonders dafür interessierte, sogar auf Details ein und erklärte ihm, dass sein Bruder und er die Geschosse, die aus Gregors Handfeuerwaffe abgefeuert worden seien, aus den Leichen entfernt hätten und er sie anschließend mikroskopisch untersucht habe. Dabei habe er anhand von Schleif- und Drillspuren an den Projektilen zweifelsfrei feststellen können, dass sie alle aus Gregors Waffe stammten.

Von dieser Methode hatte der Prinzregent noch nie gehört. Er lauschte fasziniert, während ihm Hajo mit Begeisterung seine Theorie schilderte. Diese hielt er bei aller Bescheidenheit für bahnbrechend, jedenfalls war noch nie etwas über ähnliche Methoden veröffentlicht worden. Er wollte das so schnell wie möglich in entsprechenden Fachzeitschriften nachholen. Das fand das besondere Interesse des Prinzregenten, der aufgrund seiner Jagdleidenschaft ein ausgezeichneter Waffenkenner war.

Hajo gab sich alle Mühe, ihm die Einzelheiten so anschaulich, wie es nur ging, zu schildern und einen großen Bogen zu den Möglichkeiten einer neuen Wissenschaft der Kriminalistik zu spannen, mit deren Hilfe es in Zukunft zu einem wahren Quantensprung in der Aufklärung von Verbrechen kommen könnte.

Luitpold bedankte sich für seine Ausführungen, schüttelte Hajo noch einmal die Hand und teilte ihm zu seiner großen Überraschung im selben Atemzug mit, dass an der Ludwig-Maximilians-Universität demnächst ein Lehrstuhl für Kriminalistik eingerichtet werden würde, den Hajo federführend übernehmen sollte. Der Innenminister wollte in naher Zukunft das Fach »Kriminalistik« in sämtliche Lehrpläne der höheren Polizeischulen einführen. Für diese Aufgabe musste man entsprechend qualifizierte Fachkräfte ausbilden. Dafür sei Hajo von Zündt doch geradezu prädestiniert.

Hajo wusste gar nicht, was er sagen sollte. Er war überglücklich – endlich war sein großer Traum in Erfüllung gegangen. Am liebsten hätte er den Prinzregenten umarmt, aber das ging natürlich nicht. Er bedankte sich artig und bewahrte die Contenance, obwohl es ihm schwerfiel.

Während ihn seine Freunde beglückwünschten, flüsterte der Adjutant Luitpolds dem Prinzregenten etwas mit ernster Miene ins Ohr. Luitpold nickte und eilte mit ihm ins angrenzende Audienzzimmer.

Kurze Zeit später kam der Adjutant mit versteinerter Miene wieder zum Vorschein, drängte sich durch die dicht stehende Menge aus Gratulanten, weiblichen Bewunderinnen, Journalisten und Schulterklopfern zu Hajo durch und bat ihn wegen einer dringenden Angelegenheit ins Audienzzimmer nach nebenan.

Hajo warf einen Blick auf seine Taschenuhr, es war eine Dreiviertelstunde vor Mitternacht. Er entschuldigte sich, übergab sein Champagnerglas Charlotte und folgte dem Adjutanten.

76

Im Audienzzimmer wartete der Prinzregent mit erstarrter Miene und leichenblass auf ihn. In der zitternden Hand hielt er ein Papier, und Hajo sah sofort, dass es ein Telegramm war. Der Adjutant schloss die Tür und stellte sich als Wachposten daneben.

»Eure Hoheit, Sie wollten mich sprechen?«, sagte Hajo

nach einer Weile, weil Luitpold einfach nur dastand und mit seinem Kneifer ins Leere blickte.

Der Prinzregent reagierte immer noch nicht, nahm den Kneifer ab, schloss für einen Moment die Augen und wischte sich über das Gesicht. Als er sie wieder öffnete, sah er aus, als wäre er aus einem Alptraum erwacht – und als wäre aus diesem Alptraum Wirklichkeit geworden.

»Hajo von Zündt«, sprach er, »das, was ich Ihnen jetzt mitzuteilen habe, muss erst einmal unter uns bleiben, haben wir uns da verstanden?«

»Ja, Eure Hoheit.«

»Es handelt sich um eine sehr, sehr ernste Sache und könnte die Grundfesten unseres Königreichs Bayern erschüttern. Ach, was sage ich – es ist eine einzige Katastrophe ...«

Er schüttelte verzweifelt den Kopf und musste sich erst räuspern, bevor er weitersprechen konnte. »Ich habe eben die niederschmetternde Nachricht erhalten, dass mein geliebter Neffe, König Ludwig II., im Würmsee tot aufgefunden wurde. Er ist wahrscheinlich ertrunken. Ebenso sein Arzt, Dr. Bernhard von Gudden.«

»Um Himmels willen!«, entfuhr es Hajo. »Das kann doch nicht wahr sein!«

»Leider Gottes ist es wahr und bestätigt. Sie sind beide ohne Wachpersonal zu einem Spaziergang am Ufer des Würmsees von Schloss Berg aufgebrochen und nicht mehr zurückgekehrt. Man hat sie eben erst gefunden. Im Wasser treibend. Tot.« Der Prinzregent musste sich setzen, er rang um Fassung.

»Was genau ist passiert?«, fragte Hajo.

»Man weiß es noch nicht. Genau das werden wir so schnell und genau wie möglich feststellen müssen. Sie können sich vorstellen, dass dieser außerordentlich tragische und hochbrisante Vorfall äußerste Diskretion erfordert.«

»Selbstverständlich ist mir –«

Der Prinzregent schnitt Hajo mit einer Geste das Wort ab. Er erhob sich und wurde offiziell. »Herr von Zündt, ich bitte Sie nun, sofort nach Schloss Berg zu fahren. Sie erhalten von mir sämtliche Vollmachten, um alle erforderlichen kriminalistischen Untersuchungen durchzuführen. Gehen Sie mit allergrößter Sorgfalt und Akribie vor. Das ist eine große Verantwortung. Aber ich gehe davon aus, dass Sie ihr mit Ihrer Professionalität gerecht werden.« Er seufzte tief. »Sie werden auch die Autopsie vornehmen müssen, Herr von Zündt. Das ist meine ausdrückliche Anordnung, die ich nach Berg telegrafieren werde.«

Hajo deutete ein knappes Kopfnicken an. »Selbstverständlich, Eure Hoheit. Ich verstehe. Bitte telegrafieren Sie, dass am Auffindungsort nichts verändert werden darf, bis ich eintreffe. Er muss weiträumig abgesperrt werden, damit keine Spuren verwischt oder zertrampelt werden. Das ist eminent wichtig! Kann ich meine Leute mitnehmen?«

»Wen immer und was immer Sie brauchen, um Ihre Arbeit zu tun. Aber beeilen Sie sich, eine Kutsche steht schon bereit.«

Hajo kondolierte dem Prinzregenten, wie es sich gehörte, und machte sich sofort auf den Weg, nachdem er Adam und Charlotte im Festsaal beiseitegenommen und sie diskret informiert hatte.

Sie stiegen in die Kutsche vor der Residenz, die ihnen der Adjutant zuwies und die sie noch in dieser regnerischen und unheilverkündenden Nacht nach Berg brachte.

Die Kriminalromane von Erfolgsautor Walter Christian Kärger im Überblick

Alle Titel sind auch als eBook erhältlich.

Bodensee Krimis

Das Flüstern der Fische
ISBN 978-3-95451-083-2

Tunichtgut und Tunichtböse
ISBN 978-3-95451-527-1

Der Zorn des Zeppelin
ISBN 978-3-95451-797-8

Das Knistern von Eis
ISBN 978-3-7408-0185-4

Das Lodern der Flammen
ISBN 978-3-7408-0516-6

Der Tote aus dem See
ISBN 978-3-7408-0795-5

See ohne Wiederkehr
ISBN 978-3-7408-1552-3

Niederbayern Krimi

Räuber und Schandarm
ISBN 978-3-7408-1705-3